PAVILLON

PATRICIA ALGE

Im Zwielicht der Gefühle

Roman

PAVILLON VERLAG
MÜNCHEN

PAVILLON TASCHENBUCH
Nr. 02/383

Umwelthinweis:
Dieses Buch wurde auf chlor- und säurefreiem Papier gedruckt.

Deutsche Erstausgabe 04/2004

Printed in Germany 2004
Umschlagillustration: Pino Daeni/Agentur Schlück
Umschlaggestaltung: Nele Schütz Design, München
Satz: Buch-Werkstatt GmbH, Bad Aibling
Druck und Bindung: GGP Media, Pößneck
http://www.heyne.de

ISBN: 3-453-87848-5

Prolog

Ägypten, im Herbst 1219

Die riesige Kugel des Vollmonds tauchte die scheinbar endlosen Sanddünen der ägyptischen Wüste in silbernes Licht. Glitzernde Sandschleier wehten leise sirrend dahin, während der Wüstenwind die Rufe der Schakale über das Land trug.

Doch die Idylle trog. Obgleich sich die Dunkelheit gnädig über das Bild von Tod und Verwüstung gelegt hatte, vermochte sie nichts gegen den beißenden Gestank von Blut und Verstümmelung auszurichten, der wie eine giftige Wolke über dem Kriegslager hing. Auch täuschte sie die Überlebenden nicht über das Wissen hinweg, dass nur wenige Schritte entfernt, hinter der nächsten hohen Düne, hunderte von gefallenen Soldaten lagen. Engländer, Schotten, Ungarn und Franzosen – sie alle hatten Seite an Seite tapfer gekämpft, um auf diesem heiligen Kreuzzug zu Ruhm und Reichtum zu gelangen. Doch was sie gefunden hatten, waren nichts als Tod und Verderben im heißen Wüstensand. Nun lagen sie unter dicken Sandschichten begraben, um ihre sterblichen Überreste vor den hungrigen Schakalen zu verbergen.

Die Schlacht war geschlagen. Nach mehr als fünf Monaten schwerster Belagerung war die befestigte Stadt Damiette gefallen. Dennoch war nur wenigen Soldaten im Lager nach Feiern zumute. Zu schwer wiegend waren die eigenen Verluste – zu nah der Geruch des Todes, dem sie nur mit knapper Not entronnen waren.

Gedankenverloren saßen sie in kleinen Gruppen um die zahlreichen Lagerfeuer und verzerrten ihr spärliches Mal.

»Ich sage euch, der Franzose hat einen Pakt mit dem Teufel geschlossen«, ließ sich einer der sechs Soldaten am südlichsten Lagerfeuer vernehmen. Er trug einen Verband um den Kopf und blickte ernst in die Runde.

Jeder wusste sogleich, von wem die Rede war. Obwohl fast vierhundert französische Landsleute am heutigen Tag gekämpft hatten, gab es nur einen, den sie ›den Franzosen‹ nannten.

»Selbst die Priester des Lagers behaupten, er habe den bösen Blick.«

Der Soldat senkte die Stimme zu einem viel sagenden Flüstern. »Ist euch aufgefallen, dass er noch keiner einzigen Messe beigewohnt hat? Heute Morgen, vor der Schlacht, soll er sogar den Priester weggejagt haben, als dieser ihm den schützenden Segen erteilen wollte.« Er blickte erwartungsvoll in die Runde. »Wenn Ihr mich fragt: Ich würde beschwören, dass er ein Bote des Teufels ist.«

»Red' keinen Unsinn, Mann«, fuhr der Älteste ihm lachend ins Wort. »Der Fürst der Finsternis wird wohl kaum seine Häscher aussenden, um an einem heiligen Kreuzzug mitzuwirken.«

»Ach ja, und wie erklärst du dir dann seine ungeheuere Kraft? Niemand von uns wäre in der Lage, sein riesiges Langschwert zu schwingen, geschweige denn, eine ganze Schlacht damit zu bestreiten. Er hingegen scheint das Gewicht seiner Waffe nicht mal zu spüren.«

»In der Tat. Habt ihr ihn heute kämpfen sehen?«, mischte sich ein Dritter ein. »Wie ein Berserker hat er sich ins Schlachtengetümmel gestürzt und jeden niedergemäht, der es gewagt hat, die Waffe gegen ihn zu erheben.«

»Und erst dieser Kampfschrei!«, fügte ein anderer hinzu und bekreuzigte sich hastig. »Ich sage euch, mir läuft es jetzt noch kalt den Rücken herunter.«

Der Soldat mit der Kopfbinde nickte zustimmend.

»Ja, der Kerl kann unmöglich aus Fleisch und Blut sein. Allein seine Körpergrösse jagt einem einen Schrecken ein, und erst diese Augen ...«

Er fröstelte. »Kalt wie Stahl.«

Der jüngste der sechs Soldaten furchte verwirrt die Stirn.

»Unter welchem König reitet er eigentlich?«

»Das ist es ja! Er reitet unter seinem eigenen Banner. Vor knapp drei Monaten ist er wie aus dem Nichts mit seinem Heer aufgetaucht und hat seine Dienste angeboten. Niemand weiß, wo er eigentlich herkommt.«

»Er ist wohl kaum dazu verpflichtet, jedem Rechenschaft über sein Leben abzulegen«, mischte sich der Älteste wieder ins Gespräch ein.

Der Soldat mit der Kopfbinde ließ sich jedoch nicht so schnell von seiner Meinung abbringen. »Wie erklärst du dir denn, dass niemand etwas über diesen Riesen weiß? Ein Krieger mit seinen Fähigkeiten und seinem Geschick müsste doch weithin bekannt sein. Doch niemand scheint ihn zu kennen, weder von Turnieren noch von anderen Schlachten her. Selbst seine eigenen Männer wissen kaum mehr als seinen Namen.«

»Und doch folgen sie ihm in blindem Vertrauen«, gab der Älteste zu bedenken. »Wie alle, die wir hier um diese Feuerstelle sitzen.« Er blickte wissend in die Runde. »Oder weshalb kämpfen wir immer in seiner schützenden Nähe? Liegt es nicht daran, dass er jedem von uns schon mehrere Male das Leben gerettet hat? Deine Kopfverletzung wäre mit Sicherheit nicht so glimpflich verlaufen, wenn *er* nicht eingegriffen hätte.«

Betretenes Schweigen legte sich über die kleine Gruppe, denn jeder erkannte die Wahrheit in diesen Worten.

»Dennoch, ich bleibe dabei!«, beschied der Soldat mit der Kopfbinde eigensinnig. »Ein Hüne, der sein Schwert ›Zorn‹ nennt, ist mir ganz und gar nicht geheuer.«

In einiger Entfernung stand Ranulf de Bretaux, Gegenstand dieser Unterhaltung, unter einer einsamen Palme und spähte nachdenklich in die Dunkelheit. Sein von der Wüstensonne goldgelb gebleichtes Haar schimmerte matt im Mondlicht, während sein kampfgestählter Körper von den Schatten der Nacht verschlungen wurde.

Er hatte sich zurückgezogen – wie immer. Er bevorzugte die Abgeschiedenheit und mied die ermüdenden Gespräche an den Lagerfeuern. Es widerstrebte ihm zutiefst, den prahlerischen Geschichten der Soldaten zuzuhören. Die Schlacht war geschlagen. Was geschehen war, war geschehen.

Obwohl Ranulf zeit seines Lebens ein Krieger gewesen war, sah er keinen Grund, weshalb man sich mit getöteten Opfern brüsten sollte. Erst recht nicht auf einem *heiligen* Kreuzzug!

Angewidert schüttelte er den Kopf. Die Soldaten und selbst die Priester des Lagers freuten sich über diesen Sieg, den sie angeblich im Namen Gottes errungen hatten. Welch ein Unsinn! Ein Krieg konnte niemals heilig sein. Aber was wusste er schon? Längst glaubte er nicht mehr an die Existenz eines göttlichen Wesens.

In einer Angelegenheit hatten die Soldaten allerdings

Recht. Er hatte seine Seele tatsächlich dem Teufel verkauft – vor Jahren schon, unwissentlich und doch unwiderruflich.

Ranulf hob sein Gesicht dem Mond entgegen und atmete tief durch. Nicht aus Überzeugung hatte er an diesem Kreuzzug teilgenommen, sondern aus persönlichen Gründen. Es war einfach leichter, sich in eine Schlacht zu stürzen, als tatenlos auf den sicheren Tod zu warten.

Sein Blick glitt erneut zu dem jungen Soldaten, der in der Dunkelheit kauerte und den Leichnam des Vaters fest umklammert hielt. Niemand hatte den trauernden Jüngling dazu bewegen können, den leblosen Körper frei zu geben, damit man ihn beerdigen konnte. Seit Stunden schon hielt er ihn weinend in den Armen und ergab sich seinem Schmerz.

Ranulf wandte den Kopf ab und schämte sich für das dumpfe Gefühl von Neid.

Er hätte alles darum gegeben, wenn er jemals um einen Vater oder eine Mutter hätte trauern können. Doch er hatte nie eine Familie besessen. Er war in den engen, schmutzigen Straßen von Paris aufgewachsen, ohne jemals zu erfahren, wer seine leiblichen Eltern waren.

»Die Soldaten reden über dich, mein Freund«, erklärte Kasim, der lautlos an ihn herangetreten war.

»Tun sie das nicht immer?«

»Willst du nicht wissen, was sie über dich sagen?«

»Nein.«

»Es ist aber höchst aufschlussreich.«

»Nicht für mich.«

Der junge Syrer seufzte theatralisch. »Mir scheint, du bist heute noch einsilbiger als sonst.«

»Dann verschwinde. Lass mich allein!«

Kasim schüttelte betrübt den Kopf. »Das ist nicht nötig. Inmitten all dieser Soldaten bist du der einsamste Mensch, der mir jemals begegnet ist.«

Ranulf gab keine Antwort, sondern hielt seinen Blick fest auf die silberne Kugel des Mondes gerichtet.

Mit jedem Herzschlag spürte er, wie sich die dumpfe Leere in seiner Brust weiter ausbreitete. Er war tatsächlich einsam, und an diesem Abend spürte er es mit einer solch vernichtenden Intensität, dass es ihm beinahe körperlichen Schmerz bereitete. Er hasste diese Einsamkeit, die ihn wie kalte Nebelschwaden umrankte und ihn immer tiefer in ihren schwarzen Schlund hinabzog. Manchmal, so wie jetzt, drohte sie ihn gnadenlos in ihrer eisigen Umarmung zu ersticken.

Dennoch wusste Ranulf, dass eben diese Einsamkeit sein Element war. Sie war sein Schicksal. Er hatte sie bewusst gewählt und damit einen wirkungsvollen Schutzwall um sein Herz errichtet. Dies war die einzige Möglichkeit, andere Menschen vor seiner Nähe zu schützen …

Kasim trat neben ihn und starrte ebenfalls in die Dunkelheit.

»Du bist enttäuscht, weil du die Schlacht überlebt hast.«

Es war keine Frage, sondern eine Feststellung.

Ranulf schwieg so lange, bis Kasim glaubte, keine Antwort mehr zu erhalten. Doch dann zuckte er mit den Schultern, wobei sein Kettenhemd leise klirrte.

»Das Leben ist nun mal eine Enttäuschung. Man gewöhnt sich daran, schätze ich.«

Kasim senkte betrübt den Kopf. »Das Leben ist ein Geschenk, mein Freund.«

»Ein feines Geschenk, fürwahr«, gab Ranulf bitter zurück. Sein Blick glitt beinahe sehnsüchtig zu den Dünen, hinter denen die Toten begraben lagen. »Dann sollte es jemand erhalten, der Wert darauf legt.«

»Deine Verbitterung schmerzt mich tief.«

»Verdammt noch mal!« In einem plötzlichen Ansturm ohnmächtiger Wut ballte Ranulf die Rechte zur Faust und hieb kraftvoll gegen den Stamm der Palme. »Ich habe jeden erdenklichen Grund, verbittert zu sein. Seit jeher war es mein einziger Wunsch, auf einem Schlachtfeld zu sterben. Ein ehrenvoller Tod, in einem fairen Zweikampf. Ist das denn tatsächlich zu viel verlangt? Aber alles, was ich bekomme, ist ein Todesurteil für ein Verbrechen, das ich niemals begangen habe. Von einer Familie, zu der ich nie gehörte, und von einem Freund vollstreckt, der mir niemals ein wahrer Freund gewesen ist. Also sag mir, warum, zum Teufel, sollte ich nicht verbittert sein?« Ranulf fuhr sich aufgebracht mit der Hand durchs Haar. »Seit mehr als vier Jahren warte ich darauf, dass Malven endlich das Todesurteil vollstreckt. Woche für Woche, Tag für Tag, Stunde für Stunde warte ich in der Gewissheit, dass jeder Augenblick mein letzter sein kann. Ist es da ein Wunder, wenn ich das Ende dieser Wartezeit herbeisehne? Weshalb lässt sich dieser Hundesohn nur so verdammt viel Zeit?«

Kasim senkte betroffen den Kopf. Erst jetzt erkannte er das volle Ausmaß von Ranulfs düsterem Gemütszustand. Es kam äußerst selten vor, dass dieser ihm Einblick in seine Seele gewährte, und wenn, so fand er dort nichts als Trostlosigkeit und tief verwurzelte Bitterkeit vor. Eine Bitterkeit, die von einem Leben voller Enttäuschungen zeugte.

Doch heute war etwas gänzlich anders. Es war das erste Mal, dass Ranulf diesen Malven beschimpfte. So unglaublich es auch klingen mochte, bisher hatte er von diesem Mann nur als Freund gesprochen.

Kasim betrachtete verstohlen Ranulfs verschlossenes Profil, und tiefes Mitgefühl erfüllte seine Brust. Wie einsam musste ein Mensch sein, um einen Kerl *Freund* zu nennen, der ihm seit Jahren das Leben zur Hölle machte?

Urplötzlich änderte sich Ranulfs Haltung, und Kasim glaubte beinahe, die Türe zu hören, die Ranulf in seinem Innersten zuschlug. Nun wirkte er wieder so unnahbar und verschlossen wie immer.

»Was hast du hier eigentlich zu suchen? Siehst du nicht, dass ich allein sein will?«

»Doch«, erwiderte Kasim schlicht und machte sich an den Falten seines erdfarbenen Kaftans zu schaffen. »Aber Freunde sind dazu da, dass sie sich in schweren Zeiten den Rücken stärken.«

Ranulfs Kopf zuckte herum, und in seinen dunkelblauen Augen blitzte eine deutliche Warnung auf. »Dann verschwinde! Wir sind keine Freunde!«

Vermutlich hätten diese schroffen, abweisenden Worte jeden anderen in die Flucht geschlagen. Kasim hingegen entlockten sie nur ein breites Grinsen. Die mürrische Art seines Freundes konnte ihn nicht treffen, denn er wusste, dass seine barschen Worte nur selten verletzend gemeint waren. Viel mehr waren sie Ranulfs Versuch, die Menschen um ihn herum zu schützen, indem er sie brüsk von sich stieß.

»Du kannst dich mit Händen und Füßen dagegen wehren, Ranulf, und trotzdem änderst du nichts daran. Wir sind Freunde. Außerdem würdest du mich vermissen, wenn ich wirklich ginge.«

Ranulf blickte in das grinsende Gesicht des Syrers

und hob zweifelnd eine Augenbraue. »Gib mir die Gelegenheit, das selbst herauszufinden.«

Kasim schüttelte entschieden den Kopf. »Das ist nicht nötig. Ich weiß, dass du mein hübsches Gesicht vermissen würdest.«

Die darauf folgende Stille zog sich einige Sekunden in die Länge, bevor Ranulf erneut das Wort ergriff. »Du bist mit Abstand der sturste Esel, dem ich jemals begegnet bin.«

»Ich hatte einen guten Lehrer.«

Ranulf schüttelte resigniert den Kopf und betastete gedankenverloren den goldenen Ring an seinem Finger. »Es ist mein Ernst. Es wird Zeit für dich, wieder deiner eigenen Wege zu ziehen. Ich kann nicht länger bleiben.«

Kasim zog die Stirn in Falten, während er aufmerksam den Blick über Ranulfs hünenhafte Gestalt gleiten ließ. Erst jetzt fiel ihm das schwere Kettenhemd auf, das dieser noch immer trug. Das Ding wog an die zwanzig Pfund, und dennoch trug Ranulf es mit einer Selbstverständlichkeit, die Kasim traurig stimmte. *Ich kann nicht länger bleiben.* Kasim wusste nur zu gut, was diese Worte bedeuteten.

»Sind sie hier?«

Ranulf schüttelte den Kopf. »Noch nicht, aber bald. Wie ich hörte, sind die *de la Chacres* auf dem Weg zu uns. Wie immer eilt ihnen ihr übler Ruf voraus.«

Kasim nickte verstehend. »Dann werden wir Ägypten also verlassen?«

»Es gibt kein ›wir‹, verdammt noch mal!«, brauste Ranulf auf. »Du wirst zu deinem Stamm zurückkehren und mir nicht länger auf die Nerven fallen. Haben wir uns verstanden?«

»Sei friedlich, mein Freund«, gab Kasim ungerührt

zurück. In den drei Jahren, die sie nun schon gemeinsam durchs Land zogen, hatte er hunderte solcher Temperamentsausbrüche erlebt.

»Ich weiß um deine Zuneigung mir gegenüber. Du brauchst nicht jedes Mal wie eine angriffslustige Kobra zu zischen, wenn du meiner ansichtig wirst. Schließlich bin ich Kasim Mohammed Abdallah el Raschid. Schön wie die Morgensonne, weise wie das Firmament …«

»Und nervtötend wie eine Schar kichernder Waschweiber«, unterbrach Ranulf ihn schroff; dennoch zuckte es verdächtig um seine Mundwinkel. »Wirst du eigentlich nie müde, diese Lobesreden auf dich selbst zu singen?«

»Nein, niemals.«

Da Ranulf wusste, dass Kasim nur schwer zu bremsen war, wenn er erst einmal damit begonnen hatte, die eigene Herrlichkeit zu preisen, wechselte er rasch das Thema.

»Wie geht es Lord Lamont?«

Sogleich verschwand das Grinsen aus Kasims wohlgestalteten, dunklen Gesichtszügen. »Allah war ihm gnädig. Der Schotte lebt. Doch er ist nur noch ein Schatten seiner selbst.« Seine Stirn legte sich nachdenklich in Falten. »Ist dir eigentlich bewusst, dass wir nun vor einem schwer wiegenden Problem stehen?«

Als Ranulf fragend eine Augenbraue hob, erklärte er geduldig: »Der Schotte hat dir das Leben gerettet. Nach dem Gesetz meines Landes gehörst du nun ihm. Was jedoch nicht geht, weil *ich* bereits die Verantwortung für dich trage.«

»Ich habe weder dich noch Lord Lamont um Hilfe gebeten«, knurrte Ranulf ärgerlich.

Kasim nickte bedächtig und legte sich die Hand auf

die Brust. »Dennoch hast du sie erhalten, und obwohl dein mürrisches Wesen oft eine harte Probe für meine Geduld darstellt, werde ich bei dir bleiben, bis meine Aufgabe erfüllt ist.«

»Verschone mich mit diesem Unsinn«, knurrte Ranulf ungeduldig und deutete mit dem Kopf auf das Zelt der Verletzten. »Kann ich zu ihm?«

»Er hat bereits nach dir gefragt.« Kasim zog die Stirn kraus. »Und sei umgänglich! Der Schotte hat heute genug gelitten, sodass du ihm mit deinem finsteren Gesicht nicht noch mehr zusetzen musst.«

Ranulf würdigte ihn keiner Antwort. Er war immer umgänglich – wenn er es darauf anlegte.

Mit ausholenden Schritten ging er auf das Zelt zu und schob die Klappe bei Seite. Der üble Gestank von Blut und verbranntem Fleisch schlug ihm wie eine geballte Faust entgegen. Hier lagen an die dreißig verwundete Soldaten, Pritsche an Pritsche zusammengepfercht. Unterdrücktes Stöhnen erfüllte den von wenigen Fackeln erhellten Raum.

Ranulfs Augen blieben an Lord James Lamont hängen, dem gerade ein neuer Verband anlegt wurde. Seine Brust zog sich schmerzlich zusammen. Kasim hatte Recht. Der vor Kraft strotzende Schotte mit dem feuerroten Haar und dem buschigen Bart war innerhalb weniger Stunden zu einem Schatten seiner selbst geschrumpft. Schmerz und Blutverlust ließen ihn blass und schwächlich erscheinen.

Ranulf versuchte, die Schuldgefühle niederzukämpfen, als er den Armstumpf des Lords betrachtete. *Verdammt, er hatte ihn nicht um Hilfe gebeten! Es war nicht seine Schuld, dass der Schotte sich in einen Kampf eingemischt hatte, der ihn nichts anging!*

Trotzdem hatte er es getan. Ranulf war von sechs Säbel schwingenden Damiette-Soldaten gleichzeitig angegriffen worden. James Lamont hatte dies wohl gesehen und sich zu ihm durchgekämpft, um ihm beizustehen. Der Schwerthieb, der ihm den Arm abgetrennt hatte, war eigentlich für Ranulfs Kopf bestimmt gewesen.

Die Schuldgefühle brannten sich immer tiefer in Ranulfs Eingeweide. Er konnte sich noch gut an das erste Zusammentreffen mit dem Schotten erinnern. Rücken an Rücken hatten sie ihre Feinde bekämpft, bis keiner mehr übrig geblieben war. Danach hatte sich James Lamont lachend zu ihm umgedreht und ihm die Hand gereicht. »Verdammt, Junge, du solltest dich öfter in Schottland herumtreiben! Jetzt musste ich doch tatsächlich bis nach Ägypten reisen, um dich zu finden.«

Was er mit diesen rätselhaften Worten gemeint hatte, wusste Ranulf bis zum heutigen Tag nicht zu sagen. Ebenso wenig konnte er sich einen Reim darauf machen, weshalb der Schotte fortan in keiner Schlacht von seiner Seite gewichen war. Eines war jedoch gewiss: James Lamont hatte diesen Fehler teuer bezahlt.

»Setz dich zu mir«, forderte James ihn nun mit rauer Stimme auf. »Ich muss mit dir sprechen, bevor das Laudanum meine Sinne verwirrt.«

Ranulf kniete sich neben dem älteren Mann nieder.

»Bist du verletzt?«

Erstaunt über diese Frage, furchte Ranulf die Stirn. Schließlich war nicht er es, der hier im Zelt lag. »Nur einige Kratzer.«

James nickte erleichtert. »Das ist gut.«

»Nein, ist es nicht«, entfuhr es Ranulf schärfer als gewollt. »Ihr habt einen zu hohen Preis dafür bezahlt.«

»Das wird die Zeit noch zeigen«, erklärte James ernst.

Ranulf konnte derlei rätselhafte Andeutungen nicht ausstehen und machte seinem Unmut trotz Kasims Warnung Luft. »Außerdem hasse ich es, wenn ich in jemandes Schuld stehe!«

James brachte trotz der unerträglichen Schmerzen ein raues Lachen zustande. »Das kann ich mir denken. Deshalb also dieses finstere Gesicht.«

»Ja, deshalb! Also, was kann ich für Euch tun, um diese Schuld zu begleichen?«

Ein Schatten glitt über James' schweißbedecktes Gesicht, und er stieß wütend hervor: »Ich bin kein Mann, der für seine Taten einen Gegendienst verlangt. Ich bin mein eigener Herr, und ich handle so, wie ich es für richtig erachte.«

Er schloss gequält die Augen, als die Schmerzen ihm die Besinnung zu rauben drohten. »Trotzdem muss ich dich um einen Gefallen bitten.«

»Um welchen?«

»Ich habe einen Brief aus der Heimat erhalten. Meine Familie ist in Gefahr ...« Er sog scharf die Luft ein, als heftige Wellen des Schmerzes seinen Körper peinigten. »Sie brauchen ... Hilfe.«

Ranulf presste die Lippen zu einem schmalen Strich zusammen. Er ahnte, was nun folgen würde, und es gefiel ihm ganz und gar nicht.

»Die schottischen Nachbarlords halten mich bereits für tot und sind wie stinkende Aasgeier hinter meinem Besitz her. Der Teufel soll die Mistkerle holen! Einer von ihnen hat sogar versucht, meine Frau zu entführen. Er wollte sie zur Heirat zwingen, um so an meinen Besitz zu gelangen. Glücklicherweise konnte Val das Schlimmste verhindern, aber dieser elende McGregor wird nicht aufgeben.« Er reichte Ranulf eine Pergamentrolle. »Lies selbst.«

Ranulf überflog die Nachricht. »Dieser Val scheint die Burg recht gut zu führen. Ihr könnt stolz auf Euren Sohn sein.«

Ein liebevolles Lächeln legte sich um James' trockene Lippen. »Ja, Val ist mein ganzer Stolz.« Das Lächeln verschwand. »Aber mein Kind ist zu jung für diese Verantwortung.«

Mit erstaunlicher Kraft packte er Ranulfs Arm und starrte ihn aus eindringlichen grünen Augen an. »Ich möchte, dass du an meiner statt nach Walkmoor Castle reist und Val beistehst.«

Ranulf schüttelte entschieden den Kopf. »Das ist unmöglich. Ich wäre eine größere Gefahr für Eure Familie als jeder Feind.«

Dies entsprach leider der Wahrheit. Der Großmeister hatte seinen Tod beschlossen, und jeder, der Ranulf zu nahe kam, lief Gefahr, ebenfalls getötet zu werden. Aymeric de la Chacre, eben jener Großmeister, versuchte mit allen Mitteln zu verhindern, dass jemand Näheres über seine ›Heiligen Streiter‹ erfuhr. Sie waren Mönchskrieger – ein lebender Mythos, der die Menschen weit über Frankreichs Grenzen hinaus in Angst und Schrecken versetzte. Im Volksmund wurden sie furchtsam die ›Bluthunde des Teufels‹ genannt und waren sowohl für ihre uneingeschränkte Loyalität ihrem Herrn gegenüber als auch für ihre Grausamkeit bekannt – und sie waren hinter Ranulf her.

»Ich kann nur hoffen, dass dem nicht so ist …« Erneut wurde James von heftigen Schmerzen geschüttelt. »Ich würde dich nicht um diesen Gefallen bitten, wenn es eine andere Möglichkeit gäbe.« Er blickte bitter auf den bandagierten Armstumpf. Keine zehn Zentimeter waren von seinem linken Arm übrig geblieben, und der Schmerz war trotz des Laudanums kaum zu ertragen.

»Ich möchte meine Familie in Sicherheit wissen, falls ich diese Sache hier nicht überlebe.« Er dachte kurz an seine Frau und deren Tochter. Nach dem tragischen Tod seiner geliebten Esther hatte er sich gezwungen gesehen, erneut zu heiraten, damit Val nicht ohne Mutter aufwachsen musste. Aber er hätte keine schlechtere Wahl treffen können. Eleanora mochte zwar von atemberaubender Schönheit sein, doch ihr Innerstes war von Hinterhältigkeit und Missgunst zerfressen. Ihre gemeinsame Tochter Dalvina schien denselben verdorbenen Charakter zu entwickeln.

Seine Brust zog sich schmerzlich zusammen, als er an Val dachte. Er hatte sein erstgeborenes Kind zu lange mit diesen gehässigen Weibsbildern allein gelassen.

»Ich möchte, dass du als Vals Vormund nach Walkmoor gehst.«

Als er erkannte, dass Ranulf sich erneut weigern wollte, fügte er bitter hinzu: »Sieh es einfach so: Ich habe dir das Leben gerettet, und nun rettest du mein Eigentum. Das ist nur gerecht.«

Alles in Ranulf sträubte sich dagegen, diese Aufgabe zu übernehmen. Schlussendlich siegte jedoch sein Ehrgefühl. Ob es ihm gefiel oder nicht, er war es diesem Mann schuldig. So erhob er sich und erklärte: »In Ordnung. Ich werde mit meinen Männern nach Schottland reisen, um nach dem Rechten zu sehen. Ich bringe Eurem Sohn Vorräte und sorge für eine ausreichende Befestigung der Burg, doch wenn alles erledigt ist, ziehe ich weiter.«

James lehnte sich erleichtert auf die Pritsche zurück. »Ich danke dir, Ranulf de Bretaux.«

Er schaute dem jungen Ritter nachdenklich nach, als dieser mit ärgerlichen Schritten das Zelt verließ. Irgendetwas an Ranulfs Verhalten hatte James davor gewarnt, ihm die Wahrheit über Val zu erzählen.

»Priester, ich möchte, dass Ihr für mich einen Brief aufsetzt«, bat James entschlossen, und ein kleines Lächeln umspielte seine trockenen Lippen.

Wie gern wäre er dabei, wenn Ranulf de Bretaux Bekanntschaft mit Valandra schloss, seiner heiß geliebten und unendlich sturen Tochter.

Erstes Kapitel

Schottland, im März 1220

Dicke graue Wolkenbänke verdunkelten den Frühlingshimmel und verwandelten die karge Landschaft von Walkmoor in einen kalten, unwirtlichen Ort.

Valandra Lamont hüllte sich enger in ihr wollenes Schultertuch, um sich vor dem eisigen Wind zu schützen, der erbarmungslos an ihren Haaren und Kleidern zerrte. Sie stand hoch oben über dem Burgtor an der Brustwehr und schaute dem dahingaloppierenden Reitertrupp mit gemischten Gefühlen nach. Die Art, wie die feindlichen Krieger davonpreschten, ließ deutlich deren Wut erkennen.

Die Gefahr war gebannt, doch Valandra empfand nur einen Hauch von Erleichterung. Es wollte ihr einfach nicht gelingen, das nagende Gefühl von Gefahr abzuschütteln.

Owen McKinnon trat neben sie an die Mauer.

»Das wird ein Nachspiel haben«, erklärte er in seiner vertraut brummigen Art. Mit dem dichten, dunkelroten Haar, dem buschigen Vollbart und seiner imposanten Statur glich er einem grimmigen Bären, doch er hatte ein sanftes Gemüt und ein edles Herz.

Owen stand bereits seit mehr als vierzig Lenzen als Hauptmann im Dienste der Lamonts, und Valandra liebte ihn wie einen Onkel. Er gehörte zu den wenigen Menschen, denen sie rückhaltlos vertraute, und sie schätzte seine Meinung sehr.

»Ich weiß, Owen«, nickte sie nun, ohne die Reiter aus den Augen zu lassen. Noch immer brodelte der Zorn in ihr. »Die Arroganz dieses Kerls ist wirklich unglaublich! Wie kann er auch nur eine Sekunde lang glauben, ich würde ihm erneut Gastfreundschaft anbieten, nachdem er bei seinem letzten Besuch meine Stiefmutter entführen wollte?«

»Aye, da seht Ihr es wieder. Arroganz ist noch lange keine Garantie für Intelligenz.«

Dem konnte sie nur beipflichten.

»Dennoch, McGregor wird diese Beleidigung nicht ungesühnt auf sich sitzen lassen.«

Valandra strich sich nachdenklich eine kastanienbraune Locke aus der Stirn. »Du weißt, dass ich nicht anders handeln konnte. Wenn McGregor auch nur einen Fuß in die Burg gesetzt hätte, wäre Walkmoor Castle für immer verloren gewesen.«

Owen nickte mit ärgerlich zusammengepressten Lippen. »In der Tat. Der Kerl macht keinen Hehl daraus, dass er sich bereits als neuer Herrn von Walkmoor betrachtet.«

»Nur über meine Leiche«, stieß Valandra leidenschaftlich hervor und reckte trotzig das schmale Kinn vor. »Mein Vater lebt – gleichgültig, was die Lords auch sagen mögen! Papa wird zurückkehren, und ich werde bis zu meinem letzten Atemzug kämpfen, bevor ich seinen Besitz einem dahergelaufenen Gauner wie diesem McGregor überlasse!«

Sie meinte es ernst – und dieses Wissen bereitete Owen zunehmend schlaflose Nächte. Im Gegensatz zu seiner jungen Herrin neigte er dazu, der bitteren Wahrheit ins Auge zu sehen. Walkmoor Castle konnte keinem ernsthaften Angriff standhalten. Nachdem Valandras

Vater die Mehrheit der Lamont-Krieger auf seinen Kreuzzug mitgenommen hatte, waren sie nun zu wenige, um die Burg wirksam verteidigen zu können. Gerade einmal zweiundzwanzig Männer waren zurückgeblieben. Wobei höchstens fünfzehn von ihnen tatsächlich Kampferfahrung mitbrachten. Eine lächerlich geringe Zahl, um eine Burg dieser Größe zu halten.

Allein Valandras kleiner List war es zu verdanken, dass McGregor heute unverrichteter Dinge wieder abgezogen war.

Owen ließ den Blick zu den Strohpuppen gleiten, die als Bogenschützen verkleidet auf der Brustwehr standen und den Eindruck einer gewaltigen Verteidigungskraft erweckten. McGregor hatte Gift und Galle gespuckt, als er die vermeintlich neuen Streitkräfte auf Walkmoor Castle entdeckt hatte. Dennoch war Owen nicht so einfältig zu glauben, dass sie keine weiteren Angriffe dieses machtgierigen Lords zu befürchten hatten.

Heute war ihnen lediglich ein kleiner Aufschub gewährt worden. McGregor hatte sich zurückgezogen, um noch mehr Soldaten um sich zu scharen. Bei seinem nächsten Auftauchen wäre Walkmoor unwiderruflich verloren.

Owen schob die tristen Gedanken an die Zukunft beiseite und wandte sich wieder Valandra zu. Bei ihrem Anblick zog sich seine alte Kriegerbrust schmerzlich zusammen. Dunkle Ringe lagen unter ihren sonst so munter funkelnden, smaragdgrünen Augen. Sie hatte sich im vergangenen Jahr sehr verändert, stellte er mit großem Bedauern fest. Valandra war nicht länger seine sanftmütige Herrin, die gebrochene Rotkehlchenflügel heilte und Tränen um verendete Waldtiere vergoss. Aus dem fröhlichen, lebenslustigen Mädchen von früher war eine ernste, pflichtbewusste junge Frau geworden, die sich bis zur Erschöpfung für ihre Untertanen aufopferte. Sie kümmerte sich um alles und jeden auf Walkmoor – von der Führung des riesigen Haushalts, der Jagd, der Aufsicht über die Zinsbauern bis hin zur Verteidigung der Burg. Er selbst hatte oft versucht, ihr zumindest einige dieser Verpflichtungen abzunehmen, um sie zu entlasten, doch Valandra hielt eisern an ihren Aufgaben fest.

»Bis mein Vater heimkehrt, ist es meine Pflicht als Burgherrin, für Recht und Ordnung zu sorgen«, hatte sie ihm unmissverständlich klar gemacht.

Owen bezweifelte jedoch, dass dies der einzige Grund war. Vielmehr vermutete er, dass Lady Valandra sich aus purer Sehnsucht nach ihrem geliebten Vater in all dieser Arbeit vergrub. Er wusste, wie schmerzlich sie ihn vermisste. Jeden Tag stieg sie unzählige Male zur Brustwehr hinauf, um den Horizont nach einem Zeichen seiner Rückkehr abzusuchen, und jedes Mal versuchte sie vergeblich ihre Enttäuschung zu verbergen. Die Spitzfindigkeiten ihrer streitlustigen Stiefmutter und deren Tochter setzten ihr ebenfalls zu. Natürlich würde Lady Valandra sich nie über die herzlose Behandlung ihrer Stiefmutter beklagen, doch Owen wusste auch so, wie sehr sie unter deren Gehässigkeiten litt. In Gedanken schüttelte er angewidert den Kopf. Es war wirklich eine Schande.

»Ihr solltet Euch etwas ausruhen, Kindchen. Ihr seht aus, als würdet Ihr gleich vor Müdigkeit umfallen.«

Valandra schenkte ihm ein kleines Lächeln. »Du solltest allmählich wissen, dass ich nicht so zerbrechlich bin, wie es vielleicht den Anschein hat.«

»Ich weiß«, stimmte Owen zu und betrachtete seine junge Herrin mit leisem Stolz. Sie war eine Schönheit.

Trotz der deutlichen Spuren ihrer Übermüdung war ihr Anblick einfach bezaubernd. Lady Valandra war das genaue Ebenbild ihrer viel zu früh verstorbenen Mutter – von bescheidenem Wuchs und so zartgliedrig, dass in jedem Mann sogleich der Beschützerinstinkt erwachte. Wie Lady Lamont besaß auch Valandra dichtes kastanienbraunes Haar, das ihr in weichen Wellen bis hinab zur Taille reichte. Die großen, ausdrucksstarken Augen waren von langen schwarzen Wimpern umrahmt und erinnerten an eine sattgrüne Frühlingswiese. Doch während Lady Lamont von sanftmütigem und geduldigem Gemüt gewesen war, besaß Valandra das ungestüme Temperament und die Kühnheit ihres geliebten Vaters. Owen war sich nicht sicher, ob dies ein Segen oder ein Fluch war.

»Weshalb siehst du mich so bedrückt an?«

Owen ließ den Blick in die Ferne schweifen, dorthin, wo McGregor mit seinen Männern zwischen den Bäumen verschwunden war.

»Ich dachte gerade daran, dass Ihr etwas Besseres verdient habt, als nächtelang an einer Brustwehr zu stehen und Euer Heim gegen Eindringlinge zu verteidigen. Mit Euren achtzehn Lenzen solltet Ihr in teure Seide gekleidet sein und nichts von den Gefahren des Lebens wissen.«

Valandra lachte gutmütig auf, um die steilen Sorgenfalten von Owens Stirn zu glätten. Es tat ihr in der Seele weh, wenn er sich ihretwegen Sorgen machte.

»Gott bewahre! Nicht um alles in der Welt möchte ich zu diesen albern kichernden Dummchen gehören, die sich nur über hübsche Schuhe und neue Unterröcke unterhalten können.«

»Ein behütetes Leben bedeutet nicht gleich die Verkümmerung Eures Verstandes, Kindchen«, hielt Owen grinsend dagegen.

»In meinen Ohren klingt es jedoch sehr nach Langeweile. Dem ziehe ich mein jetziges Leben bei weitem vor. Oder kannst du dir mich vorstellen, wie ich stundenlang vor einem Stickrahmen sitze und alberne Blümchen sticke?«

Valandra schüttelte sich angeekelt und entlockte Owen ein donnerndes Gelächter. Er wusste nur zu gut, wie sehr sie solche Arbeiten verabscheute.

Ganz zu Lord Lamonts Entzücken verspürte seine älteste Tochter keinerlei Neigung zu typisch weiblichen Tätigkeiten. Nähen und Sticken waren ihr ein Gräuel, ebenso wie das stundenlange Frisieren und Ankleiden in ihren Augen nichts als Zeitverschwendung waren. Für solche Dinge war Valandra eindeutig zu praktisch veranlagt.

Natürlich hatte Lord Lamont nichts dagegen unternommen. Im Gegenteil, er hatte Valandra eine Erziehung zuteil werden lassen, die gewöhnlich einem Sohn zustand.

»Na schön, ich gebe mich geschlagen! Versprecht Ihr mir trotzdem, Euch ein wenig auszuruhen?«

Valandra nickte. »Sobald ich die Zeit dazu finde.«

Mit diesen Worten wandte sie sich ab und schlenderte den breiten Wehrgang entlang zum Nordturm hinüber.

Ihr Blick glitt erneut zu den bewaldeten Hügeln, hinter denen McGregor und seine Männer verschwunden waren.

Himmel, wie sehr wünschte sie sich, tatsächlich so tapfer zu sein, wie sie vor wenigen Minuten noch geklungen hatte. Sie hatte dem tobenden McGregor die Stirn geboten – hatte ihm sogar damit gedroht, den Inhalt sämtlicher Nachttöpfe der Burg über ihn zu gießen, wenn er nicht augenblicklich von ihren Toren verschwände …

Tief in ihrem Inneren wusste Valandra jedoch, dass sie schrecklich feige war. Ihre zitternden Knie konnten dies nur bestätigen. McGregor war längst abgezogen, doch ihr Körper bebte noch immer vor Furcht. Manchmal wünschte sie wirklich, jemanden zu haben, dem sie sich anvertrauen konnte. Doch das wagte sie nicht. Sie musste den Anschein von Stärke wahren, denn jeder auf Walkmoor Castle, vom Krieger bis hin zur einfachen Küchenmagd, verließ sich darauf, dass sie alles regelte. Sie war die Burgherrin, und obwohl Valandra manchmal glaubte, unter der Last dieser Verantwortung zermalmt zu werden, tat sie ihr Bestes, um den Burgbewohnern das Gefühl von Sicherheit zu geben.

»Ihr ward nicht in der Mittagsmesse, Lady Lamont!«, schnarrte Pater Ignatius vorwurfsvoll, als sie gerade die Turmtür öffnete.

Valandra versteifte sich sogleich. »Wie Ihr seht, hatte ich zu tun.«

Sie mochte diesen Kerl nicht. In seiner Gegenwart fühlte sie sich stets unbehaglich, was nicht zuletzt mit seiner ungewöhnlich hohen Stimme zusammenhing, die im krassen Gegensatz zu seiner gigantischen Leibesfülle stand. Er hatte kaum noch Haare, und seine kleinen braunen Wieselaugen schienen jeden ihrer Schritte genauestens zu überwachen – stets darauf bedacht, auch ihre noch so kleinen Fehltritte anzuprangern.

Valandra bezweifelte ernstlich, dass diesem Pater an ihrem Seelenheil gelegen war. Vielmehr war sie davon überzeugt, dass es ihm ein wahrer Genuss wäre, sie höchst persönlich ins Fegefeuer zu stoßen – ein

Wunsch, der wohl in der Familie liegen musste. Pater Ignatius war der Bruder ihrer Stiefmutter.

Valandras Vater war noch keine drei Tage fort gewesen, als Pater Ignatius auf Walkmoor Castle eingetroffen war und den gütigen Pater Thomas abgelöst hatte.

In den kommenden Monaten hatte Valandra unzählige Briefe an den Bischof geschrieben, mit der Bitte, Pater Thomas wieder einstellen zu dürfen. Leider hatte sie keinen Erfolg gehabt. Seither musste sie sich wohl oder übel mit diesem streitlustigen Mann Gottes herumschlagen.

Valandra straffte die Schultern und hielt seinem anklagenden Blick bemüht ruhig stand. »Wie gesagt, ich hatte zu tun.«

»Diese Entschuldigung werde ich nicht annehmen.«

»Gut, denn meine Worte waren auch nicht als solche gedacht.«

»Es ist Eure Pflicht, Euren Untertanen mit gutem Beispiel voranzugehen und die Messe zu besuchen. Dasselbe gilt auch für die Beichte. Ihr wart seit Monaten nicht mehr bei mir, um von Euren Sünden befreit zu werden.«

Valandra dachte gar nicht daran, diesem Kerl ihre Sünden zu beichten. Diesen Fehler hatte sie nur ein einziges Mal begangen. Leider hatte sie danach feststellen müssen, dass Pater Ignatius eine gänzlich andere Vorstellung vom Beichtgeheimnis hegte als sie. In der folgenden Sonntagsmesse hatte er sämtliche von ihr gebeichteten Sünden von der Kanzel heruntergeschrien und ihr vor den Augen aller Versammelten die ewigen Höllenfeuer angedroht. Valandra wäre am liebsten vor Scham gestorben.

»Ihr habt mein Vertrauen einmal missbraucht, ein zweites Mal werdet Ihr keine Gelegenheit dazu bekommen. Wie Ihr wisst, ziehe ich seither das Gespräch mit Wandermönchen vor.«

»Vorsicht, Euer Hochmut grenzt an Blasphemie«, zischte der Pater mit vor Verschlagenheit funkelnden Augen. »Aber auch Ihr werdet Eurer gerechten Strafe nicht entgehen. Der Tag wird kommen, an dem Ihr für Euer undamenhaftes Benehmen bestraft werdet.«

Valandra hob stolz den Kopf. »Ich weiß, Ihr könnt diesen Zeitpunkt kaum erwarten. Eure christliche Nächstenliebe kennt wahrlich keine Grenzen. Wenn Ihr mich jetzt entschuldigt? Ich habe zu tun.«

Mit diesen Worten schlüpfte sie an seiner massigen Gestalt vorbei und stieg die steilen, eng gewundenen Turmstufen hinunter.

»Ihr solltet Euch bei meiner armen Schwester umgehend entschuldigen. Euer Verhalten ihr gegenüber war ungeheuerlich«, rief er ihr zornig nach.

Valandra gönnte ihm keine Antwort, sondern stieg langsam die Stufen hinunter. Mit jedem Schritt fühlte sie sich erschöpfter. Sie war diese Sticheleien und Bosheiten so unendlich müde.

Ihre Brust fühlte sich an wie von Stahlbändern zugeschnürt, und plötzlich glaubte sie, keinen Schritt mehr tun zu können. Hier, auf den schwach beleuchteten, abgetretenen Stufen der Turmtreppe, war sie endlich allein und durfte sich so geben, wie sie in Wirklichkeit war. Einsam, ängstlich und unendlich erschöpft.

Sie ließ sich auf die Stufen nieder und lehnte sich mit geschlossenen Augen an die kalte Steinmauer. Die Berührung fühlte sich beinahe tröstlich an ihrem Rücken an. Sie wünschte sich sehnlichst, dass dieser schreckliche Tag endlich ein Ende finden möge. Ihre Glieder schmerzten vor Müdigkeit. Seit bald einer Woche war es ihr nicht mehr vergönnt gewesen, mehr als drei, vier Stunden des Nachts zu schlafen.

Sie rieb sich die Augen. Auch heute war sie bereits lange vor Sonnenaufgang auf den Beinen gewesen. Zuerst hatte sie einen Streit zwischen zwei wütenden Pächtern schlichten müssen, dann war Gweneth, die Köchin, mit wild fuchtelnden Armen in den Saal gestürmt und hatte ihr aufgebracht erklärt, dass sie Mäuse im Vorratskeller entdeckt habe.

Valandra war vor Schreck beinahe das Herz stehen geblieben. Ihre Lage war schon prekär genug. Sie besaßen kaum noch Getreide, um eine anständige Mahlzeit auf den Tisch zu bekommen. Eine Mäuseplage wäre ihr Ende gewesen. Glücklicherweise hatte es sich nur um eine einzige Maus gehandelt. Doch wie um diesem grässlichen Tag noch die Krone aufzusetzen, war schließlich McGregor aufgetaucht.

Valandra massierte sich die Schläfen. Eleanoras Wutgeschrei hallte ihr noch immer in den Ohren. Sie hatte ihr unmissverständlich klar gemacht, dass sie den Kerl davonjagen würde, und das Verhalten ihrer Stiefmutter hatte keinen Zweifel daran gelassen, dass sie liebend gern von diesem Mistkerl entführt worden wäre.

Valandra ballte die zarten Hände zu Fäusten. Niemals würde sie zulassen, dass Eleanora Schande über ihren Vater brachte. Das würde sie zu verhindern wissen!

Aber wie lange würde sie hier noch die Stellung halten können? Obwohl die Männer ihr ebenso treu ergeben waren wie ihrem Vater, spürte sie doch ihre Unruhe. Sie brauchten einen Anführer, und obwohl Valandra sich die größte Mühe gab, konnte sie doch nicht die Stelle ihres Vaters einnehmen. Dazu kamen auch noch die Geldsorgen. Die Goldtruhen waren leer. Sie konnte es sich nicht einmal mehr leisten, weitere Krieger anzuwerben. Sie hatte bereits all ihren Schmuck verkauft, doch es hatte kaum für die notwendigsten Lebensmittel gereicht. Eleanora oder ihre Halbschwester Dalvina brauchte sie gar nicht erst um Hilfe zu bitten. Die beiden würden sich niemals von ihren Juwelen trennen.

Valandras Finger schlossen sich um das goldene Amulett, das sie um den Hals trug. Sie hatte sich von allem getrennt, nur von diesem Stück nicht. Ihre Mutter hatte es ihr auf dem Sterbebett geschenkt. Es sollte ihr Glück bringen, und sie sollte es erst weiterschenken, wenn jemand in ihr Leben träte, den sie wirklich liebte. Dieses Amulett würde ihn vor allen Gefahren beschützen.

Valandra schluckte schwer. Sie vermisste ihre Mutter schmerzlich.

»Das hat mir gerade noch gefehlt«, flüsterte sie ärgerlich und schimpfte sich eine Närrin. Für Selbstmitleid war nun wirklich keine Zeit.

Entschlossen strich sie ihr schlichtes Wollkleid glatt und stieg in die große Halle hinunter.

Schon sah sie sich neuem Ärger gegenüber, diesmal in Form ihrer jüngeren Halbschwester. Valandra unterdrückte ein unwilliges Stöhnen, als sie sah, wie Dalvina aufgebracht vor dem riesigen Kamin auf und ab schritt. Als sie Valandra erblickte, funkelten ihre kobaltblauen Augen feindselig.

»Mama musste sich ins Bett legen – und es ist allein deine Schuld!«

»Das war nicht meine Absicht«, erklärte Valandra ehrlich. Dennoch fühlte sie keine nennenswerten Gewissensbisse. Eleanora täuschte wegen jeder Kleinigkeit Kopfschmerzen vor, sei es aus Protest oder einfach nur, um auf diese Weise ihren Willen durchzusetzen.

»Erwarte bitte nicht, dass ich dir das glaube«, hielt Dalvina aufgebracht dagegen. »Du legst es doch geradezu darauf an, Mama zu demütigen.«

Valandra ließ sich auf einen Stuhl sinken. »Das ist nicht wahr, Dalvina. Ich handle lediglich so, wie ich es für Walkmoor Castle als richtig erachte. Nach allem, was dieser McGregor deiner Mutter angetan hat …«

»Sie ist auch deine Mutter«, unterbrach Dalvina sie heftig.

»Stiefmutter.«

»Nur weil du uns nicht leiden kannst, hast du McGregor fortgeschickt«, rief Dalvina anklagend. »Du missgönnst Mama die Aufmerksamkeit dieses ehrenwerten Lords. Du bist doch nur neidisch, weil er *dich* keines zweiten Blickes würdigt.« Ihre Augen glitten verächtlich über Valandras schlichtes Kleid. »Wen wundert es? Du siehst aus wie eine gewöhnliche Bäuerin.«

Valandra zuckte innerlich zusammen, dennoch erwiderte sie sachlich: »Nein, Dalvina, ich sehe wie eine Burgherrin aus, die ihre Kleider und ihren Schmuck verkaufen musste, um die hungrigen Mäuler auf Walkmoor zu stopfen.«

Für den Bruchteil einer Sekunde huschte Unsicherheit über die zarten, ebenmäßigen Gesichtszüge ihrer jungen Halbschwester, doch sie fing sich rasch wieder. »Lügnerin! Unsere Familie ist über die Maßen reich. Mama sagt, wir können uns jeden Luxus leisten.«

Das war vor den Kreuzzügen so gewesen, dachte Valandra wehmütig.

»Die Zeiten haben sich leider geändert.«

»Du brauchst gar nicht so von oben herab mit mir zu sprechen! Ich bin nicht dumm! Glaubst du, ich weiß nicht, was du vorhast? Du weigerst dich, Mama und mir

Geld für neue Kleider zu geben, weil du das Gold für deine eigene Aussteuer beiseite legst.«

Valandra konnte Dalvina nur ungläubig anstarren. »Woher, um alles in der Welt, nimmst du nur diesen Unsinn? Ich habe nicht vor ...«

Davina reckte hochmütig ihr eigenwilliges Kinn. »Du brauchst es gar nicht zu leugnen. Aber damit nicht genug, du willst Mama und mich in Lumpen hüllen, damit wir keine Chance auf eine standesgemäße Heirat haben. Welcher Mann will schon eine Braut, die ihn in abgetragenen Kleidern vor dem Altar erwartet?«

Ihre Augen blitzten hasserfüllt. »Aber das werden wir nicht zulassen! Nur weil du eifersüchtig auf unsere Schönheit bist, willst du unserem Glück im Wege stehen. Ich hasse dich! Oh, wie sehr ich dich verabscheue!«

Mit diesen vernichtenden Worten stürmte sie weinend die Stufen zu ihren Gemächern hinauf.

Valandra schloss gequält die Augen. Sie machte ihrer Halbschwester keinen Vorwurf, denn Eleanora hatte nur zu deutlich aus diesen Anschuldigungen gesprochen. Aber es tat ihr im Herzen weh, wenn Dalvina ihr all den Hass mitten ins Gesicht schleuderte. Sie selbst brachte ihrer jüngeren Halbschwester nur Liebe entgegen. Sie konnte sich noch gut daran erinnern, dass Davina und sie als Kinder unzertrennlich gewesen waren. Das kleine Mädchen war ihr überallhin gefolgt und nachts oft zu ihr ins Bett gekrabbelt, wenn sie sich vor Unwettern gefürchtet hatte.

Ja, dachte Valandra traurig, es hatte einmal eine Zeit gegeben, in der sie gemeinsam gelacht hatten. Doch dann war Dalvina älter geworden und Eleanoras Einfluss immer stärker ...

Vom Hof her drangen plötzlich aufgeregte Rufe in die Halle. Im nächsten Augenblick riss Owen die Tür auf und stürmte herein. »Mylady, wir haben Reiter gesichtet. Sie kommen von Osten und nähern sich mit großer Geschwindigkeit.«

»Hat das denn nie ein Ende?«, stöhnte Valandra ärgerlich auf.

Sie überlegte blitzschnell. McGregor konnte es nicht sein. Demnach musste es ein anderer habgieriger Lord aus der Umgebung sein. Aber vielleicht auch … Neue Hoffnung keimte in ihr auf.

»Du sagst, aus östlicher Richtung? Könnte es vielleicht mein Vater sein?«

Owen kratzte sich nachdenklich am Bart. »Die Männer sind noch zu weit entfernt, um Genaueres auszumachen. Aber es wäre wirklich höchste Zeit, dass der Lord endlich heimkehrt.«

Valandra sprang entschlossen von ihrem Stuhl hoch. »Es ist besser, wir bereiten uns auf einen Angriff vor. Owen, bring die Männer in Alarmbereitschaft. Die Bogenschützen sollen ihre Posten einnehmen. Gib in der Küche Bescheid, Gweneth soll genügend Wasser erhitzen.« Sie unterdrückte ein Schaudern und betete darum, dass sie nicht zu dieser Maßnahme greifen müsste. Allein die Vorstellung, kochendes Wasser über einen Menschen zu gießen, bereitete ihr Übelkeit.

Valandra durchmaß die Halle mit eiligen Schritten und blieb auf der Treppe stehen, die zu ihren Gemächern führte. »Halte mich auf dem Laufenden! Ich komme so schnell ich kann zur Brustwehr hinauf.«

Owen bewegte sich nicht vom Fleck. »Was habt Ihr vor? Ihr wollt doch nicht …«

»Doch, genau das!«

Valandra stürmte die Stufen zu ihrem Gemach hinauf und rief zugleich nach Detlef, ihrem jungen Kammerdiener.

»Himmel, weshalb gibst du denn keine Antwort?«, verlangte sie schwer atmend zu wissen, als sie die Türe aufstieß.

Detlef saß mit untergeschlagenen Beinen auf ihrem Bett und flocht sich seelenruhig kleine Zöpfchen ins hellbraune Haar. Er war ein schmächtiger, feingliedriger Bursche von sechzehn Lenzen. Natürlich wusste Valandra, dass es vollkommen unschicklich war, sich von einer männlichen ›Zofe‹ zur Hand gehen zu lassen, doch da Detlef nur dem eigenen Geschlecht zugetan war, sah sie darin kein wirkliches Problem. Sie mochte diesen Jungen mit den zarten Gesichtszügen und dem peniblen Ordnungssinn. Auch wenn sein Respekt meist arg zu wünschen übrig ließ.

Detlef hielt in seiner Tätigkeit inne und ließ die Hände sinken. »Ihr wisst ganz genau, dass ich dieses Herumgebrülle nicht leiden kann. Es schadet meiner Stimme und gibt mir außerdem das Gefühl, ein ungehobelter Rabauke zu sein«, antwortete er empört auf ihre Frage.

»Deine Klagen nehme ich später entgegen. Ich muss mich beeilen. Hol mir meine Rüstung. Owen erwartet mich an der Brustwehr«, erklärte Valandra, während sie hastig aus ihrem Wollkleid schlüpfte.

Detlef rührte sich nicht. »Weshalb? Weigert sich Lord McGregor zu verschwinden?«

Valandra stemmte vorwurfsvoll die Hände in die Hüften. »Du solltest dich weniger mit deinen Träumereien beschäftigen und dich mehr darum kümmern, was um dich herum geschieht. McGregor ist bereits seit mehr als einer Stunde abgezogen. Die Wachmänner haben jedoch einen neuen Rittertrupp gesichtet, der direkt auf uns zuhält.«

»Ritter!« Detlefs Stimme nahm einen verträumten Klang an, bevor er Valandra mit einem strengen Blick maß. »Ihr schickt sie doch hoffentlich nicht wieder weg?«

Valandra verdrehte die Augen. » Glaubst du denn immer noch, dass ein holder Ritter hoch zu Ross herbeigeeilt kommt, nur um dich hinfort zu tragen?«

Detlef warf ihr einen schmachtenden Blick zu. »Tun wir das denn nicht alle?«

Valandra öffnete den Mund, klappte ihn jedoch sogleich wieder zu. Es war sinnlos.

»Ich habe jetzt wirklich keine Zeit für deine romantischen Hirngespinste. Hilf mir lieber beim Anlegen der Rüstung.«

Detlef rutschte von der Bettkante und rümpfte angewidert die Nase. »Ich hasse dieses Ungetüm. Es lässt Euch plump und unförmig wirken.«

»Die Rüstung ist auch nicht sonderlich bequem. Dennoch ziehe ich sie einem Pfeil in meinem Fleisch bei weitem vor.«

»Glaubt Ihr denn, wir werden ernstlich angegriffen?«

Valandra zuckte unsicher mit den Schultern. »Vielleicht ist es auch mein Vater.« Urplötzlich wusste sie jedoch, dass dem nicht so war. Es war nicht ihr Vater, der da in vollem Galopp auf sie zupreschte, sondern die Gefahr, dieses unbestimmbare Gefühl, das Valandra seit Tagen verunsicherte.

Nun stand es vor den Toren von Walkmoor Castle.

Zweites Kapitel

Das Wetter hatte sich verschlechtert. Schwere Regenwolken verdunkelten den Himmel, und erste Blitze kündeten von einem nahen Sturm, als Valandra mit bangem Herzen neben Owen an die Brustwehr trat. Gewöhnlich verschwendete sie keinen Gedanken an ein drohendes Unwetter, schließlich waren diese in ihrer Heimat keine Seltenheit, doch jetzt erschienen ihr die düsteren Wolken wie ein böses Omen.

»Gibt es Neuigkeiten?«

Owen schüttelte den Kopf. »Zumindest keine guten. Die Reiter sind jetzt nah genug, um ihre Farben erkennen zu können. Das Banner ist uns fremd. Wir können nur abwarten.«

Valandras Blick glitt ebenfalls in die Richtung, in die Owen starrte, und ein leises Frösteln rieselte über ihren Rücken.

Das fremde Banner zeigte einen goldenen Löwen auf schwarzem Grund. Rote Flammen züngelten gespenstisch echt um das edle Tier und verliehen ihm auf unheimliche Weise ein Eigenleben.

Owen schüttelte grimmig den Kopf, als er den Blick über Valandras Körper gleiten ließ. »Ich hasse dieses Ding. Es gefällt mir nicht, dass Ihr ständig in dieser hässlichen Rüstung herumlauft.«

Valandra zwang sich zu einem kleinen Lächeln. »Ach Owen, du hast sie doch selbst für mich anfertigen lassen.«

»Aye, aber erst nachdem Ihr mich drei Tage lang auf Schritt und Tritt verfolgt habt, um mich von der Notwendigkeit zu überzeugen.«

Valandras Lächeln wurde breiter. »Und schließlich

hast du dich meinen überzeugenden Worten beugen müssen und bist zur Einsicht gekommen. Du musst zugeben, dass ich Recht hatte.«

Owen schnaubte ärgerlich, konnte jedoch das verräterische Zucken um seine Mundwinkel nicht unterdrücken. »Das Einzige, was ich zugeben muss, ist, dass Ihr noch sturer als Euer Vater sein könnt, wenn Ihr etwas erreichen wollt.«

»Siehst du, dann kannst du mir nicht einmal böse sein. Anscheinend liegt es in meinem Blut.«

Valandra trat dichter an die Brustwehr und spähte den Männern entgegen. Es waren an die vierzig Reiter, die sich vor ihren Toren versammelten. Allesamt waren sie schwer bewaffnet. Ihre Rüstungen schimmerten matt und bedrohlich im düsteren Tageslicht.

»Sieh nur! Sie zügeln die Pferde!« Valandra stützte die Hände auf die dicke Steinmauer und lehnte sich ein Stück weiter vor, um die Vorgänge weit unter sich besser beobachten zu können.

»Sie halten an!«

»Freut Euch nicht zu früh, Mylady«, warnte Owen leise. »Die Fremden scheinen zumindest intelligent genug zu sein, um außerhalb der Schussweite unserer Bogenschützen zu bleiben.«

Valandras Brust zog sich vor Unbehagen zusammen.

Gebannt beobachteten sie, wie sich ein Reiter aus dem Trupp löste und selbstsicher auf Rufweite heranritt.

»Großer Gott«, haucht Valandra erschrocken. »Dieser Kerl muss ein Riese sein!«

Die Zügel seines Hengstes nur lose in der linken Hand, nahm Ranulf den Helm ab und rief mit dunkler, volltönender Stimme dem Torhüter zu: »Ich bin Ranulf de

Bretaux und wünsche den Burgherrn zu sprechen. Ich bringe Nachricht aus Ägypten.«

Stille. Nichts bewegte sich auf der gewaltigen Festungsmauer, die die Burg umgab.

»Diese Schotten scheinen ebenso gastfreundlich zu sein wie ihr Wetter! Allah sei uns gnädig, aber ich habe in meinem ganzen Leben noch nie so erbärmlich gefroren«, gestand Kasim missmutig, als er seinen Hengst neben Ranulf lenkte.

»Niemand hat dich gebeten mitzukommen«, gab dieser frostig zurück.

Im Gegensatz zu Kasim hatte ihm Schottland auf Anhieb gefallen. Obwohl es ein karges, zerklüftetes Land war, besaß es doch ganz entschieden eine eigene, raue Schönheit. Der Schnee war vielerorts noch nicht ganz geschmolzen, doch jetzt schon zeigten sich Wiesen von solch saftigem Grün, wie er sie noch nie zuvor gesehen hatte. In den Wäldern hatte er Spuren von Rotwild und Hasen entdeckt, und die leuchtend gelben Ginsterbüsche, die ihre ersten Blüten trieben, waren eine wahre Wohltat für seine Augen – insbesondere nach all den Monaten in der Trostlosigkeit der Wüste.

Als die Minuten verstrichen und sich noch immer nichts auf der Burg tat, spürte Ranulf, wie seine Geduld schwand.

Verdammt noch mal, sie saßen nun seit Wochen auf den Pferden. Sie hatten eine stürmische Seefahrt hinter sich und waren aufs Übelste ausgenommen worden, als sie in den Dörfern Proviant gekauft hatten. Doch dem nicht genug. Nach der glühenden Hitze der Wüste klagten seine Männer nun ständig wegen der beißenden Kälte – und Klagen war etwas, was Ranulf auf den Tod nicht ausstehen konnte.

Sein Hengst tänzelte nervös zur Seite.

»Irgendetwas ist hier seltsam«, flüsterte Kasim nachdenklich. »Ist dir aufgefallen, dass sich keiner der Bogenschützen bewegt? Sie stehen da wie Statuen.«

Es war Ranulf aufgefallen.

»Von mir aus können sie dort stehen, bis sie Wurzeln schlagen. Ich bin nur hier, um dem Jungen Lamont die Nachricht, das Gold und den Proviant zu bringen. Spätestens in zwei Tagen sind wir wieder fort.«

»Falls sie uns überhaupt einlassen.«

»Wenn nicht, auch gut. Dann stellen wir ihnen den ganzen Kram vor die Tore und reiten gleich weiter.«

Endlich, unter lautem Kettenrasseln und Quietschen, senkte sich die Zugbrücke, und zwei Reiter in voller Rüstung kamen ihnen entgegen. Einer von ihnen schien nur wenig kleiner gewachsen zu sein als Ranulf selbst. Der andere wirkte beinahe wie ein Zwerg.

Ranulf gab Kasim das Zeichen zu warten und ritt den beiden entgegen. Als sie auf derselben Höhe waren, zügelte er den Hengst und wandte sich an den Riesen. »Seid Ihr Val Lamont?«

Zu seinem Erstaunen antwortete der Kleine. »Das bin ich.«

Valandra benötigte einige Herzschläge, um sich vom Anblick des Fremden zu erholen. Bereits aus der Ferne hatte er beeindruckend ausgesehen, doch aus der Nähe … Nie zuvor war sie einem Mann begegnet, der so ungewöhnlich gut und gleichzeitig gefährlich aussah. Mit stolz erhobenem Haupt saß er auf seinem riesigen schwarzen Streitross und hielt seinen Blick unbeirrt auf sie gerichtet. Dabei wirkte er so bedrohlich wie der Löwe, der sein Banner zierte. Sein dichtes Haar, das sich im kräftigen Nacken leicht wellte, schimmerte im selben

Goldton wie das Wappentier. Jeder Zoll seines mächtigen Körpers sprach von Kraft und Autorität. Auch die markanten Gesichtszüge in seinem ernsten, tief gebräunten Gesicht ließen weder Sanftmut noch Freundlichkeit erkennen. Er wirkte so hart und unnahbar wie ein Fels. Nur eine kleine blasse Narbe an seiner Oberlippe machte ihn irgendwie menschlicher. Am außergewöhnlichsten waren jedoch seine Augen. Tiefblau wie die See und mindestens so gefährlich. Sie schienen ein eigenes, unheimliches Feuer zu besitzen.

Owens geräuschvolles Räuspern riss Valandra aus ihren Gedanken, und sie dankte dem Himmel, dass niemand ihr verlegenes Erröten sah.

»Ihr habt von einer Nachricht meines Vaters gesprochen?«

Ranulf versuchte, durch die Augenschlitze des Helms den Jungen zu erkennen, doch alles, was er sah, waren smaragdgrüne Augen. Das geschlossene Visier veränderte auch die Stimme, sodass es unmöglich war herauszufinden, wie alt sein Gegenüber wohl sein mochte.

Ranulfs Verstimmung wuchs um ein Vielfaches. Er hasste es, wenn er nicht wusste, mit wem er es zu tun hatte.

»Nun sprecht doch! Ist er wohlauf?«

Ranulf kramte in seiner Satteltasche und nahm Lord Lamonts Brief hervor.

»Euer Vater ist verletzt, aber er lebt.« Er lenkte sein Streitross näher an Valandras Pferd und überreichte ihr das Pergament.

Ungeduldig brach sie das Siegel auf und las.

Mein lieber Sausewind ...

Mein Gott, tat das gut, diesen Kosenamen zu vernehmen. Nur gut, dass sie diesen Helm trug, damit niemand ihre feuchten Augen sehen konnte.

Deine Nachricht hat mich heute erreicht. Vergib mir, dass ich dich so lange allein ließ. Leider ist es mir noch nicht möglich, selbst den Heimweg anzutreten, doch Lord Ranulf de Bretaux kommt an meiner statt. Er kann dir alles erklären. Er ist der beste Krieger, dem ich je begegnet bin, und ein Mann von Ehre. Lass dir von ihm helfen, bis ich wieder daheim bin. Seine üble Laune soll dich dabei nicht abschrecken.

Er hat versprochen, dir auch einige Lektionen im Schwertkampf zu erteilen.

Gewähre ihm unsere Gastfreundschaft. Du kannst ihm vertrauen.

Gib auf dich Acht, meine Kleine. Ich bin bald wieder daheim.«

Valandra musterte den Fremden und bemühte sich, das verräterische Zittern aus ihrer Stimme zu verbannen.

»Es ist nicht die Handschrift meines Vaters.« Mit diesen Worten reichte sie das Schreiben an Owen weiter.

»Ein Priester hat es für ihn geschrieben.«

»Ein Priester? Wie schwer ist er verletzt? War er in guter Verfassung, als Ihr ihn verlassen habt?«

»*Oui*, es ging ihm den Umständen entsprechend. Euer Vater hat im Kampf einen Arm und dadurch sehr viel Blut verloren. Wenn sich die Wunde nicht entzündet, wird er in einigen Monaten heimkehren.«

Die Nachricht traf Valandra wie ein Fausthieb in die Magengrube. Sie schwankte leicht im Sattel und glaubte, den alles verzehrenden Schmerz am eigenen Leib zu spüren.

»Oh, mein Gott«, hauchte sie und fürchtete einen Moment lang, sich übergeben zu müssen. Doch sie schluckte hart und straffte tapfer die Schultern. Jetzt war nicht die richtige Zeit, um sich dem Mitleid für ihren Vater zu ergeben. Später, wenn sie allein war, durfte sie den Tränen freien Lauf lassen.

»Mein Vater lebt. Das ist alles, was zählt.« Valandra hob stolz den Kopf und erklärte mit fester Stimme: »Ihr und vier Eurer Männer seid willkommen auf Walkmoor Castle. Die anderen werden ihr Lager hier vor den Burgmauern aufschlagen, bis ich sicher bin, dass ich Euch vertrauen kann.«

Ranulf schüttelte entschieden den Kopf. »Ich werde keinen meiner Männer hier zurücklassen. Die Reise war lang, und sie sind geschwächt. Einige bedürfen der Pflege, weil ihre Wunden wieder aufgebrochen sind. Die anderen werden zur Verteidigung der Burg beitragen.«

Als er sah, wie sich die kleine Gestalt versteifte, fügte er etwas freundlicher hinzu: »Euer Vater sagte mir, dass er Euch kaum Krieger beließ. Ihr werdet meine Männer brauchen, falls erneut Eindringlinge auftauchen.«

Damit hatte er natürlich Recht. Dennoch sträubte sich alles in Valandra dagegen, so viele fremde Soldaten aufzunehmen. Sie waren deutlich in der Überzahl, und es wäre ihnen ein Leichtes, Walkmoor Castle ohne große Gegenwehr an sich zu reißen. Besonders ihr Anführer, dieser Ranulf de Bretaux, wirkte nicht gerade Vertrauen erweckend.

Allein die Art, wie er selbstsicher vor ihr aufragte, ließ keinen Zweifel daran, dass er ein Mann war, der es verstand, seinen Willen durchzusetzen. Die Tatsache, dass er sie fortwährend mit grimmiger Entschlossenheit anstarrte, trug auch nicht gerade dazu bei, ihr die Entscheidung zu erleichtern.

Valandra reckte sich noch ein Stück mehr und beschied streng: »Ich werde Eure Männer erst einlassen, wenn ich mir sicher bin, dass Ihr wirklich von meinem Vater geschickt wurdet. Ihr hättet die Nachricht auch abfangen und Euch nun für diesen Lord de Bretaux ausgeben können.«

Ranulfs Geduld näherte sich bedrohlich dem Ende. Er dachte nicht daran, seine Männer hier ungeschützt zurückzulassen. Keinen Einzigen von ihnen. Obwohl er bezweifelte, dass Malven ihnen auf den Fersen war, so wollte er doch kein Risiko eingehen. Er war selbst einmal Zeuge gewesen, wie sein betagter Freund sieben kriegserprobte Männer umgebracht hatte, und das in der Zeitspanne, die sie zum Überqueren eines schmalen Bachlaufs benötigt hätten.

»Euer Vater warnte mich bereits vor Eurem Misstrauen …« Er fluchte insgeheim und fühlte sich wie ein elender Narr, als er gezwungen war, die nächsten Worte auszusprechen. Ein Glück, dass seine Männer nicht in Hörweite waren.

Ranulf räusperte sich unwillig. »Liebe überlebt jeden Sturm und lindert den Schmerz der Einsamkeit.«

Valandra griff sich unwillkürlich an die Brust, wo unter ihrem Panzer das Amulett mit genau dieser Aufschrift ruhte. Im nächsten Augenblick hätte sie beinahe laut aufgelacht, als sie erkannte, wie der finstere Riese bei diesen Worten errötete. Augenscheinlich war er es nicht gewohnt, mit lieblichen Phrasen aufzuwarten. Die vorwurfsvolle Kälte in seinen verblüffend blauen Augen bestätigte diese Annahme.

»Also?«, herrschte er sie unfreundlich an, und seine Lippen bildeten einen grimmigen Strich.

Valandra zögerte noch immer. Schließlich nickte sie

jedoch und gab dem Torwächter das Zeichen, die Zugbrücke erneut herunterzulassen. Sie wandte sich an Ranulf. »Mylord, Ihr und Eure Männer seid auf Walkmoor Castle willkommen. Leider sind die Vorräte knapp, doch das, was wir haben, werden wir gern mit Euch teilen.«

Drittes Kapitel

Die Hufschläge hallten wie Donnergrollen von den dicken Burgmauern, als Ranulf mit seinen Männern über die Zugbrücke ritt. Vor ihnen tat sich ein beeindruckender Burghof auf, der rund um den massiven Haupttrakt führte. Hier befanden sich diverse Ställe, eine Schmiede, eine Brauerei und allerlei andere kleine Gebäude, die direkt aus der Umfriedungsmauer zu sprießen schienen. Zur rechten Seite der Burg erstreckte sich ein riesiges Feld, auf dem die Krieger sich im Kampf üben konnten.

Ranulfs Blick glitt über die angespannten Gesichter der Burgbewohner, die sich im Hof versammelt hatten. Sie waren mit Schaufeln, Heugabeln oder Stöcken bewaffnet, um sich notfalls gegen die Eindringlinge zu wehren.

Auch wenn ihr Anblick eher armselig als bedrohlich wirkte, musste Ranulf ihnen doch Respekt zollen. Offensichtlich waren sie ihrem jungen Herrn treu ergeben.

»Umso besser«, dachte Ranulf erleichtert. Dann brauchte er diese Leute nur ausreichend zu bewaffnen und konnte guten Gewissens wieder seiner Wege ziehen. Vielleicht morgen schon …

Valandra ritt in die Mitte des Hofes, erhob sich in den Steigbügeln und verkündete mit lauter Stimme: »Dies ist Lord Ranulf de Bretaux. Er bringt frohe Botschaft aus Ägypten. Mein Vater lebt und wird bald zurückkehren.«

Laute Jubelrufe erklangen, doch Valandra hob die Hand, um sie zum Schweigen zu bringen. »Ich möchte, dass ihr unsere Gäste willkommen heißt. Mein Vater hat uns diese wackeren Männer geschickt, damit sie uns helfen, Walkmoor Castle bis zu seiner Heimkehr zu sichern.« Nur zögernd zeichnete sich auf den Gesichtern der Leute Erleichterung ab, doch dann, als wäre ein Bann gebrochen, brachen sie erneut in lauten Jubel und Hochrufe aus.

Valandra lenkte ihr Pferd vor das Hauptportal und ließ sich von Owen aus dem Sattel helfen. Den Helm unter den Arm geklemmt, erteilte sie ihren Männern den Befehl, die Pferde der Neuankömmlinge zu versorgen. Nachtlager mussten errichtet und Metfässer aus dem Keller geholt werden. Danach rief sie Gweneth zu sich und gab Anweisung, ein herzhaftes Mal zuzubereiten.

»Und sag Dalvinas Damen, sie sollen die alten Leinentücher in Streifen reißen. Wir werden Verbandsmaterial benötigen.«

Allmählich leerte sich der Burghof.

Auch Ranulf gab letzte Anweisungen an seine Männer und beobachtete, wie sie von den Burgbewohnern freundlich weggeführt wurden. Er war sehr zufrieden. Sein Aufenthalt hier würde nur von kurzer Dauer sein.

Wesentlich besser gelaunt wandte er sich seinem jungen Gastgeber zu und verharrte mitten in der Bewegung.

Das darf doch nicht wahr sein!

Der junge Lord war eine Frau. Glänzendes dunkelbraunes Haar fiel in einem dicken, hüftlangen Zopf über das matte Metall ihrer Rüstung. Doch sie erteilte Befehle wie ein verdammter General. Dabei war ihre Stimme so fest und entschlossen, als ob sie nie etwas anderes getan hätte. Verdammt und zum Teufel, dies schien wahrlich nicht das erste Mal zu sein, dass sie den Burgherrn spielte.

Namenlose Enttäuschung und das bittere Gefühl von Verrat stiegen in Ranulf hoch, und er ballte die Hände so fest zu Fäusten, dass die Knöchel weiß hervortraten. Seine Augen blieben an der zierlichen Frauengestalt hängen. Das würde sie ihm büßen.

Das Lächeln gefror Valandra auf den Lippen, als sie Ranulf wütend auf sich zustapfen sah. Himmel, was mochte ihn nur so verärgert haben? Ihr erster Impuls war die Flucht, doch dann besann sie sich eines Besseren. Dies war ihre Burg. Dieser finstere Riese würde es bestimmt nicht wagen, Hand an sie zu legen.

Mit hoch erhobenem Haupt und angehaltenem Atem wartete sie, bis er die geringe Entfernung zwischen ihnen überbrückt hatte.

»Ihr seht verärgert aus, Mylord«, bekundete sie unnötiger Weise, als er mit bebenden Nasenflügeln vor ihr stehen blieb. Obwohl ihre Stimme nichts von ihrer Furcht verriet, hämmerte ihr Herz wie wild gegen die Rippen. Heilige Jungfrau, sie hatte seine ungewöhnliche Größe dem riesigen Schlachtross zugeschrieben, doch nun stand er auf seinen eigenen Beinen und überragte sie noch immer um gut zwei Haupteslängen.

Er baute sich vor ihr auf. »Wie scharfsinnig von Euch, *Lady*«, zischte er schneidend. Dabei war er redlich bemüht, seinen Zorn zu zügeln.

»Darf ich auch den Grund für Euren Ärger erfahren?« Sie musste den Kopf in den Nacken legen, um ihm in die Augen sehen zu können – ein Umstand, der ihr gar nicht gefiel.

Ohne Vorwarnung packte Ranulf ihren Haarzopf und hielt in ihr anklagend vors Gesicht. »Das hier ist der Grund!«

Valandra war wie erstarrt vor Schreck.

»Dein Vater hat mit keinem Wort eine Tochter erwähnt. Zum Teufel noch mal, wenn ich das gewusst hätte, wäre ich niemals hierher gekommen. Er hat mich absichtlich in diese Falle gelockt!«

Der bittere Groll in seinem Gesicht verwirrte Valandra. »Mein Vater vergisst manchmal selbst, dass ich seine Tochter und nicht sein Sohn bin. Er hat es bestimmt nicht absichtlich verschwiegen.«

Ranulf aber wollte keinerlei Ausflüchte hören. All seine Pläne waren zunichte gemacht. Wie sollte er den Ort guten Gewissens wieder verlassen, wenn dieses Weibsbild hier die Aufsicht hatte? Er hatte dem betrügerischen Lord sein Ehrenwort gegeben, dass er für die Sicherheit der Burg sorgen würde – und er stand immer zu seinem Wort!

Ranulfs Griff um Valandras Haarzopf verstärkte sich. »Erzähl mir keine Lügen! Das war pure Absicht! Er wusste verdammt genau, dass es sich bei dir um ein Mädchen handelt.« Sein Blick glitt verächtlich über ihren Körper, der noch immer in der Rüstung steckte. »Um ein verdammtes Kind«, platzte er wütend heraus.

Valandra schnappte empört nach Luft. Das war ja wohl der Gipfel. Wütend hielt sie seinem zornigen Blick stand und erklärte schneidend: »Ich bin weder das eine noch das andere, *Lord* de Bretaux. Ich bin eine erwachsene Frau, die es vorzieht, mit dem nötigen Respekt behandelt zu werden. Haben wir uns verstanden?«

Ranulf ließ ihr Haar los und packte sie stattdessen bei den Schultern. »Sprich nicht in diesem Ton mit mir, Weib!«

»Oder was?«, gab sie hitzig zurück. »Wollt Ihr mich sonst wieder an meinen Haaren ziehen?« Sie versuchte seine Hände abzuschütteln, doch die kräftigen Finger umspannten ihre Schultern wie zwei Schraubstöcke.

»Wenn Euch mein Anblick so sehr missfällt, könnt Ihr jederzeit verschwinden. Das Tor steht Euch offen.«

»Du musst verrückt sein, mich ausgerechnet jetzt zu reizen.«

»Benehmt Euch wie ein zivilisierter Mensch, und es wird nicht nötig sein.«

Mit nicht geringer Genugtuung erkannte sie sein Erstaunen. Offensichtlich war er es nicht gewohnt, dass ihm jemand die Stirn bot.

Als er sich ein wenig beruhigte, fügte Valandra etwas freundlicher hinzu:

»Ich bin, was ich bin, daran kann niemand etwas ändern.« Sie legte ihre Hände auf seine, die noch immer schwer auf ihren Schultern ruhten, und zog sie fort. »Bestimmt werdet Ihr diese herbe Enttäuschung überleben.«

Ranulf hingegen war sich dessen ganz und gar nicht sicher. Was ihn im Augenblick jedoch weit mehr beschäftigte, war, dass sein Zorn urplötzlich verpufft war. Seine Handrücken prickelten angenehm von dieser unerwartet zärtlichen Berührung. Himmel noch mal, wie konnte eine so kleine, unschuldige Geste solch verwirrende Gefühle in ihm auslösen?

Mit großer Erleichterung erkannte Valandra, dass sich der Sturm seiner Wut allmählich legte. »Wenn Ihr mir jetzt folgen wollt? In der Halle wird gerade ein herzhaftes Mahl zubereitet. Meine Mama sagte immer, nur ein gut gespeister Mann sei auch ein zufriedener Mann.«

Plötzlich erhellte ein Lächeln ihr Gesicht, und ihre Augen funkelten vor Schalk. »Also esst tüchtig, Mylord. Sonst könnte unser nächstes Zusammentreffen in einem Zweikampf enden.«

Ranulf starrte wie gebannt auf die lieblichen Lachgrübchen in Valandras Wangen. Er konnte nicht anders. Obwohl sich dunkle Ringe der Müdigkeit unter ihren Augen abzeichneten, strahlte sie eine unbändige Energie und Willenskraft aus. Kleiner General, hatte ihr Vater sie einmal genannt. Der Name passte.

»Nun kommt endlich, Mylord. Ich muss dringend aus dieser Rüstung heraus, bevor …« Sie stöhnte leise auf, als ihre Stiefmutter auf der obersten Treppenstufe erschien.

»Zu spät.«

»O nein! Valandra, wie kannst du dich in dieser scheußlichen Rüstung zeigen? Du bringst Schande über uns alle.«

Valandra versteifte sich, und Ranulf konnte für den Bruchteil einer Sekunde tiefe Betroffenheit in ihren zarten Gesichtszügen erkennen. Gleich darauf war diese jedoch verschwunden, und sie wirkte kühl und unnahbar.

»Darf ich vorstellen, dies ist Lord Ranulf de Bretaux. Er kämpfte an der Seite meines Vaters. Meine Stiefmutter, Lady Eleanora Lamont.«

Unangenehm berührt bemerkte Ranulf die plötzliche Veränderung der älteren Frau. Die Empörung wich augenblicklich aus ihrem immer noch hübschen Gesicht, und ihre Augen verschlangen begehrlich seinen kräftigen Körper, während ein sinnliches Lächeln ihre Lippen umspielte. Eleanora schwebte mit ausgestreckten Händen die Stufen herab und säuselte: »Willkommen, Mylord. Mein Heim sei das Eure.«

Etwas ungelenk führte Ranulf die blasse, feingliedrige Hand an seine Lippen.

»Vielen Dank, Mylady.«

Valandra presste missmutig die Lippen aufeinander. Es machte sie wütend, dass dieser Kerl ihrer Stiefmutter gegenüber so galant war, während er ihr selbst am liebsten den Kopf abgebissen hätte. Zu müde, um ihre Verstimmung zu verbergen, meinte sie deshalb sarkastisch: »Ach wie nett, unser Gast hat seine Manieren entdeckt. Das lässt wenigstens hoffen. Eleanora, begleite den Lord doch bitte in die große Halle! Hier draußen steht ihr mir nur im Weg.«

Eleanora spitzte empört die Lippen. »Bitte vergebt Valandras rüdes Benehmen. Manchmal fällt es mir wirklich schwer zu glauben, dass sie von edler Geburt sein soll. Sie hat die Manieren einer Bäuerin und eine Wortwahl, die einem Stallburschen zur Ehre gereicht.«

Valandra zwang sich, nicht mitten im Gehen inne zu halten. Sie wusste, dass Eleanora absichtlich laut genug gesprochen hatte, damit sie die Beleidigung mit anhören musste. Schließlich ließ ihre Stiefmutter nur selten eine Gelegenheit aus, um sie vor anderen zu demütigen.

Zu ihrer Schande musste sie sich eingestehen, dass sie es diesmal sogar verdient hatte.

Valandra überlegte kurz, ob sie die unbequeme Rüstung ablegen sollte, entschied sich jedoch dagegen. Das musste warten. Zuerst gab es wichtigere Dinge, um die sie sich zu kümmern hatte.

Sie wandte sich Owen zu, unter dessen strengem Blick einige Männer die Vorratswagen entluden. So zufrieden hatte sie ihren Hauptmann schon lange nicht mehr gesehen. Ihre Neugierde war augenblicklich geweckt.

»Wir sind gerettet!«, rief Owen aufgeregt und deutete auf die unzähligen Getreidesäcke. »Wartet nur, bis Ihr den Inhalt der anderen Wagen seht. Euer Vater hat große Reichtümer im Krieg erbeutet. Truhen mit Gewürzen, Seide, duftende Öle und jede Menge fremdländischer Zierrat. Sogar eine Kiste mit Gold und Juwelen habe ich entdeckt.«

»Dem Himmel sei Dank!«, rief Valandra und fiel Owen vor Erleichterung um den Hals. Die verschiedensten Gefühle drohten sie beinahe zu überwältigen. So viele Nächte hatte sie aus Sorge um ihr Heim wach gelegen. Nun durfte sie endlich wieder auf ein gutes Ende hoffen. Tiefe Liebe und Dankbarkeit durchströmten sie, weil ihr Vater trotz seiner schweren Verletzung und der Schmerzen an seine Lieben daheim gedacht hatte.

»Ich wusste, dass Papa uns nicht im Stich lässt.«

Owen erwiderte die Umarmung etwas ungelenk und lachte gutmütig. »Aye, Kindchen, Ihr habt nie daran gezweifelt. Nun wandelt sich alles zum Guten. Mit den Vorräten und den neuen Männern wird es uns ein Leichtes sein, die Burg bis zur Heimkehr Eures Vaters zu halten.«

Valandra befreite sich aus seinen Armen und straffte energisch die Schultern. »Wir dürfen nicht trödeln. Der Regen lässt gewiss nicht mehr lange auf sich warten, und es ist noch viel zu tun. Lass die Vorräte in die Küche tragen. Gweneth wird sich darum kümmern. Die restlichen Dinge bringen wir in der Schatzkammer unter.« Sie zögerte einen Augenblick. »Alles bis auf die Truhe mit dem Gold und den Juwelen. Owen, ich möchte, dass du die Kiste an dich nimmst. Verbirg sie gut, damit meine Stiefmutter und Dalvina nichts davon erfahren. Papa wäre bestimmt nicht erfreut, wenn er bei seiner Heimkehr kein Gold mehr vorfinden würde.«

Owen fühlte sich sichtlich geehrt. »Ich werde die Truhe wie einen Augapfel hüten.«

»Und ich werde mich nun um unsere Gäste kümmern.«

Mit diesen Worten verließ Valandra den Hauptmann und blieb vor einem seltsam gewandeten, dunkelhäutigen Mann stehen, der gerade Anweisungen an Ranulfs Männer erteilte. Er trug einen dunkelblauen, wallenden Kaftan, der vorn offen stand und den Blick auf Pluderhosen und ein weißes Leinenhemd frei gab. Seine Füsse steckten in kniehohen Lederstiefeln, und um seine Mitte hing ein seltsam gebogenes Schwert, dessen Klinge die Form eines Halbmondes aufwies. Sein rabenschwarzes Haar wurde größtenteils von einem Turban bedeckt. Eine überaus stattliche Erscheinung, fuhr es Valandra durch den Sinn. Der junge Mann mit den angenehmen Gesichtszügen konnte kaum älter als sie selbst sein, und doch lagen in seinen Augen eine innere Ruhe und Abgeklärtheit, die ihn wesentlich älter wirken ließen.

»Ich hörte, dass einige der Männer der Pflege bedürfen«, sprach sie ihn an. »Welcher Art sind ihre Verletzungen?«

Kasim ließ seine schwarzen Augen anerkennend über Valandras Körper wandern und schenkte ihr ein offenes Lächeln. »Beim Anblick Eurer Schönheit verzeihe ich diesem Land sogar das trostlose Wetter.«

Valandra blinzelte verwirrt. Bei Komplimenten fühlte sie sich stets unangenehm berührt, weil sie nie wusste, ob sie ernst oder nur als geschmackloser Scherz gemeint waren. Da sie eine Rüstung trug, traf wohl Letzteres zu.

»Der Dank meines Landes sei Euch gewiss«, gab sie deshalb kühl zurück und hob fragend eine Augenbraue. »Nun? Wie sieht es mit den Verletzungen aus?«

Kasim lachte freundlich. »Wie ich sehe, ist Euch meine Offenheit unangenehm.«

Oder Euer Hohn, fuhr es ihr unvermittelt durch den

Sinn. Wenn sie nur halb so zerschlagen aussah, wie sie sich fühlte, war dieser Mann entweder blind oder nicht ganz bei Sinnen.

Kasim verneigte sich, während er seine Hand über Kinn, Nase und Stirn bewegte. »Darf ich mich vorstellen? Kasim Mohammed Abdallah el Raschid. Zu Euren Diensten.«

»Großer Gott, ich wusste gar nicht, dass ein Mensch so viele Namen haben kann«, entfuhr es Valandra erstaunt. Doch dann erinnerte sie sich wieder an ihre Manieren und stellte sich ihrerseits vor. »Dein Herr erklärte, dass einige seiner Männer der Pflege bedürfen. Ich möchte die Verwundeten sehen, um mir selbst ein Bild machen zu können.«

Kasim deutete auf einen der Ställe. »Sie sind dort untergebracht. Und Ranulf ist nicht mein Herr, sondern mein Eigentum.«

»Euer Eigentum?«

Er schenkte ihr ein jungenhaftes Grinsen. »Tja, wie ich immer zu sagen pflege: Allah war ihm gnädig und schenkte ihm den tapfersten, klügsten und ruhmreichsten Ritter, um sein Leben zu retten. Ob es mir nun gefällt oder nicht, ich bin für diesen verdrießlichen Riesen verantwortlich.«

In seiner Stimme schwang so viel Sympathie und Zuneigung mit, dass sie die harten Worte Lügen strafte und Valandra ein kleines Lächeln entlockte.

»Ihr habt Eure ungeheuere Bescheidenheit vergessen. Ihr seid nicht nur tapfer, ruhmreich und klug, sondern auch noch ungemein bescheiden.«

Erneut entblößte Kasim eine Reihe strahlend weißer Zähne. »Bescheidenheit ist die Strafe der minderen Individuen. Darüber bin ich weit erhaben.«

Diesmal erreichte Valandras Lachen sogar ihre Augen. Sie mochte diesen Kerl.

»Bitte vergebt mir meine Unwissenheit.«

Die nächste Stunde verbrachte Valandra in Kasims Gesellschaft. Er stellte sie den Männern vor und half ihr, alles Nötige für die Unterkünfte der Soldaten in die Wege zu leiten. Die Zeit verging wie im Flug, und Valandra war selbst erstaunt, wie sehr sie Kasims eigentümlichen Humor genoss. Sie fühlte sich in der Tat so unbeschwert wie seit ewigen Zeiten nicht mehr.

Es tat ihr beinahe Leid, als der Duft von frischem Brot, gebratenem Fasan und Gemüse sie zwang, ihn in die grosse Halle zu führen. Hier hatten Bedienstete eilig mehrere Tische und Bänke aufgestellt und eilten emsig umher, um alles für das Abendmahl vorzubereiten.

Derweil stand Ranulf de Bretaux mit einem Weinkelch in der Hand vor dem Kamin und war drauf und dran, einen Mord zu begehen. Sein Kiefer malmte vor Ungeduld. Einerseits bewunderte er Lady Eleanora für ihre Hartnäckigkeit, doch andererseits hätte er ihr am liebsten den blassen Hals umgedreht, nur um sie endlich zum Schweigen zu bringen. Es war wirklich erschreckend! Diese Frau konnte reden, ohne jemals Luft zu holen. Allein diese Tatsache war für einen wortkargen Mann wie ihn unfassbar, das gewünschte Thema glich jedoch der reinsten Folter.

Ranulf fuhr sich mit der Hand übers Gesicht und wünschte sich weit fort in eine blutige Schlacht. Seit einer geschlagenen Stunde versuchte Lady Eleanora mit aller Gewalt, ihn in ein Gespräch über abendländische Garderobe zu verwickeln.

Verdammt noch mal, er war ein Krieger! Was kümmerte es ihn, was arabische Frauen trugen? Schwerter, Rüstungen und Pferde waren seine Welt. Frauenkleider interessierten ihn nur, wenn es darum ging, sie auszuziehen.

Er blickte sich unauffällig nach Kasim um. Wo, zum Teufel, steckte dieser Kerl, wenn man ihn mal brauchte?

Er entdeckte ihn an der Seitentreppe, und sogleich verengten sich seine Augen, als er die junge Hausherrin an seiner Seite gewahrte. *Sie trägt noch immer diese alberne Rüstung*, dachte Ranulf verächtlich und beobachtete, wie sie über einen von Kasims Scherzen lachte. Ihr helles Lachen drang wie Hohn an sein Ohr.

Allein ihr Anblick genügte, um seinen Zorn von neuem zu entfachen. Sie trug an allem die Schuld. Wenn sie den Anstand besessen hätte, als Mann zur Welt zu kommen, säße er jetzt nicht in dieser Klemme. Er hätte den Proviant und das Beutegut abgeladen, die Streitkräfte verstärkt und würde guten Gewissens weiterziehen.

Ranulf wusste, dass sein Ärger bar jeder Vernunft war, doch unter den gegebenen Umständen war es ihm egal. Sie hatte ihm einen Strich durch die Rechnung gemacht. Inzwischen konnte er ihr sogar noch ein weiteres Vergehen anlasten – Lady Eleanoras Gesellschaft.

Erneut lachte sie fröhlich auf, und ohne sich dessen bewusst zu sein, ließ er Eleanora einfach stehen und schritt auf die beiden zu.

Nur um ihr erneut die Meinung zu sagen, redete er sich ein. Keinesfalls, um diese heimtückischen Lachgrübchen zu sehen.

Als Valandra Ranulf auf sich zusteuern sah, entschuldigte sie sich eilig bei Kasim und wandte sich der Treppe zu, die zu ihren Gemächern führte. O nein, diesem übellaunigen Riesen wollte sie nicht schon wieder begegnen.

Feigling, fuhr es Ranulf durch den Sinn, als er ihr leicht enttäuscht hinterher sah. Sie kämpfte sich erschöpft die Stufen hinauf.

Plötzlich kam sie ins Wanken, und einen entsetzlichen Augenblick befürchtete er, die kleine Gestalt werde unter dem schweren Gewicht der Rüstung rückwärts die Treppe herunterfallen. Sie erlangte jedoch wieder das Gleichgewicht und setzte ihren Weg mühsam fort. Bald darauf stolperte sie erneut.

»Verdammtes Weibsbild«, entfuhr es Ranulf. Schon jagte er die Stufen hinter ihr her, um sie vor dem Fall zu retten.

Valandra schrie erschrocken auf, als sie mit einem heftigen Ruck den Boden unter den Füßen verlor. Ihr Schreck verwandelte sich innerhalb von Sekunden in heftigste Empörung, als sie wie ein Sack Getreide unter einen stählernen Arm geklemmt und die Stufen hinaufgetragen wurde. Sie wusste sofort, wer ihr ›Retter‹ war. Es gab schließlich nur einen, dem sie eine solche Taktlosigkeit zutraute. Ihr Brustpanzer rammte sich schmerzhaft in ihr Fleisch.

»Lasst mich augenblicklich hinunter, Mylord!«, keuchte sie erstickt. »Ich kann allein gehen.«

»Damit du dir den Hals brichst und ich gezwungen bin, noch länger hier zu bleiben? Vergiss es, kein Bedarf«, knurrte Ranulf ärgerlich zurück.

Oben an der Treppe stellte er seine Last unsanft auf die Beine, nickte knapp und kehrte zu Kasim zurück.

Dieser erwartete ihn bereits mit einem breiten Grinsen. »Eine entzückende Frau, findest du nicht auch?«

Ranulf maß ihn mit einem finsteren Blick. »Sie ist nichts anderes als ein dummes Kind, das Krieg spielt.«

Kasim schüttelte betrübt den Kopf, während sein Blick

noch immer am obersten Treppenabsatz hing. »Du irrst dich, mein Freund. Sie handelt aus reinem Pflichtgefühl. Aber sie leidet. Ich habe es in ihren Augen gesehen.«

Ranulf bedachte den jungen Syrer mit einem scharfen Blick. »Sie ist die Tochter des Hauses, vergiss das nicht. Wenn du unbedingt eine Frau *trösten* willst, nimm dir eine der Mägde. Es gibt bestimmt genügend Willige unter ihnen. Aber von Lady Valandra lässt du die Finger, sonst werde ich dich eigenhändig kastrieren.«

»Du bist grausam«, erklärte Kasim unbeeindruckt. »Dennoch muss ich dir Recht geben. Lady Valandra braucht einen Mann mit dem Herzen eines Löwen. Ich fürchte, ich könnte ihr nur das eines Minnesängers bieten.«

Viertes Kapitel

Bald darauf wurde das Abendmahl aufgetragen. Diesmal hatte Ranulf bewusst einen Stuhl möglichst weit entfernt von Lady Eleanora gewählt. Dennoch gelang es ihr immer wieder, das Wort an ihn zu richten.

Unvermittelt stieß Kasim einen anerkennenden Pfiff aus. »Bei Allah, diese Burg scheint das Zentrum der Schönheit zu sein.«

Ranulf folgte Kasims Blick zur Treppe, und selbst er lüftete anerkennend eine Augenbraue über so viel Anmut und Liebreiz.

Die Kindfrau, die gerade herunterschwebte, war schlank, doch jetzt schon zeigte sich, dass sie in wenigen Jahren an den richtigen Stellen gerundet sein würde. Ihr blondes Haar trug sie zu einer aufwändigen Krone hoch gesteckt; einige verführerische Locken umrahmten ein vollendet geformtes Gesicht. Ihr dunkelblaues Kleid war tief ausgeschnitten und unterstrich farblich ihre ausdrucksstarken Augen.

»Diese Frau ist meiner beinahe würdig«, flüsterte Kasim zufrieden und eilte ihr entgegen, um sie an ihren Platz zu führen. Dabei stellte sich heraus, dass die Schönheit Dalvina hieß und die Tochter der Burgherrin war.

Das junge Mädchen verstand es ausgezeichnet, die Männer zu unterhalten. Ranulf begrüßte diesen Umstand sehr. So war er zumindest nicht länger gezwungen, mit Lady Eleanora zu reden. Es war ihm mehr als unangenehm, dass sie ihm so offenkundige Avancen machte. Himmel, sie hatte ihm sogar lasziv über den Oberarm gestrichen und seine Muskelwölbungen bewundert. Nun aber saßen drei Personen zwischen ihnen, und Ranulf entspannte sich allmählich.

Die Malzeit verlief gemütlich in dahinplätschernder Konversation – bis Valandra hinzukam. Obwohl sie sich noch immer am anderen Ende der Halle aufhielt und mit einem kleinen Jungen sprach, war die Veränderung in der Halle deutlich spürbar. Die Dienstboten schienen erleichtert aufzuatmen, während die beiden Damen am Tisch verstummten und beinahe feindselig in ihre Richtung starrten.

Ranulf nutzte die Gelegenheit, um die junge Hausherrin genauer zu betrachten, und was er sah, überraschte ihn über die Maßen. Das unförmige Mädchen aus dem Hof war tatsächlich eine erwachsene Frau – wie ihre sanften Rundungen deutlich bezeugten. Niemals hätte er sich träumen lassen, dass unter dem schweren Metall ein so zierlicher Körper stecken könnte. Kein Wunder, dass die Rüstung zu schwer für sie gewesen war.

Im Gegensatz zu den anderen Damen trug sie keine Seide, sondern ein schlichtes grünes Wollkleid, das sich angenehm eng an den Körper schmiegte und über den üppigen Brüsten leicht spannte. Ihr kastanienbraunes Haar war noch immer zu einem langen, dicken Zopf geflochten, der ihr bis zu den schmalen Hüften reichte.

Zugegeben, im Vergleich mit ihrer Schwester schnitt sie eher durchschnittlich ab, dennoch besaß sie etwas, was Ranulfs Blick fesselte. Es war ihre Ausstrahlung – eine Mischung aus Anmut, Natürlichkeit und Willensstärke, gepaart mit einem Hauch Verletzlichkeit.

Kasim beugte sich näher zu Ranulf und flüsterte: »Eine ausgesprochen schwierige Wahl, nicht wahr, mein Freund? Welche der Schwestern ist mehr nach deinem Geschmack? Das goldene Täubchen oder die bezaubernde Waldelfe?«

Eine Waldelfe … Der Vergleich gefiel Ranulf. Natürlich, offen und bodenständig. Beinahe im selben Augenblick schalt er sich einen hirnverbrannten Narren. Was sollte dieser Unsinn? Wie kam er dazu, über derlei Vergleiche nachzudenken? ›Bodenständig‹ … Und dies ausgerechnet bei einer Frau, die es liebte, Rüstungen zu tragen und den Burgherrn zu spielen.

»Für welche würdest du dich entscheiden?«, hakte Kasim nach.

»Für keine!« Ranulf rammte den Dolch in das zarte Fasanenfleisch und brummte warnend: »Iss dein Fleisch und halt den Mund.«

Bevor Valandra sich Ranulf gegenüber auf den leeren Platz setzte, befahl sie den Bediensteten, zwei weitere Fässer Wein vor den Kamin zu rollen, um ihn zu wärmen.

»Wie immer kommst du zu spät, Valandra. Du weißt genau, dass ich das nicht dulde«, schalt Eleanora sie herausfordernd.

Valandra nahm sich eine kleine Scheibe kalten Braten und ein Stück Brot, bevor sie ruhig antwortete: »Es gab viel zu tun.«

»Sprich nicht in diesem Ton mit mir. Es gibt keine Entschuldigung für deinen Mangel an Manieren.«

Valandra nickte mechanisch und hoffte inbrünstig, ihre Stiefmutter möge diesmal auf eine peinliche Szene vor den Gästen verzichten. Als keine weiteren Demütigungen folgten, atmete sie erleichtert auf und winkte eines der Dienstmädchen herbei. »Sofie, bitte benachrichtige Dalvinas Damen, dass ich sie nach dem Abendmahl in der alten Halle erwarte. Sie sollen das Verbandsmaterial und meinen Medizinbeutel mitbringen.« Valandra zögerte einen Augenblick, bevor sie hinzufügte: »Und ihr Nähzeug. Es wird Zeit, dass sie lernen, ihre Nadeln auch in Fleisch zu stechen.«

»Valandra!«, schnappte Dalvina empört. »Das ist nun wirklich kein Thema für den Tisch.«

Valandra blickte erstaunt auf, nicht wissend, was sie nun wieder falsch gemacht hatte. »Unsere Gäste bedürfen der Pflege. Sie haben eine beschwerliche Reise hinter sich, und bei einigen sind die Wunden wieder aufgebrochen. Diese müssen versorgt werden, und zwar bald.«

»Sehr weise gesprochen«, pflichtete Kasim ihr bei.

Valandra übersah die giftigen Blicke ihrer Familie und wandte sich stattdessen an Ranulf. »Mylord, wie ging es meinem Vater, als Ihr ihn verlassen habt? War er auf dem Weg der Genesung?«

Ranulfs Dolch hielt mitten in der Bewegung inne. Er konnte es nicht leiden, wenn man ihn beim Essen störte. Als er jedoch die tiefe Sorge in Valandras Augen sah, riss er sich zusammen und überwand sich zu einer Antwort.

»Das war er, soweit ich es beurteilen kann. Er wirkte von Tag zu Tag kräftiger.« Erst jetzt fiel ihm auf, dass keine der anderen Frauen sich nach Lord Lamonts Zustand erkundigt hatte. Es schien sie gar nicht zu interessieren. Aber der arme Kerl war selbst schuld. Wenn man so dumm war zu heiraten, hatte man es nicht besser verdient.

Valandra nickte schweigend. Erst als sie sich sicher sein konnte, dass ihre Stimme gehorchte, fragte sie: »Hatte er große Schmerzen?«

Plötzlich herrschte völlige Stille im Raum. Selbst die Bediensteten legten ihre Arbeit nieder und traten besorgt näher. In ihren Gesichtern spiegelte sich tiefes Mitgefühl für ihre Herrin. Es war offensichtlich, dass sie wussten, wie sehr Valandra an ihrem Vater hing. Nur die zwei Schönheiten zeigten sich wenig berührt.

»Ich meine, war er bei Bewusstsein, als die Ärzte … die Wunde *versiegelten*?«

»Großer Gott, du meinst, als sie seine Wunde mit einem Eisen ausbrannten! Wie eklig!«, schrie Eleanora spitz auf. Sie verdrehte die Augen und sackte mit einem Stöhnen in sich zusammen.

Dalvina eilte sogleich an ihre Seite und funkelte Valandra wütend an. »Da siehst du, was du angerichtet hast. Mama ist ohnmächtig!«

Valandra kümmerte sich nicht darum. »Bitte, ich muss es wissen.«

Ranulf blickte in ihre smaragdgrünen Augen, die ihn so voller Hoffnung und Sorge anblickten, und plötzlich brachte er es nicht über sich, ihr die Wahrheit zu sagen.

»*Non,* Euer Vater hat nichts davon bemerkt. Der starke Blutverlust hat ihm vorher die Besinnung geraubt.«

Valandra schloss erleichtert die Augen. »Ich danke Euch, Mylord. Wenn Ihr mich jetzt entschuldigt? Ich werde mich um Eure Männer kümmern.«

Sie erhob sich, ohne ihren Teller angerührt zu haben, und ging davon.

Ranulfs Blicke folgten ihr, und zu seinem eigenen Erstaunen spürte er ihre Einsamkeit beinahe so schmerzlich wie seine eigene.

Fünftes Kapitel

Unter Valandras Anweisungen war die alte Empfangshalle von Walkmoor Castle innerhalb kürzester Zeit in ein Lager für die Verletzten umgewandelt worden. Obwohl dieser Teil der Burg nur noch selten benutzt wurde, hatte sie immer Wert darauf gelegt, dass auch die alte Halle stets sauber und trocken gehalten wurde. Bedrückt blickte sie sich um. Der einstmals prunkvolle Saal wies deutliche Spuren des Geldmangels auf. Die wertvollen Wandbehänge waren verschwunden und durch alte, teils arg zerschlissene Teppiche ersetzt worden. Der Kalk blätterte ungehindert von den kalten Steinmauern, und die Stichbalkendecke hoch über ihnen war rußgeschwärzt. Glücklicherweise zogen die vier Kamine noch einwandfrei und verbreiteten in kürzester Zeit eine angenehme Wärme.

Die junge Herrin nickte zufrieden, als sie das Ergebnis ihrer Arbeit betrachtete. Die verwundeten Krieger lagen auf Strohsäcken und nahmen dankbar die Wolldecken und eine kräftige Malzeit entgegen, während sie von Valandra und Dalvinas Damen umsorgt wurden. Letztere hielten sich recht gut, auch wenn sie beim Anblick der eitrigen Wunden in Ohnmacht fielen.

Valandra verband soeben eine besonders schlimme Schnittwunde eines Kriegers, als sie das untrügliche Gefühl überfiel, beobachtet zu werden. Sie richtete sich verwirrt auf und begegnete dem eindringlichen Blick des Anführers.

Ranulf stand keine drei Schritte von ihr entfernt im Türrahmen und bedachte jede ihrer Bewegungen mit ungeteilter Aufmerksamkeit.

Ein leises Frösteln rieselte über Valandras Wirbelsäule. Dieser Kerl wirkte ungemein einschüchternd, und das nicht nur wegen seiner ungewöhnlichen Körpergröße. Viel mehr lag es an seiner Wortkargheit und dieser kühlen Intelligenz in den verwirrend blauen Augen, mit denen er seine Umgebung und jeden in seiner Nähe eingehend musterte.

Offensichtlich war sie nun das Objekt seiner Studie – ein Umstand, der nicht gerade dazu beitrug, dass sich ihr Pulsschlag beruhigte. Valandra schimpfte sich eine Närrin. Himmel, sie war doch kein dummes Mädchen, das beim bloßen Anblick des anderen Geschlechts ins Stottern geriet! Der Umgang mit Männern war ihr vertraut. Sie war im Kreis der Krieger aufgewachsen, hatte ihnen als Kind Streiche gespielt und später viele Stunden mit ihnen auf dem Übungsplatz verbracht. Ihre schönsten Erinnerungen hingen mit ihrem Vater und den Lamontkriegern zusammen, und kein einziger von ihnen war ihr jemals eine Bedrohung gewesen – im Gegensatz zu Ranulf de Bretaux.

Er strahlte eine Macht und Überlegenheit aus, die Valandra zutiefst verunsicherte. Jede seiner Bewegungen, jede Geste wirkte genau kalkuliert und war von einer männlichen Dominanz durchdrungen, neben der sie sich klein und unbeholfen fühlte.

Dennoch zwang sie sich, seinem eindringlichen Blick standzuhalten. *Du wirst dich von diesem Kerl nicht einschüchtern lassen*, befahl sie sich streng. *Das ist deine Burg, dein Heim, und du hast jedes Recht, hier zu sein. Auch wenn sein finsterer Gesichtsausdruck etwas anderes besagt.*

Ranulf blickte erstaunt in Valandras vor Trotz und Kampfgeist blitzende Augen und fragte sich, womit er ihre Feindseligkeit auf sich gezogen hatte. Er beschloss jedoch, dass es ihn nicht weiter kümmern sollte. Es gab Wichtigeres zu erledigen. Eigentlich hatte er mit seinem Vorhaben bis zum morgigen Tag warten wollen, doch er war kein Mann, der Dinge gern vor sich her schob. Dieser Zeitpunkt war so gut wie jeder andere auch.

Mit einer geschmeidigen Bewegung stieß er sich vom Türrahmen ab und ging auf Valandra zu. »Wir haben zu reden.«

Valandra verschränkte die Arme vor der Brust und hielt seinem Blick herausfordernd stand. »Gut, reden wir.«

»Nicht hier.« Ohne Vorwarnung umfasste Ranulf ihrem Oberarm und zog sie wortlos ans andere Ende der Halle. Er ließ sie erst wieder los, als sie sich außer Hörweite der anderen befanden.

Valandra wich instinktiv einen kleinen Schritt vor ihm zurück, um etwas Abstand zu ihm zu wahren. Obwohl sein Griff nicht schmerzhaft gewesen war, rieb sie sich verwirrt über den Arm. Die Stelle, an der er sie berührt hatte, prickelte sonderbar warm.

»Worüber wollt Ihr mit mir sprechen?«, erkundigte sie sich mit leichter Ungeduld. Es gab noch sehr viel zu tun, und sie schätzte keine Unterbrechungen.

Ranulf fixierte sie mit seinen eindringlichen Augen. »Ich bin kein Mann langer Worte, deshalb komme ich gleich zum Punkt.«

»Das wäre mir nur recht.«

»Erstens dulde ich es nicht, dass meine Männer verhätschelt werden. Es sind Krieger und keine Memmen, die bemuttert werden müssen.«

»Wir versorgen lediglich ihre Wunden«, hielt Valandra empört dagegen.

»Zweitens«, fuhr Ranulf ungerührt fort. »Dein Vater

hat mich geschickt, um die Burg zu bewehren und hier das Kommando zu übernehmen.« Sein Blick schien sie geradezu zu durchbohren. »Und genau das werde ich auch tun.«

Valandra öffnete den Mund, um heftigen Protest einzulegen, doch er ließ sie gar nicht erst zu Wort kommen. »Von nun an habe ich hier das Sagen. Ich erwarte, dass der befehlshabende Offizier noch heute Abend zu mir geschickt wird, damit er mich durch die Burg führt. Ich muss mir einen eigenen Überblick verschaffen. Soweit ich gesehen habe, ist die Verteidigung mehr als jämmerlich. Und was dich betrifft ... Um Gewissenskonflikte unter den Lamontkriegern zu vermeiden, wirst du dich von nun an im Hintergrund halten. Deine Zeiten als weiblicher General sind hiermit vorbei.«

Valandra hatte seinen überheblichen Worten mit wachsendem Zorn gelauscht.

Die Arroganz dieses Kerls schien keine Grenzen zu kennen.

»Seid Ihr fertig?«

Ranulf überlegte kurz, dann nickte er entschieden.

»Gut. Ich habe nämlich wahrlich keine Lust, mir diesen Blödsinn noch länger anzuhören. Was glaubt Ihr eigentlich, wer Ihr seid? Der König? Zur Erinnerung, Ihr seid lediglich Gast auf Walkmoor Castle. Ein Gast! Mehr nicht. Und ich denke nicht daran, meine Männer Euch zu unterstellen ...«

Die Art, wie Ranulfs Gesicht sich verdüsterte, ließ Kasim rasch dazwischen gehen.

Er hatte aus einiger Entfernung das Gespräch belauscht und bereits geahnt, dass es Schwierigkeiten geben würde.

»Es war ein langer Tag. Weshalb besprecht ihr diese

Dinge nicht morgen, wenn die Gemüter etwas abgekühlt sind?«

»Halt den Mund, Kasim«, fuhr Ranulf ihn hart an. »Wir werden die Angelegenheit jetzt gleich bereinigen.«

Ein herzzerreißendes Stöhnen, gefolgt von einem dumpfen Aufprall, lenkte Valandra ab. Die junge Dame Margarethe lag ohnmächtig am Boden. In ihren Händen hielt sie noch immer einen blutverkrusteten Verband. Offensichtlich war der Anblick zu viel für ihr zartes Gemüt gewesen.

»Ich fürchte, die Mädchen sind mit dieser Aufgabe überfordert. Das hat mir gerade noch gefehlt«, murmelte Valandra matt und beobachtete, wie eine andere blasse Dame der armen Margarethe Riechsalz unter die Nase hielt.

Entschlossen wandte sich Valandra wieder an Ranulf. »Kasim hat Recht. Ihr habt einen schlechten Zeitpunkt für ein solches Gespräch gewählt. Im Augenblick haben andere Dinge Vorrang.« Sie strich sich nachdenklich eine lose Haarsträhne aus dem Gesicht, während ihr besorgter Blick von einem Verletzten zum anderen glitt. »Einige Eurer Männer leiden an Fieber. Ich kann nur hoffen, dass es von den vernachlässigten Verletzungen stammt und nichts Schlimmeres bedeutet. Wir werden sie getrennt von den anderen Verwundeten halten, bis eine Ansteckungsgefahr ausgeschlossen werden kann.«

Lautes Schnarchen und gelegentliches Stöhnen erfüllten einige Stunden später die Halle. Die Talgkerzen waren weit heruntergebrannt und zeugten davon, dass die Nacht bereits weit vorangeschritten war. In den riesigen Kaminen prasselte nur mehr eine schwache Glut und tauchte den Raum in ein angenehm rötliches Licht.

Die Atmosphäre hätte so behaglich und friedvoll sein können – wenn Ranulf de Bretaux nicht gewesen wäre.

Valandra stemmte wütend die Hände in die Hüften. Sie war so erschöpft, dass sie sich kaum mehr auf den Beinen halten konnte. Nachdem die Damen eine nach der anderen die Flucht ergriffen hatten, war sie gezwungen gewesen, die Wunden der Krieger allein zu versorgen.

Praktisch veranlagt, wie sie war, hatte sie diese Gelegenheit auch gleich genutzt, um die Verwundeten auszusondern, die Anzeichen von Fieber zeigten.

Alle hatten sich bereitwillig und dankbar von ihr untersuchen lassen. Alle bis auf einen!

Natürlich hatte sich Ranulf de Bretaux wieder einmal querstellen müssen. Der Kerl hatte sich strikt geweigert, ihr seine Verletzungen zu zeigen.

Mit missmutig zusammengepressten Lippen und in die Seiten gestemmten Händen ragte er wie ein Fels vor ihr auf. Unbezwingbar, stur und ungemein Nerven zermürbend in seiner Schweigsamkeit.

Seine abweisende Haltung stellte eine sonderbare Herausforderung dar, die Valandra trotz ihrer bleiernen Müdigkeit nicht übersehen konnte. Seine Provokation war Absicht, da war sie sich sicher. Er grollte ihr noch immer, weil sie das Gespräch abgebrochen hatte. Vermutlich war das seine Art, ihr zu zeigen, dass er hier der Herr war.

Sturer Mistkerl, wenn du dich da mal bloß nicht irrst. Wie konnte er auch nur eine Sekunde lang annehmen, sie würde freiwillig all das aufgeben, was sie sich so hart erkämpft hatte? Niemals! Weder heute noch sonst irgendwann würde sie ihre Autorität der seinen unterordnen, und dies hier war die beste Gelegenheit, ihm ihre Entschlossenheit zu zeigen.

»Benehmt Euch nicht wie ein störrisches Kind, Mylord«, zischte sie ihn an.

»Ich *werde* Eure Wunden untersuchen, ob es Euch nun passt oder nicht. Also zieht diese unleidige Angelegenheit nicht unnötig in die Länge und setzt Euch hin!«

Sie wandte sich an Kasim. »Wo ist er verletzt?«

»Eine Streitaxt hat seinen Schädel spalten wollen. Der Helm war hinüber, aber gegen Ranulfs sturen Schädel konnte sie nichts ausrichten.«

»Das glaube ich gern«, knurrte sie zynisch.

»Verschwinde!«, fuhr Ranulf Kasim warnend an.

»Außerdem haben seine Rippen einiges abbekommen.«

»Nur ein, zwei Kratzer«, brummte Ranulf übellaunig. Es gefiel ihm nicht, wenn um seine Person solches Aufheben gemacht wurde. Er konnte schließlich für sich selbst sorgen. Seit jeher hatte er seine Wunden eigens versorgt. Deshalb sah er auch nicht ein, weshalb die kleine Kratzbürste so hartnäckig an ihrem Vorhaben festhielt.

»Davon werde ich mich selbst überzeugen. Nun setzt Euch endlich.«

»Tut besser, was sie sagt«, mischte sich Owen amüsiert ein. »Lady Valandra ist hartnäckiger als ein Terrier, wenn sie sich etwas in den Kopf gesetzt hat.« Er strich sich angelegentlich über den buschigen Bart, um sein breites Grinsen zu verbergen, bevor er viel sagend mit den Augenbrauen zuckte. »Glaubt mir, ich weiß, wovon ich rede!«

Valandra warf ihm einen empörten Blick zu.

»Also wirklich, Owen! Anstatt dich über mich lustig zu machen, könntest du mir ruhig zur Hand gehen. Ein wenig Unterstützung wäre nicht schlecht.«

»Aber unbedingt, Mylady«, antwortete Owen sogleich. Das Grinsen war gänzlich aus seinem Gesicht verschwunden, und er wirkte todernst. Valandra kannte ihren bulligen Hauptmann jedoch gut genug, um zu wissen, was das leise Funkeln in seinen gutmütigen Augen zu bedeuten hatte.

Sie wurde nicht enttäuscht.

Owen trat nahe an sie heran und blickte sich verschwörerisch um.

»Ich habe bereits einen Plan«, erklärte er mit gedämpfter Stimme.

»Ihr lenkt ihn ab. Derweil schlage ich ihn zu Boden, und wenn er sich zu wehren versucht, werfe ich mich todesmutig quer über seine Brust.« Stolz räusperte er sich. »Meine schmächtigen zweihundert Pfund dürften ihm kurzfristig den Atem rauben, und Ihr könnt ihn derweil in aller Ruhe untersuchen.«

Nichts anderes hätte Valandra von ihm erwartet.

»Ach, geh schlafen, Owen«, lachte sie und gab ihm einen liebevollen Stoß in Richtung Tür. »Du bist unverbesserlich.«

Da sind sie wieder, diese verwirrenden Lachgrübchen, fuhr es Ranulf unvermittelt durch den Sinn, und ein leiser Ruck ging durch seine Brust.

Ihm war, als hätte er soeben einen Blick durch eine geheime Pforte erhascht und dahinter strahlenden Sonnenschein und Vogelgezwitscher entdeckt. Es war wirklich erstaunlich, wie ein kleines Lächeln dieses Mädchen veränderte. Es schien beinahe, als leuchtete sie von innen heraus.

Verdammt, jetzt wurde er auch noch poetisch. Der Axthieb gegen seinen Schädel hatte anscheinend doch größeren Schaden hinterlassen, als er bisher angenommen hatte.

»Bringen wir es hinter uns«, brummt Ranulf verdrießlich und ließ sich unbehaglich auf den Rand eines Strohsacks sinken.

Sogleich erlosch Valandras Lächeln, und sie trat zögernd näher. Himmel, allein der Gedanke, ihn zu berühren, ließ ihr Herz vor Anspannung stolpern. Alles an ihm zeugte von männlicher Stärke und einer unbekannten Gefahr, die Valandra zwar nicht näher erklären konnte, auf die ihr inneres Gleichgewicht jedoch höchst alarmiert reagierte. Sie fühlte sich in seiner Nähe stets bedrängt und verunsichert – und beide dieser Regungen verabscheute sie zutiefst.

»Nun gut, ich möchte mir zuerst Eure Rippen ansehen«, verlangte Valandra bemüht kühl.

Ranulf löste wortlos die Schlaufen an seiner Lederweste und zog sie sich über den Kopf. Das weiße Leinenhemd folgte.

Heilige Jungfrau Maria, fuhr es Valandra unvermittelt durch den Sinn. Sie hatte seine enorme Statur einer gepolsterten Weste zugeschrieben. Sie wusste, dass viele Männer zu diesem Mittel griffen, um eine imposantere Erscheinung abzugeben ...

Sie schluckte nervös, als ihr Blick über die mächtigen Muskelberge seines nackten Oberkörpers glitt. Großer Gott, er wirkte wie eine stolze Kriegerstatue aus feinster Bronze. Bei jeder Bewegung wölbten und dehnten sich geschmeidige Muskelstränge unter straffer, tief gebräunter Haut. Seine Bräune zeugte davon, dass er viele Monate in Ländern verbracht hatte, in denen die Sonne gnadenlos brannte. Die kräftigen Oberarme sprachen vom jahrelangen Gebrauch des Schwertes, und seine gewaltigen Brust- und Bauchmuskeln wirkten so hart wie ein Panzerschild.

Lieber Himmel, dieser Kerl könnte sie zerquetschen, ohne es auch nur zu bemerken!

Er hatte seine Arme hinter dem Kopf verschränkt und präsentierte ihr seine lädierten Rippen.

»Großer Gott, Ihr habt von einem Kratzer gesprochen … aber doch nicht von so etwas«, keuchte Valandra im nächsten Augenblick erschrocken und setzte sich neben ihn auf den Strohsack.

Eine gut zehn Zentimeter lange Wunde klaffte an seiner linken Seite. Sie war nur notdürftig zusammengenäht und nicht einmal verbunden. Übelkeit stieg in ihr auf.

»Wollt Ihr Euch umbringen?« Sie tastete vorsichtig die Wundränder ab. »Ihr scheint mehr Glück als Verstand zu besitzen. Zumindest ist nichts vereitert. Doch den Arzt, der Euch diese Wunde so schlampig zusammengenäht hat, sollte man auspeitschen.«

Ranulf hob erstaunt die Augenbrauen. »Ich bin Soldat, kein Schneider. Die Stiche haben jedenfalls ihren Zweck erfüllt.«

Valandras Kopf schnellte hoch, und in ihren jadegrünen Augen standen Unglauben und Entsetzen.

»Ihr? Ihr habt Euch nach dieser schweren Verwundung selbst behandelt?«

»Ärzte sind auf einem Schlachtfeld Mangelware. Es gibt zu viele Verwundete, als dass sie sich um jeden kümmern könnten.«

Im nächsten Moment verfluchte sich Ranulf für seine unbedachten Worte. Valandra war plötzlich ganz blass vor Sorge geworden. Manchmal war er wirklich ein gefühlloser Bastard.

»Mein Vater … er wird doch von einem Arzt behandelt? Ich meine, man wird ihn doch hoffentlich nicht sich selbst überlassen?«

Ranulfs Stimme wurde weicher. »Keine Sorge, dein Vater wird vom Leibarzt des Königs persönlich behandelt. Es fehlt ihm weder an Medizin noch an sauberem Verbandsmaterial.«

Er ließ ungesagt, dass er sich vor seiner Abreise persönlich um alles Nötige gekümmert hatte. Gegen ein kleines Vermögen hatte sich der Leibarzt verpflichtet, nach dem Schotten zu sehen, als ob dieser ein Mitglied der Königsfamilie wäre. Da Ranulf jedoch niemandem traute, dessen Loyalität käuflich war, hatte er einen seiner besten Männer in Damiette zurückgelassen. Dieser würde den Arzt an seine Pflichten erinnern, wenn nötig mit Waffengewalt.

»Dein Vater wird gut versorgt, darauf gebe ich dir mein Wort.«

Valandra senkte den Blick und betete stumm, dass er Recht behielt.

Mit geschickten Händen säuberte sie die bereits heilende Wunde und legte einen neuen Verband an.

Währenddessen zermarterte sich Ranulf das Gehirn nach einem unverfänglichen Gesprächsstoff, um sie von ihren düsteren Gedanken abzulenken. Weshalb ihm dies so wichtig war, wusste er selbst nicht genau. Er konnte es nur nicht ertragen, diese stille Trauer in ihren Augen zu sehen. Sie gab keinen Laut von sich, und doch hatte er das untrügliche Gefühl, als ertränke sie innerlich in Tränen.

»Wie kommt es, dass weder deine Stiefmutter noch deine Schwester hier sind? Ist es nicht üblich, dass sich die Gemahlin des Burgherrn gemeinsam mit ihren Töchtern um das Wohl der Gäste kümmert?«

Valandra zögerte kurz. »Ihr dürft es nicht als Beleidigung auffassen, Mylord. Eleanora und Dalvina sind sehr … zart besaitet. Sie könnten das Leid in diesem

Raum nicht ertragen«, log sie peinlich berührt. »Und … und es ist schon sehr spät. Sie ziehen sich meist früh in ihre Gemächer zurück.« In Wahrheit würden sich die beiden niemals dazu herablassen, sich persönlich um gewöhnliche Krieger zu kümmern.

»Ich verstehe«, erklärte Ranulf. Sie war eine unglaublich schlechte Lügnerin. Dennoch keimte leiser Respekt in ihm auf. Obwohl weder Lady Eleanora noch ihre jüngere Tochter eine Gelegenheit ausließen, Valandra vor versammeltem Publikum zu tadeln, schien sie es nicht über sich zu bringen, schlecht von ihrer Familie zu sprechen.

»So! Das sollte halten.«

Ranulf überprüfte den Verband und nickte anerkennend. »Gut gemacht!«

»Es ist nicht der erste Verband, den ich anlege«, gab sie schlicht zurück, während sie aufstand und sich vor ihn hinstellte.

»Nun zu Eurer Kopfverletzung. Wo genau befindet sie sich?«

Ranulf beugte den Kopf etwas vor und zeigte auf eine Stelle weiter hinten.

Ohne sich lange Gedanken zu machen, trat sie näher und erstarrte im nächsten Augenblick. Seine Stirn lag genau zwischen ihren Brüsten! Schock, Hitze und Scham ließen sie scharf nach Atem ringen, und sie sprang rasch einen Schritt zurück. Mit tiefroten Wangen räusperte sie sich und dankte dem Herrn, dass Ranulf nicht zu ihr aufsah oder gar eine peinliche Bemerkung von sich gab.

Ranulf fühlte sich wie elektrisiert. Diese sanften Hügel, weich und zugleich köstlich fest, hatten sich in sein Gesicht geschmiegt und in ihm den unwiderstehlichen Drang geweckt, noch mehr zu fordern. Unbehaglich rutschte er auf dem Strohsack herum, um den unerwünschten Druck zwischen seinen Schenkeln zu lindern. Teufel und Verdammnis, das hatte ihm gerade noch gefehlt! Vor wenigen Stunden hatte er Kasim angedroht, ihn eigenhändig zu entmannen, sollte er auch nur auf den Gedanken kommen, sich Valandra in unziemlicher Absicht zu nähern. Und was tat er selbst? Es kostete ihn einige Willenskraft, den Anschein von Ruhe und Gelassenheit zu wahren. Dabei juckte es ihn in den Fingerspitzen, die Hände um ihre schmale Taille zu schlingen und sie ganz nah an sich heranzuziehen.

Sie stand so dicht vor ihm, dass er ihre Wärme im Gesicht spüren konnte. Er nahm den zarten Duft nach Rosenseife wahr, gepaart mit dem berauschenden Geruch ihres Körpers.

Ranulf veränderte erneut seine Sitzposition. Verdammt, ihre vorsichtigen Berührungen machten ihn noch verrückt!

Valandra teilte Haarsträhne um Haarsträhne. Die Intimität dieser Situation war ihr nur allzu deutlich bewusst.

Kasim und Owen hatten sich zurückgezogen, und so befanden sie sich allein in einem Saal voll schlafender Krieger. Die Kaminfeuer flackerten stimmungsvoll und tauchten den Raum in ein diffuses Licht.

Valandra stand zwischen Ranulfs gespreizten Schenkeln und spürte seinen Atem an ihrem Bauch. Der dezente Duft von Sandelholz und Männlichkeit, der von ihm ausging, ließ sie in leisen Schauern erbeben. Großer Gott, dieser Mann war faszinierend gefährlich.

Beinahe zärtlich glitten ihre Finger durch sein dichtes

Haar, das von der Wüstensonne in den verschiedensten Goldtönen gebleicht war. Es fühlte sich so weich und einladend an, dass sie beinahe enttäuscht war, als sie die Wunde fand.

»Sie ist bereits sehr gut verheilt. Bestimmt werdet Ihr nicht mehr lange an Unannehmlichkeiten zu leiden haben.«

Ihre Worte klangen wie Hohn in seinen Ohren. Keine Unannehmlichkeiten? Himmel noch mal, er litt gerade unter einer überaus mächtigen Unannehmlichkeit, die sich protestierend gegen seine plötzlich zu engen Beinkleider presste.

»Das freut mich zu hören«, knurrte er und erhob sich mit einem Ruck.

Er benötigte dringend frische Luft.

Sechstes Kapitel

Der Mond war kaum mehr als eine schmale, silberne Sichel an einem sternenlosen Himmelszelt, als Ranulf bedächtig an die Mauer der Brustwehr trat und gedankenverloren in die Nacht hinausspähte. In der Ferne heulte ein Wolf sein einsames Lied, ansonsten lag alles friedlich und stumm da. Der eisige Wind fühlte sich wie Balsam auf seiner erhitzten Haut an.

»Verdammt«, fluchte er leise und wünschte sich, die heftigen Böen würden die Erinnerung an jene sanften Hände und den dezenten Rosenduft hinwegfegen.

»Das hat mir gerade noch gefehlt.«

Sie hatte ihn erregt, und dieser Umstand gefiel ihm ganz und gar nicht. Solange er zurückdenken konnte, war er stets stolz auf seine Selbstbeherrschung gewesen. Sowohl das Verlangen als auch den Schmerz hielt er seit Jahren unter eiserner Kontrolle und erlaubte sich nur äußerst selten, seinen Gefühlen nachzugeben. Schon als Kind hatte er gelernt, dass die eigenen Gefühle das Einzige waren, was er tatsächlich kontrollieren konnte, und nur strenge Selbstdisziplin hatte ihn zu dem überragenden Krieger gemacht, der er heute war.

Es missfiel ihm zutiefst, dass ein starrköpfiges kleines Biest in ihm Gefühle weckte, die er sich nicht leisten wollte und auch nicht leisten konnte.

Mitleid, redete er sich entschlossen ein. Diese Erklärung gefiel ihm. *Oui,* es war nichts als Mitleid für eine halsstarrige junge Frau, die sich abmühte, um ihren Untertanen ein sicheres Zuhause zu geben. Ein Zuhause, dass ihr selbst von einer boshaften Stiefmutter und deren Tochter verwehrt wurde.

Und Ärger, beschloss er weiter. Seit er hier war, stellte sie ein andauerndes Ärgernis für ihn dar. Allein ihr Anblick brachte ihn in Rage. Die herausfordernde Haltung, die sie ihm gegenüber an den Tag legte, konnte ihn gar zur Weißglut treiben.

War es da nicht logisch, dass er in irgendeiner Weise auf sie reagierte? Erwürgen konnte er sie ja schlecht.

Ranulf stemmte die mächtigen Hände auf den feuchtkalten Stein der Mauer und verfluchte das Schicksal, das ihm wieder einmal hämisch ins Gesicht lachte. Nicht nur, dass er verdammt war, hier auszuharren, bis Lord Lamont genesen war, nein, er musste auch gleich noch die Vormundschaft für eines der stursten und herrschsüchtigsten Frauenzimmer aufgedrückt bekommen, das auf schottischem Boden wandelte.

Und eines wusste er mit absoluter Gewissheit: Diese kleine Kratzbürste würde niemals einsehen, dass es einer Frau nicht zustand, Männerarbeit zu verrichten. Ebenso wenig, wie sie sich selbst eingestehen würde, dass Frauen zu schwach und zu zimperlich waren und ganz entschieden zu wenig Autorität besaßen, um eine Burg zu führen. Dies war schließlich ein Naturgesetz und hatte nicht einmal etwas mit seiner persönlichen Meinung zu tun.

Jede andere Frau würde ihm auf den Knien danken, dass er gewillt war, ihr die schwere Bürde abzunehmen. Jede, nur Valandra Lamont nicht.

Dieses Biest!

Ranulf fuhr sich mit den Fingern durchs Haar. Verdammt, seine Kopfhaut prickelte noch immer von ihren sanften Berührungen.

»Du gibst dir große Mühe, damit Lady Valandra dich fürchtet.«

Kasim trat neben ihn und fügte nach einer kleinen Pause hinzu: »Ich frage mich, weshalb du das tust.«

Es dauerte einige Augenblicke, bis Ranulf wusste, wovon Kasim sprach.

»Unsinn. Ich habe ihr lediglich erklärt, dass ich von jetzt an das Kommando für die Männer trage. Dass ich keine Einmischungen ihrerseits dulde, ist wohl verständlich.«

Sie schwiegen eine Weile, bis Ranulf die Stirn furchte. »Was hältst du von dieser Burg? Ich meine, von den Leuten?«

Kasim überlegte lange. »Hier herrschen sehr viel Hass und Missgunst. Mir scheint, Lady Valandra führt kein einfaches Leben. Die Burgbewohner sind ihr zwar alle sehr zugetan, doch das ist gewiss nur ein geringer Trost, wenn man auf Ablehnung in der eigenen Familie stößt.«

»Vermutlich ist sie nicht ganz unschuldig an dieser Situation«, gab Ranulf zu bedenken. »Sie ist ein überaus stures und herrschsüchtiges Frauenzimmer.«

Plötzlich fiel ihm wieder ihre kleine Lüge ein. Sie hatte es nicht über sich gebracht, schlecht von ihrer Stiefmutter und der Stiefschwester zu reden – eine Rücksichtnahme, die die beiden seiner Meinung nach nicht verdienten.

»Wie dem auch sei. Die zerrütteten Familienverhältnisse gehen uns nichts an«, erklärte er unwirsch. »Viel mehr interessiert mich dieser McGregor. Was konntest du über ihn herausfinden?«

»Mehr als mir lieb ist. Kurz vor unserer Ankunft hat er erneut versucht, in die Burg einzudringen. Wir haben es nur Lady Valandras kleiner List mit den Strohpuppen zu verdanken, dass es zu keinem ernsthaften Angriff gekommen ist. Was diesen McGregor betrifft: Er gehört zu einem der ältesten Clans in Schottland. Die McGregors sind seit jeher für ihre Hinterhältigkeit und Machtgier bekannt. Ihr Ahnensitz liegt gleich dort hinter dem Wald.« Er deutete in westliche Richtung.

»McGregor scheint tatsächlich nicht sonderlich klug zu sein, doch diesen Mangel gleicht er offenbar durch eine geradezu widernatürliche Grausamkeit aus. Wie ich hörte, genügt es ihm nicht, seine Gegner zu foltern, sondern er will ihren Geist brechen.«

Ranulf nickte. »Der Kerl könnte es bei den de la Chacres weit bringen.«

Als die beiden eine Weile später die große Halle betraten, lag diese in tiefem, friedlichem Schlaf. Die Dienstboten hatten sich zurückgezogen, und nur das leise Winseln eines träumenden Hundes war zu hören. Die wenigen Fackeln in den Wandhalterungen tauchten den Raum in ein sanftes Licht aus tanzenden Schatten. Ranulf wollte sich gerade in seine Räume begeben, als sein Blick auf eine zusammengesunkene Gestalt ganz hinten in der Halle fiel.

Valandra.

Sie saß an einem kleinen Tisch vor dem Kamin und rührte sich nicht. Ihr Kopf ruhte auf ihren verschränkten Armen.

Sie musste über den Haushaltsbüchern eingeschlafen sein, denn ihre zarten Finger umklammerten noch immer die Schreibfeder.

»Ein entzückendes Bild, und doch blutet mir das Herz bei diesem Anblick«, flüsterte Kasim, als er neben Valandra trat. Er strich ihr sachte eine schwere, dunkelbraune Locke aus dem Gesicht. »Allah schenke dir angenehme Träume, kleine Blume.«

Als er Ranulf anblickte, verschwand die Weichheit aus seinen Zügen, und ein leiser Vorwurf lag in seinen Augen. »Keine Frau sollte arbeiten, bis die Erschöpfung sie davonträgt. Allah hat uns ihre Körper und ihre Schönheit zum Geschenk gemacht, und es liegt in unserer Pflicht, diese Kostbarkeiten zu schützen und zu bewahren. Lady Valandra liegt nun in deiner Verantwortung, mein Freund. Also sorge für sie!«

»Ich bin kein verdammtes Kindermädchen«, gab Ranulf knurrend zurück.

Was konnte er dafür, wenn sie sich nicht genügend Schlaf gönnte? Er beobachtete, wie Kasim eine ihrer Locken zwischen die Finger nahm und sie beschnupperte. »Unsere kleine Blume riecht nach Rosen.«

Das wusste er! Vollkommen unerwartet fühlte Ranulf sich durch die Intimität dieser Geste beleidigt. Es störte ihn entschieden, dass Kasim sich solche Freiheiten bei Valandra herausnahm.

»Nimm deine Finger von ihr und such jemanden, der sie in ihr Bett bringt!«

Kasim sah sich unschlüssig im verlassenen Raum um. »Ich fürchte, das werden wir selbst übernehmen müssen. Die Dienstboten haben sich bereits schlafen gelegt.«

Mit einem unterdrückten Fluch beugte Ranulf sich über sie und löste behutsam ihre Finger von der Feder. *Nichts als Ärger hat man mit diesem Weibsbild.* Zarter Rosenduft stieg ihm in die Nase und ließ ihn zögern, während die leise Stimme in seinem Kopf ihn davor warnte, sie zu berühren. Nach den Geschehnissen dieses Abends war Abstandhalten die sicherste Strategie.

»Trag du sie hinauf!«

Sein Zögern war Kasims wachsamen Augen nicht

entgangen, doch der Syrer schüttelte entschieden den Kopf. »Nein! Ich nehme die Bücher. Tragen wirst du sie müssen. Schließlich bin ich ein Mann des Geistes und kein Mann der Muskeln.«

Ranulf bedachte ihn mit einem durchdringenden Blick. »Seit wann?«

Kasim zuckte unschuldig mit den Schultern. »Du bist unleugbar stärker als ich. Weshalb soll ich mich abmühen, während du ihr Gewicht kaum bemerken wirst?«

»Deine Ausreden waren schon besser«, brummte Ranulf, ehe er Valandra widerwillig, doch behutsam hochhob und mit ihr die steile Treppe hinaufstieg.

Kasim folgte ihm dicht auf den Fersen und verbarg sein zufriedenes Grinsen. Sein Gefühl hatte ihn nicht getrogen. Er kannte seinen Freund gut genug, um zu wissen, dass dieser nichts gegen seinen Willen tat. Wenn es ihm tatsächlich zuwider gewesen wäre, das Mädchen zu tragen, hätte er es kaltschnäuzig auf dem unbequemen Lager zurückgelassen.

Während Ranulf die Stufen emporstieg, blickte er prüfend auf seine kleine schlafende Last hinunter. Wie friedlich und sanft sie wirkte, wenn sie nicht gerade Befehle erteilte oder ihm die Stirn bot.

Plötzlich fühlte er sich durch ihre Nähe verunsichert. Sie erschien ihm so zerbrechlich, dass er fürchtete, ihr die Knochen zu brechen, wenn er nicht äußerst vorsichtig mit ihr umginge. Unglücklicherweise kam noch ein weiterer Grund für sein Unbehagen hinzu. Kasim hatte sich schwer geirrt. Er bemerkte ihr Gewicht sehr wohl. Warm, verführerisch und unendlich einladend fühlte sie sich in seinen Armen an, und zu seinem unermesslichen Ärger reagierte sein verräterischer Körper erneut auf sie.

Ich brauche dringend eine Bettgefährtin, schoss es ihm unvermittelt durch den Kopf. Seit er dem De-la-Chacre-Orden abgeschworen hatte, hielt er nichts mehr vom Zölibat. Er war ein überaus leidenschaftlicher Mann, der es genoss, seiner Lust zu frönen, und dank seines mächtigen Körpers mangelte es ihm auch nie an willigen Frauen. Trotzdem lag sein letztes Schäferstündchen nun schon zwei Tage zurück, und seine Lenden sehnten sich offensichtlich nach weiblicher Gesellschaft. Nur gefiel ihm die Wahl der Frau diesmal nicht.

Valandra seufzte genüsslich in tiefem Schlaf. Sie war von einer angenehmen Wärme umgeben und fühlte sich herrlich geborgen und entspannt.

»Papa ...«, hauchte sie liebevoll lächelnd und schmiegte ihr Gesicht an Ranulfs Halsbeuge.

»Sie scheint ihren Vater sehr zu vermissen«, flüsterte Kasim mitfühlend.

Ranulf gab lediglich ein leises Knurren von sich.

Kasim folgte einem spärlich beleuchteten Gang und blieb vor der hintersten Tür stehen. Auf Ranulfs fragenden Blick zuckte er grinsend die Schultern.

»In meiner grenzenlosen Weitsicht habe ich mich natürlich kundig gemacht, wer wo schläft. Man kann ja nie wissen ...«

Ranulfs Arme schlossen sich instinktiv fester um Valandras Körper, als er sie in ihr Gemach trug. »Du bist gewarnt, Kasim! Vergiss das nicht!«

Das Lächeln des Syrers vertiefte sich. »Das könntest du den armen Frauen dieser Welt doch nicht antun. Schließlich bin ich ein Meister im Spenden der Lust und ...«

»Es reicht«, unterbrach Ranulf ihn ungeduldig. »Mach dich nützlich und weck die Zofe!«

Kasim gehorchte und verschwand im Nebenraum, nur um gleich wieder aufzutauchen. Seine Stirn war nachdenklich gefurcht. »Gibt es in diesem Land männliche Zofen?«

»Natürlich nicht! Was soll der Schwachsinn?«

Kasim zuckte unschlüssig mit den Schultern und blieb im Türrahmen stehen. »Lady Valandra scheint sich gern über gängige Konventionen hinwegzusetzen. Ich glaube, diese Zofe weckst du besser selbst.«

Ranulfs Kiefer spannte sich sichtbar. Weshalb konnte sich dieser Kerl nie verständlich ausdrücken? Er hasste Rätselraten, und vor allem hasste er es, wenn seine Anweisungen missachtet wurden.

Vorwurfsvoll blickte er auf Valandra hinunter. Unsinnigerweise verübelte er es ihr, dass sie so friedlich in seinen Armen schlief. Sie gehörte nicht dorthin! Er wollte sie nicht bei sich haben. Wenn sie auch nur einen Funken Anstand besäße, würde sie zumindest unter Alpträumen leiden. Stattdessen schlief sie seelenruhig wie ein neugeborenes Kätzchen. Sanft legte er sie auf den Boden.

Plötzlich waren die starken Arme und mit ihnen das Gefühl der Geborgenheit verschwunden. Einsamkeit – tief greifend und schmerzhaft. Im Schlaf streckte Valandra die Hand nach Ranulf aus. »Bitte bleib. … ich habe keine Kraft mehr … um stark zu sein.«

Ranulf starrte sie reglos an. Er hatte sich für so abgebrüht gehalten, dass ihn nichts mehr erschüttern konnte, doch ihre geflüsterten Worte trafen ihn bis ins Mark.

Sein Blick fiel auf die feingliedrigen Finger, die sich ihm Hilfe suchend entgegenreckten. Es war, als fühlte er ihre Not, ihre hilflose Sehnsucht nach Halt – und mit einem Mal verspürte er ein dumpfes Ziehen in der Brust. Ihre Verletzlichkeit berührte ihn. Vielleicht war sie doch nicht so kämpferisch, wie sie sich ihm gegenüber gebärdete.

Ranulf sank langsam auf ein Knie und umfasste ihre Hand. Seine Lippen berührten federleicht ihre Handfläche.

»Jetzt bin *ich* da, *ma petite.* Ich bin stark genug für uns beide«, flüsterte er rau. Einen Herzschlag später bereute er bereits seine Worte. Hölle und Verdammnis, was tat er hier?

Er ließ ihre Hand los, als hätte er sich verbrannt, und erhob sich ruckartig. Er durfte nichts für sie empfinden! Mitgefühl machte verletzlich. Sein Mitgefühl konnte sie alle ins Verderben stürzen!

Ohne Valandra noch eines Blickes zu würdigen, verschwand er im Nebenraum, um die Zofe wachzurütteln.

Er verharrte jedoch auf der Türschwelle. Tatsächlich, da lag ein Jüngling auf der Liege, zart gebaut, doch wenn er erst einige Muskeln entwickelt hätte, wäre er gar nicht unattraktiv für das weibliche Geschlecht. War er Valandras Liebhaber? Hatte er womöglich hier auf sie gewartet?

Unerklärlicher Groll stieg in Ranulf hoch, und bevor er sich selbst Einhalt gebieten konnte, stieß er den Burschen grob mit dem Stiefel an.

Als Detlef erwachte, ragte der herrlichste Mann, den er je zu Gesicht bekommen hatte, über ihm auf. Sogleich breitete sich ein sinnliches Lächeln auf seinen Lippen aus, und er benetzte sie träge mit der Zungenspitze. »Mylord?«

»Was hast du hier verloren?«, donnerte der blonde Adonis und riss Detlef aus seinen erotischen Träumereien.

»Bis eben habe ich versucht zu schlafen«, sagte er

trunken, setzte sich auf und lächelte Ranulf verheißungsvoll zu. »Habt Ihr einen besonderen Wunsch?«

Ranulf überging die Frage. »Was, zum Teufel, hast du hier zu suchen? Und wo ist die Zofe?«

Detlef streckte sich wohlig, wobei er hoffte, dass es verführerisch auf diesen Halbgott wirkte. »Ich schlafe immer hier, denn *ich* bin Lady Valandras Zofe.«

»Das ist wohl ein Scherz.«

Jeder, der Ranulf kannte, wusste, dass er auf schnellstem Wege in Deckung gehen musste, wenn er diesen seidenen Tonfall anschlug, doch Detlef war zu sehr mit seinen Fantasiebildern beschäftigt, um diese Warnung zu erkennen.

»Keineswegs, Mylord! Ich sorge für das Wohl meiner Lady, und zwar besser, als es jede weibliche Zofe tun könnte.«

Das glaubte er gern! Unerklärlicher Zorn wallte in Ranulf auf. Diese Antwort war die Bestätigung für seinen Verdacht. Die kleine Kratzbürste hielt sich also einen Liebhaber! Sie besaß noch nicht einmal den Anstand, Diskretion walten zu lassen, sondern hielt ihn stets in ihrer Reichweite.

Ranulf konnte sich selbst nicht erklären, woher seine Enttäuschung rührte; schließlich hatte das Ganze nichts mit ihm zu tun. Er kannte Valandra ja kaum. Trotzdem fühlte sich die Tatsache, dass sie zu diesen liederlichen Weibsbildern gehörte, wie ein spitzer Dorn in seinem Fleisch an.

Er packte Detlef grob bei den Schultern und zerrte ihn von seinem Lager hoch. »Irrtum, mein Junge. Du *warst* ihre Zofe. Sollte ich dich noch einmal in diesen Gemächern vorfinden, wirst du bereuen, jemals geboren worden zu sein. Hinaus mit dir!«

Detlef aber, der Ranulfs Unmut fälschlicherweise als Eifersucht deutete, fühlte sich am Ziel all seiner Träume. Der Zorn dieses Riesen betörte ihn geradezu.

»Verschwinde endlich!«

»Wie Ihr wünscht, Mylord«, säuselte Detlef lieblich und schwebte mit sinnlichem Hüftschwung und voller Vorfreude aus der kleinen Kammer.

Sein Anblick rief auf Ranulfs Stirn eine steile Falte hervor, und er schüttelte verständnislos den Kopf. »Sind auf dieser Burg eigentlich alle verrückt?«

Nachdem sich Ranulf versichert hatte, dass alle Wachen auf ihren Posten waren, ging er in sein Gemach. Es erstaunte ihn immer noch, dass man ihm so prunkvolle Räume zugeteilt hatte. Sie wirkten durch und durch männlich und waren von einer sicheren Hand mit erlesenem Geschmack eingerichtet worden. An den mit Mahagoniholz verkleideten Wänden hingen kostbare Gemälde und Wandteppiche, die von großen Schlachten erzählten. Daneben waren Äxte, Schwerter und Rapiere angebracht. Das mächtige Prunkbett nahm den größten Teil des Raumes ein und bestach durch einen außergewöhnlich kunstvoll bestickten Baldachin, dessen Vorhänge bereits zugezogen waren. Zwei schön gearbeitete Truhen und eine Sitzgruppe mit Beistelltisch vor dem lodernden Kamin vervollständigten das edle Bild. Angrenzend gab es sogar einen Ankleide- und Waschraum.

Ranulf entledigte sich müde seiner Kleider und schenkte sich einen Becher Wein ein, bevor er sich nackt in einen der Sessel vor dem Kamin sinken ließ.

In Gedanken legte er sich bereits einen Arbeitsplan für den nächsten Tag zurecht. Zuerst würde er sich von diesem Owen die Burg zeigen lassen, mit besonderem Augenmerk auf Geheimgänge und verborgene Türen in den Außenmauern.

Ranulf wusste, dass ihm nur wenig Zeit blieb, bis Malven ihn aufspüren würde. Eine Woche, höchstens zwei; bis dahin musste er sichergehen, dass dieser keine Öffnung fand, um unbemerkt ins Burginnere zu gelangen.

Ranulf lehnte sich in dem dick gepolsterten Sessel zurück, nahm einen tiefen Schluck Wein und starrte auf den goldenen Ring an seinem Finger. Sogleich erfüllte ihn tiefes Bedauern, und er dachte an seinen alten Freund zurück. Er fühlte, dass Malven mit jeder Stunde näher kam.

Dieses unsichtbare Band hatte von Anfang an zwischen ihnen existiert, seit jenem Tag, an dem der alternde Krieger ihn in einer schmutzigen Straße in Frankreich für den De-la-Chacre-Orden rekrutiert hatte. In den kommenden Jahren waren sie wie Vater und Sohn gewesen – ein unglaublich kostbares Geschenk für den damals erst sechzehnjährigen Straßenjungen. Dennoch hatte nie wirkliche Vertrautheit zwischen ihnen geherrscht. Ranulf wusste bis heute nicht, wer Malven eigentlich war oder woher er kam. Auch hatte er es niemals gewagt, ihn danach zu fragen, denn ein Blick in dessen stahlgraue Augen hatte jedem zur Warnung gereicht, ihm bloß nicht zu nahe zu kommen. Er war ganz einfach Malven und wie sich bald herausstellte, der beste, hinterlistigste und zuweilen unbarmherzigste Krieger, dem Ranulf je begegnet war.

Malven war ein Mann, der mit Leib und Seele für das kämpfte, woran er glaubte. Ranulf hatte ihn jahrelang wegen eben dieser Unerschütterlichkeit bewundert. Anfangs war er genau so überzeugt von der Richtigkeit seines Handelns gewesen. Er hatte geglaubt, ein Wegbereiter des neuen Zeitalters zu sein, ein heiliger Streiter, der mit seinem Schwert für die weltliche Sicherheit der gottesfürchtigen Seelen kämpfte.

Ranulf lachte bitter auf. Welch ein Narr war er doch gewesen! In seiner jungenhaften Dummheit hatte er sich tatsächlich eingebildet, einem Orden wie den legendären Tempelrittern anzugehören. Doch dann waren ihm erste Zweifel gekommen. War es wirklich Gott, der all diese Massaker befahl, um die Welt von den Heiden zu säubern, oder war es vielleicht doch nur die Habgier des Großmeisters?

Ranulf lehrte seinen Weinkelch in einem Zug und knallte ihn angewidert auf das Beistelltischchen.

Sechs Jahre! Er hatte ganze sechs Jahre benötigt, um den Mut aufzubringen, der Wahrheit ins Gesicht zu sehen – und was er dort gefunden hatte, war vernichtender als ein Schwertstoß mitten ins Herz gewesen.

Lügen! Betrug! Täuschung!

Er war weder ein heiliger Streiter noch ein wegbereitender Mönchskrieger gewesen, sondern ein Narr, der blindlings einem religiösen Fanatiker gefolgt war, welcher die Bibel ganz nach seinen Bedürfnissen ausgelegt und damit unermessliche Reichtümer angehäuft hatte.

Ranulf rieb sich erschöpft das Gesicht und stand auf. Selbst nach all den Jahren schmerzten die Erinnerungen an jenen Abschnitt seines Lebens noch immer. Es war klüger, schlafen zu gehen, dachte er und zog die schweren Vorhänge bei Seite.

»Teufel und Verdammnis! Was soll das denn! Hinaus mit dir, du Schwein!«

Ranulf blickte fassungslos auf Detlef nieder, der sich

nackt auf seinen Kissen räkelte und nun erschrocken die Augen aufriss.

»Aber Ihr wolltet mich doch, Mylord! Weshalb seid Ihr sonst wie ein eifersüchtiger Berserker in meine Kammer gestürmt?«

Endlich fand Ranulf seine Stimme wieder und brüllte so laut, dass die Wände wackelten. »Hinaus mit dir, du schleimige Kröte, oder ich hack' dich in Stücke!«

Als er einen drohenden Schritt auf Detlef zu machte, sprang dieser mit einem spitzen Aufschrei auf der anderen Seite aus dem Bett, sammelte hastig seine Kleider auf und stob in Richtung Türe davon.

»Ihr seid Euch ganz sicher?«, wagte Detlef einen letzten Versuch.

»Und ob!« Ranulf zitterte vor Abscheu und Zorn. »Komm mir nie wieder unter die Augen, oder ich … ich …« Er griff nach seinem Dolch und schleuderte ihn nach Detlef.

Dieser schrie erneut auf und konnte sich gerade noch rechtzeitig ducken, als die Klinge sich zitternd in die Tür bohrte – genau in der Höhe, wo Sekunden zuvor noch sein Kopf gewesen war.

»Hinaus!«

Diesmal gehorchte Detlef und floh flink wie ein Wiesel in die Sicherheit des Flures.

Ranulfs Müdigkeit war wie weggeblasen, und sein mächtiger Körper schüttelte sich vor Ekel und Empörung.

»Teufel und Verdammnis über diese elende Burg und all ihre Bewohner!«

Siebtes Kapitel

Als Valandra erwachte, war sie so erfrischt und ausgeruht wie seit vielen Wochen nicht mehr. Sie hatte ausgezeichnet geschlafen. Lächelnd streckte sie sich unter den warmen Bettdecken und gähnte genüsslich. Noch immer glaubte sie die tiefe, wohltönende Stimme flüstern zu hören. »Jetzt bin *ich* da, *ma petite*. Ich bin stark genug für uns beide.«

Ein wunderschöner Gedanke! Wie schade, dass es nur ein Traum gewesen war.

Ein anhaltendes schabendes Geräusch lenkte ihre Aufmerksamkeit zum Kamin. Als sie Detlef davor kauern und energisch die Asche zusammenkehren sah, verdrehte sie missmutig die Augen.

»O nein! Was hast du jetzt schon wieder angestellt?«

»Nichts, es war nicht meine Schuld«, entgegnete er gereizt und widmete sich wieder seiner Arbeit.

Doch Valandra kannte diesen schmollenden Ausdruck bereits bis zur Genüge. Genauer gesagt, es graute ihr davor, und so seufzte sie deutlich hörbar auf.

»Na los, heraus mit der Sprache! Du würdest niemals eine so schmutzige Arbeit verrichten, wenn dich nicht ein überaus schlechtes Gewissen plagte. Also, vor welchem verschmähten Liebhaber soll ich dich diesmal verstecken? Wer hat vor, dich in rasender Eifersucht zu töten?«

»Ich fürchte, diesmal werdet Ihr mich nicht beschützen können. Vielleicht sollte ich für einige Tage in der Küche oder im Waschhaus aushelfen. Nur für eine kurze Zeit«, fügte er rasch hinzu, als er sah, wie Valandras Gesicht sich verdüsterte.

»Nur bis sein Ärger ein wenig verraucht ist.«

»Wessen Ärger?«

Detlefs Augen nahmen einen eigentümlichen Glanz an, und seine Wangen röteten sich vor Erregung.

»Wessen Ärger«, forderte Valandra nun erbost zu wissen.

»Der des goldenen Adonis.«

Valandras Stirn legte sich fragend in Falten. »Wen meinst du?«

Über ihren Mangel an Romantik konnte Detlef nur den Kopf schütteln. »Lord Ranulf de Bretaux natürlich! Ich sage Euch, bei seinem nackten Anblick wäre ich vor Verzückung beinahe in Ohnmacht gefallen.«

»Du hast ihn nackt gesehen?« keuchte Valandra entgeistert. »Bitte sag mir, dass das nicht wahr ist! Du kannst doch nicht so verrückt sein und ihn tatsächlich belästigt haben?«

Als Detlef schmollend die Unterlippe vorschob, ließ sich Valandra rücklings in die Kissen fallen und schlug die Hände vors Gesicht. »Bist du denn von allen guten Geistern verlassen? Wie konntest du nur? Ausgerechnet bei ihm!«

»Ich sagte doch, dass es nicht meine Schuld war. Er ließ mich glauben, dass er meine Nähe suchte!«

Valandra setzte sich mit einer skeptisch hochgezogenen Augenbraue wieder auf. »Ach ja?«

»Ja«, beharrte Detlef. »Er kam wie ein eifersüchtiger Racheengel in meine Kammer gestürmt und …«

»In deine Kammer!«, rief Valandra und blickte zu der schmalen Verbindungstür hinüber.

»Das sagte ich bereits …«

»Um Himmels willen, dann musste er ja an meinem Bett vorbei!«

Detlef zuckte gleichmütig die Schultern. »Das war wohl unumgänglich. Schließlich hat er Euch auch heraufgetragen und zu Bett gebracht.« Heiße Röte schoss Valandra in die Wangen, und ihre Augen weiteten sich vor Schreck, als ihr Blick auf das dünne Nachthemd fiel.

»Keine Angst! Dieser Barbar wollte Euch in den Kleidern schlafen lassen. Ich war es, der Euch umgezogen hat.«

Maßlose Erleichterung durchströmte Valandra, und sie atmete tief durch. Dennoch, Ranulfs Eindringen in ihr Gemach hinterließ ein seltsames Gefühl der Schutzlosigkeit. Ihre privaten Räume waren ihr heilig. Niemand außer Detlef und der Dienstmagd Sophia hatte die Erlaubnis, sich hier aufzuhalten.

Valandra sah sich um, und plötzlich schämte sie sich für ihre wenigen Habseligkeiten. Im vergangenen Winter hatte sie fast alles verkauft, was sie ihr Eigen nannte. Nun wirkte das kleine Gemach beinahe armselig – ohne die teuren Teppiche und den gewohnten Zierrat. Eigentlich beschränkte sich ihr Besitz auf das Bett, in dem sie lag, und zwei fast leere Kleidertruhen. Wie mochte dieses Gemach wohl in Ranulfs Augen ausgesehen haben?

Augenblicklich rief sie sich zur Ordnung. Dieser ungehobelte Kerl hatte nichts in ihren Privaträumen zu suchen! Er war hier ungebeten eingedrungen, und was immer er über ihre ärmlichen Verhältnisse dachte, kümmerte sie keine Spur. Sie schwang die Beine aus dem Bett.

»Nun erzähl mir ganz genau, was sich gestern Nacht zugetragen hat. Ich werde wohl nicht umhin kommen, mich für dich zu entschuldigen.«

»O Mylady, Ihr hättet ihn sehen sollen! Er saß nackt, wie Gott ihn schuf, vor dem Kaminfeuer. Diese Muskeln, diese gebräunte Haut …«

»Lass bitte die Nebensächlichkeiten«, bat Valandra peinlich berührt. »Du warst also bei ihm im Zimmer?«

»Ja, Mylady, wie ich schon sagte, ließ er mich glauben … Nun ja, vielleicht war es doch eher reines Wunschdenken …«

»Nun erzähl endlich die Geschichte zu Ende, ich habe nicht den ganzen Morgen Zeit.«

»Ich habe ihn also in seinem Bett erwartet.«

»Du hast was getan?«, rief Valandra ungläubig.

»Wenn ich erzählen soll, dürft Ihr mich nicht immer unterbrechen. Ich lag nackt in seinem Bett und beobachtete ihn durch die zugezogenen Vorhänge. Der Rest ist schnell erzählt. Er wollte zu Bett gehen, sah mich, bekam einen schrecklichen Wutanfall und warf mit seinem Dolch nach mir. Ich konnte mich gerade noch rechtzeitig ducken, sonst würde ich jetzt bereits im Himmel Harfe spielen.«

»Welch ein Schlamassel«, seufzte Valandra. »Weshalb musst du mir immer wieder solchen Ärger machen?« Sie kaute nachdenklich auf ihrer Unterlippe. »Vielleicht solltest du fürs Erste hier in meinem Zimmer bleiben.

»Das geht nicht, er hat mir verboten, Euch noch länger zu Diensten zu sein.«

»Wie bitte?«, schnappte sie verärgert. »Seit wann glaubt dieser Kerl, hier Befehle erteilen zu können?«

Bevor Detlef etwas darauf erwidern konnte, sprang Valandra aus dem Bett. »Schnell, hilf mir beim Anziehen. Dem werde ich die Meinung sagen.« Sie hielt einen Augenblick inne und korrigierte sich dann. »Nun, zuerst werde ich mich für dich entschuldigen, und dann werde ich ihm erläutern, dass ein Gast keine Befehle zu erteilen hat.«

Sie wusch sich rasch, schlüpfte in ein schlichtes rotes Wollkleid und eilte in die Halle hinunter.

»Sophia, hast du Lord Ranulf gesehen?«

Das Mädchen kam auf sie zugeeilt. »Gewiss, Mylady, er ist noch vor Tagesanbruch mit einigen der Männer zur Jagd geritten. Er schien nicht gerade bester Laune, wenn Ihr mich fragt.«

Valandra stieß einen wenig damenhaften Fluch aus. »Das kann ich mir denken. Sind Eleanora oder Dalvina schon nach unten gekommen?«

Sophia schüttelte lächelnd den Kopf. »Nein, Mylady. Wie jeden Tag werden sie auch heute bis zur Mittagszeit schlafen.«

Sehr gut. Zumindest blieben ihr damit die Feindseeligkeiten von dieser Seite erspart. Sie hatte fürwahr genügend andere Probleme.

Valandra strich sich eine lose Haarsträhne hinter das Ohr. Anscheinend musste das größte Problem noch warten.

Wenn sie Glück hatte, würde die Jagd Lord Ranulfs Zorn ein wenig besänftigen. Die Aussicht, einem vor Wut tobenden Riesen gegenübertreten zu müssen, war alles andere als angenehm.

»Falls mich jemand sucht, ich bin in der Küche.«

Nach dem Frühstück, das Valandra stets mit den Köchinnen einnahm, um gleichzeitig die verschiedenen Malzeiten des Tages zu besprechen, machte sie sich wie gewohnt auf ihren Rundgang. Doch wohin sie auch kam, Ranulf war stets vor ihr da gewesen und hatte die entsprechenden Befehle längst erteilt.

Valandras Unmut wuchs von Minute zu Minute. Inzwischen wünschte sie ihm sogar die Pest an den Hals. Was bildete sich dieser Kerl eigentlich ein? Gerade als sie glaubte, an ihrer Wut ersticken zu müssen, meldeten die Torwachen, dass der Jagdtrupp zurückkehre.

»Das wird auch Zeit!« Wütend stapfte sie in den Burghof hinaus und hielt nach Ranulf Ausschau. Sie beobachtete, wie er als Letzter über die Zugbrücke ritt, und furchte verwirrt die Stirn. Er wirkte irgendwie verkrampft.

Sogleich schob sie diesen Gedanken beiseite. Einige verkrampfte Muskeln waren wohl das Mindeste, was er für seine unerwünschten Einmischungen verdiente. Ihre Empörung kehrte mit einem Schlag zurück, und sie bahnte sich einen Weg zwischen Pferden, Menschen und erlegten Tieren hindurch, bis sie neben seinem mächtigen Hengst stand.

Dieser Mistkerl schien sie gar nicht zu bemerken!

Ranulf starrte wie gebannt auf die Zugbrücke, die sich unter lautem Quietschen und Kettenrasseln langsam schloss. Erst als sie vollständig hochgezogen war, ließ seine Anspannung nach. Er rieb sich den Nacken. Noch immer glaubte er, stechende Augen in seinem Genick zu spüren. Malven war im Wald gewesen. Obwohl Ranulf ihn weder gesehen noch irgendwelche Spuren von ihm entdeckt hatte, wusste er, dass Malven ganz in seiner Nähe gewesen war. Verdammt! Er hatte sich mehr Zeit erhofft.

»Mylord, ich will augenblicklich mit Euch sprechen!«

Ranulfs Kopf zuckte zu Valandra herum, und sie las in seinen Augen Unglauben und noch etwas, was sie jedoch nicht genau benennen konnte. Er schien tatsächlich erschrocken darüber zu sein, sie hier neben sich zu sehen.

»Wie lange stehst du schon hier?«, herrschte er sie an, und seine zinngrauen Augen loderten vor unterdrücktem Zorn.

Valandra konnte sich beim besten Willen nicht erklären, was ihn so aufbrachte.

»Rede!«

»Eine ganze Weile«, erklärte sie verwirrt.

Ranulf knurrte etwas in einer Sprache, die sie nicht verstand, doch es klang eindeutig nach einem Fluch.

»Stand die Brücke noch offen?«

»Keine Ahnung! Ich habe nicht darauf geachtet«, gab Valandra zu. »Soweit ich mich erinnere, wurde sie gerade hochgezogen. Warum? Ist das von Bedeutung?«

Ranulf schaute auf die zierliche Frau hinunter, die ihn aus großen fragenden Augen anschaute, und sein Magen zog sich schmerzlich zusammen. In ihrem schlichten roten Wollkleid und mit den lose zusammengebundenen Haaren wirkte sie ausgesprochen jung und zerbrechlich.

Und ob es von Bedeutung war! Ihr Leben konnte davon abhängen! Wenn Malven tatsächlich da draußen war und sie gesehen hatte … Die de la Chacres waren nicht zimperlich, wenn es darum ging, Geheimnisse zu wahren. Sollte Malven auch nur den geringsten Verdacht hegen, dass Ranulf sich dieser Frau anvertraut haben könnte, wäre ihr Tod besiegelt. Allein der Gedanke daran bereitete ihm Übelkeit. Auch wenn er Valandra nicht sonderlich mochte, wäre es ihm doch unerträglich, für ihren Tod verantwortlich zu sein.

»Tu das nie wieder! Schleich dich nie wieder an mich heran! Hast du mich verstanden?«, stieß Ranulf unfreundlich hervor und steuerte sein Schlachtross an ihr vorbei.

Valandra blieb erschüttert mitten im Burghof stehen und schaute ihm verständnislos nach. Sie konnte es nicht glauben. Dieser Mistkerl ließ sie einfach stehen … Und das vor den Augen der Burgbewohner! Deutlicher hätte er ihr nicht zeigen können, wie wenig er von ihr als Burgherrin hielt. Valandra ballte die Hände zu Fäusten und heftete den Blick wütend auf seinen breiten Rücken. Die Überheblichkeit dieses Kerls kannte wahrlich keine Grenzen. Die Art, wie er seinen mächtigen Hengst mühelos durch die Menschenmenge im Hof lenkte, sprach von Überlegenheit, Kraft und einem unbeugsamen Stolz.

Valandra reckte kampflustig ihr Kinn. Auch sie hatte ihren Stolz, und der war gerade mit Füßen getreten worden!

Sie beobachtete, wie Ranulf aus dem Sattel glitt und zielstrebig die Stufen zur Brustwehr hinaufschritt. Es schien so, als hielte er nach etwas oder jemandem Ausschau.

Valandra wandte sich an den jungen Krieger, der ihr am nächsten stand. »Jason, ist während der Jagd etwas Ungewöhnliches vorgefallen?«

»Nay, nicht dass ich wüsste, Mylady.«

»Keine Gesetzlosen oder sonstige Gefahren?«

»Nay, nichts dergleichen. Alles war ruhig.«

Eine innere Stimme sagte ihr, dass Ranulf diese Ansicht nicht teilte.

Dennoch gedachte sie sein Benehmen nicht wortlos hinzunehmen. Er war Gast auf Walkmoor Castle. Ein Gast und kein tyrannischer Feldherr, der seine schlechte Laune an Unschuldigen auslassen konnte! Je eher er das begriff, desto besser für sie alle!

Valandra marschierte entschlossen auf ihn zu. Als sie am Fuß der Treppe ankam, versperrte Kasim ihr den Weg.

»Das ist keine gute Idee! Ihr solltet Ranulf für einige Minuten in Ruhe lassen«, riet er ihr und fügte milde hinzu. »Er hat Sorgen.«

Valandra stemmte die Hände in die Hüften. »Die haben wir alle! Und zurzeit ist er meine größte. Also erwartet bitte nicht, dass ich auf seine nicht vorhandenen Gefühle Rücksicht nehme!«

Sie versuchte um Kasim herumzugehen, doch der verstellte ihr erneut den Weg. In seinen dunklen Augen lag aufrichtiges Bedauern. »Vergebung, Lady Valandra, aber es ist nur zu Eurem eigenen Schutz. Wenn Ihr ihn jetzt bedrängt, wird er Euch mit seinen Worten verletzen und es später tief bereuen.«

»Ich bezweifle, dass er ein so banales Gefühl wie Reue überhaupt kennt. Und jetzt lasst mich bitte vorbei!«

»Nein!«

»Das wird ja immer besser! Jetzt darf ich mich in meinem eigenen Heim nicht einmal mehr frei bewegen!«, schnaubte sie und stolzierte hoch erhobenen Hauptes davon.

Achtes Kapitel

Nachdem Valandra sich vergewissert hatte, dass die Jagdbeute ordentlich im Kellergewölbe unter dem Küchentrakt verstaut worden war, sah sie nach den verwundeten Kriegern. Sie benötigte dringend Ablenkung. Längst verfluchte sie den Tag, an dem sie die Fremden in ihre Burg eingelassen hatte. War das wirklich erst gestern gewesen? Ihr kam es vor, als müsste sie sich schon seit Wochen mit diesem finsteren Riesen herumärgern.

Gemeinsam mit Dalvinas Damen und einigen Mägden wechselte Valandra die Verbände und brachte den Männern Frühstück und Wasser zum Waschen. Es war erstaunlich, wie schnell sich die Krieger erholten. Bei den meisten schienen die wenigen Stunden Schlaf Wunder gewirkt zu haben. Einige von ihnen saßen in Gruppen zusammen und würfelten sogar schon wieder um die Wette. Andere schliffen ihre Schwerter oder polierten ihre Rüstungen.

Die Stunden verstrichen, und mit ihnen schwand auch Valandras Wut auf Kasim. Er hatte es nicht böse gemeint, da war sie sich sicher. Gleichzeitig wuchs jedoch ihr Groll auf Ranulf ins Unermessliche. Dieser Kerl kam in ihr Heim, erteilte ungefragt ihren Leuten Befehle und besaß dann auch noch die Frechheit zu glauben, sie sähe ihm seine üblen Launen nach. Niemals!

Valandra stopfte die schmutzigen Verbände in einen großen Weidekorb und reichte ihn einem der Diener.

»Alles herhören!«

Valandra zuckte erschrocken zum Eingang herum und entdeckte Kasim, der breitbeinig im Türrahmen stand. Er besaß die ungeteilte Aufmerksamkeit der Krieger.

»Jeder, der sich dazu in der Lage fühlt, soll sich unverzüglich im Burghof einfinden. Lord de Bretaux teilt die Wachen ein!«

Valandra glaubte ihren Augen und Ohren nicht zu trauen, als die Krieger sich erhoben und ohne Murren die Halle verließen.

»Dieser Mistkerl«, zischte sie leise. Sie hatten ein Abkommen! Sie hatten sich darauf geeinigt, dass die Männer so lange von den Burgbewohnern fern gehalten werden würden, bis sie sicher sein konnte, dass das Fieber nicht ansteckend war. Wild entschlossen, ihm diesmal die Meinung zu stoßen, rauschte Valandra in den Hof hinaus.

Die Krieger hatten sich in einem Halbkreis vor ihrem Herrn aufgereiht, während die Burgbewohner sich im Hintergrund hielten und neugierig dem Geschehen folgten.

Selbst Valandra vergaß für einen Augenblick ihren Zorn und verharrte reglos auf dem obersten Treppenabsatz. Sie fühlte sich seltsam angezogen von dem blonden Riesen, der mit hinter dem Rücken verschränkten Händen vor seinen Männern stand. Seine langen, kräftigen Beine steckten in kniehohen Stiefeln und einer weichen, hellbraunen Rehlederhose, die sich um seine muskulösen Schenkel und festen Hinterbacken spannte. Dazu trug er ein weißes Leinenhemd, das seine breiten Schultern betonte, und einen breiten Schwertgurt um die schmalen Hüften. Gegen ihren Willen war Valandra fasziniert von seinem Anblick.

»Ein goldener Adonis« hatte Detlef ihn genannt, doch Valandra konnte dem nicht zustimmen. ›Adonis‹ klang viel zu weich, zu harmlos. Ranulf de Bretaux aber war alles andere als das! Viel mehr erinnerte er sie an einen Berglöwen – faszinierend schön und gefährlich!

Seine dunkle, volltönende Stimme erfüllte den Hof bis in den hintersten Winkel, als er seinen Männern knappe, klare Anweisungen erteilte. Er sprach in ruhigem, beherrschtem Ton, und sein französischer Akzent sandte Valandra leise Schauer über den Rücken.

Himmel noch mal! Valandra, du benimmst dich wie ein einfältiges Kind, das noch nie einen Mann gesehen hat. Zugegeben, der Kerl sieht ganz passabel aus, doch das ändert nichts daran, dass er sich wie ein herrischer Tyrann benimmt. Es wird höchste Zeit, dass du ihm das endlich einmal sagst!

Die Ansprache war beendet, und die Krieger begaben sich auf die ihnen zugewiesenen Posten.

Valandra erkannte alarmiert, dass ein Stallbursche Ranulfs Hengst über den Platz führte. Der Kerl wollte ausreiten!

»O nein, diesmal entwischst du mir nicht!«, zischte sie leise und eilte rasch die wenigen Stufen hinunter. Entschlossen marschierte sie auf ihn zu.

Ranulf schwang sich gerade in den Sattel.

»Auf ein Wort, Mylord!«

Nur um sicherzugehen, dass er sie nicht wieder vor aller Augen stehen ließ, griff sie nach dem Zaumzeug des Hengstes und hielt es fest. Das mächtige Tier tänzelte nervös zur Seite.

»Es ist höchste Zeit für ein klärendes Gespräch!«

Ranulf sah erstaunt auf Valandra hinunter. Der Ärger in ihrer Stimme war nicht zu überhören. Sie schien gewillt, Gift und Galle zu speien. Teils amüsiert, teils verärgert betrachtete er ihre feingliedrigen Finger, die entschlossen das Ledergeschirr seines Hengstes umklammerten.

Ranulf sah, dass die Burgbewohner und seine eigenen Männer stehen geblieben waren und sie nun voller Neugierde, aber auch verunsichert beobachteten. Verdammt, eine offene Konfrontation konnte er sich im Augenblick ganz und gar nicht leisten.

»Du wünschst ein Gespräch? Es wird mir ein Vergnügen sein.«

Noch bevor Valandra wusste, wie ihr geschah, schlang er einen Arm um ihre Mitte und hob sie vor sich in den Sattel.

»Was soll das?! Lasst mich sofort hinunter.«

»Mund halten! Oder willst du einen Krieg innerhalb der Burgmauern provozieren?«

Valandra biss sich schuldbewusst auf die Lippen. An die Folgen einer offenkundigen Auflehnung hatte sie zu ihrer Schande gar nicht gedacht. Die Burgbewohner würden augenblicklich zu den Waffen greifen, wenn sie annähmen, ihre Herrin sei in Gefahr.

Ranulf lenkte sein Schlachtross in den hintersten Teil des Burghofes, wo sie vor den Blicken der Burgbewohner geschützt waren. Dort zügelte er seinen Hengst, glitt mit Valandra im Arm aus dem Sattel und stellte sie unsanft auf die Füße.

»Ich nehme an, du hast eine Erklärung für dein absurdes Verhalten.«

Valandra hob stolz den Kopf und hielt seinem vorwurfsvollen Blick tapfer stand. »Wie könnt Ihr es wagen, mir Vorhaltungen zu machen? Ihr seid hier derjenige, der sich entschuldigen müsste. Ihr haltet Euch weder an unser Abkommen noch an die Regeln der Gastfreundschaft!«

»Welches Abkommen?«

»Ihr wisst sehr wohl, wovon ich spreche. Gestern

Nacht waren wir uns einig, dass Eure Krieger sich von den Burgbewohnern fern halten sollen, bis ich sicher sein kann, dass das Fieber nicht ansteckend ist.«

Ranulf schüttelte den Kopf. »Ein solches Abkommen hat es nie gegeben! Du hast es vorgeschlagen, doch ich habe dem nie zugestimmt.«

Valandra schnappte empört nach Luft. »Das ist Haarspalterei, ändert jedoch nichts an den Tatsachen. Ich bin die Burgherrin, und mein Wort ist hier Gesetz. Wobei wir auch gleich beim nächsten Punkt angelangt wären. Ich werde Eure Einmischungen in meine Befehlsgewalt nicht länger dulden, haben wir uns verstanden? Ihr seid Gast auf Walkmoor Castle, also benehmt Euch wie ein solcher! Zugegeben, mein Vater hat Euch hierher gesandt, um mich zu unterstützen, aber ich allein entscheide, wann und unter welchen Umständen ich Eure Hilfe annehmen werde! Von nun an werdet Ihr keine Befehle mehr erteilen, außer Ihr habt meine ausdrückliche Erlaubnis dazu!« Valandra stemmte energisch die Hände in die Hüften. »Solltet Ihr auch weiterhin nicht an Euch halten können, werde ich Euch mit all Euren Männern aus der Burg werfen!«

Sie funkelte ihn so böse an, dass Ranulf sich ein zynisches Lächeln nicht verkneifen konnte. Diese halbe Portion glaubte doch tatsächlich, ihn in seine Schranken weisen zu können.

Unversehens drängte er sie mit dem Rücken an die Burgmauer.

»Was denn, bist du schon fertig mit deiner Strafpredigt?«

Der gelangweilte Klang seiner Stimme war beinahe zu viel für Valandras Selbstbeherrschung, und sie schüttelte entschieden den Kopf. »Nein, das bin ich nicht. Ich habe Euch nie erlaubt, mich zu duzen, also werdet Ihr mich mit Mylady oder Lady Valandra ansprechen. Das dürfte wohl kaum zu viel verlangt sein, oder?«

Ranulf hakte lässig die Daumen in seinen Schwertgurt und betrachtete sie beleidigend lange. »Doch, das ist es! Da du dich nicht wie eine Lady benimmst, sehe ich auch keinen Grund, dich wie eine zu behandeln.«

Valandra starrte ihn sprachlos an. Ihr fehlten die Worte für diese Ungeheuerlichkeit.

Als Ranulf die Enttäuschung in ihren Augen sah, regte sich sein Gewissen. Verdammt, manchmal verfluchte er wirklich seinen Mangel an Taktgefühl. Es war nicht seine Absicht gewesen, sie zu verletzen. Es war nur so, dass er mit Autorität überhaupt nicht umgehen konnte. Sobald jemand versuchte, ihm etwas aufzuzwingen, trat seine ausgeprägte Sturheit zu Tage und schob dem einen Riegel vor.

Valandra reckte stolz ihr zierliches Kinn. »Nun gut. Dann werde ich *dir* einen Vorschlag unterbreiten, mit dem wir vermutlich beide leben können. Wir teilen uns die Arbeiten. Du übernimmst das Training der Männer und ich die Verteidigung der Burg und alles andere.«

Ranulf schüttelte langsam den Kopf. »Dein Vorschlag ist inakzeptabel.«

Valandra schnaubte ungeduldig, bevor sie sich ein weiteres Zugeständnis abrang. »Also schön, dann übernimmst du eben auch noch die Jagd. Aber ich dulde keine Einmischungen in meinen Teil der Arbeit.«

Beinahe erleichtert erkannte Ranulf, dass die Enttäuschung gewichen und der Trotz zurückgekehrt war. Ihr Kampfgeist amüsierte ihn.

»Du bist wirklich zu großzügig, Mädchen. Dennoch ist dein Vorschlag lächerlich.«

»Lächerlich?«

»*Oui,* lächerlich«, erklärte Ranulf ruhig. »Ich sehe keinen Grund, weshalb du noch länger die Aufgaben deines Vaters übernehmen solltest. Schließlich hat er mich hierher geschickt, um seine Familie zu beschützen.«

Er sah also keinen Grund? Valandra hingegen kannte gleich mehrere! Sie mochte ihre Aufgabe. Sie liebte es, mit den Männern zu arbeiten und sich an ihren Erfolgen zu freuen. Sie brauchte diese beinahe familiäre Verbindung. Was hatte sie denn sonst? Was um alles in der Welt sollte sie sonst den ganzen Tag lang tun? Sticken, wie ihre Stiefmutter und Dalvina? Schlafen, bis ihr das Liegen weh tat? Nein, nur über ihre Leiche!

Sie reckte sich entschlossen zu ihrer ganzen bescheidenen Größe. »Ich lasse mich nicht einfach bei Seite schieben, Ranulf. Weder von dir noch von sonst jemandem!«

Es gefiel Ranulf, wie sie seinen Namen aussprach. Auch wenn sie es nur tat, um ihm zu verdeutlichen, dass sie nicht länger gewillt war, ihm den nötigen Respekt zu zollen.

»Ich will dir nur ein normales Dasein als Frau ermöglichen.«

»Das ist ja wunderbar! Jetzt erwartest du wohl auch noch Dankbarkeit für deine Dreistigkeit? Ob du es glaubst oder nicht, aber mir gefällt mein Leben so wie es ist. Ich brauche niemanden, der sich in meine Angelegenheiten einmischt.«

Die Unterhaltung wurde ihr nun endgültig zu dumm. »Ich sehe nur zwei Möglichkeiten.«

»Und die da währen?«

»Entweder du akzeptierst meinen Vorschlag, oder du gehst.«

So, dem hatte sie es aber gegeben. Valandra wollte mit königlicher Würde davonschreiten, doch Ranulf stemmte die Arme rechts und links von ihren Schultern an die Burgmauer und versperrte ihr den Weg. Obwohl er sie nicht berührte, fühlte sich Valandra plötzlich zwischen der Mauer in ihrem Rücken und seinem Körper gefangen. Ein Blick in seine Augen genügte, und ihr Pulsschlag begann zu rasen. Er war wütend. Sehr wütend.

»Verdammt, ich habe es auf die freundliche Art versucht …«

»Das war freundlich?«, erkundigte sich Valandra erstaunt.

»Aber da du nicht hören willst, muss ich wohl deutlicher werden«, knurrte Ranulf. Es widerstrebte ihm zutiefst, dass er nun auf diese Weise vorgehen musste. Warum musste dieses Mädchen nur so unglaublich stur sein? Weshalb konnte sie sich nicht einfach dankbar zurückziehen und ihn seine Arbeit tun lassen?

»Dir scheint hier einiges entgangen zu sein, *ma petite*«, erklärte Ranulf entschlossen. »Du bist gar nicht in der Lage, mir ein Ultimatum zu stellen. Meine Männer sind in der Überzahl und darauf trainiert zu töten. Solltest du dich öffentlich gegen mich stellen, wird es ein Blutvergießen geben, denn ich *werde* bleiben. Und ich *werde* meine Schuld bei deinem Vater abtragen. Daran wird mich niemand hindern. Haben wir uns verstanden? »

Valandra zwang sich, ruhig stehen zu bleiben. Am liebsten wäre sie unter seinem Arm hindurchgetaucht und eilends weggerannt, nur um seinem Zorn zu entgehen.

»Das ist ungerecht! Du hast mir dein Wort gegeben, dass du nicht versuchen wirst, die Burg an dich zu reißen.«

Ranulf fixierte sie mit seinen eindringlichen Augen.

»Das Leben *ist* ungerecht. Aber ich versichere dir, dass ich zu meinem Wort stehe. Sobald dein Vater durch das Burgtor reitet, ist er wieder der Herr von Walkmoor Castle.«

Er legte seine Finger unter Valandras Kinn und hob ihr Gesicht, sodass sie ihn ansehen musste. »Es liegt in deiner Hand. Stellst du dich gegen mich, werden deine Leute es mit ihrem Blut bezahlen.«

Alle Farbe war aus Valandras Wangen gewichen, und sie starrte ihn mit vor Entsetzen weit aufgerissenen Augen an. Sie glaubte zu hören, wie ihre kleine Welt in sich zusammenbrach. Alles, was sie sich in den vergangenen Monaten so hart erkämpft und wofür sie gelebt hatte, wurde ihr nun mit Gewalt entrissen. »Du herzloses Ungeheuer! Ich wünschte, ich wäre dir nie begegnet.«

»Das geht einigen so«, erklärte Ranulf. Er zwang die aufkeimenden Schuldgefühle eisern nieder, als er den verräterisch feuchten Glanz in ihren Augen sah. Weshalb musste sie nur so verletzlich und hilflos aussehen? Es ärgerte ihn über die Maßen, dass er plötzlich den Drang verspürte, sie tröstend in seine Arme zu ziehen. Himmel, er war doch kein Weichling! Außerdem tat er das alles nur zu ihrem Besten.

Die Verantwortung hatte lange genug auf ihren Schultern gelastet. Es war an der Zeit, dass sie wieder in ein normal geregeltes Leben zurückfand. Auch musste er verhindern, dass die Lamont-Krieger in einen Gewissenskonflikt gerieten. Ein Mann konnte nur einem Herrn dienen. Alles andere wäre zu gefährlich und würde früher oder später zu schweren Auseinandersetzungen führen.

»Also, wie entscheidest du dich?«

»Meine Antwort liegt auf der Hand. Wie du sehr wohl

weißt!« Valandra hätte es niemals ertragen können, wenn jemand ihretwegen leiden müsste. Das bittere Gefühl, versagt zu haben, schnürte ihr die Kehle zu, und sie fürchtete, sogleich in Tränen auszubrechen, wenn sie nicht schleunigst von diesem Tyrannen wegkam.

»Nimm endlich deine Hände weg«, forderte sie matt. »Ich werde mit den Burgbewohnern sprechen.«

Ranulf gab sie frei und schaute ihr schweigend nach, als sie aufrecht den Weg zum Burghof zurückging. Er hatte gewonnen. Aber sein Sieg hatte einen bitteren Beigeschmack.

Neuntes Kapitel

»Ich bin mir nicht sicher, ob ich Euch danken oder Euch zum Teufel wünschen soll, Mylord«, erklärte Owen ehrlich, als er eine Stunde später mit Ranulf den Wehrgang entlangschritt und auf den Übungsplatz hinunterschaute. Er hatte mit dem Lord das ganze Burgareal inspiziert und ihm all die strategischen Fragen über die angrenzenden Besitzungen der Nachbarlords beantwortet. Nun waren sie am Ende ihrer Besichtigung und blickten auf den riesigen Übungsplatz hinunter, auf dem die Krieger sich im Schwertkampf übten.

»Ich bevorzuge Euren Dank. Der Teufel kann warten«, teilte Ranulf ihm ruhig mit.

Nach Valandras kurzer Ansprache hatte es zunächst große Verwirrung und Aufbegehren unter den Lamont-Kriegern gegeben.

Mit Erstaunen und leiser Bewunderung hatte Ranulf erkannt, dass die Männer in Valandra eine fähige Heerführerin sahen, der sie loyal und zutiefst ergeben in jeden Krieg folgen würden. Diese zierliche Frau besaß unter ihren Männern mehr Ansehen als so mancher erfahrene Kriegsherr.

Einige spannungsgeladene Minuten lang hatte es sogar so ausgesehen, als wollten sich die Krieger gegen die Neuankömmlinge zur Wehr setzen. Valandra hatte jedoch energisch eingegriffen und ihnen versichert, dass sie selbst Ranulf um diesen Gefallen gebeten habe. Sie hatte zudem beteuert, dass dies im Sinne ihres Vaters sei, und die Männer mit belegter Stimme gebeten, Ranulf ebenso stolz auf sie zu machen, wie sie es auf jeden Einzelnen von ihnen war.

Owen blieb stehen und beobachtete eine zierliche Gestalt, die in schneller Folge einen Pfeil nach dem anderen auf die Zielscheibe schoss.

Valandra.

»Ich wusste es!« Sein Blick heftete sich vorwurfsvoll auf den schweigsamen Riesen neben sich. »Ich habe keine Sekunde lang daran geglaubt, dass Lady Valandra Euch freiwillig die Befehlsgewalt überlassen hat. Und hier ist der Beweis!«

Ranulf folgte seinem Blick und hob fragend die Augenbrauen.

»Lady Valandra hat zweimal danebengeschossen! Das geschieht nur, wenn sie äußerst zornig ist.«

Ranulf war ehrlich verblüfft. »Ich sehe keinen einzigen verschossenen Pfeil.«

»Pah, Ihr kennt Lady Valandra nicht! Wie Ihr unschwer erkennen könnt, hat sie zweimal das Schwarze verfehlt. Ein Umstand, der schon seit Jahren nicht mehr vorgekommen ist. Sie muss in der Tat sehr aufgebracht sein.«

Ranulf beobachtete, wie Valandras Pfeile zielsicher die Mitte der Schießscheibe trafen, und war von ihren Fähigkeiten als Schützin tief beeindruckt.

Sie zeigte tatsächlich die Treffsicherheit eines Meisterschützen.

Bisher war er davon überzeugt gewesen, dass niemand es mit Malvens Bogenschießkunst aufnehmen könnte, doch nun kamen ihm ernste Zweifel.

Hatte er Valandra am Ende Unrecht getan? Ranulf zog nachdenklich die Stirn in Falten. Sie besaß sowohl das Ansehen ihrer Krieger als auch das Geschick im Umgang mit Waffen. Beides waren Tugenden, die einen fähigen Heerführer auszeichneten. Vielleicht hatte er vorschnell gehandelt. Vielleicht hätte er ihr tatsächlich die Führung der Burg überlassen und sich im Hintergrund um das Nötigste kümmern sollen.

Oui, vielleicht, doch für solche Überlegungen war es jetzt zu spät. Er hatte gehandelt, wie er es für das Beste hielt.

Owen musterte Ranulf eindringlich. »Eines solltet Ihr wissen, Mylord. Ich werde Euch im Auge behalten. Solltet Ihr versuchen, die Burg an Euch zu reißen, werdet Ihr durch meine Klinge sterben.«

Ranulf erwiderte seinen Blick und nickte ernst. »Einverstanden. Das scheint mir nur gerecht.«

»Ihr seid gewarnt.«

»Wer ist das?« Ranulf deutete auf einen dickleibigen Mann in einer Soutane, der neben Valandra getreten war und aufgeregt auf sie einredete. Selbst aus dieser Entfernung war klar zu erkennen, dass sie über diese Gesellschaft alles andere als erfreut war.

»Das ist Pater Ignatius, Lady Eleanoras Bruder«, erklärte Owen. »Er ist der Burgpriester, aber niemand besucht seine Messen freiwillig. Die Burgbewohner fürchten ihn und seine wortreichen Drohungen von ewiger Verdammnis und Höllenqualen. In meinen Augen ist er ein harmloser religiöser Fanatiker, der es genießt, mit seiner Macht andere zu tyrannisieren.«

Ranulf beobachtete die zwei mit Argusaugen. Valandra wirkte ausgesprochen steif, ganz so, als ob der Pater sie mit Worten verletzt hätte. »Warum wirft Lady Valandra ihn nicht einfach aus der Burg?«

Ein grimmiger Zug legte sich um Owens Lippen. »Das hat sie versucht. Doch Pater Ignatius hat hochgestellte Freunde – sowohl in der Kirche als auch im Königshaus.«

»Ich verstehe.«

Ranulf ließ den Pater nicht aus den Augen. Er konnte die Ansicht des Hauptmanns nicht teilen. Religiöse Fanatiker waren niemals harmlos. Sobald sie Macht geleckt hatten, wurden sie zu einer unberechenbaren Gefahr.

Der Pater wandte sich mit einem selbstgefälligen Lächeln von Valandra ab. Ranulf spürte, wie heißer Groll in ihm aufstieg. Er musste sich nur Valandras starre Haltung ansehen, um zu wissen, dass der Pater sie beleidigt hatte. Sie spannte den Bogen, schoss – weit daneben. Der Pfeil hatte die Schießscheibe um gut einen Fuß verfehlt und prallte splitternd gegen die Burgmauer.

Ranulfs Augen hefteten sich auf den Rücken des Paters. Das würde der Kerl ihm büßen!

Der Nachmittag verstrich ohne weitere Aufregungen, und als die Küchenglocke das Abendmahl ankündigte, setzte sich Ranulf frisch gewaschen und rasiert an den Tisch und sog den herrlichen Duft von geschmortem Rehbraten, würzigen Rüben und frisch gebackenem Brot ein. Er liebte gutes Essen!

Als Valandra sich ihm gegenüber an den Tisch setzte, war sein Hunger jedoch verflogen. Sie wirkte sehr blass und in sich gekehrt. Sie vermied es, ihn anzusehen und nahm auch nicht an den regen Tischgesprächen teil. Sie wirkte so einsam und verletzlich, dass Ranulfs Schuldgefühle mit voller Macht zurückkehrten.

»Lord de Bretaux?«

Es dauerte eine Weile, bis Ranulf erkannte, dass Eleanora mit ihm sprach.

»Lord de Bretaux, ich möchte Euch meinen Bruder Pater Ignatius vorstellen. Gestern war es ihm leider nicht möglich, Euch willkommen zu heißen.«

Ranulf heftete den Blick auf den dickleibigen Pater, der neben Eleanora am Kopfende der Tafel saß, und rang sich ein knappes Nicken ab.

Der Pater schien nicht nur Gefallen an reichlichem Essen zu finden, sondern auch an teurer Kleidung. Er hatte das kratzige Priestergewand abgelegt und trug stattdessen eine Soutane aus feinstem dunkelbraunem Samt. Um den Hals hing ein mit Edelsteinen besetztes Goldkreuz, das an einer schweren Goldkette hing.

»Ich bin hoch erfreut, dass endlich wieder ein Mann auf Walkmoor Castle herrscht. Ich fürchtete schon um die Sicherheit meiner geliebten Schwester.«

Er tätschelte ungelenk Eleanoras beringte Hände. »Zuweilen ist ihre Schönheit beinahe ein Fluch. Ihr lieblicher Anblick scheint jeden Mann in Versuchung zu führen und ihn dazu zu veranlassen, sie für sich zu gewinnen. Seid Ihr nicht auch meiner Meinung?«

Ranulf konnte es nicht leiden, wenn jemand so offensichtlich nach Komplimenten heischte.

»Soweit ich weiß, hat Lady Valandra ausgezeichnet für die Sicherheit der Burgbewohner gesorgt.«

Ein Schatten huschte über Pater Ignatius' Gesicht, doch er fing sich schnell wieder und begegnete Ranulf mit einem milden Lächeln.

»Ihr seid sehr großmütig, Lord de Bretaux. Es spricht für Euren edlen Charakter, dass Ihr Lady Valandras absurde Bemühungen diesbezüglich nicht mit Verachtung bedenkt.«

Ranulfs Kiefer spannte sich. »Von *absurd* kann keine Rede sein, Pater. Auf dem Weg nach Walkmoor Castle habe ich viele Burgen gesehen, die den harten Winter kaum überlebt haben. Die Spuren von Plünderungen, Not und Verwüstung waren überall gegenwärtig. Ich sah halb verhungerte Menschen, die Gräber aushoben, um jene zu beerdigen, die der Hungertod bereits dahingerafft hatte. Bevor Ihr Lady Valandras Handeln verurteilt, solltet Ihr auf Eure fetten Knie sinken und Eurem Herrn für ihre Hilfe danken. Lady Valandra hat ausgezeichnete Arbeit geleistet, und sie verdient unseren vollen Respekt. Solltet Ihr sie noch einmal beleidigen, werdet Ihr es bereuen.«

Owen und Kasim nickten zustimmend, während die restliche Tischgesellschaft – Valandra eingeschlossen – ihn nur sprachlos anstarrten.

»Ihr widersprecht Euch selbst, Lord de Bretaux. Wenn Ihr tatsächlich so von ihren Fähigkeiten überzeugt seid, weshalb habt Ihr Valandra die Befehlsgewalt dann abgenommen?«, fragte Eleanora spitz.

»Weil ich Lord Lamont diesen Schwur geleistet habe. Wenn dem nicht so wäre, hätte sich hier nichts verändert.«

Das entsprach sogar der Wahrheit. Wenn Ranulf nicht gezwungen gewesen wäre, seine Schuld bei dem Schotten abzutragen, hätte er nie einen Fuß nach Walkmoor Castle gesetzt.

»Das kann nicht Euer Ernst sein!«, empörte sich Pater Ignatius. »Wie könnt Ihr Lady Valandras undamenhaftes Verhalten gutheißen? Sie hat sich selbst in die Position der Burgherrin erhoben, obwohl ihr dieses Recht nicht zusteht! Ihr unbeugsamer Stolz grenzt an Blasphemie, und ihre Weigerung zu beichten wird sie auf direktem Weg in die ewige Verdammnis führen!«

»Senkt Eure Stimme! Ihr seid hier nicht in Eurer Kapelle!«, donnerte Ranulf drohend. Seine Stimme klang so scharf wie ein Peitschenhieb. »Lady Valandra hat sich so verhalten, wie es die Umstände verlangten.«

»Dennoch hat sie sich versündigt! Die Kirche macht keine Ausnahmen!«

Ranulf lehnte sich in seinem Stuhl zurück und fixierte Pater Ignatius mit einem kalten Blick. »Ich habe Euch gewarnt. Ihr solltet nie die Hand beißen, die Euch füttert!«

Ranulf gab einem Dienstmädchen das Zeichen, Pater Ignatius' Teller abzuräumen. »Soweit ich weiß, hat die Fastenzeit bereits begonnen. Es muss hart sein, all diese Köstlichkeiten zu sehen und nichts davon essen zu dürfen.«

Pater Ignatius blickte sich verwirrt nach seinem Teller um. »Was soll das heißen?«

»Es bedeutet, dass Ihr Euch die verbleibenden sechsunddreißig Tage bis Christi Auferstehung an die Fastenzeit halten werdet. Ganz so, wie es die Kirche vorschreibt.«

»Aber das könnt Ihr nicht von mir verlangen!«, rief Pater Ignatius, von Grauen gepackt. »Den ganzen Winter hindurch hatten wir kaum etwas zu essen! Es wäre barbarisch, diese Tortur noch länger fortzusetzen!«

»Das ist die Wahrheit«, mischte sich Eleanora ein. »Ich bitte Euch, Lord de Bretaux, habt ein Herz!«

Ranulfs eindringlicher Blick ruhte noch immer auf dem Pater. »Es ist Fastenzeit. Und wie Ihr selbst sagt, die Kirche macht keine Ausnahme!«

Tiefer Hass spiegelte sich in den Augen des Paters, als er seinen Stuhl zurückschob und sich schwerfällig erhob. Sein Blick fiel auf Valandra.

»Das ist allein deine Schuld! Warte nur, eines Tages wirst du dafür büßen!«

Ranulf rammte seinen Dolch mit voller Wucht in die Tischplatte und hatte sogleich die ungeteilte Aufmerksamkeit aller Anwesenden. »Lady Valandra hat nichts damit zu tun!«, erklärte er kalt. »Solltet Ihr sie noch einmal bedrohen oder ihr auch nur den nötigen Respekt schuldig bleiben, werdet Ihr Euch wünschen, das Kloster niemals verlassen zu haben.« Sein Blick glitt von Eleanora zu Dalvina. »Das gilt auch für Euch! Ich werde keine weiteren Feindseligkeiten mehr dulden!«

Zehntes Kapitel

Die nächsten beiden Wochen verliefen in ruhigem Alltagstrott. Man hätte die Zeit beinahe harmonisch nennen können, wenn man die unterschwellige, frostige Atmosphäre außer Acht gelassen hätte. Eleanora und Dalvina verkniffen sich ihre Sticheleien und ignorierten Valandra stattdessen hoheitsvoll. Sie sprachen kein Wort mit ihr und verließen augenblicklich den Raum, wenn sie denselben betrat. Ihre offen gezeigte Ablehnung verdeutlichte Valandra, dass auch sie der Überzeugung waren, sie allein trage die Schuld an Pater Ignatius' erzwungener Fastenzeit.

Zuerst hatte dieser Umstand sie sehr getroffen, doch inzwischen genoss sie die Ruhe in vollen Zügen. Sogar bei den Dienstboten schien eine Veränderung vor sich zu gehen. Sie schlichen nicht länger auf Zehenspitzen durch die Gänge, weil sie Angst hatten, Eleanoras Aufmerksamkeit zu erregen. Sie wirkten entspannt und fröhlich. Immer öfter konnte Valandra sie sogar leise singen und lachen hören.

Was Pater Ignatius betraf, so hatte Valandra ihn seit dem Beginn seiner Fastenzeit nicht mehr gesehen. Von einigen Dienstmädchen hatte sie jedoch erfahren, dass Lady Eleanora plötzlich unter sonderbaren Anfällen von Heißhunger zu leiden schien. Vor jeder Malzeit orderte sie Unmengen an Fleisch, Gemüse und anderen Beilagen auf ihr Zimmer.

Es war in der Tat eine ruhige Zeit.

Selbst mit Ranulf hatte Valandra eine Art Waffenstillstand geschlossen. Sie waren stillschweigend übereingekommen, dass sie keine Probleme miteinander hatten, solange sie sich aus dem Weg gingen.

Kasim hingegen war ihr sehr ans Herz gewachsen, und sie verbrachte viel Zeit mit ihm. Sie erzählten sich abenteuerliche Geschichten, gingen spazieren oder genossen einfach nur die angenehme Gesellschaft des anderen.

Auf seinen Rat hin hatte Valandra beschlossen, das Beste aus ihrer Lage zu machen. Die ersten Tage hatte sie damit zugebracht, die Kriegsbeute ihres Vaters penibel genau in die Haushaltsbücher einzutragen. Danach hatte sie alles für seine Heimkehr vorbereitet. Kasim hatte ihr zwar erklärt, dass es noch Wochen dauern konnte, bis ihr Vater wieder reisefähig wäre, doch Valandra freute sich so sehr auf ein Wiedersehen, dass sie nicht länger mit den Vorbereitungen warten konnte.

Gemeinsam mit den Bediensteten hatte sie die Kamine gekalkt, die Holzvertäfelungen eingeölt und frische Binsen und wohl duftende Kräuter auf dem Boden ausgestreut. Sogar einige kostbare Wandteppiche hatte sie aufhängen lassen. Nun erstrahlte die große Halle wieder in ihrem alten Glanz und wartete nur darauf, von seinem rechtmäßigen Besitzer bestaunt zu werden.

Seit zwei Tagen steckte Valandra jedoch in einem Dilemma. Es gab nichts mehr für sie zu tun! Alle Arbeiten waren erledigt, und sie begann sich schrecklich zu langweilen.

Sie stand in ihrem Gemach und spähte sehnsüchtig in den Hof hinunter. Die Männer beendeten soeben ihre täglichen Kampfübungen und stellten sich in Reih und Glied vor Ranulf auf, damit er die Wachposten für die Nacht einteilen konnte.

Valandra liebte diesen Anblick, denn obwohl sie nicht mehr unter den Kriegern weilen durfte, fühlte sie sich in Augenblicken wie diesen mit ihnen verbunden. Unzählige Male hatten die Lamont-Krieger genau so vor ihr gestanden. Erschöpft und doch zufrieden mit ihrem Tageswerk, hatten sie einander aufgezogen und Späße gemacht. Sie hatten sich über das Lob ihrer Herrin gefreut und ihre Kritik ernst genommen.

Valandra atmete tief durch und strich sich eine lose Haarsträhne hinter das Ohr.

Sie vermisste die Zeit mit ihnen.

Die Männer verstreuten sich, doch Valandra blieb an ihrem Aussichtspunkt stehen. Wie jeden Abend beobachtete sie Ranulf, der auf den Platz zurückkehrte und erneut mit seinen Schwertübungen begann. Manchmal waren seine gleichmäßigen Schwerthiebe, mit denen er den Holzpfahl bearbeitete, bis tief in die Nacht zu hören. Es war unglaublich, mit welcher Disziplin und welchem Durchhaltevermögen er seine Muskeln trainierte.

Plötzlich kam Valandra ein faszinierender Gedanke, und ihr Blick glitt zu dem Schwert, das über ihrer Kleidertruhe an der Wand hing. Es war ein Geschenk ihres Vaters gewesen. Ihre Augen funkelten vor Aufregung. Es war an der Zeit, dass Ranulf sein zweites Versprechen einlöste!

Als Valandra auf dem Übungsfeld eintraf, entdeckte sie Kasim, der in einiger Entfernung auf einem Fass saß und seine bogenförmige Klinge schliff. Er pfiff eine fröhliche Melodie vor sich hin und wirkte mit sich und der ganzen Welt im Einklang.

Valandra winkte ihm lächelnd, hielt jedoch geradewegs auf Ranulf zu. Dieser stand mit dem Rücken zu ihr und bearbeitete mit kräftigen Schwerthieben den Holzpfahl.

»Ranulf, ich …«

Ohne sich umzudrehen oder ihr auch nur einen Blick zu gönnen, befahl er streng: »Geh und zieh dir etwas Anständiges an!«

Valandra verharrte mitten im Schritt und blickte erstaunt an sich hinunter. Sie trug braune Rehlederhosen und dazu ein weites weißes Leinenhemd, das sie um die Taille mit einem Gurt festgezurrt hatte. Sie konnte wirklich nichts Unanständiges daran entdecken. Wann immer sie auf dem Übungsplatz war, trug sie diese Kleidung.

Sie ging um den Holzpfahl herum und stellte sich herausfordernd vor Ranulf hin. »Ich kann nichts Anstößiges an meiner Kleidung entdecken!«

»Verständlich! Weil du keine Kleider, sondern Lumpen trägst. Und nun geh und zieh dir Frauenkleidung an, wie es sich für eine Lady gehört!«

Valandra stemmte empört die Hände in die Hüften. »Wenn du schon mit Beleidigungen um dich wirfst, dann hab wenigstens den Anstand, mich dabei anzusehen!«

Ranulf ließ sein Schwert sinken. »Wie du wünschst! Du besitzt meine ungeteilte Aufmerksamkeit!«

Das klang eher wie eine Drohung, fuhr es Valandra durch den Sinn, und tatsächlich ließ er den Blick beleidigend langsam über ihren Körper gleiten und gab ihr das beschämende Gefühl, nackt vor ihm zu stehen.

Ranulfs Lippen bildeten einen grimmigen Strich. Verdammt, sie hatte kein Recht, hier zu sein! Er tat alles, um ihr aus dem Weg zu gehen, und was machte sie? War es nicht schon schlimm genug, wenn sie ihn von ihrem Gemach aus beobachtete? O ja, er hatte sie bemerkt! Er bemerkte sie immer! Sie musste sich nur im selben Raum mit ihm aufhalten, und schon vibrierten seine Nervenenden. Jeden Abend stand sie dort oben und raubte ihm seinen Seelenfrieden. Sie erschien ihm wie ein ätherisches Wesen aus einer anderen Welt. Wunderschön, unerreichbar und unsäglich nervtötend.

»Also? Was willst du hier?«

»Ich bin hier, damit du dein Versprechen einlöst und mich im Schwertkampf unterrichtest.«

»Unsinn, davon war nie die Rede.«

»Und ob! Du hast meinem Vater dein Wort darauf gegeben«, beschied Valandra streng. »In seiner Botschaft an mich stand es schwarz auf weiß.«

»Ich war damit einverstanden, seinen Sohn Val zu unterrichten«, korrigierte Ranulf sie entschieden und machte keinen Hehl daraus, dass damit die Angelegenheit für ihn erledigt war.

Valandra dachte jedoch gar nicht daran, ihn so leicht davonkommen zu lassen.

»Ich bin Val, und ich erwarte, dass du dein Wort hältst!«

»Nein!« Mit grimmiger Entschlossenheit schob er Valandra zur Seite. »Es wird keinen Unterricht geben! In die Hand einer Frau gehören entweder der pralle Schaft eines Mannes oder eine Sticknadel! Aber mit Sicherheit kein Schwert!«

»Die Galanterie deiner Wortwahl ist erschlagend, mein Freund«, erklärte Kasim, der grinsend näher trat.

»Halt den Mund!«

»Schon wieder?«, erkundigte sich Kasim, und sein Grinsen wurde noch breiter. »Mir scheint, in letzter Zeit möchtest du herzlich wenig meinen Worten lauschen.«

»Mach dir nichts daraus«, erklärte Valandra vertraulich. »Dein Freund ist offensichtlich wieder einmal wild entschlossen, sich unausstehlich zu geben.«

An Ranulf gewandt, sagte sie: »Falls du mich mit deinen Gemeinheiten vertreiben willst, solltest du dir etwas Besseres einfallen lassen. Deine Beleidigungen sind für mich beinahe schon zur Gewohnheit geworden. Du könntest mich höchstens in Angst und Schrecken versetzen, wenn du plötzlich einen freundlichen Charakterzug erkennen ließest.«

Ranulf rammte sein Schwert in den Boden. »Dann solltest du endlich deinen Verstand gebrauchen und dich von mir fern halten! Kasim, führ sie vom Feld und sorge dafür, dass diese grässlichen Hosen verbrannt werden!«

Das war nun der Tropfen, der das Fass endgültig zum Überlaufen brachte. »Zur Hölle mit dir, Ranulf! Du bist weder mein Vater noch mein Ehemann! Also hast du auch kein Recht, mir Befehle zu erteilen! Ich bin alt genug, um selbst zu entscheiden, was ich trage, und benötige ganz bestimmt keine fremde Erlaubnis! Deine schon gar nicht!« Sie hob ihr Schwert. »Du hast meinem Vater versprochen, mich im Schwertkampf zu unterweisen. Nun steh zu deinem Wort!«

»Ich sagte nein!«

»Dann bist du ein Blender, Ranulf de Bretaux! Vielleicht hat mein Vater in dir einen ehrenhaften und kühnen Krieger gesehen. In meinen Augen bist du jedoch nichts anderes als ein arroganter, selbstherrlicher Tyrann. Ein verdammter Dieb und Lügner!«

Valandra hörte, wie Kasim scharf den Atem einsog.

Die unangenehme Stille, die plötzlich eingetreten war, wirkte ausgesprochen beklemmend.

»Ein Dieb, Valandra?«, erkundigte sich Ranulf leise, während er einen bedrohlichen Schritt auf sie zumachte.

Valandra hätte sich am liebsten auf die Zunge gebissen. Warum musste ihr vorschnelles Mundwerk sie nur immer wieder in Schwierigkeiten bringen? Sie spürte, dass sie etwas Dunkles, womöglich Tödliches angerührt hatte, und wünschte sich beinahe, ihre Worte zurücknehmen zu können. Ihr Stolz verbot es ihr jedoch, jetzt einen Rückzieher zu machen, und so reckte sie trotzig das Kinn vor. »Nur ein Dieb und Schurke bricht sein Wort! Du hast meinem Vater ein Versprechen gegeben, und nun weigerst du dich, es auch zu halten!«

Kasim war mit einem Satz zwischen ihnen, griff nach Valandras Ellbogen und führte sie aus Ranulfs Reichweite. »Es wird mir eine Ehre sein, Euch den Umgang mit dem Schwert zu lehren«, erklärte er förmlich. »In mir habt Ihr den wahren Meister gefunden.« Er zog an ihrem Arm, doch Valandra konnte sich nicht bewegen. Ihre Augen waren von Ranulfs eindringlichem Blick gefesselt. Seine Miene hatte sich verändert, war härter und verschlossener geworden, ganz so, als hätte sie ihm wehgetan.

»Kommt, Lady Valandra, wir machen uns gleich an die erste Lektion.«

»Unsinn!« Ranulfs Finger legten sich wie ein Schraubstock um Valandras anderen Oberarm, und er sprach mit samtener Stimme: »Wir wollen doch nicht riskieren, dass du verletzt wirst. Nicht wahr, mein Freund?«

Er zog Valandra mit sich fort. »Die Lady wollte Unterricht, und bei meiner Seele, den wird sie auch bekommen!«

Valandra musste laufen, um mit seinen wütenden Schritten mithalten zu können. Das Herz sank ihr bis zu den Knien, als sie erkannte, dass er sie zum hintersten Teil des Kampfplatzes führte.

Niemand konnte sie hier beobachten – sie waren ganz allein!

Kasim blieb unschlüssig stehen. Er fühlte sich hin und her gerissen. Einerseits wollte er den beiden nacheilen, um Valandra beizustehen, andererseits war er versucht, der Welt seinen Lauf zu lassen. Schließlich entschied er sich für Letzteres. Obwohl Ranulf sehr zornig gewesen war, wusste Kasim, dass er der kleinen Lady nicht ernstlich etwas antun würde. Kasim nickte bedächtig. »Allah sei euch gnädig! Es ist höchste Zeit, dass ihr den Machtkampf zwischen euch endlich austragt. Vielleicht findet ihr dann euren Frieden.«

Zwei Stunden später bereute Valandra all ihre Sünden. Die, welche sie begangen hatte, und sogar jene, welche sie noch nicht auf ihr Gewissen geladen hatte. Egal, sie bereute alles, wenn dieses Martyrium nur endlich aufhören würde. Sämtliche Muskeln brannten wie Feuer, und es gelang ihr nur noch mit äußerster Willenskraft, den Schwertarm zu heben.

In diesem Augenblick hasste sie Ranulf sogar noch mehr als ihre Stiefmutter. Er wartete nur darauf, dass sie aufgab! Aber da konnte er noch lange warten. Wieder traf die Breitseite seines Schwertes Valandras Hintern. War das nun das hundertste oder das tausendste Mal?

»Deine Verteidigung ist jämmerlich«, spottete er.

Insgeheim hoffte Ranulf jedoch schon seit einer Stunde, dass sie dieser Farce endlich ein Ende bereitete. Keiner seiner neuen Krieger hatte beim ersten Mal so lange durchgehalten. Obwohl er ihre Kraft und Entschlossenheit bewunderte, wurde er zunehmend ärgerlicher. Morgen würde sie sich vor Schmerzen kaum mehr rühren können.

»Gib endlich auf!«

»Niemals!« In ohnmächtiger Wut stürzte sich Valandra auf ihn, bereit, ihm das Schwert mitten in sein schwarzes Herz zu rammen.

Ranulf ließ sich einige Schritte zurückdrängen, doch als er sie vor Erschöpfung straucheln sah, hatte er endgültig genug.

Dieses sture Weibsbild! Mit einer blitzschnellen Bewegung entwaffnete er Valandra, zog sie im nächsten Augenblick mit dem Rücken an seine Brust und hielt sie fest.

»Und jetzt? Was willst du jetzt tun? Verdammt, Valandra, sieh es endlich ein! Eine Frau kann sich nicht gegen einen Mann wehren! Wir sind ganz einfach kräftiger gebaut!«

»Das ist nicht wahr! Lass mich los, und ich beweise es dir!«, fuhr sie ihn hitzig an. Seine plötzliche Nähe ängstigte sie.

Ranulf schüttelte entschieden den Kopf. Er war fest entschlossen, dieser sturen kleinen Kratzbürste eine Lektion zu erteilen, die sie so bald nicht wieder vergessen würde.

»Glaubst du, ein Feind würde dich wieder loslassen, nachdem er dich in seiner Gewalt hat? Wenn du schon das Spiel der Männer spielen willst, dann tu es auch nach ihren Regeln!«

Valandra versuchte vergeblich, sich aus seinem stählernen Griff zu befreien.

»Lass mich los, Ranulf! Du vergisst dich!«

»Keineswegs! Aber es wird Zeit, dass ich dir eine kleine Lektion erteile!«

Ohne Vorwarnung drehte er sie zu sich herum und umfing sie mit beiden Armen.

Valandra schnappte erschrocken nach Luft, als sie sich plötzlich eng an ihn gepresst wiederfand. Hitze,

Scham und eine unbestimmbare Furcht ließen sie seltsam kleinlaut werden. Ihre Wut war verflogen, stattdessen fühlte sie sich sonderbar atemlos. Seine bezwingende Nähe verwirrte und verunsicherte sie bis in ihre Grundfesten. Sie spürte die Hitze seines mächtigen Körpers, die durch seine Kleidung drang und ihre Haut zu versengen drohte, spürte seinen Herzschlag unter ihren flachen Händen.

Sie war gefangen! Eine Gefangene seiner Arme, seiner Augen, die mit einer Eindringlichkeit ihr Gesicht liebkosten, als wollte er sich jeden ihrer Züge einprägen.

»Gib mich augenblicklich frei! Das ist ein Befehl!«

»Und sehr gebieterisch vorgebracht!«, gestand Ranulf amüsiert.

Valandra versuchte verzweifelt, der Gefahr, die er ausstrahlte, zu entfliehen.

»Weißt du, was geschieht, wenn ein Gegner dich so in seiner Gewalt hat?«, erkundigte sich Ranulf heiser und presste ihren sich windenden Körper noch enger an sein pulsierendes Fleisch.

Himmel, sie fühlte sich so gut an. Warm und weich – unbeschreiblich verlockend.

»Er kann alles mit dir machen, Valandra. Verstehst du das? Ich könnte dich nehmen! Hier und jetzt. Dir einfach die Beinkleider abstreifen und in dich eindringen.«

Ein sonderbarer Schauer jagte über Valandras Rücken. Schreck und Verwirrung ließen sie gleichermaßen erbeben.

»Glaub mir, *ma petite,* ein Feind würde das ohne zu zögern tun.«

»Bitte, lass mich gehen!«

Ranulf schüttelte den Kopf. »Das kann ich nicht.«

Bei allen Heiligen, es war die Wahrheit! Seit jenem

ersten Abend, an dem sie seine Wunden versorgt hatte, begehrte er sie. Er verzehrte sich nach ihrem schlanken Körper, und ihr kämpferisches Wesen weckte in ihm den brennenden Wunsch, sie zu zähmen, sie zu besitzen und herauszufinden, ob sie in allem, was sie tat, so ungestüm reagierte. Nein, er konnte sie nicht gehen lassen! Nicht jetzt! Nicht, bevor er vom süßen Nektar ihrer Lippen gekostet hatte.

Valandra fühlte sich wie ein vom Jäger gestelltes Reh. Ihr Puls hämmerte. Sie erkannte die Gefahr, als seine sinnlichen Lippen unaufhaltsam näher kamen, und doch konnte sie sich nicht dagegen wehren.

Im nächsten Moment umfingen seine Lippen ihren Mund. Lockend, verführerisch …

Schock und Hitze lähmten Valandras Verstand. Niemals hätte sie solche Zärtlichkeit von diesem Riesen erwartet.

Sie wusste, dass sie sich wehren, dass sie ihm Einhalt gebieten musste, doch sie konnte es nicht. Ihre verzweifelte Sehnsucht nach menschlicher Nähe war einfach zu stark. Seit ihr Vater vor bald einem Jahr zu den Kreuzzügen aufgebrochen war, hatte niemand mehr gewagt, sie zu berühren. Keine tröstliche Umarmung, kaum ein freundliches Wort …

Sie hungerte danach, endlich aus dem Kerker ihrer Einsamkeit befreit zu werden. Sie war es so leid, stark zu sein.

Ranulfs Lippen wurden fordernder, und Valandra hätte weinen können, als sich in ihrem Innern ein Meer an Empfindungen auftat.

Alles in ihr verlangte nach seiner Berührung, nach seinen starken Armen, die sie umfingen und in ihr die Illusion von Geborgenheit und Wärme weckten.

In Ranulfs Kopf schrillte plötzlich eine Alarmglocke. Was, zum Teufel, tat er hier? Er wusste, dass er Valandra in Gefahr brachte, wusste, dass er sie augenblicklich von sich stoßen und ihr nie wieder zu nahe kommen durfte ... *Oui,* all das war ihm deutlich bewusst, und doch konnte er sich nicht von ihr lösen. Er sehnte sich nach ihren Lippen, sehnte sich danach, seine eigene Einsamkeit und seinen nahenden Tod vergessen zu können, auch wenn es nur für die Dauer eines einzigen Kusses war.

O Gott, sie schmeckte so süss, so unendlich lebendig! Er kostete von ihren weichen Lippen, drängte sie, sich ihm zu ergeben.

Und Valandra ergab sich. Leidenschaftlich. Rückhaltlos. Sie schlang ihre Arme um seinen Nacken und zog sich auf die Zehenspitzen, um seinen Lippen noch näher zu sein.

Ranulfs Kehle entwich ein heiseres Keuchen, als Valandra seinen Kuss erwiderte. Er spürte sein eigenes Blut durch die Adern rauschen, spürte, wie die Erregung ihn zu übermannen drohte. Es war Wahnsinn! Er wusste nicht, was er von diesem Mädchen erwartet hatte – Empörung, Wut, vielleicht auch weibliche Neugierde, doch niemals diese Glut.

Valandra begegnete ihm mit einer Leidenschaft, die ihn beinahe um den Verstand brachte. Sie kannte keine Zurückhaltung, keine falsche Scheu. Sie waren wie zwei Naturgewalten, die aufeinander prallten – wild, ungezähmt und zerstörerisch.

Ranulfs Hände wanderten unaufhaltsam tiefer, bis seine kräftigen Finger sich Besitz ergreifend in das feste Fleisch ihrer Hinterbacken gruben.

Valandra stöhnte kehlig auf. Sie war gefangen in ihrer

Leidenschaft, gefangen in dem brennenden Wunsch, dass dieser Kuss nie ein Ende finden sollte. Unfähig, auch nur einen klaren Gedanken zu fassen, schmiegte sie sich an Ranulfs stählernen Körper. Ihre Hände erkundeten seine mächtige Brust, seine breiten Schultern und die muskulösen Arme, und sie genoss es, wenn er unter ihren Berührungen erbebte.

»Großer Gott, *ma petite,* was tust du mir an?«, keuchte Ranulf, der am Ende seiner Selbstbeherrschung angelangt war. Er war so hart, dass es schmerzte. Er wollte sie! Brauchte sie! Es verlangte ihn danach, Valandra auf den Boden zu werfen und über sie herzufallen. Er wollte ihr die Kleider vom Leib reißen und sich tief in ihren warmen Schoß rammen. Wie ein wildes Tier wollte er in sie hineinstoßen. Tiefer und immer tiefer, bis er sich im Sturm der Gefühle verlor.

»Nein!«, keuchte er im nächsten Augenblick entsetzt und schob Valandra gewaltsam von sich fort. Er durfte sie nicht begehren, durfte nichts für sie empfinden, oder ihr Tod wäre besiegelt. Malven würde sie erbarmungslos jagen und niederstrecken!

Schwer atmend stand er vor Valandra und ballte die Hände zu Fäusten, damit er nicht dem drängenden Wunsch nachgab, sie wieder in seine Arme zu ziehen.

»Verdammt, das hätte nie geschehen dürfen!«

Für einen Sekundenbruchteil erkannte Valandra eine so wilde Verzweiflung in seinen Augen, dass sie verwirrt vor ihm zurückwich.

»Die Lektion ist beendet!«, stieß Ranulf rau hervor. »Geh, Valandra! Geh und komm mir nie wieder zu nahe!«

Er drehte sich um und schritt wütend davon.

Elftes Kapitel

Valandra lag ausgestreckt auf ihrem Bett und starrte zur Decke hoch, während Detlef ihr die Stiefel auszog und munter vor sich hin plapperte. Sie hatte vor dem Abendessen Kopfschmerzen vorgetäuscht und sich eilig in ihre Gemächer zurückgezogen. Das Letzte, was sie jetzt wollte, war Ranulf gegenübertreten zu müssen. Dieser Mistkerl! Seine neuerliche Demütigung saß so tief, dass sie sich ganz krank und elend fühlte.

Noch immer war Valandra fassungslos über das, was zwischen ihnen geschehen war. Wie war es ihm nur gelungen, solche Macht über sie zu erlangen? Eine Berührung, ein sanfter Kuss, und sie hatte sich ihm wie eine gewöhnliche Dirne an den Hals geworfen.

Valandra krümmte sich innerlich vor Scham. Wie hatte sie sich nur so vergessen können? Kein Wunder, dass er nichts mehr mit ihr zu tun haben wollte!

»Ihr hört mir ja gar nicht zu, Mylady!«, stellte Detlef beleidigt fest. »Was nutzt der schönste Klatsch, wenn er bei Euch auf taube Ohren stößt?«

Valandra warf Detlef, der am Fußende des Bettes stand, einen finsteren Blick zu. »Natürlich höre ich dir zu. Jedes Wort habe ich vernommen!«

»Ach ja, und was habe ich gerade erzählt?«, wollte Detlef schnippisch wissen.

Valandra setzte sich mühsam auf und unterdrückte dabei ein Stöhnen. Ihr taten alle Knochen weh.

»Du hast gerade erzählt, dass du die Dame Edina mit einem jungen Ritter im Heu erwischt hast. Wie hieß der Kerl doch gleich? Gibbon?«

»Es war der Ritter Gorden! Und außerdem ist diese Geschichte schon mehr als eine halbe Stunde alt!«, gab

Detlef beleidigt zurück und stellte die Stiefel zum Trocknen vor den Kamin. »Gerade habe ich Euch erzählt, wie Pater Ignatius vor Lord de Bretaux geflohen ist, als dieser ihn bei einem ausgiebigen Mahl in der Küche erwischt hat. Ich habe den Lord noch nie so wütend erlebt. Nicht einmal, als er den Dolch nach mir geworfen hat. Wenn Kasim nicht dazwischen gegangen wäre, Gott allein weiß, was der Lord dem Pater angetan hätte. Ich sage Euch, ich habe Pater Ignatius noch nie so schnell laufen gesehen!«

Valandra furchte erstaunt die Stirn. »Wolltest du Lord Ranulf nicht für einige Zeit aus dem Weg gehen?«

»Das tue ich auch!«, erklärte Detlef verdrießlich. »Ich habe mich hinter einigen Fässern versteckt, bis er die Küche wieder verlassen hat. Schließlich bin ich nicht lebensmüde!«

Valandra nickte verstehend. »Aye, der Kerl ist manchmal unberechenbar.«

Dennoch konnte sie kaum glauben, dass Ranulf wegen einiger Lebensmittel so sehr in Rage geriet. Zugegeben, der Pater hatte seinen Befehl missachtet, doch sie war sich sicher, dass dies nicht der wahre Grund für Ranulfs Wutausbruch gewesen war. Denn obwohl sie ihm derzeit die Pest an den Hals wünschte, musste sie ihm eines zugestehen: Ranulf verdiente den Respekt seiner Untertanen! Sie hatte ihn in den vergangenen Tagen oft beobachtet und ihn als beherrschten und gerechten Burgherrn kennen gelernt. Sowohl seine Befehle als auch seine Rechtsprechung zeugten von Intelligenz und Weitsicht. Auch erhob er nur selten die Stimme, aber das war bei einem Mann seiner Größe und Autorität auch gar nicht nötig. Niemand, außer ihr selbst, wagte es, ihm zu widersprechen.

Valandra biss sich peinlich berührt auf die Unterlippe. O weh, vielleicht war sie an seinem Wutausbruch schuld! Er war unleugbar wütend gewesen, als er sie verlassen hatte. Vermutlich war die Erkenntnis, dass Pater Ignatius sich nicht an die befohlene Fastenzeit hielt, nur der Tropfen, der das Fass zum Überlaufen gebracht hatte!

Valandra ließ sich rücklings auf ihr Bett fallen. Wie sollte sie Ranulf jemals wieder unter die Augen treten können?

»Fühlt Ihr Euch nicht wohl?«

»Könntest du bitte dafür sorgen, dass meine Badewanne gefüllt wird? Ich fühle mich wie erschlagen!«

Detlef sah sie schmollend an. »Und dabei riskieren, dass der Lord mich sieht? Ihr wisst doch, dass er mir mit Mord und Totschlag gedroht hat, sollte ich Euch noch länger als Zofe dienen!«

Valandras Lippen verzogen sich zu einem schwachen Lächeln. »Ich weiß aber auch, dass du Herausforderungen liebst. Schließlich widersetzt du dich gerade jetzt auch seinem Befehl.«

Detlefs Wangen röteten sich beschämt. »Glaubt mir, Mylady, das hat nichts mit Mut oder Widerspenstigkeit zu tun. Viel mehr bin ich auf der Flucht vor Eurer Stiefmutter und Lady Dalvina. Seit sie erfahren haben, dass der Lord mich aus Euren Diensten entlassen hat, machen sie sich einen Scherz daraus, mich zu demütigen.«

Valandra horchte auf. »Wie meinst du das?«

Es war Detlef sichtlich peinlich, als er gestand: »Ich habe nie ein Geheimnis daraus gemacht, dass ich mich zu Männern hingezogen fühle, doch irgendwie gelingt es den beiden immer wieder, dass ich mich dafür schäme. Sie nennen mich eine Missgeburt und haben verlangt, dass ich bei den Schweinen schlafe, weil ich in ihren Augen dorthin gehöre! Sie haben den Bediensteten sogar verboten, mit mir zu sprechen.«

Valandra erhob sich und umarmte Detlef tröstend. Es tat ihr in der Seele weh, als sie sah, wie er sich eine Träne aus dem Augenwinkel wischte.

»Es tut mir so Leid, Detlef. Eleanora und Dalvina geben mir die Schuld, dass Pater Ignatius aus dem Speisesaal verbannt wurde, und sie benutzen dich, um sich an mir zu rächen. Sie wissen, dass sie mir wehtun, wenn sie dich quälen. Weshalb bist du nicht früher zu mir gekommen?«

Detlef wischte sich eine zweite Träne von der Wange. »Ich dachte, nach einiger Zeit würden sie das Interesse an mir verlieren.«

Da kannte er Eleanora schlecht, dachte Valandra traurig. Ihre Stiefmutter besaß die Hartnäckigkeit und Ausdauer eines Bluthundes, wenn es darum ging, ein Opfer zu quälen.

»Da ist noch mehr, nicht wahr?«

Er nickte und gestand leise: »Ich habe Angst, Lady Valandra! Es wird immer schlimmer! Eure Stiefmutter zitiert mich jeden Tag in ihre Gemächer, um mich zu verhöhnen. Heute hat sie mich sogar geschlagen, weil ich etwas Wein verschüttet habe.«

»Lass mich raten. Eleanora hat dich gekniffen, damit du ihn verschüttest.«

Detlef schüttelte hilflos den Kopf. »Nein, sie hat ihre Sticknadel hergenommen.«

Valandra schloss tief betroffen die Augen. Sie wusste, dass Eleanora es genoss, Schwächere zu quälen, aber bisher hatte sie es nur mit ihrem boshaften Mundwerk getan. Einen Dienstboten zu schlagen? Gütiger Himmel, Valandra konnte sich kaum etwas Niederträchtigeres vorstellen. Wie sollte sich ein Diener gegen seine Herrin wehren, ohne dafür brutal zur Rechenschaft gezogen zu werden?

Valandra legte Detlef die Hände auf die schmalen Schultern. »Ich bin froh, dass du zu mir gekommen bist. Glaub mir, wenn ich mit Dalvina und Eleanora fertig bin, werden sie nie wieder Hand an dich legen!«

»Aber das dürft Ihr nicht«, warf Detlef furchtsam ein. »Lord Ranulf hat jegliche Feindseligkeiten untersagt. Wenn Ihr Eure Stiefmutter zur Rede stellt, werdet Ihr den Zorn des Lords auf Euch ziehen!«

Valandra schnaubte wenig damenhaft. »Glaub mir, noch zorniger kann er gar nicht werden. Hilf mir in meine Pantoffeln!«

Wenige Augenblicke später kämpfte sich Valandra die Treppe in die große Halle hinunter. Nie wieder würde sie ein Schwert anfassen, schwor sie sich. Ihre Muskeln schmerzten so sehr, dass sie sich kaum mehr bewegen konnte. Ihre Verachtung Eleanora gegenüber gab ihr jedoch die Kraft, den Schmerz zu verdrängen. Sie biss tapfer die Zähne zusammen und nahm eine Stufe nach der anderen.

Das Abendessen war längst vorüber und der Großteil der Krieger wieder auf die Wachposten zurückgekehrt. Jene, deren Tageswerk bereits beendet war, saßen in kleinen Gruppen zusammen, erzählten sich Geschichten, würfelten oder unterhielten sich angeregt mit den Dienstmädchen. Leises Lachen und Gesprächsfetzen drangen an Valandras Ohr, und sie fühlte, wie sich ihr Herz erwärmte.

Das war ihr Heim. Sie liebte die sanfte Ruhe, die sich

zur Abendzeit über die von Kaminfeuer und Kerzenschein erhellte Halle legte. Die Arbeit war getan, und Zufriedenheit und Harmonie erfüllten den Raum. Ihr Blick glitt zum prunkvollen Lehnstuhl des Hausherrn, der nur darauf wartete, dass ihr Vater endlich wieder auf ihm Platz nahm. Bald, dachte sie, bald würde sie wieder das Lachen ihres geliebten Vaters hören.

Valandras Blick glitt suchend durch die Halle, und sie stellte erleichtert fest, dass Ranulf nicht unter den anwesenden Männern war. Dem Himmel sei Dank!

»Lady Valandra, ich freue mich, dass es Euch wieder besser geht«, kam Sophia, das Dienstmädchen lächelnd auf sie zu. »Möchtet Ihr zu Abend essen?«

»Nein danke, ich bin nicht hungrig. Ich suche meine Stiefmutter. Hast du sie gesehen?«

Sophia deutete wortlos zum großen Kamin hinüber.

Valandra entdeckte Eleanora und Dalvina in einer Nische beim Sticken. Offensichtlich hatten die beiden Valandra ebenfalls gesehen und starrten nun lauernd in ihre Richtung.

»Könntest du bitte veranlassen, dass jemand Badewasser in mein Gemach bringt?«

»Ich werde mich sofort darum kümmern«, versprach Sophia und machte sich auf den Weg in die Küche.

»Sieh an, wer sich doch noch blicken lässt«, höhnte Eleanora, kaum dass Valandra sich ihr genähert hatte. »Ich dachte schon, wir würden deinen gesellschaftlichen Ansprüchen nicht mehr genügen.«

»Dabei haben wir uns nur für dich so hübsch herausgeputzt«, warf Dalvina hämisch ein und deutete auf die Juwelen an ihrem Hals.«

»Wie ich sehe, habt ihr Papas Kriegsbeute bereits an euch gerissen«, gab Valandra bemüht ruhig zurück. Sie wusste, dass die beiden sich über ihr Aufbegehren freuen würden, doch diese Genugtuung wollte sie ihnen nicht gönnen.

»Ich möchte gleich auf den Punkt kommen«, erklärte sie deshalb schlicht und wandte sich an Eleanora. »Wenn du Schwierigkeiten mit mir hast, dann kläre sie mit mir, aber lass meine Diener außen vor. Sie haben nichts mit deiner Abneigung mir gegenüber zu tun.«

Eleanora ließ ihre Stickerei auf den Schoss sinken und lehnte sich genüsslich an die gepolsterte Wandlehne. »Wie ich sehe, hat der kleine Hanswurst endlich den Mut gefunden, um sich bei dir über uns zu beschweren. Wie amüsant! Es hat länger gedauert, als ich dachte.«

Die Zufriedenheit in Eleanoras Gesicht weckte Valandras Zorn.

»Er heißt Detlef! Und ich werde es nicht dulden, dass du ihn weiterhin piesackst, nur um mich zu treffen.«

»Ach, tatsächlich? Und was gedenkst du dagegen zu unternehmen? Du, eine entmachtete Burgherrin?«, lachte Eleanora süffisant. »Du scheinst zu vergessen, dass Lord Ranulf nun das Sagen hat. Du kannst mir nicht mehr drohen.«

»Ich habe dir noch nie gedroht«, stellte Valandra richtig. »Aber jetzt werde ich es tun. Solltest du noch einmal deine Bosheiten an Detlef auslassen, werde ich dich zur Verantwortung ziehen! Denn du irrst dich! Lord Ranulf hat zwar die Befehlsgewalt über die Krieger, doch ich bin nach wie vor für die Belange des Haushaltes zuständig.«

Valandra wusste nicht, ob dies tatsächlich zutraf, doch zu sehen, wie Eleanoras selbstgefälliges Lächeln gefror, war ihr eine vermeintliche Lüge wert.

»Und was soll das heißen? Willst du uns ohne Abendessen ins Bett schicken?«, mischte sich Dalvina spöttisch ein.

»Nein, aber ich werde dafür sorgen, dass ihr keine Zeit mehr habt, um irgendwelche Bosheiten gegen Detlef auszuhecken. In einer Burg wie dieser gibt es jede Menge zu tun. Die Dienerschaft wäre um vier helfende Hände bestimmt froh!«

Dalvina hielt entsetzt den Atem an, während Eleanora ihre Entrüstung lautstark kundtat.

»Du dummes, kleines Miststück. Man hätte dich gleich nach der Geburt ertränken sollen!«, zischte sie und verwandelte sich urplötzlich vor Valandras Augen in ein unschuldiges, ängstliches Geschöpf. »Ich verstehe das nicht, mein Kind. Deine Schwester und ich sitzen hier gemütlich bei unserer Stickarbeit, und du überschüttest uns mit solchen Gemeinheiten! Was haben wir dir nur angetan, damit wir solchen Hass verdienen?«

Noch bevor Valandra verstand, was hier vorging, meldete sich eine gebieterische Stimme direkt hinter ihr.

»Das möchte ich auch gern wissen! Was geht hier vor?«

Valandras Magen krampfte sich schmerzlich zusammen. Großer Gott, bitte lass es Kasim sein, flehte sie innerlich, wohl wissend, wem dieser tiefe Bariton tatsächlich gehörte.

Ranulf stand so dicht hinter ihr, dass sie seine Körperwärme spürte, obwohl er sie nicht berührte. Sein Atem streifte ihre Nackenhärchen und sandte prickelnde Schauer durch ihren Körper.

Valandra wagte es nicht, sich zu ihm umzudrehen. »Mylord, diese Unterhaltung ist nicht für Eure Ohren bestimmt. Es handelt sich lediglich um eine Familienangelegenheit.«

»Glaubt ihr kein Wort«, kreischte Eleanora und hob eine zitternde Hand an ihre Stirn.

»Sie hat nur darauf gewartet, bis Ihr die Halle verlassen habt, um uns mit Gemeinheiten und Drohungen zu überschütten! Sie wollte uns in den Kerker werfen lassen, damit wir Euch nicht erzählen können, dass sie diesen Detlef wieder als ihre Zofe eingesetzt hat.«

»Das ist nicht wahr«, erklärte Valandra bemüht ruhig.

Ihr Blick glitt zu Dalvina, doch diese verbarg ihr boshaftes Lächeln, indem sie Bescheidenheit vortäuschte und den Kopf senkte.

Valandra schimpfte sich eine Närrin, als die Enttäuschung sie mitten ins Herz traf.

Was hatte sie erwartet? Dass ein Wunder geschah und Dalvina sich plötzlich auf ihre Seite stellte? Wie lächerlich!

Ranulfs Augen ruhten nachdenklich auf Dalvina und Eleanora. Auch wenn er die vorangegangene Unterhaltung nicht mitbekommen hatte, war ihm Eleanoras letzter Satz nicht entgangen. *Man hätte dich gleich nach der Geburt ertränken sollen!*

Seine Magengrube zog sich vor Zorn zusammen. Seltsamerweise fühlte er sich bemüßigt, Valandra zu verteidigen. Niemand hatte das Recht, so mit ihr zu sprechen. Bevor er dem verführerischen Drang nachgeben konnte, seine Finger um Eleanoras boshaften Hals zu legen, drehte er Valandra zu sich herum, damit er ihr ins Gesicht sehen konnte.

Sie wirkte kühl und distanziert, ganz so, als wappnete sie sich innerlich gegen weitere Beleidigungen.

Ranulfs Stimme klang ungewöhnlich sanft, als er ihren Blick suchte und erklärte: »Lady Valandra, Ihr kennt meine Anordnung, die diesen Jungen betrifft.

Und Ihr wisst auch, dass niemand ungestraft meine Befehle missachtet.«

Valandra nickte.

»Deshalb frage ich Euch: War Detlef in Eurer Kammer?«

Valandra hob den Blick. »Ja, das war er.«

Ihr Mut rang ihm beinahe ein Lächeln ab. Das war typisch für sie.

Nicht einmal mit einer Strafe vor Augen ließ ihr Stolz es zu, dass sie log.

»Aber er kam nicht zu mir, um mir zu dienen, sondern um bei mir Schutz zu suchen.«

»Schutz? Vor wem?«

Als Valandra beharrlich schwieg, verfinsterte sich Ranulfs Gesicht. »Ihr lasst mir keine andere Wahl!«

»Strafe muss sein«, pflichtete Eleanora ihm ernst bei.

Ranulf wandte sich an die Stiefmutter. »Solange Lord Lamont nicht auf Walkmoor Castle weilt, bin ich für den Frieden und die Sicherheit aller Burgbewohner verantwortlich. Ich gebe die Befehle, und ich erwarte, dass sie auch befolgt werden. Alles andere werte ich als persönliche Beleidigung, und ich bin kein Mann, der eine Beleidigung ungesühnt lässt.«

»Recht so!«, nickte Eleanora.

Ranulf fixierte Valandra mit unergründlichem Blick. »Ich pflege Gleiches mit Gleichem zu vergelten.«

»Dann werdet Ihr Val in den Kerker werfen?«, erkundigte sich Dalvina.

Valandra hielt den Atem an und zwang sich, Ranulfs Blick standzuhalten. Offensichtlich gedachte er ihren Stolz erneut mit Füßen zu treten, aber sie würde mit keiner Wimper zucken. O nein, diesen Triumph wollte sie ihm nicht gönnen. Sie wappnete sich innerlich gegen die unheilvollen Worte, die Eleanoras Abend versüßen würden.

Unvermittelt entdeckte sie jedoch ein seltsames Aufflackern in Ranulfs Augen, das sogleich wieder verschwand. War es Enttäuschung gewesen?

»Nein«, verkündete Ranulf ruhig und wandte sich von ihr ab. »Lady Valandra wird in ihre Gemächer zurückkehren. Ihr hingegen, Lady Dalvina, habt die Wahl. Entweder werdet Ihr diese Nacht mit Eurer Mutter im Verlies oder im Schweinestall verbringen.«

»Was?!«, riefen Eleanora und Dalvina wie aus einem Mund. Alle Farbe war aus ihren Gesichtern gewichen. »Das könnt Ihr uns nicht antun!«

»Wie ich schon sagte, Gleiches wird mit Gleichem vergolten.« Ranulf winkte zwei wartende Soldaten heran. »Ihr habt euren Status nicht nur gegen einen Untergebenen, sondern auch gegen Lady Valandra missbraucht, und das werde ich nicht dulden. Trefft Eure Wahl, die Männer werden Euch zu Euren Schlafstätten begleiten.«

Valandra konnte nur fassungslos zusehen, wie ihre Stiefmutter und Dalvina aus der Halle geführt wurden. »Das darfst du nicht tun, Ranulf!«, flüsterte sie heiser vor ehrlichem Entsetzen. Sie verstand plötzlich die Welt nicht mehr. Das war nun das zweite Mal, dass Ranulf für sie einstand und sie verteidigte. Aber sie konnte sich beim besten Willen nicht erklären, weshalb.

Sie wandte sich ihm zu, um in seinem Gesicht nach irgendwelchen Erklärungen zu suchen, und ihr stockte der Atem. Ranulfs Blick war noch immer auf das Haupttor gerichtet, durch das Dalvina und Eleanora gerade abgeführt wurden. Großer Gott, weshalb musste dieser Kerl nur so umwerfend gut aussehen? Selbst verärgert war er schön – aber gedankenverloren wie jetzt, wirkte er geradezu faszinierend.

Valandra ertappte sich dabei, wie ihre Augen seine Lippen liebkosten, und rief sich sofort zur Ordnung.

»Du darfst ihnen diese Demütigung nicht zumuten! Die Burgbewohner werden jeden Respekt vor ihnen verlieren.«

Ranulf richtete seine Aufmerksamkeit ganz auf sie. »Keine Angst, das werde ich nicht zulassen. Lady Lamont und deine Schwester werden nur für einige Minuten in den Stall oder ins Verlies geführt. Danach dürfen sie wieder in ihre Gemächer zurückkehren. Ich will ihnen nur verdeutlichen, dass ich keine Intrigen in diesem Haus dulde.« Er strich ihr beinahe zärtlich eine lose Haarsträhne hinter das Ohr und lächelte, als er ihr zartes Erbeben spürte. »Weder gegen dich noch gegen einen Bediensteten. Diese Strafe wird ihnen eine Lektion sein, die sie so bald nicht vergessen werden! »

Dieser letzte Satz wirkte wie ein Eimer kaltes Wasser und brachte Valandra schlagartig wieder zu Verstand. Ihre Verzauberung war wie weggewischt und wich bitterem Groll. »Eine Lektion, natürlich! Was sollte es denn sonst sein?«, zischte sie vorwurfsvoll und wich vor Ranulf zurück. »Du scheinst in der Tat sehr erfinderisch mit deinen verdammten Lektionen zu sein! Aber alle erfüllen nur einen einzigen Zweck – sie sind demütigend und widerlich!«

Nicht länger im Stande, seine Nähe zu ertragen, machte sie auf dem Absatz kehrt und wollte davonlaufen, doch Ranulf hielt sie am Arm zurück. Er wirkte irritiert und verärgert.

»Falls du auf heute Nachmittag anspielst ...«

»Worauf denn sonst?«

»Ich hatte nicht den Eindruck, dass du meinen Kuss widerlich fandest.«

Valandras Wangen röteten sich heftig vor Scham. »Du bist auch nicht lange genug geblieben, um es herauszufinden!«

Ihr Blick glitt vorwurfsvoll zu seiner Hand, die noch immer ihren Oberarm festhielt. »Und nun lass mich los, bevor es Gerede gibt!«

Sophia räusperte sich vernehmlich. »Mylady, Euer Bad ist vorbereitet.«

Ranulf ließ sogleich Valandras Arm los und schimpfte sich selbst einen Narren. Wie konnte er nur so unvorsichtig sein und Valandra vor den Augen ihrer Bediensteten in Verlegenheit bringen? Der Ruf einer Lady war eine heikle Angelegenheit. Er konnte nur hoffen, dass Sophia über das Gehörte Stillschweigen bewahrte.

Valandra schien diesbezüglich nicht sonderlich beunruhigt. »Danke, Sophia, ich gehe gleich nach oben.« Sie wartete, bis die Magd außer Hörweite war, und wandte sich erneut an Ranulf. »Was heute Nachmittag geschehen ist, war ein Fehler. Am besten vergessen wir diese unglückselige Begegnung ganz schnell wieder. Es hatte keine Bedeutung.«

Sie machte auf dem Absatz kehrt und schritt so würdevoll, wie es ihr unter den gegebenen Unständen möglich war, davon.

Zwölftes Kapitel

Ranulf trat an die Brustwehr und blickte in die sternenklare Nacht hinaus. Dieses halsstarrige Weibsbild! Er wusste selbst, dass es niemals zu diesem Kuss hätte kommen dürfen. Das brauchte sie ihm nicht erst unter die Nase zu reiben. Unvernünftiger Zorn wallte durch seine Brust. Sie sah seinen Kuss also als unselige Begegnung, als einen Fehler, der keinerlei Bedeutung .hatte? Wie konnte sie ihm eine solche Beleidigung an den Kopf werfen und dennoch sinnlich unter seiner Berührung erbeben?

Ranulf schüttelte ärgerlich den Kopf. Diese Frau war ein ständiges Ärgernis – und eine Herausforderung, der er sich einfach nicht entziehen konnte. Wie sehr er sich auch dagegen wehrte: Die Anziehungskraft, die sie auf ihn ausübte, war geradezu unheimlich. Ihre abweisende Haltung weckte den Jäger in ihm. Es drängte ihn danach, ihr zu beweisen, dass sein Kuss sie ganz und gar nicht kalt gelassen hatte – drängte ihn danach, es aus ihrem eigenen Mund zu hören. Aber weshalb? Lag es an seiner gekränkten Männlichkeit? Oder entsprang dieser Wunsch eher der Tatsache, dass er selbst diesen Kuss nicht vergessen konnte?

Ranulf schüttelte erneut den Kopf, diesmal über sich selbst. Er benahm sich wie ein Narr!

Energisch stemmte er die Hände auf den kühlen Stein der Mauer und ließ den Blick in die Ferne schweifen. Das silberne Licht des Vollmonds lag wie schimmernde Seide über den sanften Hügeln von Walkmoor und tauchte die Wälder und Ebenen in ein unwirkliches Gespinst aus Licht und Schatten.

Er verdrängte jeden Gedanken an Valandra, denn er

war nicht zur Burgwehr hinaufgestiegen, um über sie nachzusinnen oder sich gar an der Schönheit der schlummernden Landschaft zu laben. Er war dem Ruf seiner Gefühle gefolgt.

Seine Augen glitten suchend über die bewaldeten Hügel, bis er ein goldenes Flackern in der Dunkelheit entdeckte. Er hatte gewusst, dass es da sein würde, und nun funkelte es ihm boshaft entgegen – Malvens Lagerfeuer. Nicht größer als ein Nadelkopf, und doch war es für Ranulf ein stilles Mahnmal, dass seine Zeit gekommen war. Die Vergangenheit hatte ihn eingeholt.

»Guten Abend, Malven, mein Freund«, grüßte er leise seinen Verfolger.

Heute, während der Jagd, hatte er Malvens Ungeduld gespürt. Er wusste, dass das lange Warten bald ein Ende hätte.

Seltsam … Weshalb fühlte er sich dann nicht erleichtert? Seit Jahren wartete er auf diesen Zeitpunkt, darauf, dass Malven endlich seinen Auftrag ausführen und ihm den lang ersehnten Frieden schenken würde. Doch nun, da es so weit war, fühlte er nichts als leises Bedauern.

»Ist er da?«

Ranulf nickte, ohne Kasim anzusehen. »Er ist wie ein Schatten, der mich nie verlässt.«

Sie standen eine Weile schweigend nebeneinander und starrten das kleine Licht an.

Ranulf ergriff das Wort. »Es ist höchste Zeit, dass du mich verlässt, Kasim. Hier gibt es nichts mehr für dich zu tun.«

»Du irrst dich, mein Freund. Gerade jetzt brauchst du mich«, gab Kasim ernst zurück.

»Ich brauche niemanden«, schnaubte Ranulf frostig.

»Ich habe mich längst mit meinem Schicksal abgefunden. Also pack deine Sachen und verschwinde!«

Kasim erkannte, dass Ranulf verschlossener war denn je, und bat Allah um die nötige Geduld.

»Es spricht für dich, dass du mich von der Gefahr fern halten willst, aber ich habe meinen Schwur noch nicht erfüllt.«

Ranulf gönnte ihm keine Antwort.

»Vermutlich wäre es einfacher, einen tollwütigen Löwen zu bändigen, doch Allah scheint großes Vertrauen in meine Fähigkeiten zu setzen. Eines Tages wirst du mir dankbar sein.«

»Wofür? Dass du ständig in Rätseln sprichst und mir damit den letzten Nerv raubst? Du faselst wirres Zeug! In meinen Augen bist du nichts weiter als eine entsetzliche Plage!«

Kasim lächelte gewinnend. »Deine Worte klingen grausam, doch ich verzeihe dir.«

Ranulf schnaubte gereizt, bevor er das Thema wechselte und fragte: »Hast du Lady Lamont und ihre Tochter wieder freigelassen?«

Kasim nickte. »Wie du sagtest, haben wenige Minuten gereicht, um sie wieder zur Vernunft zu bringen. Sie sind wie zwei geschlagene Hunde in ihre Gemächer zurückgekehrt. Sie werden es sich bestimmt zweimal überlegen, bevor sie dich erneut herausfordern.«

»Das bezweifle ich. Vermutlich hecken sie bereits den nächsten Racheplan aus. Bei solchen Ladys sollte man auf alles gefasst sein.«

Kasim kratzte sich nachdenklich am Kinn. »Deine Worte sind weise. Ich werde die Damen im Auge behalten.«

»Tu das.«

»Eigentlich bedauere ich es, dass sie sich nicht für den Stall entschieden haben. Ich hatte mir so viel Mühe mit ihrem Nachtlager gegeben.«

»Die Schweine werden es dir danken.« Ranulf versank lange in Schweigen, bevor er leise gestand: »Vielleicht ist es doch von Bedeutung, dass du hier bist, Kasim. Sollte mir etwas zustoßen, möchte ich, dass du die Burg verteidigst, bis Lord Lamont zurückkehrt.«

Es war kurz nach Mitternacht, als Ranulf in die spärlich beleuchtete Halle zurückkehrte und vorsichtig über die schlafenden Krieger und Dienstboten stieg. Sie hatten ihre Matten auf dem Boden ausgerollt und gaben sich laut schnarchend dem wohlverdienten Schlaf hin.

Ranulf wandte sich zur Treppe, die in die oberen Stockwerke führte, und stieg die Stufen hinauf. Auch er war müde, und es verlangte ihn nach einem weichen Bett und einige Stunden gnädigem Vergessen.

Während der letzten Stunde hatte er zu ergründen versucht, was er fühlte – nun, da Malven gekommen war. Ein schwieriges Unterfangen für einen Mann, der seit Jahren kaum mehr Gefühle zuließ.

Er hatte die Wahrheit gesprochen, als er Kasim erklärt hatte, dass er sich mit seinem Schicksal abgefunden habe. Wenn man den Tod so viele Jahre vor Augen trug, stellte man keine Erwartungen mehr an das Leben.

Und doch, etwas hatte sich verändert. Es wollte ihm einfach nicht gelingen, seinem Ende mit derselben Gleichgültigkeit entgegenzublicken, wie er es bisher getan hatte. Es war, als ob eine winzige Stimme in seiner Brust um mehr Zeit bäte. Und sei es nur, um …

Ein lautes Poltern unterbrach Ranulfs Gedanken und

holte ihn augenblicklich in die Gegenwart zurück. Er befand sich direkt vor Valandras Gemach.

Das Poltern drang aus ihren Räumen. Ein dumpfer Schrei folgte, dann war alles still.

Ranulf gefror das Blut in den Adern. »Malven!«

Ohne zu zögern trat er Valandras Tür ein und stürmte mit gezücktem Schwert in ihr Gemach. Bereit und willens, jeden gnadenlos niederzustrecken, der es wagte, Hand an Valandra zu legen. Sein Pulsschlag raste, während er sich wild im Zimmer umsah.

Es war menschenleer! Valandra war verschwunden. Nur das leise Knistern des Kaminfeuers war zu hören. Kalte Angst schnürte ihm die Luft ab. Hatte Malven sie entführt? Dachte er, sie wüsste über de la Chacre Bescheid? Ranulf spürte, wie ihm übel wurde. Er wusste nur zu gut, welche Foltermethoden seine ehemaligen Ordensbrüder anwendeten, um die Wahrheit aus ihren Opfern herauszuholen.

»Valandra?«

In wilder Hast eilte er in den Nebenraum, in dem Detlef früher sein Nachtlager aufgeschlagen hatte. Doch auch hier war niemand zu sehen. Nirgends war Blut, keine Anzeichen eines Kampfes.

Gerade als Ranulf in die Halle hinunterstürmen wollte, um die ganze Burg in Alarmbereitschaft zu versetzen, entdeckte er zwei kleine nackte Füße, die hinter dem Bett hervorlugten.

»Valandra!«, keuchte er heiser und war mit wenigen Schritten bei ihr. Sein Herzschlag stockte, als er sie bäuchlings ausgestreckt auf dem Boden liegen sah. Er kniete sich neben die reglose Gestalt und fühlte, wie sich ein kalter Klumpen in seiner Magengrube bildete. Malven musste sie just in dem Moment überfallen haben, als sie aus der Wanne gestiegen war, denn sie trug nur einen Plaid, in den sie sich eingewickelt hatte.

Ranulfs Hand zitterte, als er ganz vorsichtig Valandras nasses Haar beiseite schob. Er wagte es kaum, sie zu berühren. Mit angehaltenem Atem legte er ihr zwei Finger an den Hals, um ihren Pulsschlag zu fühlen.

»Lass das! Geh weg!«

Ranulf wäre vor Schreck beinahe auf die Hinterbacken gefallen.

»Was, zum Teufel …!«

Valandra hielt die Augen auch weiterhin fest zugekniffen. Oh, sie verfluchte das Schicksal, das sich wieder einmal auf ihre Kosten amüsierte! Weshalb musste Ranulf ausgerechnet jetzt in ihr Gemach stürmen? Sie hatte sich absichtlich mucksmäuschenstill verhalten, in der Hoffnung, er verschwände sogleich wieder. Welch eine Närrin sie doch war. Dieser Kerl ließ niemals eine Möglichkeit aus, um sie zu demütigen. Oh, es war so erniedrigend und ungerecht.

Sie öffnete zögernd ein Auge und blickte geradewegs in Ranulfs fassungsloses Gesicht. Er war so blass, als hätte er soeben ein Gespenst gesehen.

»Du bist ja immer noch da! Verschwinde! Du hast hier nichts zu suchen!«

»Warum, zum Teufel, liegst du wie eine Tote am Boden?«

»Weil es so ungemein bequem ist«, erklärte Valandra ätzend und wünschte sich verzweifelt ein kleines schwarzes Loch, in das sie sich vor Scham verkriechen könnte. »Hättest du jetzt die Güte zu verschwinden?«

»Nein!« Allmählich kehrte wieder Farbe in Ranulfs Gesicht zurück. »Nicht bevor ich weiß, was hier geschehen ist.«

Ein Blick in seine unerbittlichen Augen sagte ihr, dass er nicht eher weggehen würde, bis er seinen Willen bekommen hatte. Wenn nötig würde er bis zum Morgengrauen neben ihr hocken und sie fortwährend anstarren.

»Na schön!«, gab Valandra missgelaunt nach. »Ich bin hingefallen. Zufrieden? Als ich aus der Wanne gestiegen bin, ist der elende Hocker umgekippt. Ich bin der Länge nach hingefallen, und jetzt kann ich mich nicht mehr bewegen.«

Ranulfs Ärger schwand augenblicklich und machte tiefer Sorge Platz. »Hast du dir etwas gebrochen? Bist du verletzt?«

Valandra wäre am liebsten vor Scham gestorben. »Nein, verdammt! Ich konnte mich schon vor dem Bad kaum bewegen.«

Endlich dämmerte es Ranulf, und er lachte leise auf. Seine Erleichterung war geradezu überwältigend.

»Der Schwertkampf! Ich habe dich gewarnt. Solche Muskelschmerzen sind mörderisch.«

»Ist nicht wahr! Weshalb bin ich nicht von allein darauf gekommen?« Valandras Augen schossen Blitze. »Sollte ich jemals wieder ein Schwert heben können, werde ich es dir mitten in dein rabenschwarzes Herz rammen. Das ist ein Versprechen!«

Ranulfs Grinsen wurde noch breiter. »Ich werde die Warnung beherzigen.«

»Was tust du da? Aua!«

Ranulf drehte Valandra vorsichtig auf den Rücken und hob sie hoch. »Soll ich dich etwa auf dem Boden liegen lassen?«

»Ja!«

Seine unangebrachte Heiterkeit zerrte an Valandras

Nerven. »Wo bringst du mich hin? Mein Bett liegt in der anderen Richtung.«

Er legte sie sachte auf das Bärenfell vor dem Kamin. »Hier hast du es wärmer.«

Ohne ein weiteres Wort stand er auf und ging davon.

Valandra konnte ihm nur fassungslos nachstarren. Sie war sich nicht sicher, ob sie nun erleichtert oder über seinen Mangel an Mitgefühl beleidigt sein sollte. Also beschloss sie, dass beides zutraf.

»Mistkerl!«, knurrte sie leise vor sich hin. Das war wieder einmal typisch für diesen Grobian. Zuerst amüsierte er sich auf ihre Kosten, und dann machte er sich aus dem Staub. »Wirklich ritterlich.«

Valandra drehte sich ächzend wieder auf den Bauch. Nie zuvor hatte sie solche Schmerzen gelitten. Jeder einzelne Muskel in ihrem Körper fühlte sich an, als stünde er in Flammen. Selbst das Atmen tat ihr weh. »O Gott, ich sterbe«, flüsterte sie.

»So schnell stirbt niemand«, erklang Ranulfs amüsierte Stimme. Er war zurückgekehrt und schloss soeben die Tür hinter sich.

»Weitere Demütigungen kannst du dir ersparen. Für heute bin ich wirklich bedient.«

Er kam auf sie zu.

»Verschwinde augenblicklich aus meinen Räumen!« Valandra blickte ihm mit misstrauisch zusammengekniffenen Augen entgegen.

»Was … was tust du da?« Nicht bereit, noch länger hilflos vor ihm auf dem Boden zu liegen, quälte sie sich in eine sitzende Position hoch und presste den Plaid wie einen schützenden Schild vor ihre Brüste.

Sie empfand Ranulfs Anwesenheit in ihr Gemach als brutalen Eingriff in ihre Privatsphäre. Kein Mann außer

Detlef und ihrem Vater hatte es je gewagt, seinen Fuß in ihre Kammer zu setzen. Aber das war diesem Kerl natürlich einerlei.

Ranulf ragte wie ein Fels vor ihr auf und krempelte sich schweigend die Ärmel hoch.

»Sprich! Sonst schreie ich die ganze Burg zusammen!«, drohte sie nervös.

»Nein, das wirst du nicht tun«, gab Ranulf ruhig zurück. »Du willst bestimmt nicht riskieren, dass man mich hier entdeckt. Besonders in Anbetracht der späten Stunde und deiner … sagen wir mal, spärlichen Bekleidung.«

Valandras Wangen röteten sich erneut. Spärlich war gut. Sie trug nichts weiter als den Plaid, den sie um sich geschlungen hatte. Ihre Schultern und Beine waren schamlos seinem Blick ausgeliefert.

Valandra zupfte nervös das wollene Tuch über ihre Schenkel, während sie fieberhaft überlegte, wie sie dieser misslichen Lage Herr werden könnte.

»Keine Angst! Ich bin nicht hier, um mich mit dir zu vergnügen, sondern um dir zu helfen«, erklärte Ranulf sanft, während er vor ihr auf die Knie sank.

Valandras Herz geriet ins Stolpern. Großer Gott, was hatte er vor? Plötzlich war sie sich ihrer Nacktheit nur allzu deutlich bewusst. Er war zu nah. Sie spürte seinen Atem auf ihren nackten Schultern, spürte seine männliche Kraft wie eine sanfte Liebkosung auf ihrer Haut.

»Ich verzichte auf deine Hilfe. Alles, was ich will, ist, dass du gehst. Du hast kein Recht, hier zu sein.«

»Glaub mir, wenn es nach mir ginge, wäre ich jetzt auch lieber auf irgendeinem Schlachtfeld als hier«, gab Ranulf schroff zurück.

Es war die Wahrheit. Ihr Anblick bereitete ihm beinahe körperlichen Schmerz. Sie saß mit dem Stolz einer betörenden Göttin vor ihm. Ihr nasses Haar lag wie ein dunkler Schleier über ihren zarten Schultern, und der Feuerschein des Kamins verlieh ihrer blassen Haut einen herrlich goldenen Schimmer. Ihr Anblick war atemberaubend, und allein dieses süße, herzförmige Muttermal über ihrer linken Brust konnte einen Mann aus der Fassung bringen. Genau so musste Aphrodite ausgesehen haben, als sie aus dem Wasser gestiegen war, fuhr es ihm durch den Sinn. Verdammt, er hatte geschworen, sich von Valandra fern zu halten.

»Leg dich hin.«

»Nein!«

Ranulf goss sich etwas von dem mitgebrachten Öl in die hohle Hand. »Je eher du gehorchst, desto schneller bist du mich wieder los.«

»Ich sagte, nein!«, fauchte Valandra und beäugte neugierig die bernsteinfarbene Flüssigkeit. »Was ist das?«

»Ein Öl, das dir die Muskelschmerzen lindern wird. Danach fühlst du dich wie neu geboren.«

»Das stinkt ja widerlich!«

Ranulf zuckte gleichmütig mit den Schultern. »Es ist eigentlich für Schlachtrösser bestimmt. Aber ich denke, es wird auch bei dir seinen Zweck erfüllen.«

Valandra starrte ihn empört an. »Na, vielen Dank! Du setzt mich also mit einem elenden Gaul gleich?«

Ranulf verkniff sich ein Grinsen. »Nicht wirklich. Auf ein Schlachtross ist zumindest Verlass. Es befolgt widerspruchslos die Befehle seines Herrn. Was man von dir nicht behaupten kann.«

Valandra rümpfte beleidigt die Nase. »Sollte ich jemals einen Mann als meinen Herrn akzeptieren, werde ich ihm vielleicht auch gehorchen.«

»Das wage ich zu bezweifeln. Und nun leg dich endlich hin! Ich habe nicht die ganze Nacht Zeit.«

»Nein!«

»Stures Weibsbild!« Er fasste Valandra bei den Schultern und zwang sie mit sanfter Gewalt bäuchlings auf das Bärenfell zurück.

»Aua! Das tut weh, du grober Kerl!«

»Selbst schuld!«

Ranulf schob ihre nassen Locken beiseite und kniete sich rittlings über sie, so, dass ihre Hüften zwischen seinen Schenkeln gefangen waren.

»Geh runter von mir!«, keuchte Valandra entsetzt.

Ranulf schenkte ihr keine Beachtung. Stattdessen begann er in gleichmäßigen Zügen Valandras verspannte Schultern zu massieren. Er zwang sich, nicht daran zu denken, wie warm und zart sich ihre Haut unter seinen Händen anfühlte. Valandra gab keinen Laut von sich, doch Ranulf wusste, dass sie grässliche Schmerzen litt. Nach einer langen Schlacht hatte er schon gestandene Krieger vor Muskelschmerzen heulen sehen.

Leiser Stolz keimte in ihm auf. Dieses zierliche Mädchen war unglaublich tapfer.

Unermüdlich knetete er Valandras Schultern, den Nacken, die Arme und ließ auch ihrem Rücken und ihren langen, wohlgeformten Beinen dieselbe Aufmerksamkeit zukommen, bis er spürte, dass ihre Muskeln sich allmählich entspannten.

»Ich habe mich noch gar nicht bei dir bedankt. Es war sehr nett, dass du Eleanora heute Abend in ihre Schranken gewiesen hast.«

»Du vergisst deine Schwester.«

»Nein! Du darfst Dalvina keinen Vorwurf machen. Sie tut nur das, was ihre Mutter von ihr verlangt.«

Ranulf massierte ihre Schenkel. »Sie ist alt genug, um selbst zu entscheiden, was richtig und was falsch ist.«

»Du kennst Eleanora nicht. Sie ist eine Meisterin darin, andere Menschen zu manipulieren.«

»Ich verstehe.« Nein, das tat er ganz und gar nicht. Weshalb verteidigte sie ihre Schwester fortwährend? Dalvina war ein falsches, hinterhältiges Frauenzimmer, genau wie ihre Mutter, und sie verdiente diese Loyalität nicht. Vermutlich hätte sie freudig in die Hände geklatscht, wenn er Valandra tatsächlich in den Kerker geworfen hätte.

»Woher wusstest du eigentlich davon? Ich kann mir nicht vorstellen, dass Detlef dich um Hilfe gebeten hat.«

»Nein. Er tut verdammt gut daran, mir aus dem Weg zu gehen!«

»Also?«

»Wenn du wissen willst, was in einer Burg vor sich geht, brauchst du dich nur in der Küche umzuhören. Gweneth war mir eine große Hilfe.«

Valandra war sprachlos. Nicht nur, dass Ranulf sich dazu herabließ, die Küche zu betreten – etwas, das ihr Vater noch nie getan hatte –, er hatte sich sogar den Namen der Köchin gemerkt!

Sie schwiegen eine lange Zeit, bis Valandra erneut das Wort ergriff.

»Wer ist dieser Malven?«

Ranulf verharrte mitten in der Bewegung. »Wer?«

Valandra blickte fragend über ihre Schulter. »Malven! Du hast nach ihm gerufen, bevor du in mein Gemach gestürmt bist.«

Verdammt, ihm war gar nicht bewusst gewesen, dass er den Namen laut ausgesprochen hatte. Er massierte weiter. »Malven ist ein Freund aus alten Tagen.«

»Anscheinend kein sehr beliebter, wenn du ihn mit dem Schwert in der Hand begrüßen wolltest. Aber warum hast du ihn ausgerechnet bei mir gesucht?«

»Soll das ein Verhör werden?«

Valandra war erstaunt über seinen mürrischen Tonfall. »Ich bin nur neugierig. Offensichtlich hast du geglaubt, dieser Malven wolle mir etwas antun, und da frage ich mich natürlich, weshalb?«

Er hatte sich mehr als nur Sorgen gemacht, und die Gefühle, die ihn beinahe übermannt hatten, schockierten und ängstigten ihn zutiefst. Wie eisige Finger hatte sich die Furcht um Valandra in seinen Nacken gekrallt und jeden vernünftigen Gedanken ausgelöscht. Er war blind vor Wut und Rachedurst in ihr Zimmer gestürmt und hätte Malven ohne zu zögern in Stücke zerhackt. Es war das erste Mal, dass er in Malven einen Feind gesehen hatte. Unvernünftigerweise fühlte er sich deswegen wie ein gemeiner Verräter.

Ranulf konzentrierte sich auf seine Hände, die in geschmeidigen Kreisen über Valandras schmalen Rücken glitten. Ein leiser Ruck ging durch seine mächtige Brust. Wie sehr er sich auch dagegen wehren mochte, er konnte nicht leugnen, dass er sich auf seltsame Weise mit diesem Mädchen verbunden fühlte. Es lag nicht nur an ihrer körperlichen Anziehungskraft auf ihn, sondern auch daran, dass er sie tatsächlich respektierte. Er bewunderte ihren Mut und ihre Intelligenz. Er genoss ihr Temperament, und selbst an ihren Streitigkeiten fand er langsam Gefallen.

»Du irrst dich. Dir droht weder von Malven noch von sonst einem Kerl Gefahr.«

Valandra warf ihm einen zynischen Blick über die Schulter zu. »Und das sagt ausgerechnet der Mann, der auf mir sitzt.« Sie dachte einige Sekunden nach, bevor sie leise sagte: »Ich glaube, du lügst.«

»Und ich glaube, du steckst deine Nase in Dinge, die dich nichts angehen.«

»Das geht mich sehr wohl etwas an«, widersprach sie heftig. »Offensichtlich droht mir von einem Unbekannten Gefahr, und ich weiß nicht einmal, warum!«

Ranulf beugte sich dicht an ihr Ohr. »Ich sagte dir bereits, Malven wird dir kein Haar krümmen. Dafür werde ich sorgen!«

Valandra erschauderte leicht und beschloss, dieses heikle Thema augenblicklich fallen zu lassen. Offensichtlich brachte es diesen Riesen auf, und in ihrer unwürdigen Lage war es wohl klüger, ihn nicht unnötig zu reizen. Dennoch war sie neugierig geworden. Ranulf sprach nie über seine Vergangenheit. Sie wusste heute kaum mehr über ihn als zu dem Zeitpunkt, als er das erste Mal durch das Tor von Walkmoor Castle geritten war. Sie ahnte weder, woher er kam, noch wohin sein Weg ihn nach der Rückkehr ihres Vaters führen würde.

Plötzlich zog sich ihre Magengrube schmerzlich zusammen. Er würde Walkmoor Castle wieder verlassen, und das vermutlich schon sehr bald.

Dieser Gedanke erschreckte sie! Zugegeben, sie verstand sich nicht allzu gut mit diesem Mann. Meistens zerrte allein seine Gegenwart an ihren Nerven. Aber seltsamerweise fiel es ihr schwer, sich Walkmoor Castle ohne ihn vorzustellen.

Ranulf de Bretaux war ein Teil ihrer Heimat geworden, so unvorstellbar das auch klingen mochte.

Ranulfs Gedanken wanderten in eine ganz andere, weit heiklere Richtung. Seit Valandras Körper sich unter seinen Händen entspannt hatte, war auch sein Verlangen nach ihr entfacht. Es gelang ihm nicht mehr, sich nur auf seine Aufgabe zu konzentrieren. Ihre zarte Haut fühlte sich herrlich warm und seidenweich unter seinen Fingern an, und alles in ihm schrie danach, sie mit den Lippen zu liebkosen. Großer Gott, es war die reinste Folter. Sie lag bis zur Taille entblößt unter ihm und seufzte genüsslich unter seinen Berührungen. Hölle und Verdammnis, glaubte sie vielleicht, er wäre ein Heiliger?

»Das sollte reichen!«, verkündete Ranulf im nächsten Augenblick heiser und erhob sich ruckartig.

Valandra setzte sich ebenfalls auf und bewegte vorsichtig die Muskeln. Tatsächlich, der Schmerz hatte nachgelassen. Sie lächelte erleichtert.

»Vielen Dank …« Sie blickte sich verwirrt um.

Ranulf war bereits verschwunden.

Dreizehntes Kapitel

»Neiiiin!« Valandra fuhr aus dem Schlaf hoch. Ihre Kehle brannte vor Entsetzen, und ihr Atem kam in rasselnden Stößen.

»O Gott«, keuchte sie erschüttert und wischte sich die Tränen von den Wangen. Sie zitterte wie Espenlaub, und das schlichte Nachthemd klebte schweißnass an ihrem Körper.

»Dem Himmel sei Dank! Es war nur ein Albtraum«, flüsterte sie bebend und sah sich erleichtert in ihrem Gemach um. Es war bereits heller Tag.

»Nur ein Albtraum«, wiederholte sie leise, doch das Grauen saß ihr noch immer in den Gliedern. Auch wenn sie sich nur noch an wenige Bruchstücke erinnern konnte, wusste sie, dass Ranulf in ihrem Traum eine Rolle gespielt hatte.

Ihr Blick glitt zögernd zum Bärenfell vor dem Kamin. Er hatte sie geküsst … Sie holte zitternd Atem. Es war unbeschreiblich schön gewesen – sinnlich und berauschend.

Doch dann hatte sich der Traum verändert, und alles war plötzlich sehr verwirrend und beängstigend gewesen. Sie fand sich in einem Wald wieder, umgeben von tiefer Nacht und Finsternis … Sie stand auf einer kleinen Lichtung, umgeben von Fackeln tragenden Soldaten, und suchte verzweifelt nach Ranulf, doch sie konnte ihn nirgends finden. Ohne ein Wort des Abschieds hatte er sie verlassen. Sie weinte, rief nach ihm, flehte, doch er kehrte nicht zu ihr zurück. Wenige Herzschläge später entdeckte sie ihn. Er verharrte mit ausgebreiteten Armen auf einem Hügel. Ihm gegenüber stand ein Fremder mit gespanntem Bogen, gewillt, ihn jeden Augenblick zu töten.

Valandra schrie und stürmte den Hügel hinauf. Sie rannte so schnell, dass sie kaum mehr den Boden unter den Füßen spürte. Doch sie kam zu spät und musste das Unfassbare mit ansehen. Während sie Ranulf erreichte, sank dieser in sich zusammen. Der Pfeil hatte ihn mitten ins Herz getroffen.

Ranulf war tot …

Valandra bekreuzigte sich schnell und dankte Gott, dass es nur ein böser Traum gewesen war. Dennoch wollte sie das dumpfe Gefühl von Gefahr nicht sogleich verlassen. »Nun mach dich nicht verrückt, Mädchen!«, schalt sie sich energisch. »Deine überschäumende Fantasie hat dir wieder einmal einen Streich gespielt. Das ist alles.«

Sie sprang aus dem Bett und fühlte sich gleich etwas besser. Die vertraute Umgebung und das tröstliche Tageslicht besänftigten ihre Nerven.

Sie ging zur Waschschüssel, goss frisches Wasser aus dem Krug hinein und wusch sich das Gesicht. Dabei wurde ihr bewusst, dass ihre Muskeln kaum mehr schmerzten. Vielleicht sollte sie kurz bei Ranulf vorbeischauen.

Natürlich nur, um ihm für seine etwas befremdliche Hilfe in der vergangenen Nacht zu danken. Bestimmt nicht, um sich zu vergewissern, dass es ihm auch wirklich gut ging.

Von diesem Gedanken beruhigt, erledigte Valandra eilig ihre Morgentoilette, band das widerspenstige Haar lose im Nacken zusammen und schlüpfte in ein schlichtes dunkelgrünes Wollkleid. Dann schob sie das Fell von der fensterähnlichen Öffnung und spähte in den Burghof hinunter.

»Seltsam.«

Zu ihrem Erstaunen befehligte Owen die Krieger. Von Ranulf fehlte jede Spur.

Auch in der großen Halle war er nicht anzutreffen. Eine unbestimmbare Furcht erfasste sie, und obwohl sie sich selbst eine Närrin schimpfte, beschleunigten sich ihre Schritte, bis sie beinahe rannte. Hatte er Walkmoor Castle verlassen? War er einfach weggeritten, ohne ein Wort des Abschieds? Ein unerwarteter Schmerz erfasste sie bei diesen Gedanken.

In der Küche wäre sie Detlef vor Erleichterung beinahe um den Hals gefallen, als dieser ihr erklärte, Ranulf habe sich gleich nach dem Frühstück in seine Gemächer zurückgezogen.

Ein wenig und mit klopfendem Herzen stieg Valandra die Stufen zum oberen Stockwerk wieder hinauf. *Seltsam, Müßiggang sieht ihm gar nicht ähnlich.*

Sie klopfte leise an seine Türe.

Nichts.

Vielleicht fühlt er sich nicht wohl und hat sich schlafen gelegt, überlegte sie und spürte, wie ihre Sorge um ihn wuchs.

Sie klopfte erneut – diesmal fester.

Die Sekunden verstrichen und schienen zu einer Ewigkeit zu werden, bis sie endlich seine tiefe Stimme hörte.

»Herein!«

Valandra öffnete die Türe, trat ein – und erstarrte im selben Augenblick. Die Szene, die sich vor ihren Augen abspielte, überstieg ihr Fassungsvermögen und lähmte ihren Verstand.

Keine zwei Schritte von ihr entfernt saß Ranulf nackt in einem riesigen Bottich und genoss ein Bad. Aber das tat er nicht allein! Dieser elende Lüstling! Hinter ihm kniete eine ebenso nackte Bell. Man stelle sich das vor!

Ausgerechnet Bell, die kecke Küchenmagd, die es mit jedem männlichen Wesen auf der ganzen Burg trieb. Es hieß, sie sei so unersättlich wie eine Katze, und heute stand offensichtlich Ranulf auf ihrem Speiseplan.

Valandras Sorge um Ranulf verwandelte sich schlagartig in heißen, bitteren Zorn. Wie konnte er es wagen? Dieses Scheusal! Er besaß noch nicht einmal den Anstand zu erröten oder Bell zumindest in ihren Liebkosungen Einhalt zu gebieten. Alles, was er tat, war, Valandra mit leicht zur Seite geneigtem Kopf fragend anzusehen.

Valandras Augen hefteten sich auf Bells Hände, die Ranulfs herrlich muskulösen Oberkörper einseiften. Die aufreizende Sinnlichkeit und Besitzgier dieser Berührungen blieb ihr dabei nicht verborgen, und sie presste missmutig die Lippen aufeinander.

»Kann ich etwas für dich tun?«, erkundigte sich Ranulf zuvorkommend.

Ja! Du könntest dieses lüsterne Frauenzimmer aus deinem Gemach scheuchen!, schrie Valandra innerlich.

Bells triumphierendes Lächeln verwandelte sich in ein spöttisches Grinsen, als sie die Fassungslosigkeit ihrer Herrin bemerkte.

Valandra wollte weglaufen, wollte dieser grässlichen Situation entfliehen, doch ihre Füße bewegten sich nicht. Wie ein Fisch an Land schnappte sie nach Luft und brachte kein Wort über die Lippen.

Ranulf verstand ihre Haltung falsch und deutete sie als hilflose Faszination. Er war es gewohnt, dass Frauen bei seinem nackten Anblick die Worte fehlten. Seit seiner Jugend wusste er um die Wirkung seines kräftig gebauten Körpers auf das weibliche Geschlecht. Bisher hatte er es zwar als äußerst nützlich, aber nicht wirklich bedeutend erachtet.

Bei Valandra verhielt es sich jedoch anders. Es freute ihn unermesslich, dass sie offensichtlich ebenso fasziniert von ihm war wie er von ihr. Es erregte und beflügelte ihn und ließ ihn alles um sich herum vergessen.

Ein gefährlich sinnliches Lächeln legte sich auf Ranulfs Lippen, als seine tiefblauen Augen Valandras Blick fesselten und er mit belegter, samtweicher Stimme flüsterte: »Sag mir, was ich für dich tun kann, *ma petite*.« Seine Augen verdunkelten sich vor Begehren, und er streckte ihr zögernd eine Hand entgegen. »Komm! Komm zu mir!«

Bells boshaftes Kichern brachte Valandra wieder zu Verstand. »Elender Mistkerl!« Ohne ein weiteres Wort machte sie auf dem Absatz kehrt und floh aus dem Zimmer.

Zurück blieb ein ausgesprochen verwirrter Ranulf. Er starrte bedauernd auf die geschlossene Tür und fühlte mit einem Mal eine tiefe Leere in seiner Brust.

»Ich fürchte, da könnt Ihr lange warten«, kicherte Bell fröhlich. »Lady Valandra ist nicht gerade für ihre Begeisterung am männlichen Geschlecht bekannt.«

Ranulf zuckte unwillkürlich zusammen, als er die belustigte Frauenstimme in seinem Rücken hörte. Verdammt, er hatte die Magd ganz vergessen!

»Ich hingegen bin eine Meisterin im Bereiten von Lust. Soll ich es Euch beweisen?«

»Danke, kein Interesse«, knurrte Ranulf und wandte sich um, um die Magd mit einem finsteren Blick zum Schweigen zu bringen. Als er sie jedoch sah, verschlug es ihm beinahe die Sprache. Die Frau war nackt! Zu jeder anderen Zeit hätte er sich über dieses freizügige Angebot gefreut, doch nicht heute.

»Närrisches Weibsbild, was soll dieser Unsinn?«,

herrschte er Bell an und verspürte nicht wenig Lust, ihr den Hals umzudrehen. Jetzt endlich verstand er Valandras seltsames Verhalten. Dieser Anblick musste sie bis in die Grundfesten ihres Anstandsgefühls erschüttert haben, und die Tatsache, dass er sie hinzugebeten hatte, war vermutlich eine Beleidigung seinesgleichen. Kein Wunder, dass sie ihn einen Mistkerl schimpfte. Sie musste ihn für ein lüsternes Ungeheuer halten.

Ranulfs Gesicht rötete sich vor Zorn. »Raus hier, und lass dich nicht wieder blicken!«

Verdammt, das hatte ihm gerade noch gefehlt!

Derweil befand sich Valandra in der Sicherheit ihrer Räume und schäumte vor Wut. »Dieser Wüstling! Dieser ... dieser ...« Sie warf hilflos die Arme in die Luft, während sie aufgebracht hin und her lief. »Oh, mir fehlen die Worte, um diesen Mistkerl auch nur andeutungsweise zu beschreiben! Wie kann er es wagen? Wie kann er sich meiner Magd aufzwingen?«

Detlef hockte mit angewinkelten Beinen auf ihrem Bett und schüttelte bedauernd den Kopf. »Aufzwingen? Ihr müsst blind sein, Mylady! Die Mägde reißen sich geradezu darum, von ihm geliebt zu werden. Ich weiß aus zuverlässiger Quelle, dass er ein ganz vorzüglicher Liebhaber sein soll. Wie ungerecht! Warum bevorzugen die besten Männer immer nur Frauen?«

»Wie bitte?« Valandra starrte ihn fassungslos an und erstickte ihre Eifersucht in gerechtem Zorn. »Er treibt es mit jeder?«

»Nein, soweit ich weiß, nur mit den Dunkelhaarigen. Bell scheint eine Ausnahme zu sein.«

»Wie schön für sie!«, giftete Valandra ungehalten. Oh, sie war wirklich der einfältigste Tropf, der auf Gottes weiter Erde wandelte. Sorgen hatte sie sich gemacht! Sorgen um Ranulfs Wohlbefinden! Die Pest sollte er kriegen! Müßiggang war also nicht seine Art? In der Tat, er war ausgesprochen fleißig, und zwar darin, ihre Mägde zu vernaschen!

»Ehrlich gesagt verstehe ich Euren Zorn nicht. Zugegeben, Ihr wart in einer ausgesprochen peinlichen Situation – für die ich Euch übrigens sehr beneide –, aber niemand ist zu Schaden gekommen.«

Ich bin zu Schaden gekommen, hätte Valandra am liebsten gebrüllt. *Mein Vertrauen in ihn, mein Respekt wurden mit einem Schlag zerstört! Ich bin abgrundtief enttäuscht und fühle mich verraten ...*

Großer Gott! Valandra ließ sich fassungslos auf ihren Frisierschemel sinken, als ihr das Unmögliche dämmerte. Sie war eifersüchtig! Sie schäumte geradezu vor Eifersucht!

»Fühlt Ihr Euch nicht wohl?«, erkundigte sich Detlef. Er glitt vom Bett und trat besorgt an Valandras Seite. »Ihr seid ja ganz blass!«

Valandra fühlte sich, als hätte sie einen kräftigen Tritt in die Magengrube bekommen. Das war unmöglich! Sie konnte nicht eifersüchtig sein. Das war geradezu lächerlich. Sie mochte diesen Kerl ja nicht einmal. Er war ein arroganter, herrschsüchtiger Tyrann ohne Manieren und Anstand. Sie konnte doch niemals so verrückt sein, ihr Herz an ihn zu verlieren!

»Ich glaube, ich benötige frische Luft.«

Wenige Minuten später saß Valandra auf ihrer Stute und wartete ungeduldig, bis die Zugbrücke ganz heruntergelassen war. Auf Owens Wunsch hin hatte sie sich bereit erklärt, vier Krieger zu ihrem Schutz mitzunehmen, doch sie bezweifelte, dass diese ihr lange würden folgen können. Sie brauchte jetzt dringend einen scharfen Ritt, um nachzudenken. Ihre eigenen Gefühle verwirrten und ängstigten sie.

»Ein herrlicher Tag, um auszureiten«, erklang plötzlich Kasims Stimme neben ihr.

Valandra umklammerte die Zügel ihrer Stute so fest, dass ihre Knöchel weiß hervortraten. »Ja, herrlich.«

»Ihr teilt meine Meinung nicht?«

Endlich war der Weg frei.

»Entschuldige bitte, aber mir ist jetzt wirklich nicht nach Konversation zumute.«

Ohne ein weiteres Wort preschte Valandra über die Zugbrücke und trieb ihre Stute zu immer schnellerem Galopp an. Es war befreiend zu sehen, wie Wiesen, Wälder und kleine Bachläufe in berauschendem Tempo an ihr vorbeizogen. Der eisige Wind peitschte ihr ins Gesicht und kühlte nicht nur ihre Wut, sondern klärte auch ihren Kopf.

Nach einer Stunde fühlte sich Valandra besänftigt genug, um ein langsameres Tempo einzulegen.

»Wut ist kein guter Begleiter. Er macht blind für die Gefahr.«

Valandra zuckte erschrocken zusammen. »Kasim! Du bist mir gefolgt?

»Ich würde sagen, wir hatten denselben Weg«, grinste der junge Syrer und entblößte eine Reihe strahlend weißer Zähne. Die Jagd hatte ihn offensichtlich belebt. Er tätschelte beruhigend den Hals seines Hengstes und schaute den Kriegern entgegen, die sich verzweifelt darum bemühten, ihre Herrin einzuholen.

»Sie geben sich zumindest Mühe.«

Valandra nickte leicht verlegen. Sie wusste, dass sie

den Männern nicht einfach davonreiten durfte. Die Wälder wimmelten von wilden Tieren und Gesetzlosen, die nur darauf warteten, eine leichte Beute wie sie zu erhaschen. Ihr Vater hatte sie schon oft für ihre Gedankenlosigkeit gescholten.

»Du hattest keine Mühe, mir zu folgen.«

Kasim schenkte ihr erneut ein Lächeln. »Ich bin schon geritten, bevor ich meine ersten Schritte tat.«

Valandra musterte seine schlanke, sehnige Gestalt. Wie immer trug er die traditionelle Kleidung seines Volkes: einen wallenden, dunkelblauen Kaftan, der sich an der Vorderseite teilte und den Blick auf weite Pluderhosen und ein weißes Leinenhemd freigab. Seine Füße steckten in kniehohen Lederstiefeln, und sein gebräuntes Gesicht war von einem dunkelblau gefärbten Turban umhüllt. Ihr fiel auf, dass er heute auf das sichelförmige Krummschwert an seiner Hüfte verzichtet hatte. Stattdessen trug er zwei kleinere auf dem Rücken gekreuzt.

»Darf ich fragen, was Euch zu solcher Eile antreibt?«

Valandra strich sich eine lose Locke hinter das Ohr. »Lieber nicht! Ich möchte nicht darüber sprechen.«

»Aha, ich verstehe. Was hat Ranulf diesmal angestellt? Er kann manchmal ausgesprochen schwierig sein.«

»Ich habe nicht gesagt, dass von ihm die Rede ist.«

»Nein, aber Ihr habt auch nichts Gegenteiliges behauptet.«

Valandra konnte sich ein kleines Lächeln nicht verkneifen. »Du hast mich ausgetrickst!«

Die Krieger hatten sie inzwischen eingeholt, und Valandra setzte ihren Ausflug in gemütlichem Tempo fort. »Wie kannst du nur mit diesem Kerl befreundet sein? Er ist so … so …«

»Anstrengend? Schwierig? Verschlossen?«, half Kasim ihr freundlicherweise aus.

Auf Valandras Nicken hin legte sich etwas wie Bedauern auf Kasims hübsches Gesicht. »Das ist er. Aber er trägt sein Herz am rechten Fleck, obwohl er das natürlich niemals zugeben würde.« Er schwieg einige Augenblicke, bevor er leise fortfuhr. »Die Vergangenheit formt einen Menschen, Lady Valandra. Ranulf hat schon viele Schlachten geschlagen – auf Schlachtfeldern und auch mit seiner Seele. Letztere sind sehr schmerzhaft und machen einsam.«

Einsam? Einsam war dieser Kerl ganz bestimmt nicht, fuhr es Valandra unvermittelt durch den Kopf, und ihre Finger schlossen sich fester um die Zügel. Vermutlich vertrieb er sich gerade in diesem Augenblick die Zeit mit Bell oder einer anderen Magd. Dieser Mistkerl!

Kasim musste ihren Ärger gespürt haben. »Verurteilt ihn nicht, Lady Valandra«, bat er. »Ihr kennt ihn nicht.«

»Wie sollte ich auch? Er ist so verschlossen und unzugänglich … Ich kenne kaum mehr als seinen Namen!«

»Habt Geduld. Es kommt der Tag, an dem Ihr alles erfahren werdet.«

Das wagte sie zu bezweifeln. In wenigen Wochen würde Ranulf Walkmoor Castle den Rücken zukehren und vermutlich auf immer verschwinden.

Dieser Gedanke tat ihr seltsam weh. Auch wenn sie sehr wütend auf diesen dummen Riesen war, hätte sie wirklich gern mehr über ihn erfahren.

»Wie hast du Ranulf eigentlich kennen gelernt? Ich weiß zwar, dass du ihm das Leben gerettet hast, aber du hast nie erzählt, wie es dazu gekommen ist. Mir scheint, es gefällt ihm nicht, wenn du ihn als dein Eigentum bezeichnest.«

Kasim grinste jungenhaft. »Es macht ihn sogar ausgesprochen wütend! Aber es ist ein ausgezeichneter Vorwand, um ihn begleiten zu können. Wenn er meine wahren Gründe kennen würde, hätte er mich schon längst an irgendeinen Baum gebunden und wäre davongeritten. Ranulf hasst Dankbarkeit.«

»Jetzt bin ich wirklich neugierig.«

Kasim lehnte sich bequem im Sattel zurück und begann mit seinem Bericht. »Ich traf Ranulf vor drei Jahren in der Wüste meiner Heimat. Es waren unruhige Zeiten. Sklavenfänger machten meinem Stamm das Leben schwer. Sie plünderten, töteten und entführten unsere Frauen, um sie in die Sklaverei zu verkaufen. Ich zog mit einigen meiner Stammesbrüder aus, um die Kerle zu jagen, doch wir fanden nur ihren verlassenen Lagerplatz. Auf dem Rückweg entdeckte ich plötzlich einen Reiter.«

»Ranulf.«

Kasim nickte. »Ich hielt ihn für einen Späher der Sklavenfänger und pirschte mich an ihn heran. Mein Speer verfehlte sein Herz nur um Haaresbreite und durchbohrte seine linke Schulter.«

Valandra fühlte, wie ihr übel wurde.

»Als ich meinen Irrtum erkannte, schafften wir den halbtoten Ranulf in unser Zeltlager. Meine Mutter und meine Schwestern pflegten ihn, obwohl niemand daran glaubte, dass er überleben würde. Aber Ranulf war ein zäher Brocken und erholte sich von der Verletzung.«

»Du musst sehr erleichtert gewesen sein.«

Kasim sah sie seltsam an. »Anfangs ja, doch dann bekam er Fieberträume … Er kämpfte mit den Dämonen seiner Vergangenheit … und mir wurde klar, dass ich ihm einen größeren Dienst erwiesen hätte, wenn ich ihn in der Wüste hätte sterben lassen.«

»Das kann nicht dein Ernst sein!«, rief Valandra empört. Wie konnte er nur so etwas Hässliches sagen?

»Doch, Lady Valandra! Allahs Wille ging jedoch andere Wege, und Ranulfs Zustand besserte sich. Eines Nachts, er war noch sehr geschwächt, kamen die Sklavenfänger zurück und raubten unsere Frauen.«

»Wie schrecklich«, flüsterte Valandra mitfühlend. »Deine Mutter?«

Kasims Lippen bildeten einen grimmigen Strich. »Und meine acht Schwestern. In meinem Zorn wollte ich ganz allein den Sklavenfängern nachreiten, um mich an ihnen zu rächen.«

»Das wäre Selbstmord gewesen!«

Kasim lachte leise auf, und seine Augen nahmen einen entrückten Glanz an, ganz so, als wäre er wieder in jene Zeit zurückgekehrt. »Ranulf war vermutlich derselben Meinung. Er schlug mich kurzerhand bewusstlos. Als die Abenddämmerung einsetzte, kam er mit zwei gesattelten Pferden zu mir. Er schwang sich wortlos in den Sattel und bedeutete mir, ihm zu folgen.

Wenige Stunden später hatten wir den Tross erreicht. Sie hatten ihr Nachtlager aufgeschlagen. Wir warteten, bis sie schliefen, dann schlich sich Ranulf ins Lager und schaltete eine Wache nach der anderen aus, während ich die Frauen befreite.«

»Er hat sich dieser Übermacht allein gestellt?«

»Ja. Ich habe noch nie einen Krieger mit seinem Geschick erlebt. Er bewegte sich so lautlos wie ein Schatten. Die Sklavenhändler hatten keine Chance.«

Valandra erschauderte, als sie sich die verschiedenen Begebenheiten in Erinnerung rief, in denen Ranulf scheinbar aus dem Nichts neben ihr aufgetaucht war. Es war in der Tat beängstigend, wie geräuschlos sich dieser Riese bewegen konnte.

»Dann hat er sie alle getötet?«

»Nein, keinen einzigen von ihnen.« Ein anerkennendes Grinsen erhellte Kasims Züge. »Er hat sie wie Kälber verschnürt und aneinander gebunden. Beim ersten Morgengrauen ist er mit ihnen nach Damaskus aufgebrochen und hat sie auf dem Sklavenmarkt verkauft.«

Valandras Augen weiteten sich. »Ich verstehe. Er hat Gleiches mit Gleichem vergolten! Die Männer wollten ihre Gefangenen in die Sklaverei verkaufen, und nun sollten sie am eigenen Leib erfahren, was das bedeutet.«

Kasim nickte ernst. »Genau. Ranulf besitzt ein ausgeprägtes Gefühl für Gerechtigkeit ... Einige Tage später kehrte er in unser Zeltlager zurück und übergab meiner Mutter den Erlös aus dem Verkauf. Ich nehme an, das war seine Art, um ihr für die Pflege seiner Wunde zu danken. Danach ritt er wieder fort, und ich folgte ihm. Solange ich meine Schuld bei ihm nicht beglichen habe, werde ich nicht von seiner Seite weichen.«

Valandra versank in nachdenkliches Schweigen, bevor sie leise sagte: »Es muss hart sein, so viele Jahre von seiner Familie getrennt zu sein.«

Kasim hob die Hand an die Brust. »Wir sind nicht wirklich getrennt. Im Herzen sind wir immer eine Familie. Eines Tages werden wir uns wieder sehen. Dieses Wissen ist mir Trost genug.«

Valandra nickte schweigend. Auch sie hatte sich in den vergangenen Monaten an die Hoffnung geklammert, ihren Vater bald wieder zu sehen. Doch diese Gedanken waren ihr nur selten ein Trost gewesen. Vielmehr hatten sie das Heimweh so sehr verstärkt, dass ihr Herz zu einer ständig blutenden Wunde geworden war.

Valandra schob die tristen Gedanken energisch beiseite. »Hat Ranulf dir jemals von einem Mann namens Malven erzählt?«

Kasims Augen nahmen einen wachsamen Ausdruck an. »Woher kennt Ihr diesen Namen?«

»Von Ranulf selbst. Er erklärte mir zwar, dass es sich bei diesem Malven um einen alten Freund handle; dennoch schien er sehr beunruhigt.«

»Und das zu Recht«, flüsterte Kasim so leise, dass Valandra ihn kaum hören konnte, und spähte unauffällig zum lichten Waldrand hinüber. Er hatte die junge Lady geschickt aus dem Wald hinausgeführt, und nun befanden sie sich wieder auf dem Weg in die Sicherheit der Burg. Dennoch wusste er, dass die Gefahr nicht gebannt war. Malven konnte hinter jedem Baum, hinter jedem Busch lauern.

Kasim schimpfte Ranulf in Gedanken einen Narren. Sein Freund war so sehr darauf bedacht, das Geheimnis des De-la-Chacre-Ordens zu wahren, dass er die junge Lady ernstlich in Gefahr brachte. Unwissenheit war der schlimmste Feind.

»Ich weiß nicht viel über diesen Mann. Nur, dass er früher im selben Orden wie Ranulf diente. Sie waren Freunde.«

Valandra brachte ihre Stute abrupt zum Stehen. »Du willst mir doch nicht allen Ernstes erklären, Ranulf sei ein Mönch?!« Sie lachte ungläubig auf und schüttelte entschieden den Kopf. »Das wäre eben so glaubhaft, als würdest du behaupten, der Luzifer sei wieder in den Himmel aufgestiegen und spiele nun an der Seite unseres Herrn Harfe.«

Kasim furchte verwirrt die Stirn. »Vergebung, Eure Religion ist mir fremd. Ranulf war tatsächlich ein Mönch. Lange Jahre hat er einem Kriegerorden angehört …«

»Und vermutlich ist er am Zölibat jämmerlich gescheitert«, fügte Valandra schärfer als beabsichtigt hinzu.

Kasim unterdrückte ein leises Lachen.

»Nein, Mylady. Er hat erkannt, dass alles eine Lüge war.«

»Und war Malven Teil dieser Lüge?«

Kasim überlegte lange, ob er ihr die Wahrheit sagen sollte, entschied sich jedoch dagegen. Es war Ranulfs Kampf. Er allein sollte entscheiden, ob er die kleine Lady in sein Vertrauen ziehen wollte oder nicht.

»Es gibt viele Geheimnisse um Ranulf de Bretaux, und die meisten davon sind gefährlich. Aber eines solltet Ihr Euch vor Augen halten: Hütet Euch vor diesem Malven. Er führt nichts Gutes im Schilde.«

»Ich bring ihn um«, knurrte Ranulf angriffslustig und heftete den Blick auf den kleinen Reitertrupp, der sich in gemächlichem Tempo näherte. Am Himmel wölbten sich bedrohliche Gewitterwolken und warfen düstere Schatten über die Landschaft von Walkmoor. Doch der nahende Sturm war nichts im Vergleich zu Ranulfs angespanntem Gemütszustand. Seit er vor mehr als einer Stunde erfahren hatte, dass Valandra in Begleitung von Kasim und fünf Kriegern ausgeritten war, tobten in ihm Gefühle, die er nicht genauer erkunden wollte.

Er kochte vor Wut und verzehrte sich gleichzeitig vor Sorge.

Malven befand sich dort draußen und beobachtete

vermutlich jede Bewegung des kleinen Reitertrupps. Ranulf spürte seine Anwesenheit, spürte das Unheil, das von seinem alten Freund ausging.

Es war schlimm genug, dass Kasim sich achtlos in Gefahr brachte, aber dass er Valandra nicht von ihrem Vorhaben abgehalten hatte, war einfach unverzeihlich. Sie konnte dort draußen den Tod finden! Ein einziger, gut gezielter Pfeil genügte, um ihrem jungen Leben ein Ende zu setzen – und Malven war ein Meisterschütze.

Ranulfs Hände ballten sich zu Fäusten, als die Schuldgefühle sich in seine Eingeweide fraßen. Verdammt, er war ihr keine Rechenschaft schuldig. Er konnte sich mit jeder Frau in ganz Schottland vergnügen, schließlich war er ihr nicht verpflichtet. Dennoch konnte er ihre Augen nicht vergessen. Den Schmerz, den er in ihren smaragdgrünen Tiefen gesehen hatte, die Enttäuschung und die Wut, bevor sie fluchtartig sein Gemach verlassen hatte.

Er wusste, dass sie nur seinetwegen ausgeritten war, und eben dieses Wissen setzte ihm schwer zu. Wenn ihr irgendetwas zustoßen sollte, wäre es allein seine Schuld.

Der bloße Gedanke daran ließ sein Blut gefrieren, und es bedurfte seiner ganzen Selbstbeherrschung, dass er ihr nicht augenblicklich entgegenritt, sie quer über den Sattel warf und schnellstmöglich in die Sicherheit der Burgmauern zurückbrachte.

Ranulfs Gesicht verfinsterte sich noch mehr, denn er wusste, dass eben dieses Verhalten Valandra in ernstliche Gefahr bringen würde. Der Umstand, dass sie sorglos und nur unzulänglich geschützt mit Kasim ausritt, war im Augenblick ihr bester Schutz. Erst wenn Malven den Verdacht hegen würde, dass sie Ranulf etwas bedeutete, war ihr Leben ernstlich in Gefahr.

Dennoch brachte die Warterei Ranulf beinahe um den Verstand. Er hasste es, untätig herumzustehen, hasste es, zum Ausharren verdammt zu sein, und er verabscheute die Angst, die er um Valandra verspürte.

»Lasst die Zugbrücke hinunter! Die Burgherrin kehrt zurück«, verkündete die Torwache, und Ranulf schloss erleichtert die Augen. Himmel, bevor er diese Burg wieder verließ, würde er vor Sorge bestimmt um Jahre altern.

Vierzehntes Kapitel

Valandra reichte Kasim den schweren Korb mit nasser Wäsche und deutete mit dem Kopf zu Ranulf, der einige Meter entfernt von ihnen auf dem Übungsplatz stand und wie ein Besessener mit dem Langschwert auf den dafür vorgesehenen Holzstamm einschlug.

»Was ist denn mit ihm los?«

Wieder und wieder ließ Ranulf das Schwert niedersausen. Links, rechts, links, rechts. Hieb auf Hieb. Er bearbeitete den Stamm mit einer Kraft, die das harte Holz in dicken Spänen nach allen Seiten splittern ließ. Dabei bewegte er sich mit einer geschmeidigen Gewandtheit, die Valandra aufs Neue verblüffte und die von einer Körperkraft sprach, welche sie seltsam atemlos machte.

Valandra legte die Stirn in Falten und beobachtete Ranulf eingehender. Sonderbar. Gewöhnlich dirigierte die Konzentration seine Schwertübungen, doch heute schien eher Ärger seine Motivation zu sein. Oder handelte es sich gar um Wut?

Valandra strich sich resolut eine lose Haarsträhne hinter das Ohr und entschied, dass es ihr egal sein konnte. Es kümmerte sie nicht.

»Man sollte meinen, nach seinem heutigen *Bad* wäre er entspannter«, entfuhr es ihr im nächsten Augenblick. Sie hätte sich auf die Zunge beißen können, als sie die Eifersucht aus ihren eigenen Worten heraushörte.

Kasim lächelte viel sagend. »Entspannung ist eine Sache – Erfüllung eine ganz andere. Vielleicht hat sich Ranulf nach einem anderen Badewasser verzehrt.«

Er wandte sich um und schritt davon.

»Was immer das auch heißen mag«, flüsterte Valandra und zwang sich, den Blick von Ranulfs beeindruckendem Körper loszureißen.

Müde und erschöpft lehnte sie sich an die Wand des kleinen steinernen Waschhäuschens und sog die kalte, regenfeuchte Nachmittagsluft tief in ihre Lungen. Der heiße Dampf und der schwere Duft der Seife hatten ihr stark zugesetzt. Die Kleidung klebte ihr am Körper, und winzige Dampfperlen glitzerten in ihrem Haar. Seit einer Stunde schrubbte sie nun schon wie eine Wahnsinnige unzählige Leinentücher, wusch Wolldecken und kochte die benutzten Verbände von Ranulfs Männern aus. Obwohl sie diese Arbeit gewöhnlich ihren Dienstboten überließ, hatte sie sie heute freiwillig übernommen. Sie musste dringend ihre Gedanken ordnen, und körperliche Arbeit war dafür noch immer die beste Methode.

Das Mittagsmahl war eine Tortur gewesen. Nicht, weil Eleanora und Dalvina endlos über ihren verletzten Stolz gejammert hatten, sondern weil Ranulf ihr gegenüber am Tisch gesessen hatte. Er hatte kein einziges Wort gesprochen, doch wann immer ihre Blicke sich getroffen hatten, war es ihr heiß und kalt den Rücken hinuntergelaufen. Es war verrückt, doch obwohl sie sich von ihm verraten und zutiefst gedemütigt fühlte, war es ihr unmöglich, die Bilder vom Morgen aus ihrem Kopf zu bekommen. Sie sah Ranulf in seiner nackten Schönheit – die breiten Schultern, die mächtigen Wölbungen seiner Brustmuskeln, auf denen unzählige verführerische Wassertröpfchen geglitzert hatten, und dann der Anblick seiner langen, kampfgestählten Arme, die so kräftig wirkten, als ob sie die ganze Welt aus den Fugen heben könnten. Wie sehr hatte sie sich danach gesehnt, ihn zu berühren, seine straffe, bronzefarbene Haut zu liebkosen …

Fürwahr, Detlef hatte nicht übertrieben. Ranulf war tatsächlich so schön wie die Sünde. *Und mindestens ebenso verdorben,* dachte Valandra gereizt, während sich der Stachel der Eifersucht wie ein glühendes Schwert in ihre Brust rammte.

Verzweifelt darum bemüht, die aufwühlenden Bilder niederzukämpfen, schloss sie die Augen und atmete tief ein und aus.

Komm zu mir, hatte er geflüstert. Einfache Worte und doch so unglaublich verführerisch, dass sie selbst jetzt noch sinnliche Schauer durch ihren Körper sandten. *Komm zu mir!*

»Du wirst dich erkälten.«

Ein verträumtes Lächeln umspielte Valandras Lippen. »Hm, nein, das hat er nicht gesagt. Nur diese drei Worte: *Komm zu mir!*«

»Und ich habe jedes Wort auch so gemeint.«

Valandra zuckte wie unter einem Peitschenhieb zusammen und riss entsetzt die Augen auf.

Vor ihr stand Ranulf.

»Was?«, keuchte sie entsetzt, und ihre Wangen färbten sich glutrot vor Scham. Hatte sie ihre Gedanken etwa laut ausgesprochen?

Großer Gott, sie hoffte, nicht!

Ranulf benötigte einen Augenblick, bis er seine Stimme wieder fand. Valandras sinnlicher Anblick, dieses verträumte Lächeln und ihre gewisperten Worte hatten sich wie eine zärtliche Liebkosung auf seiner Haut angefühlt. Unerwartet und unendlich verführerisch.

Ohne Vorwarnung wurde Ranulf von einem leidenschaftlichen Verlangen gepackt, das jeden Muskel seines Körpers in Spannung versetzte. Die Lust durchzuckte ihn wie ein gleißender Blitz. Verdammt, die

Leichtigkeit, mit der Valandra ihn erregen konnte, war tatsächlich beängstigend.

Wie von einer fremden Macht getrieben, trat Ranulf noch einen Schritt näher, bis Valandra die kleinen goldenen Sprenkel im Blau seiner Augen erkennen konnte. Sein Begehren war ebenso klar erkennbar, eine Sehnsucht, direkt und vielschichtig zugleich.

»Ich sagte, ich habe jedes Wort auch so gemeint«, flüsterte er rau. »Und ich tue es noch, obwohl ich weiß, dass es unser beider Verderben wäre.« Seine Augen nahmen ihre vom Dampf erhitzte Haut wahr, sahen, dass sich der feuchte Stoff ihres Kleides wie eine zweite Haut über die sanften Rundungen ihrer Brüste legte und jede Kurve ihres verführerischen Körpers aufreizend betonte.

Valandra erbebte unter der Eindringlichkeit seiner Blicke, die voller hungriger Sehnsucht über sie glitten, und wieder spürte sie diese unerklärliche Energie zwischen ihnen. Es war, als ob die Zeit um sie herum stehen bliebe. Nichts existierte mehr. Es gab nur noch sie beide und diese schmelzende Hitze.

Ranulf hob langsam die Hand und berührte sanft eine kleine feuchte Locke über ihrem Ohr, bevor er die Finger zart über ihre Wange gleiten ließ.

»Du bist das Feuer, das meine Seele verzehrt«, flüsterte er mit dunkler, rauchiger Stimme und trat so dicht an Valandra heran, dass sie sich beinahe berührten.

Valandra war gefangen. Gefangen im Zauber seiner samtenen Stimme, seiner hauchzarten Berührung und ihrer eigenen Sinnlichkeit. Ihr Pulsschlag raste, und sie blickte seinen Lippen verlangend entgegen, als sich diese ihr langsam näherten.

Urplötzlich tauchte jedoch ein unerwünschtes Bild vor ihrem geistigen Auge auf:

Bell, nackt und mit gierigem Blick hinter Ranulf kauernd.

Sogleich erwachte Valandras Zorn zu neuem Leben.

»Nein«, zischte sie und stieß ihn mit beiden Händen von sich. »Nein, verdammt! Ich bin keines meiner Dienstmädchen, die du jederzeit vernaschen kannst. Geh doch zu Bell! Sie scheint derzeit ja deine Favoritin zu sein!«

Sie wandte sich um, stürmte in die Sicherheit des Waschhäuschens und schlug geräuschvoll die Tür hinter sich zu.

Das Herz pochte ihr bis zum Hals, als sie aufgebracht auf den hölzernen Dielen auf und ab schritt. Das Waschhäuschen hatte lediglich einen kleinen, quadratischen Raum, in dem drei große, dampfende Waschzuber den größten Teil des Platzes einnahmen. Ein kleines Tischchen und ein hölzernes Gestell stellten die einzigen Möbel dar. Auf Letzterem stapelten sich Seifenklötze, diverse Bürsten und verschiedene Duftöle in tönernen Tiegeln.

Himmel, weshalb war sie ausgerechnet hierher geflohen? Die Enge in diesem Raum raubte ihr beinahe den Atem. Oder lag es an ihrer Wut?

Was dachte sich dieser Kerl eigentlich? Glaubte er allen Ernstes, sie würde ihm einen weiteren Kuss erlauben? Und das nach allem, was heute Morgen geschehen war? Die Arroganz dieses Mannes kannte wahrlich keine Grenzen!

Valandra stockte der Atem, als die Tür aufsprang und Ranulf wütend hereinstürmte. Wie ein zorniger Racheengel baute er sich vor ihr auf, während er die Tür mit einem heftigen Stiefeltritt zustieß.

»Was soll das?«, forderte er unwirsch zu wissen. Seine Augen funkelten wie frisch geschliffene Dolchklingen. »Seit wann bin ich dir Rechenschaft über meine Taten schuldig? Ob ich mich mit deiner Magd vergnüge oder nicht, geht dich nichts an!«

Valandra stemmte wütend die Hände in die Hüften und begegnete ihm mit demselben Zorn. »Irrtum, du Flegel! Es geht mich sehr wohl etwas an! Schließlich bin ich noch immer die Burgherrin, und ich dulde keine Herumhurerei! Weder bei dir noch bei meinen Untergebenen! Haben wir uns verstanden?«

»Herumhurerei?« Jeder, der Ranulf kannte, wusste, dass er in Deckung gehen sollte, wenn er diesen samtig weichen Ton anschlug. Ihre Worte hatten ihn getroffen, und Ranulf war kein Mann, der eine Beleidigung einfach hinnahm.

»Mal sehen, ob ich dich richtig verstanden habe. Es ist dir also egal, bei welcher Frau ich mein Vergnügen suche? Hauptsache, es geschieht nicht in deinem geliebten Heim? Kommt das in etwa hin?«

Nein! Lieber würde ich dir die Augen auskratzen!

Valandra reckte stolz das Kinn. »Haarscharf erfasst. Von mir aus kannst du mit allen Frauen in ganz Schottland schlafen, solange du es nicht unter meinem Dach tust.«

Ranulf trieb Valandra mit dem Instinkt eines angriffslustigen Raubtiers quer durch den Raum, bis sie mit dem Rücken an der Wand stand.

»Lügnerin!« Er stemmte seine Arme rechts und links von ihren Schultern gegen die Wand, um ihr jede Fluchtmöglichkeit zu vereiteln. »Wenn es dir tatsächlich so egal ist, weshalb führst du dich dann wie ein eifersüchtiges Eheweib auf?«

»Ich? Hast du den Verstand verloren? Alles, was ich von dir will, ist, dass du mich endlich in Ruhe lässt!« Valandra versuchte, unter Ranulfs linkem Arm hinwegzutauchen und seiner beunruhigenden Nähe zu entfliehen, doch er ließ es nicht zu.

»Dummerweise gibt es da ein kleines Problem.«

»Und das wäre?«

»Ich kann mich nicht von dir fern halten. Nicht, wenn du mich ständig in Versuchung führst.«

»Ich!«, rief Valandra aufrichtig empört. »Das habe ich noch nie getan!«

»Und ob! Du tust es ständig! Allein deine Gegenwart im selben Raum raubt mir die Ruhe. Dein sanfter Hüftschwung, deine Funken sprühenden Augen, wenn du wütend bist ...« Er beugte sich ein kleines Stück vor und roch beinahe sehnsüchtig an ihrem Haar. »Ich bin mir nie sicher, ob ich dich küssen oder erwürgen soll!«

Valandra sog scharf den Atem ein. Ihr war, als liebkoste Ranulf sie vom Kopf bis zu den Zehen, ohne sie dabei zu berühren. Die Hitze, die er ausstrahlte, und die Rauheit seiner Stimme sandte ihr prickelnde Schauer über den Rücken.

»Tu das nicht«, bat sie zitternd.

»Wie kannst du erwarten, dass unser nächtliches Treffen ohne Wirkung auf mich geblieben sein könnte? Verdammt, Valandra, du hast fast nackt vor mir gelegen ... Hältst du mich für einen Heiligen?«

Valandras Wangen röteten sich bei dieser Erinnerung. »Ich habe dich nicht um diese Massage gebeten«, gab sie trotzig zurück.

»Nein, zumindest nicht mit Worten. Aber du hast es mit deinen Augen getan. Glaubst du, ich spüre deine Blicke nicht? Du verschlingst mich ...«

»Du eingebildetes Scheusal! Das ist nicht wahr!«

»O doch, es ist wahr! So wie auch jetzt. Du bist wütend, und doch sehe ich dieselbe Sehnsucht, denselben leidenschaftlichen Hunger in deinem Gesicht, der auch mir nachts den Schlaf raubt.«

Valandra versuchte, Ranulf von sich zu schieben, doch er rückte nur noch näher. Er presste sie mit seinem Körper an die Wand und nahm ihre Beine zwischen seinen Schenkeln gefangen.

»Lass das! Gib mich augenblicklich frei«, befahl sie kleinlaut. »Und wage es ja nicht, mir die Schuld an deinen schlaflosen Nächten zu geben. Beschwere dich lieber bei den Mägden, die dich wach halten!«

Ranulf hätte ihr zu gern ins Gesicht gebrüllt, dass er noch kein einziges Mal sein Lager mit einer der Mägde geteilt hatte – wie sollte er auch, wenn sich alles in ihm nach ihr verzehrte?

Er wusste, dass sich die Mägde untereinander damit brüsteten, von ihm geliebt worden zu sein, doch seit er Valandra begegnet war, war sein Interesse an anderen Frauen erloschen. Er wollte nur sie, und es trieb ihn beinahe in den Wahnsinn, weil er sich ausgerechnet von ihr fern halten sollte.

»Du bestreitest es ja nicht einmal!« Wut, Enttäuschung und Schmerz sprachen aus den smaragdgrünen Tiefen ihrer Augen.

Ranulf hob fragend eine Augenbraue. »Würdest du mir denn glauben, wenn ich es täte?«

Ja!, schrie Valandras wundes Herz. »Nein, natürlich nicht«, zischte sie. Sie hasste seinen kalten Verstand, und noch mehr hasste sie sich selbst dafür, wie sie sich mit jeder Faser ihres Körpers danach sehnte, dass er die Liebeleien mit anderen Frauen abstritt. Sie würde ihm nur zu gern Glauben schenken. Alles war besser, als diesen verzehrenden Stachel der Eifersucht zu fühlen.

»Wenn du mir nicht glauben willst, muss ich es dir wohl beweisen! Ich habe bei keiner anderen Frau gelegen.« Ranulf nahm Valandras Hand und führte sie trotz ihrer Gegenwehr zwischen seine Schenkel.

Er war hart wie ein Fels.

»Großer Gott, bist du verrückt?«, schrie Valandra empört auf und entwand ihm ihre Hand. Sie errötete vom Kopf bis zu den Zehen. Hitze und Scham raubten ihr beinahe den Atem. Sie hatte nie zuvor diesen mysteriösen Körperteil eines Mannes berührt. Es war beängstigend und erregend zugleich.

Ranulf lachte gequält auf. »Glaubst du wirklich, ich müsste solche Pein leiden, wenn ich heute Morgen bei deiner Magd Erleichterung gesucht hätte?«

»Ich ... ich habe euch schließlich gesehen!«

Ranulf schüttelte den Kopf. »Nein, du hast zwar etwas gesehen, daraus jedoch die falschen Schlüsse gezogen. Wärst du nicht Hals über Kopf davongelaufen, hättest du miterlebt, wie ich Bells Angebot abgelehnt und sie aus meinem Gemach geschickt habe.«

Valandras Mund öffnete und schloss sich, ohne dass sie einen Laut von sich gab. Sie war zu schockiert, zu überrascht und zu erstaunt zugleich. Ihre Augen forschten in seinem Gesicht nach einem Anzeichen der Lüge – doch sie fand keine. Ihr Herz tat einen hoffnungsvollen Satz. War es wirklich möglich, dass er die Wahrheit sprach? Hatte er tatsächlich Bells Reizen widerstanden?

Nein, beharrte ihr Verstand. Oder vielleicht doch ...?

»Ich ...« Weiter kam sie nicht, denn urplötzlich zog Ranulf sie in seine starken Arme und versiegelte ihre Lippen mit all der Sehnsucht, die ihn nun schon so viele Tage und Nächte peinigte – seit jenem verhängnisvollen

Nachmittag, an dem er zum ersten Mal vom süßen Nektar ihrer Lippen gekostet hatte.

Er musste einfach wissen, ob ihre Reaktion auf ihn tatsächlich so überwältigend war, wie seine Träume ihn glauben machten – musste wissen, ob das sinnliche Begehren in ihren Augen wirklich ihm allein galt.

Valandra stockte der Atem. Sie hatte mit zornigen Worten oder weiteren Streitereien gerechnet, doch stattdessen küsste er sie mit einer beinahe verzweifelten Sehnsucht.

Es war herrlich, was er da mit ihrem Mund anstellte. Er plünderte ihn, erforschte ihn mit einer Wildheit, die sie schwindeln ließ. Gleichzeitig war es auch beschämend, wie leicht Ranulf ihre Leidenschaft wecken konnte. Ein glühender Blick, eine sanfte Berührung … und schon entfesselte er die Stürme ihrer Sehnsucht, denen sie machtlos ausgeliefert war.

Valandra schloss die Augen und wünschte sich, dass dieser Kuss niemals enden möge. Sie wünschte sich … ja, was eigentlich? Dass er sie für alle Zeiten in seinen Armen hielt? Dass er ihr seine Liebe gestand? Oder dass sie eine gemeinsame Zukunft hätten?

Der sengende Schmerz in ihrer Brust traf sie vollkommen unvorbereitet, denn plötzlich wurden ihr zwei Dinge bewusst. Sie liebte diesen mürrischen und zärtlichen Riesen, auch wenn sie sich während der vergangenen Stunden mit Händen und Füßen gegen diese Erkenntnis gewehrt hatte. Sie liebte ihn. Sie liebte ihn schon lange und aus tiefstem Herzen – aber er würde sie verlassen. Bald und unwiderruflich.

Valandras Kehle entwich ein leises Schluchzen.

Bleib bei mir! Geh nicht wieder fort, flehte ihr Herz, und die Heftigkeit dieses Wunsches versetzte sie in Angst und Schrecken, denn sie wusste, dass ihr Flehen ungehört blieb.

Ranulf würde sie verlassen. Er hatte nie einen Zweifel daran gelassen. Er hatte ihr nie irgendwelche Versprechungen gegeben. Es war nur eine Frage der Zeit, bis er aus ihrem Leben verschwinden und sie in der Trostlosigkeit des Alltags alleine zurücklassen würde.

»Nein!«, schluchzte sie verzweifelt an seinen Lippen. Sie wollte ihn wegstoßen, wollte ihm ins Gesicht schreien, dass er sie nicht so küssen durfte, wenn er sie ohnehin bald zu verlassen gedachte. Doch noch während ihr all diese Gedanken durch den Kopf schossen, erwiderte sie seinen Kuss bereits voller Sehnsucht. Wie von selbst schlangen sich ihre Arme um seinen Nacken, und ihre Finger glitten durch sein dichtes, vom Dampf feuchtes Haar, während sich ihr verräterischer Körper in schmerzlichem Verlangen an seine muskulöse Gestalt schmiegte.

»Valandra«, keuchte Ranulf rau. Er war hingerissen von ihrer Leidenschaft. Die Süße ihrer Lippen, die Wildheit ihres Kusses versetzte ihn in ein alles versengendes Fieber. Er hörte sein eigenes Blut durch die Adern pulsieren und wusste, dass er aufhören musste, bevor er die Beherrschung verlor. Doch er konnte nicht! Er brauchte Valandra, brauchte ihre Berührungen, ihre Leidenschaft, wie er die Luft zum Atmen brauchte. Er verzehrte sich danach, sie zu besitzen, ihre samtweiche Haut auf seiner zu spüren und sich tief in ihr zu verlieren.

Ranulfs Hände glitten gierig durch Valandras schwere Locken, während er sie Schritt für Schritt auf den kleinen Tisch zuschob, sie hochhob und darauf setzte. »Davon habe ich so viele Nächte geträumt«, raunte er in ihren Mund, während seine Finger geschickt die Verschnürung ihres Kleides lösten. Mit zitternden Händen schob er ihr das Kleid von den Schultern und entblößte ihre herrlich prallen Brüste, die von zarten, rosafarbenen Knospen gekrönt waren.

»Wie wunderschön du bist«, stöhnte er ehrerbietig und senkte den Kopf in das Tal ihrer sanften Hügel.

Valandra war hingerissen von den Gefühlen, die wie gewaltige Strudel in ihrem Körper pulsierten. Es war so köstlich, fühlte sich so herrlich und richtig an. Natürlich wusste sie, dass sie ihm Einhalt gebieten musste. Ihr Verstand protestierte aufs Heftigste, doch was zählte das schon, wenn sie solche Wonnen erleben durfte? Weshalb sollte sie sich dieses Glück versagen, wenn es doch nur von so kurzer Dauer war? Oh, das Leben war so ungerecht!

»Valandra?«

Es dauerte einige Zeit, bis Ranulfs Stimme durch den Nebel der Leidenschaft in ihr Bewusstsein drang.

»Du weinst ja!«, keuchte Ranulf erschrocken, als er die silbrigen Spuren auf ihren Wangen sah – stumme Zeugen ihrer Tränen, die ihm das Herz aus der Brust zu reißen drohten.

Bittere Schuldgefühle fraßen sich in seine Eingeweide. Was war er doch für ein rücksichtsloser Bastard! Wie konnte er nur vergessen, dass sie noch unberührt war? Seine ungezügelte Leidenschaft musste ihr schreckliche Angst eingeflößt haben.

»Verzeih mir«, bat er rau. »Das habe ich nicht gewollt. Sieh mich an, Liebes.«

Mit einer Zärtlichkeit, die ihm selbst fremd war, strich er Valandras Tränen fort. »Ich wollte dir nicht wehtun.«

Ranulf stockte der Atem, als Valandra zu ihm aufblickte. Die smaragdgrünen Augen waren ein einziger Quell des Begehrens – und des Kummers.

Valandra wandte peinlich berührt das Gesicht ab und zog das Kleid vor der Brust zusammen. Sie hatte nicht bemerkt, dass sie weinte, hatte geglaubt, ihren Kummer tief in ihrem Herzen begraben zu haben, dort, wo nur sie ihn finden konnte.

Ranulf nahm ihr Gesicht zwischen seine großen Hände und zwang sie, ihn anzusehen. »Nie und zu keiner Zeit wollte ich dir wehtun, Liebes. Das musst du mir glauben.«

Valandra bemühte sich tapfer um ein kleines Lächeln. »Das hast du auch nicht. Aber du wirst es tun. Sehr bald schon.«

Ranulf erstarrte. Er war zu bestürzt, um etwas sagen zu können, denn er wusste instinktiv, dass Valandras Worte nicht seinen leidenschaftlichen Angriff meinten. Sie sprach von Abschied, das konnte er deutlich in ihrem Blick lesen. Und er sah noch mehr. In ihren wunderschönen Augen spiegelte sich tiefe Zuneigung, Sehnsucht und gleichzeitig auch eine stille Resignation, die ihm den Atem raubte. Sie würde ihn nicht zurückhalten.

»Ich kann nicht auf Walkmoor Castle bleiben«, flüsterte Ranulf rau, unfähig, ihr die näheren Gründe zu nennen.

Valandra betrachtete sein geliebtes Gesicht, versuchte sich jeden seiner stolzen Züge einzuprägen, und plötzlich fasste ihr Herz einen Beschluss.

Eines Tages würde Ranulf fortgehen. Er würde sie verlassen, doch nicht heute, nicht jetzt. Die Zeit, die ihnen noch gemeinsam vergönnt war, wollte sie nicht durch Tränen oder Streit vergeuden. Für ihre Trauer wäre später noch Zeit, jetzt wollte sie sich der herrlichen Illusion eines möglichen Glücks hingeben.

Sie legte ihre feingliedrigen Hände auf Ranulfs Wangen und zog sein Gesicht nah an ihre Lippen. »Lass uns nicht von Abschied reden. Noch ist diese Zeit nicht gekommen.«

Ranulf zögerte, doch als Valandras Lippen seine streiften, erwiderte er ihren Kuss mit einer Leidenschaft, die an Verzweiflung grenzte. Nein, auch er wollte nicht an Abschied denken. Eigentlich wollte er gar nicht mehr denken, denn alles, was er sich während der letzten Tage ersehnt hatte, lag gerade jetzt in seinen Armen.

Sie saß noch immer vor ihm auf dem Tisch. Das Oberteil ihres Kleides bauschte sich verführerisch um ihre schlanke Taille und entblößte die Schönheit ihrer Brüste. Wenn dieser Anblick nicht genügt hätte, um sein erhitztes Blut mit aller Macht wieder in Wallung zu bringen, dann gelang es der süßen Wildheit ihres Kusses. Ranulf warf alle Bedenken über Bord und ergab sich seiner eigenen Leidenschaft.

Valandras Hände glitten gierig unter Ranulfs Leinenhemd. Wie stark und heiß er sich anfühlte! Sie spürte seine Anspannung, seine Erregung, als er ihre Beine sanft auseinander schob, um ihr näher zu sein.

Seine Finger gruben sich begierig in das weiche Fleisch ihrer vollen Brüste, und Valandra keuchte erschaudernd auf, als sein heißer Mund sich um eine ihrer empfindsamen Knospen schloss. Glühende Blitze durchzuckten ihren Körper und verwandelten ihr Blut in einen gleißenden Strom. Sie fühlte, wie ihre Brüste Ranulf entgegen strebten, fühlte, wie sie bei jeder seiner Berührungen nach mehr verlangten. Oh, es war herrlich, das Leben wie einen pulsierenden Herzschlag in sich zu spüren.

Ranulf stand in Flammen. Er war sich sicher, noch nie etwas Schöneres gesehen zu haben als Valandra, die sich hemmungslos ihrer Lust hingab. Sie war so unendlich schön. Ihre Haut war zart und seidig, ihre Brüste vollendet in ihrer Form und Fülle, und das herzförmige Muttermal über ihrem linken Busen raubte ihm beinahe den Verstand. Er wollte mehr, brauchte mehr. In wilder Hast zog er sich das Hemd über den Kopf. Er musste ihre Haut auf seiner spüren, wollte fühlen, wie sich ihre Brüste an sein erregtes Fleisch pressten.

Seine Hände glitten begehrlich über Valandras Rippenbogen und zwangen sie mit sanfter Gewalt zurück, bis sie vor ihm auf dem Tisch lag.

Keinen Herzschlag später spannte sich sein mächtiger Oberkörper wie ein Bogen über sie, und während er mit Lippen, Zähnen und Zunge ihre Brüste erforschte, glitten seine Finger zielstrebig unter ihren Rock.

Valandra stöhnte auf, als sie plötzlich Ranulfs kundige Hände auf ihren nackten Schenkeln spürte. Er knetete, massierte sie und ließ sie in kreisenden Bewegungen immer höher gleiten. Unaufhaltsam, erregend und irgendwie beängstigend in ihrer Entschlossenheit.

Ranulf gelang es kaum noch, seine Leidenschaft zu bezähmen. Er wusste, dass er langsam vorgehen musste, doch er war mit seiner Selbstbeherrschung am Ende. Er konnte nicht länger warten, konnte diese süße Folter keine Sekunde länger ertragen. Seine Hände glitten über Valandras samtweiche Schenkel hinauf zu ihren schlanken Hüften und gruben sich dort gierig in ihr weiches Fleisch.

»Lass mich dich lieben, Valandra«, bat er rau. »Ich

kann nicht länger warten. Sag, dass du mich ebenso willst wie ich dich!«

Valandra schrie vor Wonne auf, als Ranulf ihre Hüften packte und sie beinahe grob an seine vollständig erregte Lanze zog. Hitze und Glut schienen in ihrem Schoß zu explodieren. Die Intimität dieser Berührung raubte ihr den Atem. Selbst durch den dicken Stoff seiner Beinkleider konnte sie das heiße Pulsieren seiner Härte spüren. Es war verlockender und erregender als alles, was sie jemals erlebt hatte. Ranulf rieb sich an ihr, presste sich an ihre Pforte, bis sie sich ihm hilflos entgegenbäumte. Gleißende Blitze zuckten hinter ihren geschlossenen Augenliedern, als ihre Leidenschaft immer drängender, immer wilder wurde. Ja, sie wollte ihn! Sie brauchte ihn.

»Ranulf!«, schrie sie ängstlich auf. Die wilden Gefühle drohten sie hinwegzuspülen. Nur seine breiten Schultern schienen ihr in diesem Wahnsinn noch Halt zu versprechen, und sie klammerte sich fest an ihn.

»Verdammt«, fluchte Ranulf keuchend und trat eilig einen Schritt zurück. Eine weitere Fluchsalve folgte, diesmal auf Französisch. Seine Lenden verkrampften sich schmerzlich vor ungestilltem Verlangen, und er wünschte Kasim auf schnellstem Weg zur Hölle. Ranulf blickte voller Bedauern auf Valandra nieder. Himmel noch mal, Kasims Zeitgefühl war wirklich miserabel gewählt. Hätte er nicht noch einige Minuten warten können? Nur so lange, bis …

Endlich drang das laute Klopfen an der Tür auch in Valandras Bewusstsein, und sie schrak wie unter einem Peitschenhieb zusammen.

»Großer Gott«, keuchte sie entsetzt. Sie hüpfte vom Tisch und richtete hektisch ihre Kleider.

»Lady Valandra, seid Ihr da drin?«

Kasims Stimme klang gedämpft ins Innere des kleinen Raumes.

»Ich bring den Kerl um«, knurrte Ranulf wütend. Sein Blick war noch immer auf Valandra gerichtet. Er schien etwas sagen zu wollen, überlegte es sich jedoch anders und machte Anstalten, die Tür zu öffnen.

Valandra versperrte ihm eilig den Weg. »Bist du verrückt? Er darf uns hier keinesfalls zusammen antreffen.«

»Glaub mir, er weiß es. Kasims Augen entgeht nichts.«

Valandras Wangen röteten sich vor Scham. Dennoch bestand sie darauf, dass Ranulf sich hinter der Tür verbarg, während sie diese öffnete.

»Ist etwas geschehen, Kasim?«

Seine Augen glitten prüfend über ihre Erscheinung. In seinem Blick lag weder Verurteilung noch Verachtung; viel mehr schien er sich vergewissern zu wollen, dass sie wohlauf war.

»Euer Hauptmann, Owen, sucht nach Euch. Die Wachposten haben einen Reitertrupp gesichtet, der sich Walkmoor Castle nähert.«

Valandras Verstand nahm nur zögernd seine Arbeit auf. Ihr Körper schmerzte und fühlte sich sonderbar wund und ausgehungert an.

»Mein Vater?« Sie hatte diese Frage schon so oft gestellt, dass sie ganz automatisch über ihre Lippen kam. Diesmal erfüllte sie sie jedoch nicht mit hoffnungsvoller Freude, sondern mit Furcht. So sehr sie sich auch nach der Heimkehr ihres Vaters sehnte, sie wollte Ranulf nicht verlieren.

»Nein, es ist nicht Euer Vater. Owen nannte den Anführer McGregor.«

»Ich verstehe.« Sie hätte es niemals für möglich gehalten, bei der Erwähnung dieses verhassten Namens Erleichterung zu verspüren.

»Ich komme gleich.«

Mit einem letzten, bedauernden Blick auf Ranulf, der mit vor der Brust verschränkten Armen und geschlossenen Augen an der Wand lehnte, schlüpfte sie aus dem Waschhäuschen und ließ sich von Kasim zu Owen begleiten.

Fünfzehntes Kapitel

Valandra stand an der Brustwehr und sog die kalte Luft tief in ihre Lungen. Es roch nach Regen, und am Himmel zogen sich bedrohlich schwarze Wolkenbänke zusammen. Das dumpfe Donnergrollen ließ die Burgmauern erbeben und kündete davon, dass der Sturm bald losbrechen würde.

Valandra presste missmutig die Lippen aufeinander. Der herannahende Reitertrupp bestand aus etwa dreißig Kriegern. Sie trugen die rot-grün karierten Kilts und Plaids des McGregor-Clans, und obwohl sie auf Brustharnische und schwere Bewaffnung verzichtet hatten, wirkten sie überaus bedrohlich in ihrer Entschlossenheit.

»Er ist es tatsächlich«, bestätigte Valandra leise. »Dieser Kerl weiß einfach nicht, wann er aufgeben soll.«

»Wer ist das?«

Valandra versteifte sich unwillkürlich, als sie Ranulfs tiefe, melodiöse Stimme dicht hinter sich vernahm. Anscheinend hatte er nur wenige Augenblicke im Waschhäuschen ausgeharrt und war ihr dann auf die Brustwehr gefolgt.

Nun trat er neben sie und blickte den Ankömmlingen neugierig entgegen.

Wie vertraut mir sein geliebtes Gesicht plötzlich ist, dachte Valandra und spürte, wie eine sanfte Wärme ihr Herz umfing.

Sie sog seinen Anblick tief in sich auf. Weder ihr Körper noch ihre Seele hatten sich von seinem leidenschaftlichen Angriff auf ihre Sinne erholt. Ihr war, als könnte sie noch immer seine Arme um sich spüren. Als verwöhnten seine kräftigen, sehnigen Finger noch immer ihre Brüste und als glitte sein fordernder Mund über ihre bebende Haut …

Valandra! Um Himmels willen, reiß dich zusammen, schalt sie sich, während ein zarter Rosaschimmer ihre Wangen überzog. *Dies ist beileibe nicht der richtige Zeitpunkt, um über solche Dinge nachzudenken. Nimm dir ein Beispiel an Ranulf. Er wirkt so kühl und beherrscht wie immer.*

Valandra zwang sich, ihre Gefühle ebenfalls zu verschließen und die Geschehnisse im Waschhäuschen zu verdrängen.

Sie betrachtete Ranulf verstohlen und fühlte tiefe Erleichterung darüber, dass er an ihrer Seite stand. Zumindest musste sie sich heute nicht allein mit ihrem machthungrigen Nachbarn auseinander setzen.

»Das ist McGregor!«, antwortete sie schließlich und erkannte voller Stolz, dass ihre Stimme fest und ruhig klang.

»Aye, dieser alte Bastard«, mischte sich Owen ein. »Er ist hier, um sich Walkmoor Castle unter den Nagel zu reißen.«

»Die Lords aus der Nachbarschaft sind überzeugt, mein Vater sei in Ägypten gefallen, und nun buhlen sie um die Gunst des Königs, auf dass er ihnen Walkmoor mit all seinen Besitzungen zuspreche«, erklärte Valandra. »McGregor ist der Schlimmste von allen. Er will sich nicht damit zufrieden geben, auf die Entscheidung des Königs zu warten, sondern versucht mit aller Gewalt einzufordern, was seiner Meinung nach längst ihm gehört.« Valandra schüttelte den Kopf. »Vor einigen Monaten war ich so dumm, ihm unsere Gastfreundschaft anzubieten. Als Dank versuchte er dann eines Nachts, Eleanora zu entführen, um durch eine erzwungene Heirat in den Besitz meines Heimes zu gelangen.«

»Ich verstehe.« Ranulfs Augen hefteten sich auf den Anführer, und bitterer Groll erwachte in seiner Brust. Diesem Hundesohn hatte er es also zu verdanken, dass er gezwungen war, hier auszuharren und die Qualen der Hölle zu ertragen.

Owen knackte mit den Fingern, eine Unart, die er immer dann vollführte, wenn er sich auf einen Kampf einstellte. »Dieser Bastard ist so hartnäckig wie ein Wildschwein und ebenso unberechenbar. Sollen wir ihn mit einer Salve Pfeile begrüßen? Die Bogenschützen stehen bereit.«

»Nein, im Gegenteil«, verkündete Ranulf ruhig. »Wir werden ihm die Burgtore öffnen.«

Als Valandra aufbegehren wollte, hob er beruhigend die Hand. Ein flüchtiges Lächeln umspielte seine Lippen.

»Vertraut mir! Wir werden den Kerl zuerst in Sicherheit wiegen, um ihm dann mit voller Härte zu verdeutlichen, dass Walkmoor Castle für ihn unerreichbar bleibt. Haltet ihn einige Minuten hin, damit er keinen Verdacht schöpft. Auf mein Zeichen hin könnt ihr ihn einlassen.«

Mit diesen Worten verschwand er und ließ Valandra und Owen allein zurück.

»Haltet Ihr das für klug?«, erkundigte sich Owen mürrisch. »Wenn Ihr mich fragt, sollten wir den Kerl mit dem Anblick unserer Übermacht in die Flucht schlagen. Mir ist nicht wohl bei dem Gedanken, dem Kerl erneut Einlass in die Burg zu gewähren.«

Offensichtlich war Ranulf anderer Meinung. Valandra beobachtete besorgt, wie er seine Männer von ihren Posten abzog. Was hatte er vor? Wollte er bei McGregor den Eindruck erwecken, leichtes Spiel zu haben?

Wollte er gar einen Kampf innerhalb der Burgmauern heraufbeschwören?

Valandra erschauderte beim bloßen Gedanken an ein mögliches Blutvergießen.

Dennoch erklärte sie Owen: »Ich bin sicher, Lord Ranulf weiß, was er tut.«

McGregor war nun auf Rufweite herangeritten und löste sich von seinem Reitertrupp, um dicht vor dem Tor seinen Hengst zu zügeln.

»Lady Valandra, ich bin hier, um Euch meinen Beistand anzubieten! Die Gesetzlosen werden immer dreister. Sie schrecken nicht einmal mehr davor zurück, Burgen anzugreifen. Als guter Nachbar sehe ich mich verpflichtet, Euch zu Hilfe zu eilen.«

Valandra spürte bitteren Groll in sich aufsteigen. Für wie dumm hielt dieser Kerl sie eigentlich? Glaubte er tatsächlich, sie fiele auf ein so fadenscheiniges Angebot herein? Die Gesetzlosen trieben seit vielen Monaten ihr Unwesen, doch einer Burg wie Walkmoor Castle konnten sie nichts anhaben. Dazu fehlte es ihnen sowohl an Waffen als auch an List.

Valandra beugte sich weiter über die Mauer und rief gegen den anschwellenden Wind: »Meine Späher haben nichts von Übergriffen auf Nachbarburgen berichtet! Ihr müsst Euch irren. Ich bin sicher, Walkmoor Castle ist nicht in Gefahr!«

McGregor beschirmte die Augen mit der Hand, um sie besser erkennen zu können, und wechselte seine Taktik.

»Ich weiß, Ihr habt keinen Grund, mir zu vertrauen. Mein Benehmen bei unserem letzten Zusammentreffen war abscheulich, und ich bitte Euch dafür um Vergebung. Das ist auch der Grund, weshalb ich nach diesen beunruhigenden Nachrichten über die Gesetzlosen keine Zeit verloren habe und auf schnellstem Wege hierher geritten bin. Ich möchte Wiedergutmachung leisten und Euch beweisen, dass ich Euer Freund bin.«

Valandra hielt sich an Ranulfs Anweisung und ließ McGregor noch einige Minuten zappeln.

Erst als auch der letzte von Ranulfs Kriegern außer Sicht war, hob dieser den Arm und gab ihr zu verstehen, dass alles vorbereitet sei. Sekunden später war er ebenfalls durch eine der zahlreichen Türen im Hof verschwunden.

Valandra sandte mit klopfendem Herzen ein Stoßgebet gen Himmel und flehte darum, dass es kein Blutvergießen geben werde. Anschließend befahl sie mit fester Stimme: »Torwachen! Lasst die Zugbrücke herunter. Lord McGregor ist unser Gast!«

Sie stieg rasch in den Hof hinunter und erwartete die ungebetenen Gäste auf der obersten Treppe zum Wohntrakt.

Mit geräuschvollem Rattern und Klirren gaben die schweren Ketten nach, und die Zugbrücke senkte sich. Sogleich ertönte lautes Hufgeklapper, das von den hohen Burgmauern widerhallte.

Valandra zwang sich, den Blick auf die hereinströmenden Reiter zu richten und nicht nach Ranulf Ausschau zu halten. Sie hätte sich wesentlich sicherer gefühlt, wenn er jetzt neben ihr stünde.

Die Selbstzufriedenheit stand McGregor deutlich ins Gesicht geschrieben, als er vor ihr seinen Hengst zügelte, aus dem Sattel glitt und die Zügel achtlos einem Stallburschen zuwarf.

»Lady Valandra, ich bin erfreut, dass Ihr mich diesmal nicht bis an die Zähne bewaffnet empfangt. Das Kleid steht Euch wesentlich besser als diese unansehnliche Rüstung.«

»Es freut mich, Euer Wohlgefallen zu finden«, gab Valandra kühl zurück und entzog ihm die Hand, die er gerade küssen wollte.

Für einen Sekundenbruchteil glommen kalte Wut und eine deutliche Warnung in McGregors silberblauen Augen auf, und Valandra war regelrecht erschüttert, wie sein durchaus attraktives Erscheinungsbild durch seinen üblen Charakter entstellt wurde. McGregor war zwar von eher durchschnittlichem Wuchs, doch die breiten Schultern und die kräftigen Arme machten diesen Mangel mehr als wett. Sein rotblondes Haar war von silbrigen Strähnen durchzogen, die darauf hinwiesen, dass er den Zenit seines Lebens bereits überschritten hatte. Er trug den kurzen Kilt des Clanoberhauptes und ließ keinen Zweifel daran, dass er ein geborener Anführer war, der es gewohnt war zu nehmen, was immer ihm gefiel. Er war unbestritten ein gut aussehender Mann, und es wunderte Valandra keineswegs, dass ihre Stiefmutter sehr angetan von ihm war. Wenn es seinen Zielen diente, konnte McGregor ungemein charmant sein.

Dennoch vermochte sein gutes Aussehen nicht über die Grausamkeit hinwegzutäuschen, die in seinen silberblauen Augen durchschien.

Valandras Vater pflegte immer zu sagen: »McGregor ist wie der Biss einer Viper – grausam und tödlich. Der Unterschied liegt nur darin, dass die Schlange tötet, um zu überleben. McGregor hingegen tötet und verstümmelt, weil es ihm Lust bereitet.«

Valandra schauderte innerlich. Dieser Mann führte irgendetwas im Schilde, das konnte sie bis in den hintersten Winkel ihres Seins fühlen.

Unter Owens aufmerksamen Augen und gefolgt von den Lamont-Kriegern führte Valandra die Neuankömmlinge in die große Halle, um ihnen eine Erfrischung anzubieten – ganz so, wie es die Gastfreundschaft gebot. Die Tradition verlangte ebenfalls, dass ein adeliger Gast am Familientisch verköstigt wurde.

Nur widerwillig ließ Valandra McGregor diese Ehre zuteil werden und führte ihn zu der erhöhten Plattform. Doch als sie ihm einen Platz weit entfernt vom Lordstuhl anbot, hob ein boshaftes Lächeln seine Mundwinkel. Er ignorierte den ihm zugewiesenen Platz und sank stattdessen auf den Lordstuhl, wobei er lässig ein Bein über die Armlehne hängen ließ.

Augenblicklich drohte die Anspannung im Saal zu eskalieren. Niemand außer dem Burgherrn besaß das Recht, auf diesem thronähnlichen Hochstuhl Platz zu nehmen. Die Lamont-Krieger griffen ob dieser derben Beleidigung zu den Waffen, was McGregor mit einem höhnischen Lächeln zur Kenntnis nahm. Nur mit Mühe gelang es Valandra, die Situation wieder unter Kontrolle zu bringen.

Sie wünschte sich wirklich, dass Ranulf auf dieses Versteckspiel verzichten möge und sich endlich zu erkennen gäbe. Er würde diesen Bastard in seine Schranken weisen. Im nächsten Augenblick schalt sie sich eine verweichlichte Närrin. Was sollte dieses Zögern? Seit wann überließ sie die Verantwortung so bereitwillig einem anderen? Sie hatte vor Ranulfs Ankunft monatelang allein die Burg verteidigt und war mit wesentlich größeren Schwierigkeiten allein zurechtgekommen.

»So zeigt Ihr also Euer Bestreben nach Freundschaft? Indem Ihr den Lordsitz entweiht?«, erkundigte sich Valandra kühl.

McGregor zog einen kleinen Dolch aus seinem Stiefel und säuberte sich angelegentlich die Fingernägel damit. »Ehrlich gestanden bin ich erstaunt, dass Ihr mich tatsächlich eingelassen habt. Ich hätte mit größerem Widerstand gerechnet. Bisher wart Ihr nicht sehr entgegenkommend.«

Valandra schluckte ihren Ärger mühsam hinunter. Sie setzte sich ebenfalls und erklärte frostig: »Ich wollte Euch die Mühe ersparen, nachts über meine Burgmauern klettern zu müssen.«

»Ah, Lady Valandra, Euer Misstrauen kränkt mich«, höhnte McGregor und prostete ihr amüsiert zu.

Valandra beobachtete die Krieger, die sich über die Tische hinweg anstarrten. In der Halle lag ein angespanntes Schweigen, und die Feindseligkeit war beinahe greifbar.

»Ich bezweifle, dass Euch irgendetwas kränken könnte. Aber nun zum Wesentlichen. Was wollt Ihr wirklich?«

»Das sagte ich bereits. Ich bin hier, um Euch vor üblen Banditen und Gesetzlosen zu beschützen.«

Er blickte sich wohlwollend in der sauberen Halle um und nahm die teuren Wandteppiche und den goldenen Zierrat wahr. »Hier hat sich einiges verändert. Habt Ihr einen vergrabenen Familienschatz gefunden, oder woher stammen all diese Reichtümer?«

Valandra blieb ihm eine Antwort schuldig und schürte damit sein cholerisches Temperament. Seine Reaktion folgte augenblicklich. Wütend rammte er die Dolchspitze in die Tischplatte, packte ihr Handgelenk und beugte sich bedrohlich vor. »Antwortet! Ich habe Euch etwas gefragt!«

»Das hat Euch aber nicht zu kümmern!«

McGregors silberblaue Augen funkelten warnend und jagten Valandra einen eisigen Schauer über den Rücken. Sein Griff war schmerzhaft, doch sie ließ sich nichts anmerken und gab ihren besorgten Männern das Zeichen, die Schwerter wieder einzustecken.

McGregors Absicht war offensichtlich. Er versuchte mit allen Mitteln, einen Kampf heraufzubeschwören, doch das würde sie nicht zulassen. Keinen einzigen ihrer Männer würde sie ihm opfern.

Mit einer Ruhe, die sie selbst erstaunte, ließ sie die freie Hand unter den Tisch gleiten und tastete unauffällig am Tischblatt entlang, bis sie fand, wonach sie suchte.

»Ihr solltet mich nicht zu Eurem Feind machen!«, schnaubte McGregor.

»Soweit ich weiß, sind wir seit Generationen Feinde«, entgegnete sie kühn. »Weshalb sollten wir uns etwas vorspielen? Und jetzt würde ich vorschlagen, Ihr nehmt Eure Hände von mir, oder …«

Sein Griff verstärkte sich, und Valandra fürchtete, er werde ihr gleich das Handgelenk brechen.

»Oder was? Glaubt Ihr wirklich, Ihr könntet mir drohen?«

Valandras Hand schnellte vor. »Ich nicht … Aber was meint Ihr zu einem doppelschneidigen Schwert, das gerade zwischen Eure Beine zielt?«

McGregor erblasste, während er ungläubig auf die polierte Schwertspitze hinunterblickte, die sich unter dem Tisch auf ihn richtete. Sie verharrte nur wenige Millimeter von seinen Lenden entfernt.

»Wenn Ihr auch nur einen Funken Verstand besitzt, lasst Ihr mich augenblicklich los. Ansonsten werde ich von der Waffe Gebrauch machen.« Sie ließ keinen Zweifel daran, dass es ihr ernst war.

McGregor gab sie frei und lehnte sich mit einem aufgesetzten Grinsen in seinem Stuhl zurück. »Das war doch nur ein Scherz. Behandelt Ihr alle Gäste so unfreundlich?«

»Nur jene, die nicht wissen, wie sie sich zu benehmen haben.« Valandra zog das Schwer zurück und legte es sich vorsichtshalber über die Knie.

Die Kälte in McGregors Augen wich der Belustigung, und er lachte lauthals auf. »Teufel, ich habe Euch unterschätzt! Ihr besitzt mehr Mut, als Euch gut tut. Mein Aufenthalt hier wird bestimmt interessant werden.« Er lehnte sich erneut vor und bedachte Valandra mit Neugier. »Es wird mir ein Vergnügen sein, Eure scharfe Zunge zu zähmen.«

»Dafür werdet Ihr nicht lange genug in meinem Heim verweilen.«

»Das bleibt abzuwarten«, lachte McGregor, und Valandra fröstelte unwillkürlich, als sie die Gier in seinen Augen sah.

»Wo sind eigentlich Lady Eleanora und ihre liebreizende Tochter? Ich bin erstaunt, dass sie mich noch nicht begrüßt haben«, wechselte er abrupt das Thema.

Valandra blickte sich ebenfalls um. Es war in der Tat erstaunlich, dass Eleanora noch nicht erschienen war. Sie brannte doch sicher darauf, diesen Mistkerl wieder zu sehen.

»Keine Ahnung. Vermutlich haben sie das Interesse an Euch bereits verloren.«

»Bestimmt nicht«, widersprach McGregor selbstsicher. »Aber zumindest bleibt uns so die Zeit, Konversation zu führen. Was haltet Ihr von Eurem Vater als Thema?«

Valandra bedachte ihn mit einem zuckersüßen Lächeln. »Gewiss doch. Ihr werdet erfreut sein zu hören, dass wir ihn jeden Tag zurückerwarten.«

McGregor schnippte einen imaginären Fussel von seinem Plaid. »Das wage ich zu bezweifeln. Euer Vater ist tot, das könnt Ihr drehen und wenden, wie Ihr wollt. Beleidigt also nicht meinen Verstand, indem Ihr mir Lügenmärchen auftischt, nur um Zeit zu gewinnen.«

Valandra zuckte gleichmütig mit den Schultern. »Glaubt, was Ihr wollt. Aber mein Vater befindet sich bereits auf dem Heimweg.«

McGregor knallte wütend die Faust auf den Tisch und machte seinem cholerischen Temperament erneut alle Ehre. »Hört endlich auf mit diesem Theater!« Valandras Unverfrorenheit reizte ihn bis aufs Blut. Er war es gewohnt, dass Frauen vor ihm zitterten, dass ihre Augen von Furcht erfüllt waren und sie ihn auf Knien um Gnade anbettelten. Dieses Weibsbild hingegen begegnete ihm mit einer kühlen Distanziertheit, die er kaum ertragen konnte. Entweder war sie tatsächlich ausgesprochen mutig oder schlichtweg verrückt!

»Lügen! Die ganze Nachbarschaft spricht vom Tod Eures Vaters und spekuliert bereits, wer wohl der nächste Herr von Walkmoor wird!«

Valandra verschränkte die Arme vor der Brust, um ihr Zittern zu verbergen. Dieser McGregor war in der Tat ein Angst einflößender Kerl. Dennoch nahm sie all ihren Mut zusammen und hielt seinem eisigen Blick mit hoch gezogener Augenbraue stand. Im selben Moment wurde ihr bewusst, dass dies eine von Ranulfs Angewohnheiten war, mit der er sie oft zur Weißglut trieb.

»Damit sind wir wohl beim alten Thema angelangt. Wollt Ihr wieder Leichen fleddern, wo es gar keine gibt?«

McGregor sprang wütend auf. »Ich will nur sichern, was mir zusteht! Das ist fürwahr kein Verbrechen! Ich habe nie einen Hehl daraus gemacht, dass ich Eure Stiefmutter sehr schätze.«

Valandra sprang ebenfalls auf, wobei ihr das Schwert von den Beinen glitt und laut scheppernd zu Boden fiel. »Ihr schätzt lediglich, was Eleanora für Euch darstellt! Ihr wollt sie benutzen, um Walkmoor Castle an Euch zu reißen, doch das werde ich zu verhindern wissen! Das schwöre ich Euch!«

McGregor kam wie ein angriffslustiges Raubtier um den Tisch herum und fragte bedrohlich: »Ach ja, und wie wollt Ihr das verhindern? Glaubt Ihr tatsächlich, dieser jämmerliche Haufen von Lamont-Kriegern könnte es mit meinen Männern aufnehmen? Ihr unterschätzt mich bei weitem. Ich bin kein Mann, der sich von seinen Zielen abbringen lässt. Walkmoor wird in den Besitz der McGregors gelangen, wie es seit jeher vorgesehen war, und niemand wird mich daran hindern!«

»Irrtum!«, donnerte plötzlich Ranulfs dunkle Stimme durch die Halle. »Wenn Ihr Walkmoor wollt, müsst Ihr zuerst an mir und meinen Männern vorbeikommen.« Ein allgemeines Aufatmen ging durch die Reihen der Lamont-Krieger, während McGregors Männer zunehmend unruhiger wurden, als immer mehr Soldaten aus dunklen Nischen und angrenzenden Türen in die Halle strömten und die Eindringlinge umzingelten. Ranulf hätte seine Übermacht nicht deutlicher unter Beweis stellen können.

Ranulf stieß sich lässig mit der Schulter von der Wand ab und kam auf die erhöhte Plattform zugeschlendert.

Sein Gesicht wirkte vollkommen emotionslos und ließ

nichts von dem heißen Zorn erkennen, der hinter seiner kühlen Fassade brodelte.

Dieses Schwein hatte es gewagt, Valandra anzufassen. Er hatte ihr wehgetan, das hatte er selbst aus der Entfernung erkennen können. Es hatte seiner ganzen Willenskraft – und Kasims eisernem Griff – bedurft, damit er nicht sofort durch den Raum gestürmt war und diesem Mistkerl die Zähne in den Rachen geschlagen hatte.

Ranulfs Stimme klang wie das Klirren eines Eisberges, als er erklärte: »Tretet augenblicklich von Lady Valandra zurück, oder Ihr werdet schneller zur Hölle fahren, als Ihr das Wort aussprechen könnt.«

Valandra wäre Ranulf vor Erleichterung am liebsten um den Hals gefallen. Endlich fand diese Tortur ein Ende.

Ihre Augen sogen sich an ihm fest, und leiser Stolz erfüllte ihre Brust. Wie stattlich und eindrucksvoll er doch aussah. Er bewegte sich mit gemessenen Schritten zielstrebig auf das Podest zu und strahlte dabei eine Selbstsicherheit und Macht aus, die keinem im Raum verborgen blieb. Auch McGregor nicht.

Es dauerte eine Weile, bis er sich von Ranulfs Anblick erholt hatte und ihm mit zorngerötetem Gesicht entgegenschrie: »Wer, zum Teufel, seid Ihr?«

Valandra unterdrückte ein zufriedenes Lächeln, als sie den bitteren Vorwurf aus McGregors Worten heraushörte. Die Genugtuung, seine Pläne durchkreuzt zu haben, schmeckte wie süßer Honig auf ihrer Zunge.

In dem plötzlichen Bedürfnis, Ranulf nahe zu sein, stieg sie die zwei Stufen von der Plattform hinunter und stellte sich dicht neben ihn. Nach diesen unendlichen Minuten der Anspannung und Furcht sehnte sie sich geradezu nach dem Gefühl der Sicherheit, das sie in seiner Gegenwart verspürte.

Sie hob triumphierend den Kopf und verkündete: »Darf ich vorstellen? Das ist Lord Ranulf de Bretaux! Er hat in Ägypten an der Seite meines Vaters gekämpft und den beschwerlichen Weg hierher auf sich genommen, um uns Nachricht vom Verbleib meines Vaters zu bringen.«

Obwohl McGregor auf der obersten Stufe zur Plattform stand, war er gezwungen, zu Ranulf aufzusehen – ein Umstand, der ihm offensichtlich sehr missfiel.

Die beiden Männer nickten einander frostig zu.

»Aus Ägypten, ja?«

»*Oui.* Ich bin hier, um Walkmoor Castle zu sichern, bis Lord Lamont aus seinen Diensten entlassen wird und sich wieder selbst um seinen Besitz kümmern kann.«

McGregors zornerfüllter Blick traf Valandra, und sie rückte instinktiv näher an Ranulf heran.

»Und diesen Unsinn glaubt Ihr ihm? Der alte Lamont ist ein misstrauischer Hund. Er würde bestimmt keinen Wildfremden damit beauftragen, sein Heim und seine Familie zu schützen.«

»Ihr kennt meinen Vater. Er geht oft seltsame Wege, doch seine Menschenkenntnis ist unumstritten. Er sieht in Lord Ranulf einen ehrenwerten und vertrauenswürdigen Freund. In Euch hingegen hat er von Anfang an den machtgierigen Feind erkannt.«

McGregors Blick konnte bestenfalls als mörderisch bezeichnet werden. Er rang um seine Beherrschung. Bestimmt hätte er es vorgezogen, seinem Zorn freien Lauf zu lassen, indem er wild brüllend Bänke und Tische umgeworfen hätte.

»Wer sagt, dass dieser Lord tatsächlich von Eurem

Vater gesandt wurde? Ihr könntet ihn ebenso gut selbst angeheuert haben.« Sein Lächeln wurde boshaft, ganz so, als wäre er einer Tatsache auf den Grund gekommen, die er als einzige Wahrheit anerkannte. »Wir wissen beide, dass Ihr den Tod Eures Vaters nicht wahrhaben wollt. Ihr genießt es, die Burgherrin zu spielen. Ihr genießt die neu entdeckte Freiheit, die eigentlich keiner Frau zuteil werden dürfte. Und da der König sich bald persönlich dieses Falls annehmen wird, habt Ihr zu dieser List gegriffen, nur um Zeit zu schinden.«

Valandra hob stolz den Kopf. »Ich besitze Schriftstücke und Briefe meines Vaters, die meine Worte bestätigen.«

»Lügen!«, brüllte McGregor außer sich. »Nichts als Lügen! Zeigt sie mir! Ich glaube Euch kein Wort!«

Der ganze Saal schien plötzlich den Atem anzuhalten, als Ranulfs Hand zu seinem Schwert glitt. »Zügelt Euren Zorn! Lord Lamont lebt, und Walkmoor Castle wird nie in Eure Hände fallen. Findet Euch damit ab oder tragt die Folgen.«

Das vernichtende Feuer in seinem Blick hätte ausgereicht, um auch den tapfersten Krieger in die Flucht zu schlagen.

Doch just in diesem Moment brach ein tosender Sturm los. Das Hauptportal sprang auf und krachte mit einem lauten Knall gegen die Wand. Wind und Regen peitschten in die Halle, während gleißende Blitze und grollende Donnerschläge den schwarzen Abendhimmel zerrissen.

Es war ein Furcht erregendes Schauspiel der Naturgewalten. Valandra beobachtete, wie McGregors Krieger sich eilig bekreuzigten und Ranulf mit ängstlichen Blicken maßen. Sie schienen ihn für diesen plötzlichen

Aufruhr verantwortlich zu machen. Ganz so, als wäre er der Gebieter der Stürme.

Selbst McGregor musterte Ranulf aufmerksam, und für einen Sekundenbruchteil huschte Unsicherheit über sein Gesicht.

Er teilte den Aberglauben seiner Männer gewiss nicht. Aber auch wenn keine böse Macht hier am Werke war, so erkannte er, dass er im offenen Kampf nicht die geringste Chance gegen diesen kampfgestählten Riesen hätte. Vermutlich würden fünf seiner besten Männer nicht ausreichen, um diesen Krieger zu überwältigen.

McGregors Blick heftete sich auf Valandra. Dieses keine Miststück hetzte ihm also einen Riesen auf den Hals. Bei seiner schwarzen Seele, das würde sie ihm büßen!

Ein vernehmliches Räuspern ließ McGregor wütend herumfahren.

»Was?«, fuhr er seinen Hauptmann unwirsch an. »Siehst du nicht, dass du störst?«

Die lange wulstige Narbe quer über dem Auge des Kriegers zuckte leicht, ansonsten war keine Gefühlsregung in dem grobschlächtigen Gesicht zu erkennen. »Vergebung, Mylord, aber es ist dringend. Ich brauche Anweisungen für die Männer.«

McGregor schnaubte unwillig. »Wozu, Teufel noch mal, bezahle ich dich, wenn ich mich um alles selbst kümmern muss?«

Valandra und Ranulf beobachteten, wie er seinem Hauptmann folgte, bis sie außer Hörweite waren.

»Du hast dir sehr viel Zeit mit deinem Erscheinen gelassen«, flüsterte sie vorwurfsvoll.

Ranulf begegnete ihrem Blick und fühlte, wie sich seine Brust erwärmte. Er war stolz auf diese zierliche Frau, die sich trotz ihrer Furcht dem Feind gestellt hatte. Tapfer und beherrscht war sie McGregor gegenübergetreten und hatte ihren Kriegern und den verängstigten Burgbewohnern das Gefühl gegeben, dass alles in Ordnung war. Nur ihre zitternden Hände verrieten, wie viel Kraft und Überwindung es sie tatsächlich gekostet hatte. Die vergangenen Minuten mussten die Hölle für sie gewesen sein.

Ranulf widerstand dem heftigen Drang, sie in seine Arme zu ziehen und ihr beruhigende Worte ins Ohr zu flüstern. Stattdessen bemühte er sich um einen leichten Ton. »Ich wusste nicht, dass du meine Anwesenheit so sehr schätzt; sonst wäre ich natürlich früher erschienen.«

Valandras Wangen färbten sich leicht rosa, und sie warf ihm einen vernichtenden Blick zu. Sie hatte ihn tatsächlich vermisst. Seine Kraft und Unterstützung hatten ihr gefehlt, aber am meisten war es der Mann an sich gewesen, den sie vermisst hatte. Es war seltsam, doch irgendwie schien sie sich nur in seiner Nähe wirklich sicher und geborgen zu fühlen. Ein Umstand, den er niemals erfahren durfte.

Valandra hob stolz ihr Kinn und versuchte so kühl wie möglich zu klingen. »Deine Anwesenheit schätzen …? Sagen wir einfach, ich habe mich für das kleinere Übel entschieden. Ich kann McGregor nicht ausstehen, deshalb ziehe ich sogar deine Anwesenheit der seinen vor.«

Sie war auf alles gefasst gewesen – auf seinen Spott, seinen Ärger –, doch ganz bestimmt nicht auf dieses leise, überaus männliche Lachen. Und er drückte sie! Ganz kurz nur, doch die unerwartete Geste verblüffte sie über die Maßen. Valandra konnte Ranulf nur ungläubig anstarren.

»Ich bin also das kleinere Übel? Das beruhigt mich sehr.« Erneut lachte er leise auf, bevor seine Belustigung schwand und er sie mit einem warmen Blick bedachte.

Valandras Herz setzte einen Takt aus. Sie konnte kaum glauben, was sie da sah. War das tatsächlich Stolz in seinen Augen?

»Du warst sehr tapfer, *ma petite.* Ich kenne nicht viele Frauen, die ihrem Feind so kühn entgegentreten würden.«

Sie errötete unter seinem Blick. Sein Kompliment freute und berauschte sie, machte sie jedoch gleichzeitig auch verlegen, weil sie es nicht verdiente.

»Das war leider nur Fassade. Innerlich bin ich fast gestorben vor Angst«, gestand sie leise.

»Tapferkeit und Angst gehen oft Hand in Hand. Nur ein Narr verspürt keine Furcht.«

Valandra blickte erstaunt in Ranulfs Gesicht. »Es fällt mir schwer zu glauben, dass irgendetwas dich in Furcht versetzen könnte.«

Er sah die ehrliche Bewunderung in ihren Augen, und ein unendlich kostbares Gefühl von Wärme erfüllte seine Brust. Völlig unerwartet erhellte ein verschmitztes Grinsen seine markanten Züge. »Dann werde ich mich davor hüten, dich eines Besseren zu belehren.« Er nickte ihr galant zu und ging davon, um seinen Männern klare Anweisungen im Umgang mit den Neuankömmlingen zu erteilen.

Es gefiel ihm tatsächlich, dass sie in ihm einen tapferen Helden sah, und er würde sich eher einem Gefecht mit dem Teufel stellen, als ihr diese Illusion zu rauben. Und ganz gewiss brauchte sie nicht zu erfahren, dass er erst vor wenigen Minuten tausend Tode gestorben war, als er hatte mit ansehen müssen, wie dieser McGregor ihr wehgetan hatte. Doch nicht nur das! Alles, was mit ihr zu tun hatte, oder besser gesagt, mit den verwirrenden Gefühlen, die sie in ihm weckte, versetzte ihn in Angst und Schrecken. Aber das würde er ihr natürlich nicht eröffnen.

Valandra starrte fassungslos auf Ranulfs breiten Rücken, als er sich an der anderen Seite der Halle mit Kasim unterhielt. Etwas so Herzerfrischendes wie Humor hätte sie diesem finsteren Riesen niemals zugetraut. Aber es stand ihm ausgesprochen gut. Ein zartes Lächeln legte sich auf Valandras Lippen.

»Öffnet die Türe!«, kreischte Eleanora wütend und hämmerte mit den Händen gegen die massive Holztür ihres Gemachs. »Das ist ein Befehl! Ich bin eure Herrin, also lasst mich augenblicklich frei!«

»Mama, so beruhige dich doch«, bat Dalvina furchtsam. Sie saß auf dem Bett, die Hände sittsam im Schoß verschränkt, und hoffte inständig, dass sich das aufbrausende Temperament ihrer Mutter nicht gegen sie wenden möge.

Eleanoras Kopf zuckte zu Dalvina herum. »Beruhigen? Beruhigen! Ja, verstehst du denn nicht, was hier vorgeht? Dieses kleine Miststück will mich absichtlich von Lord McGregor fern halten! Sie will meine Zukunft, mein Glück zerstören!«

Erneut polterte Eleanora gegen das Holz und schrie den Wachen vor ihrer Tür unflätige Beleidigungen zu.

»Aber es war nicht Valandra, die uns hier eingesperrt hat, sondern dieser Kasim. Und er tat es auf Befehl von Lord Ranulf«, wagte sich Dalvina schüchtern vor.

Eleanora wirbelte mit funkelnden Augen zu ihr herum. »Und Lord Ranulf handelt auf Valandras Befehl hin. Du kannst doch nicht so blind sein, mein Täubchen! Valandra hat diesen Riesen verhext! Er würde alles tun, um ihr zu gefallen!«

Dalvina riss erstaunt die Augen auf. Bisher hatte sie immer geglaubt, die beiden wären sich spinnefeind. »Glaubst du wirklich?«

»Aber natürlich. Die kleine Hure besticht den Lord mit ihrem Körper, darauf würde ich meine letzten Juwelen verwetten.«

Tränen traten in Eleanoras Augen, und ihre hübschen Gesichtszüge verwandelten sich in eine Maske der Verzweiflung, als sie sich neben ihre jüngste Tochter aufs Bett sinken ließ.

»Oh, mein Täubchen! Ich könnte es nicht ertragen, wenn McGregor die Burg ohne mich – ohne uns – verließe.«

Dalvina rutschte unbehaglich auf ihrem Platz herum. Sie wollte Walkmoor Castle nicht verlassen. Die Burg war ihr Zuhause. Seit ihrer Geburt hatte sie ein wohlbehütetes Leben innerhalb dieser Mauern geführt. Sie hatte nie einen anderen Ort oder eine andere Burg betreten, und allein der Gedanke, aus ihrem vertrauten Umfeld herausgerissen zu werden, versetzte sie in Angst und Schrecken.

Zugegeben, sie verstand sich weder mit Valandra noch mit ihrem Vater sonderlich gut, aber dennoch …

»Verzeih, Mama, aber wie stellst du dir das vor? Du bist eine verheiratete Frau. Papa lebt, und du könntest Lord McGregor niemals heiraten, sondern müsstest mit ihm ein Leben in Schande führen. Ist das wirklich dein Wunsch?«

»Unsinn! Dein Vater ist tot!«, stieß Eleanora wütend hervor. Ihre Augen blitzten wie Eiskristalle. »Er starb vor vielen Jahren! An jenem unglückseligen Tag, als er mich in diese gottverlassene Gegend brachte.« Sie lachte bitter auf. »Weißt du, ich hätte jeden haben können. In Edinburgh, am Hofe des Königs, lag mir jeder Earl, jeder Lord zu Füßen. Sie priesen meine Schönheit und küssten den Boden, auf dem ich ging. Sie überhäuften mich mit Komplimenten, schenkten mir teure Kleider und edelste Juwelen, nur um mir eine Freude zu bereiten. Sie stritten sich sogar darum, wer mich sonntags zu einem Spaziergang im Park begleiten durfte. O ja, ich hätte jeden haben können, aber meine Eltern verheirateten mich ausgerechnet mit einem barbarischen Highlander, für den all die herrlichen Zerstreuungen und Amüsements des Hoflebens nichts als oberflächlichen Tand darstellten. Stattdessen brachte er mich hierher in diese Einöde und verlangte von mir, dass ich sein Balg aus erster Ehe aufziehen solle. Er hat mich nie geliebt und auch nie einen Hehl daraus gemacht, dass sein Herz noch immer an seiner verstorbenen Schlampe hängt.«

Eleanora blickte aus tränenverschleierten Augen zu ihrer Tochter auf und flüsterte mit zitternder Stimme: »Sag, habe ich nicht auch ein wenig Glück verdient? Nach all den Jahren der Tränen und Verzweiflung, in denen ich James eine treusorgende und liebevolle Ehefrau war und von ihm nichts als Ablehnung geerntet habe? Willst du mir tatsächlich die einzige Gelegenheit auf Liebe und Glück verwehren?«

Dalvina kämpfte ebenfalls mit den Tränen. Es war ihr unerträglich, ihre Mutter so leiden zu sehen. »Natürlich wünsche ich mir nichts sehnlicher, als dich glücklich zu sehen, Mama. Du weißt doch, wie sehr ich dich liebe.« Dalvina zog ihre Mutter tröstend in die Arme und legte ihre Wange auf ihren Scheitel. »Glaubst du wirklich, Lord McGregor kann dich glücklich machen?«

Eleanora nickte betrübt. »Ich weiß es. Er liebt mich!«

»Eleanora, was um alles in der Welt geht hier vor?«, erklang plötzlich Pater Ignatius' gedämpfte Stimme.

Sie hörten, wie der schwere Riegel fortgeschoben wurde. Die Tür sprang auf, und Pater Ignatius' feiste Gestalt erschien im Türrahmen. Mit zornumwölkter Stirn betrachtete er die beiden Frauen, die sich gegenseitig tröstend in den Armen lagen.

»Wusste ich doch, dass hier etwas nicht mit rechten Dingen zugeht. Als ich die Halle betrat und dich, liebe Schwester, dort nirgends entdecken konnte, ahnte ich bereits eine weitere Teufelei. Wer hat es gewagt, euch beide einzusperren?«

Eleanora sprang auf und warf sich in seine Arme. »Dieser dunkelhäutige Teufel war es. Kasim hat uns auf Lord Ranulfs Befehl hin hierher gebracht. Oh, es ist schrecklich! Wir sind Gefangene in unserem eigenen Heim.«

Sie blickte mit tränenverschleierten Augen zu ihrem Bruder hoch. »Ist er noch hier? Bitte sag, dass dem so ist. Lord McGregor darf nicht ohne mich abgereist sein.«

Ein verschlagenes Lächeln glitt über Pater Ignatius' Lippen. »Er ist unten in der großen Halle, und ich habe dafür gesorgt, dass es auch so bleiben wird. Zumindest für heute Nacht. Gott, der Herr, scheint es gut mit uns zu meinen. Nicht einmal dieses halsstarrige Balg wird es wagen, McGregor in diesen tobenden Sturm hinauszuschicken. Nicht, wenn sie damit den Zorn des Königs erweckt.«

»Oh, du bist der Beste!«, rief Eleanora freudestrahlend. »Ich wette, du hast mit Engelszungen auf sie eingeredet und ihr all die Schrecken eines solchen Verstoßes gegen die Gastfreundschaft veranschaulicht.«

Das aufgedunsene Gesicht des Paters glänzte vor Freude und ließ ihn noch hässlicher erscheinen. »Fürwahr, ich habe mich selbst übertroffen. Aber nun genug des Lobes. Setzt euch beide hin und hört mir gut zu. Ich habe einen Plan.«

Sechzehntes Kapitel

Der Sturm fegte mit seiner ganzen entfesselten Kraft über Walkmoor dahin. Lautes Donnergrollen ließ die Burgmauern erbeben. Der Wind pfiff durch die fensterähnlichen Öffnungen, während der Regen so heftig niederging, dass er sogar durch die Schornsteine drang und die Kaminfeuer wütend zischten.

Die zerstörerische Kraft dieses Unwetters untermalte Ranulfs üble Stimmung.

Seine Kiefer malmten vor Unmut, als er beim Abendmahl saß und verdrossen den Weinkelch zwischen den Fingern drehte. Der Hunger war ihm längst vergangen. Dazu war die Atmosphäre in der Halle viel zu explosiv. Die Lamont-Krieger und McGregors Männer saßen sich in feindseligem Schweigen gegenüber. Jeder schien nur auf ein falsches Wort oder eine unüberlegte Geste des anderen zu warten. Selbst den Dienstboten schien die angespannte Atmosphäre nicht zu behagen. Sie verrichteten ihre Arbeit und zogen sich eilig in die Sicherheit der Küche zurück.

Jedem schien dieser Abend auf den Magen zu schlagen, nur dem fröhlichen Vierergespann an der Kopfseite der Tafel nicht.

McGregor, Eleanora, Dalvina und Pater Ignatius schienen sich köstlich zu amüsieren. Sie plauderten angeregt, und ihr Lachen hallte unnatürlich laut von den Wänden wider.

Ranulfs Blick glitt zu McGregor, der sich soeben ein Stück gebratenes Hühnchen zwischen die Lippen schob.

Nein, es gefiel ihm ganz und gar nicht, dass dieser Bastard in der Burg übernachten sollte – Sturm hin oder her. Dieser verschlagene Kerl verdiente es, mit einem kräftigen Tritt vor die Burgtore befördert zu werden, anstatt vor dem Unwetter verschont zu werden.

Ranulf konnte Valandras Verhalten einfach nicht verstehen. Sie hatte sich standhaft dagegen geweigert, McGregor aus der Burg zu werfen, und das nur, weil sie nicht gegen das Gesetz der Gastfreundschaft verstoßen wollte. Sie war doch sonst nicht so zimperlich in ihren Entscheidungen.

War sie tatsächlich so blauäugig, dass sie McGregors Theater nicht durchschaute? Er gab sich zwar den Anschein, sich mit der neuen Situation abgefunden zu haben, doch die Gefahr war noch lange nicht gebannt.

Ranulf war in den vergangenen Jahren vielen machtgierigen Männern begegnet, und alle hatten sie eines gemeinsam – sie gaben niemals auf. Auch dieser Schotte würde nicht unverrichteter Dinge abziehen wollen.

Ranulf glaubte beinahe zu hören, wie McGregor hinter seinem charmanten Lächeln und seinem höflichen Gehabe einen Plan ausheckte – doch er war vorbereitet. Seine Männer, zu denen er auch die Lamont-Krieger zählte, hatten strikten Befehl, ihren Wein mit Wasser zu verdünnen, damit ihre Sinne geschärft blieben. Er hatte die Wachposten auf den Burgmauern und vor den Türen verdoppelt, und während er McGregor und Eleanora nicht aus den Augen ließ, beobachtete Kasim den scharfzüngigen Pater. Owen behielt unterdessen McGregors narbengesichtigen Hauptmann im Visier.

»Du lieber Himmel, was hat dir dieses arme Hühnchen bloß angetan, dass du es so folterst?«, flüsterte Valandra amüsiert. Sie saß zu seiner Linken und tupfte sich mit der Serviette die Lippen ab, um ihr Grinsen zu verbergen.

Erst jetzt bemerkte Ranulf, dass er sein Essen in kleine Streifen zerpflückte.

»Soweit ich weiß, rupft man diese Dinger, *bevor* man sie serviert.«

Ranulfs Lippen verzogen sich zu einem schiefen Lächeln. »Das muss mir wohl entgangen sein.«

Seine Augen glitten begierig über ihre Erscheinung und weckten einen Hunger ganz anderer Art. Sie sah heute Abend bezaubernd aus. Das burgunderrote Samtkleid schmeichelte ihrer zarten Haut und war an den leicht gebauschten Ärmeln wie auch am verführerischen Ausschnitt mit feinen Goldstickereien verziert. Der schwere Stoff schmiegte sich eng an ihre weiblichen Kurven, und um die schlanke Taille trug sie einen goldenen Gürtel mit einem zierlichen Dolch.

Ranulfs Augen glitten über ihren schlanken Hals, und er fragte sich, weshalb sie ihr schweres Haar nicht öfter zu einer solchen Krone hoch steckte. Die kleinen widerspenstigen Löckchen, die sich über ihren Ohren kringelten, gefielen ihm ausnehmend gut.

Ein neuer Gedanke setzte sich in seinem Kopf fest. Vielleicht lag es auch an ihrem hinreißenden Erscheinungsbild, dass er sich heute Abend in dieser trübsinnigen Stimmung befand. Bisher hatte er noch nie erlebt, dass sie sich für ein Abendessen so hübsch gemacht hatte. Also, was war heute anders? Lag es an McGregors Besuch? Wollte sie für diesen Bastard schön sein? Der Gedanke, so widersinnig er auch war, versetzte ihm einen dumpfen Stich ins Herz, und seine Stirn legte sich in Falten.

Verdammt, das hatte ihm gerade noch gefehlt! Die ganze Burg wimmelte nur so von hinterhältigen Feinden, und alles, woran er denken konnte, war seine Eifersucht. Er stockte und strich das letzte Wort augenblicklich aus seinen Gedanken. Wie lächerlich! Natürlich empfand er keine Eifersucht! Dieses dumpfe, wühlende Gefühl in seiner Brust entsprang lediglich seiner Abneigung McGregor gegenüber. Das war alles.

Ranulf zwang seine Gedanken in eine andere Bahn. Sein Blick fiel auf das Amulett zwischen Valandras herrlich gerundeten Brüsten. Das sehnsüchtige Ziehen in seinen Lenden traf ihn vollkommen unvorbereitet und erinnerte ihn nur zu deutlich an den heutigen Nachmittag. Wie wundervoll sich diese festen Halbkugeln angefühlt hatten. Warm und seidig … Er räusperte sich und verlagerte sein Gewicht, um den unerwünschten Druck zwischen seinen Beinen zu lindern.

»Wunderschön, nicht wahr?«, erkundigte sich Valandra und befühlte das Amulett mit einem liebevollen Lächeln.

Ranulf räusperte sich erneut und nickte. »*Oui,* einfach vollkommen«, flüsterte er rau, wobei er nicht das Schmuckstück meinte.

»Es war ein Geschenk meiner Mutter. Seit Generationen befindet sich dieses Amulett in unserer Familie«, erklärte Valandra. Sie hoffte, dass sie ihn mit der Geschichte dieses Schmuckstücks ein wenig ablenken konnte. Er wirkte heute Abend äußerst angespannt. Dabei hatten sie doch allen Grund zum Feiern. McGregor war in seine Schranken gewiesen. In wenigen Stunden würde er mit seinen Männern abziehen und vermutlich nie wiederkehren. Eleanora und Walkmoor Castle waren somit endlich in Sicherheit.

Valandras Herz fühlte sich so leicht wie seit Monaten nicht mehr.

»Es heißt, dieses Amulett besitze magische Kräfte.«

Sie lachte leise auf, als sie Ranulfs skeptisch hoch gezogene Augenbraue sah.

»Ernsthaft! Eine junge Zigeunerin schenkte es vor vielen Jahren meinem Ururgroßvater James. Der Legende nach waren die beiden unsterblich ineinander verliebt, und als James in den Krieg ziehen musste, belegte sie das Schmuckstück mit einem Schutzzauber, damit er unversehrt wieder zu ihr zurückkehrte.« Sie drehte das Amulett um und las die Inschrift vor, die Ranulf nur allzu vertraut war: »›Liebe überlebt jeden Sturm und lindert den Schmerz der Einsamkeit.‹ James entging wie durch ein Wunder dem Tod und kehrte zu seiner Geliebten zurück, um sie zu ehelichen. Soweit ich weiß, lebten sie glücklich und zufrieden bis an ihr Lebensende.«

»Eine nette Geschichte«, erklärte Ranulf trocken. »Aber sein Überleben hing gewiss eher mit seinem Kampfgeschick zusammen.«

Valandra schüttelte den Kopf, bevor sie ernst antwortete: »In jedem anderen Fall würde ich dir zustimmen, doch James war kein begnadeter Kämpfer. Er verbrachte seine Jugend in einem Kloster und war eher mit alten Schriften als mit dem Schwert vertraut. Deshalb war es auch so erstaunlich, dass er als einer der wenigen den Hinterhalt der Engländer überlebte. Zeit seines Lebens war er von der Kraft des Amuletts überzeugt. Seither wird es von Generation zu Generation weitergegeben, um es dem einen Menschen zu schenken, der wert ist, es zu tragen.«

Ranulf musterte den edlen Schmuck eingehender. Der blutrote Rubin in seiner Mitte schien ihm gar zuzuzwinkern, und urplötzlich wünschte er sich, Valandra sähe in ihm diesen einen besonderen Menschen.

»Unsinn«, knurrte er barsch. Seine eigene Torheit ärgerte ihn. »Solche Geschichten sind bloß etwas für romantische Mädchen und Dummköpfe. Jeder ist für sein Überleben selbst verantwortlich.«

Soviel zur Ablenkung! Valandra schüttelte verständnislos den Kopf. Offensichtlich war Ranulf fest entschlossen, heute Abend unausstehlich und griesgrämig zu bleiben. Sie öffnete den Mund, um ihn dafür zu schelten, verstummte jedoch, als sie sein plötzliches Interesse am Tischgeschehen gewahrte.

Der Hauptmann war zu McGregor getreten und bat ihn um eine wichtige Unterredung. Sie beobachtete, wie sich die beiden außer Hörweite der Tafel begaben und die Köpfe zusammensteckten.

»Ich wüsste wirklich zu gern, was die beiden da aushecken«, knurrte Ranulf leise.

Valandra zuckte gleichmütig mit den Schultern. »Vermutlich treffen sie ihre Reisevorbereitungen für morgen.«

Ranulfs Aufmerksamkeit galt einzig und allein den beiden Männern. »Nein! Das Narbengesicht erzählt ihm gerade, wo meine Männer postiert sind. Dass der Späher unbemerkt aus der Burg geflohen sei und alles in die Wege leite.« Eine steile Falte bildete sich auf Ranulfs Stirn. »Der Hauptmann spricht von einem Geschenk, das bereits überbracht wurde … Sie müssten nur noch abwarten, bis … verdammt, McGregor versperrt mir die Sicht.«

Als Ranulf sich erneut Valandra zuwandte, blickte ihn diese mit offenem Mund an. »Hast du so unglaublich gute Ohren, oder war das alles nur geraten?«

Er legte ihr sanft einen Finger unter das Kinn und klappte ihr den Mund zu. »Nichts von beidem. Man nennt es Lippenlesen. Ein Freund hat es mir vor vielen Jahren beigebracht.« Er ließ ungesagt, dass eben dieser Freund ihm nun nach dem Leben trachtete.

»Späher, Geschenke ... Was kann das nur bedeuten? Glaubst du, McGregor hält noch immer an seinem Plan fest, Eleanora zu entführen?«

Ranulf schüttelte verwirrt den Kopf. »Ehrlich gestanden kann ich mir keinen Reim darauf machen. McGregor weiß, dass wir ihm kräftemäßig überlegen sind, und wird bestimmt keinen offenen Kampf riskieren. Tatsache ist jedoch, dass er etwas im Schilde führt.«

Valandra schüttelte verständnislos den Kopf: »Aber weshalb? Der Kerl ist doch kein Narr! Er muss doch erkennen, dass Eleanora ihm nichts nutzt. Mein Vater ist bereits auf dem Heimweg, und somit wäre eine Heirat mit ihr null und nichtig.«

Ranulf dachte lange über diese Worte nach, bis ihm ein Verdacht kam. Der Späher! Natürlich! Wenn der Späher zum Hafen geritten war und dort auf die Heimkehr von Lord Lamont wartete, konnte er McGregor frühzeitig über dessen Ankunft in Kenntnis setzen. Ranulf erinnerte sich an die unübersichtlichen Waldstücke und Biegungen auf dem Weg nach Walkmoor. Es wäre McGregor ein Leichtes, den Lord und seine Männer in einen Hinterhalt zu locken, um sie allesamt zu töten. Da man ihn ohnehin bereits für tot hielt, würde niemand auch nur den geringsten Verdacht hegen. McGregors Zukunft mit Eleanora wäre gesichert, die Heirat rechtskräftig, und Walkmoor würde ihm mit Mann und Maus in die Hände fallen.

Ranulf trank einen großen Schluck Wasser und drehte den Kelch nachdenklich zwischen den Fingern. *Oui*, das wäre eine plausible Möglichkeit. Dennoch warnte ihn sein Instinkt, dass er mit seiner Vermutung falsch lag. Irgendeine andere Teufelei steckte hinter alldem. Was hatte es zum Beispiel mit diesem Geschenk auf sich?

Als McGregor sich wieder an den Tisch setzte, troff sein Gesicht vor Selbstzufriedenheit. »Entschuldigt bitte, einige Streitereien unter meinen Männern, nichts von Belang.«

Einige Minuten später gähnte Lady Eleanora geziert hinter vorgehaltener Hand.

»Du liebe Zeit, wie dieser Abend verflogen ist. Ich fürchte, meine Tochter und ich werden uns jetzt zurückziehen müssen.« Sie erhob sich und reichte McGregor elegant die Hand zum Kuss. »Mylord, Eure Gesellschaft war mir wie immer ein außerordentliches Vergnügen. Ich verlasse mich darauf, dass Ihr Euch morgen von uns verabschiedet, bevor Ihr Euren Heimweg antretet.«

Siebzehntes Kapitel

Ruhe war auf Walkmoor Castle eingekehrt. Die Mitternachtsstunde war längst verstrichen, und das Unwetter grüßte nur noch aus weiter Ferne.

»Keine Widerrede! Du wirst dich jetzt in dein Gemach zurückziehen und schlafen, wie es sich für eine Lady gehört.«

Valandra stemmte die Hände in die Hüften und funkelte Ranulf streitlustig an. Sie standen sich wie zwei Kampfhähne im schwach beleuchteten Gang vor Eleanoras Gemach gegenüber.

»Ich denke gar nicht daran, dir eine Angelegenheit dieser Tragweite allein zu überlassen. Außerdem bin ich noch immer die Burgherrin und benötige ganz bestimmt nicht deine Erlaubnis, wenn ich mich hier aufhalten will.«

Sie setzte sich demonstrativ auf den kleinen Schemel, den sie sich mitgebracht hatte, und legte das Schwert griffbereit über ihre Beine. »Ich werde mit dir gemeinsam Wache halten, ob es dir gefällt oder nicht.«

»Das ist keine Aufgabe für eine Frau!«, beschied Ranulf zähneknirschend. Zum Teufel mit diesem starrsinnigen Weibsbild! Weshalb ließ sie es immer dann an gesundem Menschenverstand mangeln, wenn er am wichtigsten war?

»Benimm dich wenigstens dieses eine Mal wie eine wohlerzogene Lady und überlass die Angelegenheit uns Männern.«

»Nein.«

Danach schwieg sie trotzig, bis Ranulf mit einem ungehaltenen Schnauben nachgab. Vielleicht war es tatsächlich besser, wenn er sie in seiner Nähe behielt. So konnte er sie zumindest mit seinem Leben beschützen, falls es tatsächlich zu einem Kampf kommen sollte.

Die Minuten vergingen schleichend, und Valandra trommelte gelangweilt mit den Fingerspitzen auf ihre Schwertklinge. Eine Bewachung hatte sie sich deutlich aufregender vorgestellt.

Sie unterdrückte ein Gähnen und warf Ranulf einen vorwurfsvollen Blick zu. Er lehnte lässig und mit geschlossenen Augen an der Wand. Das tat dieser Schuft absichtlich. Er blockte jedes Gespräch ab, damit sie sich zu Tode langweilte und freiwillig in ihre Gemächer zurückzog. Aber da konnte er lange warten. Sie hatte es sich in den Kopf gesetzt, Eleanoras Pläne zu durchkreuzen, und daran hielt sie fest. Sie würde es nicht zulassen, dass ihre Stiefmutter Schande über ihren Vater und ihr Heim brachte.

Valandra wischte sich einen Fussel vom Kleid. Als die Tischgesellschaft sich aufgelöst und die Soldaten sich zum Schlafen niedergelegt hatten, war auch sie auf ihr Zimmer gegangen. Sie war fest entschlossen gewesen, Ranulf ihr Vertrauen zu beweisen, indem sie ihm die Verantwortung überließ.

Sie schürzte die Lippen. Leider hatte sie die Rechnung ohne ihre überschäumende Fantasie gemacht. Je stiller es in der Burg geworden war, desto bedrohlicher waren auch die Bilder gewesen, die ihr durch den Kopf geschwirrt waren. Sie wusste, dass McGregor ein hinterhältiges Wiesel war – wusste, dass er Ranulf verabscheute und ihm Übles wollte. Was, wenn er ihn hinterrücks anfiele? Wenn er ihm einen Meuchelmörder schickte oder aus der Dunkelheit der vielen Nischen mit einem Dolch nach ihm würfe? Diese Gedanken hatten sich in ihrem Kopf festgesetzt und ihre Angst geschürt, bis sie es keine Sekunde länger in ihrem Gemach ausgehalten hatte.

Nicht, dass Ranulf ihre Rücksichtnahme verdiente, rief sie sich mürrisch ins Gedächtnis und warf ihm erneut einen vernichtenden Blick zu. Aber da sie nun mal dumm genug war, sich in einen so starrsinnigen Kerl wie ihn zu verlieben, blieb ihr wohl nichts anderes übrig, als ihn vor seiner eigenen Torheit zu beschützen. Vier Augen sahen schließlich mehr als zwei.

Ranulfs Gedanken kreisten noch immer um die rätselhaften Gesprächsfetzen, die er aufgeschnappt hatte. Was hatte es nur mit diesem Geschenk auf sich, und wer sollte es erhalten? Er hatte Lady Eleanoras Kammer durchsucht, war jedoch auf nichts Auffälliges gestoßen. Vielleicht lag er mit seiner Vermutung auch gänzlich falsch, und McGregors Plan rankte sich tatsächlich nicht um Eleanoras Entführung. Verdammt, sein ansonsten so scharfer Verstand fühlte sich wie eine klebrige, unnütze Masse an. Sonderbarerweise bereiteten ihm seine eigenen Gedankengänge Mühe. Und was war das eigentlich für ein süsslicher Geschmack in seinem Mund?

Er trank noch einen Schluck Wasser aus dem Kelch, um sowohl den Geschmack als auch die Müdigkeit loszuwerden, doch die bleierne Schwere verstärkte sich nur noch mehr. Er schwankte. Vielleicht war es besser, wenn er sich für einige Augenblicke hinsetzte.

»Ranulf?«

Ranulf torkelte erneut und rieb sich die Augen. Er hörte, dass Valandra ihn etwas fragte, dass ihre Stimme vor Schreck schrill war, doch ihre Worte klangen seltsam verzerrt und unwirklich. Er konnte sie in all dem Nebel kaum erkennen.

Urplötzlich dämmerte ihm ein schrecklicher Gedanke. Mit einem letzten Aufbegehren seines Verstandes erkannte er, was sein Instinkt schon längst wusste.

Der süssliche Geschmack, das laute Schnarchen aus der Halle ... Laudanum! Dies war McGregors Geschenk! Er hatte sie alle betäubt!

Mit beinahe übermenschlicher Kraft schleppte er sich zu Valandra. Seine Beine fühlten sich bei jedem Schritt beängstigend taub an und drohten jeden Augenblick unter ihm nachzugeben. Er versuchte zu sprechen, doch auch seine Zunge wollte ihm nicht mehr gehorchen. Er musste Valandra warnen! Sie musste sich verstecken, bevor es zu spät war.

»Flieh, Valandra«, keuchte er.

»Großer Gott, Ranulf, was ist mit dir?«, rief sie außer sich vor Angst. Voller Entsetzen musste sie mit ansehen, wie Ranulf einem gefällten Baum gleich auf die Knie fiel. Sie versuchte ihn zu stützen, versuchte, ihn auf den Schemel zu zerren, doch er war zu schwer.

»Flieh, Valandra!«, keuchte er erneut und sah sie aus glasigen Augen an. Sein Gesicht wirkte so wächsern wie das eines Toten und schürte Valandras Angst zu heller Panik.

»Nein, ich werde dich nicht allein lassen!«, rief sie schrill vor Furcht. »Sag mir, was dir fehlt!«

Sie untersuchte seinen Rücken nach Stichwunden, suchte nach Anzeichen einer Verletzung, doch sie konnte nichts finden. Tränen der Angst stiegen ihr in die Augen. »Um Himmels willen, Ranulf, sprich mit mir!«

Ranulf konnte es nicht fassen. Weshalb brachte sie sich nicht endlich in Sicherheit? Weshalb verstand sie ihn denn nicht? Sie klammerte sich weinend an ihn, obwohl sie sich verstecken sollte. Er konnte sie nicht mehr beschützen. Unter Aufbietung seiner letzten Kräfte stieß er Valandra von sich. »Flieh endlich! Er will nicht Eleanora … er kommt, um dich zu holen!«

Valandra glaubte ihm kein Wort. Er wollte gewiss nur, dass sie sich in Sicherheit brachte. Aber sie würde ihn niemals allein und schutzlos hier zurücklassen.

»Wir werden gemeinsam fliehen«, beschied sie streng und versuchte, ihm auf die Beine zu helfen. Sie zerrte und schob, doch es hatte keinen Sinn, sie war zu schwach, um einen Mann seiner Größe zu bewegen.

»Wie herzergreifend«, höhnte McGregor plötzlich von der Treppe her. »Fehlt nur noch, dass du ihm deine unsterbliche Liebe schwörst.«

Valandra fuhr entsetzt herum. »McGregor!«

»Genau der«, spottete er weiter und schlenderte mit einem Ausdruck tiefster Selbstzufriedenheit auf sie zu. Vier seiner grobschlächtigsten Krieger folgten ihm.

Valandras Blick glitt zu dem kleinen Schemel hinüber, an dem ihr Schwert lehnte. Vielleicht gelang es ihr …

»Denk nicht einmal daran. Meine Männer würden dich überwältigen, bevor du die Waffe überhaupt erreichst.«

»Was habt Ihr dem Lord angetan? Was fehlt ihm?«, erkundigte sie sich. Ranulf war zusammengebrochen und lag nun ausgestreckt am Boden. Sie erkannte zwar, dass sein Brustkorb sich mit jedem Atemzug hob und senkte, doch seine Reglosigkeit versetzte ihr einen schmerzlichen Stich. Bitte, lieber Gott, lass nicht zu, dass ihm etwas geschieht!, flehte sie innerlich.

McGregors Augen funkelten voller Bosheit. »Vielleicht verrate ich es dir eines Tages, vielleicht auch nicht …« Sein Blick glitt zu Ranulf, und ein harter Zug legte sich um seinen Mund.

Valandra trat instinktiv zwischen die beiden Männer.

Sie musste McGregor ablenken, bevor er seine Wut an Ranulf auslassen konnte. Sie hob entschlossen den Kopf. »Ich werde nicht zulassen, dass Ihr Eleanora entführt. Sie ist die Gattin meines Vaters und …«

In diesem Augenblick riss Eleanora die Tür zu ihrem Gemach auf und trat in den Flur hinaus. Sie war in einen dicken Reisemantel gehüllt und trug eine große Tasche bei sich. Ihre Wangen schimmerten rosig vor Aufregung, doch der Blick, mit dem sie Valandra maß, war eisig kalt.

»Halt den Mund, du dummes Ding! Glaubst du etwa, wir würden dich nach deiner Erlaubnis fragen? Du bist wirklich ein einfältiger Tropf.« Sie tänzelte an McGregors Seite. »Ich bin bereit, mein Liebster.« Die Tasche ließ sie einem der Krieger vor die Füße fallen. »Trag das hinunter und sieh zu, dass meine Stute gesattelt wird!«

Der Krieger wechselte einen Blick mit McGregor, hob die Tasche auf und warf sie achtlos zurück in Eleanoras Gemach.

»Was fällt dir ein?!«

»Ich fürchte, meine Pläne haben sich geändert, Eleanora«, erklärte McGregor gelassen. »Da du mir nicht den gewünschten Erfolg einbringst, werde ich wohl auf deine Gesellschaft verzichten müssen.«

»Was?«, kreischte Eleanora entgeistert. »Das kann nicht dein Ernst sein! Du liebst mich!«

»Schafft sie in ihr Gemach! Ihr Gekreische geht mir auf die Nerven.«

Zwei Männer packten die sich wild sträubende Eleanora unsanft bei den Armen, stießen sie in ihre Räume und verriegelten schnell die Tür. Eleanoras hässliche Flüche und flehentlichen Bitten drangen nur mehr gedämpft durch das schwere Holz.

McGregors Augenmerk fiel auf Valandra, und ihr wurde schlagartig übel.

»Was soll das bedeuten?«

McGregor schüttelte bedauernd den Kopf. »Du enttäuschst mich zutiefst. Wo bleibt dein viel gepriesener Verstand? Natürlich bin ich deinetwegen hier. Du hättest besser auf deinen Geliebten hören sollen.«

»Lass sie in Ruhe«, stöhnte Ranulf und versuchte verbissen, sich auf alle viere aufzurichten. Er kämpfte noch immer verzweifelt gegen die Wirkung des Laudanums an.

»Seht nur, wer sich da wieder zu Wort meldet«, höhnte McGregor und stieß Valandra bei Seite, um sich an Ranulfs Zustand zu weiden. »Jetzt ist der große, kühne Ritter plötzlich nur noch ein jämmerliches Häufchen Elend! Wie fühlt man sich, wenn man den Staub vom Boden frisst?« Seinen gehässigen Worten folgte ein heftiger Tritt in Ranulfs Rippen.

Valandra schrie entsetzt auf. »Nein!« Mit aller Kraft versuchte sie, sich aus den Fängen des Kriegers zu befreien, der sie unerbittlich fest hielt. Sie wollte nach ihm treten, um Ranulf beizustehen, doch sie kam nicht frei.

McGregor indes trat immer wieder zu, bis Ranulf mit einem schmerzlichen Stöhnen zusammenbrach.

»Lass das! Du feiges Schwein!«, schrie Valandra verzweifelt.

»Feige?« McGregor wandte sich bedrohlich langsam zu ihr um. »Du nennst mich feige?«

Valandras Pulsschlag raste vor Furcht, dennoch zwang sie sich, seinem herausfordernden Blick standzuhalten. »Es zeugt wohl kaum von besonderem Mut, einen wehrlosen Mann zu treten. Noch dazu, wenn dieser bereits am Boden liegt.«

McGregors Ohrfeige kam so unerwartet und mit einer solchen Wucht, dass Valandra fürchtete, ihr Kopf würde explodieren. Die Unterlippe platzte auf, und sie schmeckte ihr eigenes, warmes Blut. Obwohl ihr nach Weinen zumute war, drängte sie ihre Tränen eisern zurück. Nein, eine solche Genugtuung wollte sie diesem Bastard nicht gönnen.

»Eines solltest du dir gleich zu Beginn merken. Niemand beleidigt James McGregor ungestraft. Das war nur ein kleiner Vorgeschmack dessen, was dich noch erwartet.«

McGregor griff nach Valandras Kinn und grub seinen Daumennagel mitten in die blutende Wunde ihrer Unterlippe. Der sengende Schmerz raubte ihr beinahe den Atem, und sie keuchte gepeinigt auf, was McGregor ein triumphierendes Lachen entlockte.

»Wie ich heute Nachmittag schon sagte: Es wird mir ein Vergnügen sein, dich zu zähmen.«

Er wandte sich an seine Männer. »Schafft sie nach unten und besorgt ihr einen wärmenden Mantel. Ich will schließlich nicht, dass sie vor ihrer Zeit stirbt. Ich komme in einer Sekunde nach.«

»Nein!«, schrie Valandra entsetzt auf. Sie wollte Ranulf nicht mit diesem Ungeheuer allein lassen. Er würde ihm wehtun! Vielleicht würde er ihn sogar töten! Sie setzte sich mit aller Kraft zur Wehr, schlug um sich, biss und trat die Männer, doch sie zogen sie unaufhaltsam von Ranulf fort.

Alles, was Valandra noch sah, war McGregors sadistisches Grinsen und das Aufblitzen seines Dolches, als er sich über Ranulf beugte.

»Neiiin!!!«, schrie sie erneut auf, und Tränen der Verzweiflung rannen ihr über die Wangen.

Die Krieger zerrten sie durch die große Halle in den Hof hinaus. Es war stockfinster und kalt, doch Valandra fühlte die eisige Nachtluft nicht. Sie war wie betäubt von ihrer eigenen Furcht, der Sorge um Ranulf und den unheimlichen Bildern, die sich ihr auf dem Weg durch die Burg geboten hatten. Nirgends waren sie auf Widerstand gestoßen, denn sowohl Ranulfs Männer als auch die Lamont-Krieger lagen herum wie tote Fliegen. Zumindest ließ ihr lautes Schnarchen erkennen, dass sie kein gewaltsames Ende gefunden hatten, doch ihre Reglosigkeit war wahrlich beängstigend.

Im Hof hatten sich McGregors Männer versammelt und saßen auf ihren vor Ungeduld mit den Hufen scharrenden Pferden. Die Zugbrücke war bereits heruntergelassen. Offensichtlich stand dem Aufbruch nichts mehr im Weg.

Valandra wurde grob in einen dicken Umhang gehüllt und auf einen grauen Hengst gehoben. Sekunden später waren ihre Hände gefesselt.

Alle warteten nur noch auf McGregor, und als dieser endlich auf der Treppe zum Hof erschien, hätte Valandra beinahe aufgeschrien. Er wirkte so zufrieden, so freudig erregt, dass es nur einen Rückschluss zuließ: Ranulf war tot.

Nein, schrie alles in Valandra. Nein! Ranulf lebte! Sie würde es bestimmt fühlen, wenn dem nicht so wäre.

McGregor schwang sich hinter ihr in den Sattel und drückte ihr boshaft grinsend etwas Weiches in die gefesselten Finger.

»Ich dachte, du würdest dich über ein kleines Erinnerungsstück an deinen Geliebten freuen.«

Valandra bewegte sich keinen Millimeter. Sie wagte kaum zu atmen, und ihr graute davor, den Gegenstand in ihren Händen näher zu befühlen. Welche grausame Teufelei hatte sich dieser Bastard nun wieder einfallen lassen? Nur zaghaft öffnete sie die Finger, und ein Schluchzen entrang sich ihrer Kehle.

In den Händen hielt sie eine von Ranulfs blonden Haarsträhnen. Sie war blutverschmiert.

»Ich bin sicher, es wäre in seinem Sinne gewesen, wenn er die Zeit für einen letzten Willen gefunden hätte.«

»Nein«, flüsterte Valandra heiser. Ihr Herz weigerte sich, die Botschaft dieser Worte anzunehmen, und doch wogte der Schmerz wie ein aufgepeitschtes Meer in ihrer Brust. »Ihr habt ihn nicht getötet. Ranulf kann nicht tot sein.«

McGregors Lachen ließ Valandras Seele zu Stein erstarren.

»Ihn getötet? Diese Bezeichnung passt tatsächlich nicht. Ich habe ihn nämlich wie einen räudigen Hund abgestochen.«

Er presste sie eng an seine Brust. »Vielleicht tröstet dich der Gedanke, dass er ausgesprochen tapfer starb. Er zog es vor, an seinem eigenen Blute zu ersticken, bevor er um Gnade winselte.«

»Du Schwein!«, stieß Valandra gepeinigt hervor und versuchte, vom Pferd zu springen. Sie musste zu Ranulf! Sie wollte ihn noch ein letztes Mal sehen, wollte sich von ihm verabschieden – ihm ihre Liebe gestehen. Vielleicht war er seinen Verletzungen noch nicht erlegen. Vielleicht konnte sie ihn noch retten, wenn sie nur schnell genug zu ihm gelangte.

»Lass dieses Gezappel, du verrücktes Weib. Oder willst du, dass mein Hengst scheut und wir uns das Genick brechen?«

»Von mir aus könnt Ihr Euch jeden einzelnen Knochen im Leib brechen, es würde mich nicht kümmern«, fuhr Valandra ihn wütend an und versetzte ihm mit ihren gefesselten Händen einen so heftigen Schlag gegen die Brust, dass er beinahe vom Pferd fiel.

Seine Rache kam umgehend. Er packte sie bei den Haaren und zerrte ihren Kopf brutal ins Genick, sodass sie ihn ansehen musste. »Versuch das nie wieder, du kleine Schlampe! Ansonsten gehe ich in die Burg zurück und schneide jedem einzelnen deiner Untertanen die Kehle durch. Haben wir uns verstanden?«

Als Valandra nicht gleich antwortete, zerrte er noch brutaler an ihren Haaren, bis sie schließlich unter Tränen nickte.

»Gut so!«

McGregor hob den Arm. »Wir brechen auf, Männer! Mir nach!«

Im nächsten Augenblick preschte er durch die wartende Menge und übernahm die Führung.

Valandra fühlte, wie ihr Herz in kleinere und immer kleinere Splitter zerbarst. Sie wollte nicht glauben, dass dies hier tatsächlich geschah! Sie versuchte sich einzureden, dass alles nur ein böser Traum war. Ein grässlicher Albtraum, aus dem sie gleich erwachen würde. Doch der eisige Wind, der ihr ins Gesicht schlug, zerstörte diese leise Hoffnung im Keim.

Es war kein Traum, sondern die bittere Wirklichkeit! Ranulf war tot, sie wurde entführt, und alles war allein ihre Schuld!

Oh, was war sie doch für eine Närrin! Weshalb hatte sie nicht auf Ranulf gehört und McGregor aus der Burg geworfen? Weshalb hatte sie sich dem Trugbild der Sicherheit so leichtfertig hingegeben, ohne dabei zu bedenken, dass McGregor ein heimtückischer Bastard war?

Valandra presste die Hand, die Ranulfs Haarsträhne barg, fest an ihre Brust und ergab sich ihrer Trauer. Sie weinte um sein Lächeln, das sie nun nie wieder sehen würde. Ein Lächeln, so selten und kostbar, dass es ihr das Herz zu zerreißen drohte. Sie weinte um die Streitereien mit ihm, die sie insgeheim genossen hatte, und um die wenigen Gelegenheiten, in denen Ranulf ihr gezeigt hatte, was Leidenschaft wirklich bedeutete.

Valandra unterdrückte ein hilfloses Schluchzen. Wie sehr würde sie seine Nähe, seine zärtlichen Berührungen und seine Küsse vermissen! Ihnen war so schrecklich wenig Zeit geblieben. Sie hatte nie Gelegenheit gehabt, ihm ihre Liebe zu gestehen, und sie würde niemals erfahren, ob er ihre Gefühle geteilt hatte. Valandra fühlte sich vom Schicksal betrogen und haderte mit Gott und der Welt. Nun war alles zu spät.

Als sie einen Blick über die Schulter warf, erkannte sie, dass Walkmoor Castle nur noch ein dunkler Schatten in der Ferne war. Erneut bahnten sich Tränen einen Weg über ihre Wangen, doch diesmal weinte sie um ihrer selbst willen.

Sie fürchtete sich schrecklich vor der Zukunft. Was führte McGregor mit ihr im Schilde? Würde sie ihren Vater, ihr geliebtes Heim jemals wieder sehen?

Achtzehntes Kapitel

Peng. Peng. Irgendjemand bearbeitete seinen Schädel mit Hammerschlägen und bei jedem neuen Schlag drohte ihm der Kopf zu zerbersten.

Ranulf kämpfte sich mit aller Kraft aus der tiefen Schwärze der Bewusstlosigkeit. Er hörte Stimmen, die jedoch nur durch einen dichten Nebel an sein Ohr drangen. Er versuchte sich zu bewegen, doch seine Glieder wollten ihm nicht gehorchen. Leise stöhnte er auf.

»Er kommt zu sich.«

»Das wird auch Zeit.«

Als Ranulf die Augen öffnete, knieten Owen und Kasim über ihm und sahen ihn prüfend an.

»Wir dachten schon, Ihr würdet nie wieder zu Euch kommen!«, brummte Owen und setzte sich erleichtert auf seine Fersen zurück.

»Was, zum Teufel ...?« Ranulf hielt mitten im Satz inne, denn die Erinnerung schwemmte plötzlich wie eine gewaltige Woge über ihn hinweg. Die Müdigkeit, Valandras besorgtes Gesicht, die Angst in ihren wundervollen Augen und schlussendlich McGregors teuflisches Lachen, dass ihn bis in die tiefe Schwärze der Bewusstlosigkeit verfolgt hatte ...

»Valandra ... wo ist sie?«, forderte er zu wissen und glaubte, seine Brust werde unter einer zentnerschweren Last zerquetscht, als er die besorgten, kränklich blassen Gesichter der beiden Männer betrachtete.

»Bleib liegen, oder willst du, dass dir erneut die Sinne schwinden?«, antwortete Kasim und versuchte, seinen Freund auf den Boden niederzudrücken. »McGregor hat dich ziemlich übel zugerichtet.«

Das wusste Ranulf selbst. Seine Rippen und sein Kiefer schmerzten wie die Hölle. Der Bastard musste noch lange auf ihn eingeschlagen haben. Diesbezüglich wunderte er sich, dass er überhaupt noch lebte. Aber vermutlich hatte er diesen Umstand nur McGregors perverser Ader zu verdanken. Der Reitz, einen Bewusstlosen zu töten, war anscheinend nicht groß genug.

Ranulf schüttelte Kasims Hände ab und erhob sich schwankend.

»Redet! Was ist geschehen? Warum seid ihr nicht betäubt worden?«

»Das waren wir!«, erklärte Owen mürrisch. »Die ganze verdammte Burg ist betäubt. Unsere Männer liegen herum wie tote Fliegen. Der Himmel weiß, wie McGregor das geschafft hat. Lady Dalvina und Detlef haben mich wieder zu Bewusstsein gebracht. Ich sage Euch, die hysterische Stimme dieses Kammerjungen könnte sogar Tote wiedererwecken. Aber es war leider schon zu spät. McGregor ist bereits über alle Berge … und er hat Lady Valandra entführt!«

Verzehrender Hass und Sorge bemächtigten sich Ranulf, und er schloss für einen Moment die Augen, um sich zu sammeln.

»Ich nehme an, Lady Eleanora ist noch in ihren Räumen?«

Kasim nickte. »Sie weint sich die Seele aus dem Leib.«

»Geschieht ihr recht«, sprach Owen Ranulfs Gedanken aus.

Ranulf trat an die oberste Stufe der Treppe und blickte in die Halle hinunter. Langsam und unter lautem Stöhnen und Ächzen kamen die Männer wieder zu sich und sahen sich verwirrt um. Der Schlaf schien sie ebenso überrascht zu haben wie ihn selbst. Anhand der heruntergebrannten Fackeln in den Wandhalterungen erkannte Ranulf, dass er höchstens zwei oder drei Stunden außer Gefecht gesetzt gewesen war.

McGregor hatte sich bestimmt mehr Zeit erhofft und wog sich nun in Sicherheit. Vielleicht kam ihnen dieser Umstand zugute.

»Seht zu, dass die Männer auf die Beine kommen! In einer Viertelstunde reiten wir los!«

Ranulf wandte sich ab und ging entschlossenen Schrittes davon. Kasim folgte ihm, denn der verbissene Ausdruck im Gesicht seines Freundes gefiel ihm ganz und gar nicht.

»Was hast du vor?«

»Ich hole mir Antworten.«

Erst vor Eleanoras Gemächern hielt er inne und versuchte die Tür zu öffnen.

Sie war von innen her verriegelt.

»Geht weg!«, drang Eleanoras weinerliche Stimme zu ihnen. »Ich will niemanden sehen!«

Ranulfs Nasenflügel bebten vor Wut. »Öffnet diese verdammte Tür!«

»Nein! Geht weg! Ich fühle mich nicht wohl!«

Das war ihm herzlich egal. Sie würde sich bald noch schlechter fühlen.

Ohne Vorwarnung holte Ranulf aus und trat mit aller Macht gegen die massive Holztür. Der Tritt hallte wie ein fürchterlicher Donnerknall durch die ganze Burg. Holz splitterte. Ein zweiter Tritt. Die Tür gab nach und fiel laut krachend in den Raum hinein.

Eleanora und Dalvina schrien entsetzt auf und flüchteten beim Anblick des zornigen Riesen in die hinterste Ecke des Raumes, wo sie sich furchtsam aneinander klammerten.

Ranulf stieg achtlos über die Holztrümmer hinweg.

»Für diesen Unsinn fehlt mir sowohl die Geduld als auch die Zeit. Ich will Antworten, und zwar jetzt gleich!«

Er hatte leise gesprochen, doch die deutliche Warnung in seiner Stimme ließ die beiden Frauen vor Furcht erzittern.

»Also? Wohin hat McGregor Valandra gebracht, und wer hat ihm dabei geholfen?«

Als sie nicht antworteten, packte Ranulf Eleanora bei der Kehle und drückte sie an die Wand. Sein Gesicht war eine Maske des Zorns, und in seinen Augen spiegelte sich tiefer Abscheu.

»Ich weiß, dass Ihr Valandra verabscheut, aber eines schwöre ich Euch: Sollte dieser Bastard ihr auch nur ein Haar krümmen, werdet Ihr es bitter bereuen. Jeden Schmerz und jede Beleidigung, die er ihr antut, werde ich Euch um ein Vielfaches zurückzahlen. Glaubt mir, es kümmert mich nicht, ob Lord Lamont bei seiner Rückkehr Witwer ist.«

Dalvina schrie entsetzt auf. »Nein, Ihr dürft Mama nichts antun. Wir wurden von McGregor ebenso getäuscht wie Ihr! Er hat Mama unsterbliche Liebe geschworen und versprochen, er werde sie noch diese Nacht mit sich auf seine Burg nehmen. Wir wussten nicht, dass er in Wahrheit etwas ganz anderes plante.«

Tränen der Verzweiflung rannen ihr über die blassen Wangen. »Großer Gott, wenn ich es gewusst hätte, hätte ich ihm niemals dabei geholfen. Ich wollte Mama nur glücklich sehen.«

»Wie meinst du das? Wie hast du ihm geholfen?«, forderte Ranulf zu wissen und verfluchte sich im Stillen für seine Torheit. Er hatte jeden überwachen lassen, nur dieses Mädchen nicht. Verdammt noch mal, er hatte nicht im Traum daran gedacht, dass von diesem scheuen, zurückhaltenden Mädchen tatsächlich eine Gefahr ausgehen könnte.

Dalvina nahm all ihren Mut zusammen und gestand: »Ich war es, die Euch und die Männer betäubte. Als mein Onkel …«

»Sei still, du dummes Ding!«

»Nein, Mama, ich habe lange genug geschwiegen. Ich wollte dich glücklich sehen, aber nicht auf Valandras Kosten.«

»Zur Hölle soll sie fahren! Sie hat alles zerstört!«

»Schweig, du boshaftes Ding«, fuhr Ranulf Eleanora an und schob sie Kasim in die Arme. »Sperr sie in eines der Turmzimmer. Fortan wird sie dort oben bleiben, bis Lord Lamont zurückkehrt. Er soll sich selbst um die Strafe für ihren Verrat kümmern.«

Kasim führte Eleanora weg, und Ranulf wandte sich wieder Dalvina zu. »Sprich weiter, Mädchen. Welche Rolle spielte Pater Ignatius?«

»Als mein Onkel erkannte, dass Ihr und Eure Männer die Getränke mit Wasser verdünnt, schützte er Kopfschmerzen vor und schickte eine der Mägde in sein Gemach, um Laudanum gegen die Schmerzen zu holen. Doch dieses Pulver war ein viel stärkeres Betäubungsmittel, das einer von McGregors Männern zuvor dort deponiert hatte. Mein Onkel wusste jedoch, dass er bewacht wurde, und befahl mir, das Pulver in die Wasserkrüge zu mischen.« Dalvina rang verzweifelt die Hände. »Ich wollte es nicht tun! Als ich mich jedoch weigerte, erklärte mir McGregor, dass ich nur so ein Blutvergießen vermeiden könnte. Er versicherte mir, meine Mutter so sehr zu lieben, dass er sie niemals hier zurücklassen würde. Nicht einmal, wenn er dafür Valandra, Euch und alle Burgbewohner umbringen müsste.«

Übermannt von Schuldgefühlen, schluchzte sie auf. »Das konnte ich doch nicht zulassen! Und so habe ich es getan.« Tränen der Reue rannen über ihre blassen Wangen. »Glaubt mir, wenn ich auch nur geahnt hätte, was McGregor tatsächlich im Schilde führt …«

»Weshalb hat das Mittel bei Valandra nicht gewirkt? Sie war die Einzige, die nicht betäubt wurde.«

Dalvina versuchte sich zu beruhigen. »Valandra leidet unter einem sehr empfindlichen Magen, müsst Ihr wissen. Auf die Nacht hin ist ihr der Wein zu schwer, und deshalb pflegt sie abends nur mit Honig gesüßte Milch zu trinken. Ich wollte nicht, dass ihr etwas zustößt! Das müsst Ihr mir einfach glauben! O bitte, Ihr müsst sie zurückbringen, Mylord!«

Ranulf nickte düster, und seine Worte klangen selbst in seinen Ohren wie ein heiliger Schwur. »Das werde ich, und McGregor wird dafür bezahlen!«

Wenige Minuten später preschte Ranulf an der Spitze eines zwanzig Mann starken Reitertrupps über die Zugbrücke von Walkmoor Castle und nahm die Verfolgung auf.

Während die Morgendämmerung den Himmel mit einem rosa Schleier erhellte, folgten sie den Spuren von McGregors Pferden. Wider Erwarten führten sie nicht auf direktem Weg zu McGregors Burg, sondern in südlicher Richtung tiefer in den Wald hinein.

Niemand sprach ein Wort, und selbst die Geschöpfe des Waldes schienen angespannt den Atem anzuhalten. Qualvolle Minuten zogen sich zu Stunden hin, und Ranulfs Sorge um Valandra drohte die Überhand zu gewinnen. Er war ein elender Narr gewesen! Er hätte darauf bestehen müssen, dass McGregor auf der Stelle die

Burg verließ. Niemals hätte er Rücksicht auf Valandras Furcht vor dem Zorn des Königs nehmen dürfen! Verdammt noch mal, sein Instinkt hatte ihn deutlich genug gewarnt.

Ranulf überschüttete sich mit Selbstvorwürfen. Vorwürfe waren besser als diese alles verzehrende Sorge um Valandra. Er wollte nicht an die Furcht in ihren Augen denken, wollte sich nicht an McGregors grausames Gelächter erinnern, denn dies beschwor andere Bilder in seinem Kopf herauf. Grässliche Bilder, die ihm das Herz in der Brust zu zerfleischen drohten. Er sah, wie dieser lüsterne Bastard über Valandras zarten Körper herfiel und sie schändete – sah, wie sie, geschunden und gepeinigt, in einer Ecke kauerte. Beinahe glaube er sogar, ihr Weinen und ihre verzweifelten Schreie zu hören.

Ranulf trieb seinen Hengst zu immer größerer Eile an. Er musste zu ihr, musste sie aus den Fängen dieses Bastards befreien, bevor sich seine schrecklichen Ahnungen bewahrheiteten.

Plötzlich fühlte Ranulf ein wohl vertrautes Prickeln in seinem Nacken, und er erstarrte innerlich zu Eis. Malven!

Nein!, schrie alles in ihm. Nein, nicht jetzt!

»Was ist los?«, erkundigte sich Owen verwirrt. Er wäre beinahe mit Ranulf zusammengeprallt, als dieser unvermutet am Zügel riss und seinen Hengst zum Stehen brachte.

»Nichts! Reitet weiter!«

»Aber …«

»Keine Widerrede! Ich komme so schnell wie möglich nach! Kasim, du wirst die Männer anführen!«

Kasims Augen durchforsteten unauffällig die Gegend. Er wusste nur zu gut, was Ranulfs seltsames Verhalten bedeutete, und er hoffte aus tiefstem Herzen, dass er sich diesmal irrte.

»Nun reitet schon!«

Die Männer preschten murrend davon, während Kasim noch immer zögerte. Er wollte seinen Freund nicht dem Tode überlassen, wollte nicht, dass dies der Abschied war. Dennoch wendete er sein Pferd, um den anderen zu folgen.

»Kasim!«, hielt Ranulf ihn zurück.

Kasim drehte sich im Sattel zu ihm um, und in seinem Gesicht spiegelten sich seine tief empfundenen Gefühle.

»Bring sie nach Hause, Kasim. Bring Valandra heim. Versprich es mir!«

Kasim schluckte den zähen Kloß in seinem Hals herunter und nickte. »Das werde ich, mein Freund. Du hast mein Wort.«

»Gut, dann reite weiter!«

Sekunden später war er mit Malvens Schatten allein.

Ranulf verharrte einige Sekunden lang bewegungslos und mit gesenktem Kopf. Um ihn herum erwachte allmählich der Wald, und leise Vogelstimmen hießen den neuen Tag willkommen, während die ersten Sonnenstrahlen durch die dichten Baumkronen fielen.

Ranulf fühlte eine namenlose Traurigkeit in sich aufsteigen. Über die Jahre hinweg hatte er den Tod gesucht, hatte sich verzweifelt danach gesehnt, doch jetzt war alles anders. Er wollte nicht sterben. Er wollte leben, und sei es nur, um noch einmal in Valandras liebliches Gesicht zu sehen. Wie sollte er jemals Ruhe finden, wenn er nicht sicher war, ob Kasim ihre Befreiung gelänge?

Dennoch nahm Ranulf den Helm ab, löste die Lederschlaufen an seinem Brustpanzer und ließ beides achtlos zu Boden gleiten. Ungeschützt und mit ausgebreiteten Armen saß er nun auf seinem mächtigen Hengst und bot sich Malven als lebende Zielscheibe dar.

Sein Blick glitt zu einem hohen Felsvorsprung, der von Bäumen und Buschwerk gesäumt war, und seine Lippen formten stumme Worte.

»Nicht jetzt, mein Freund. Bitte, nicht jetzt.«

Sekunden verstrichen zu Ewigkeiten. Plötzlich bewegte sich etwas auf dem Felsvorsprung, und Malven trat hinter einem Baum hervor. In seinen Händen hielt er den gespannten Bogen, dessen Pfeile niemals ihr Ziel verfehlten.

Er stand vollkommen still. Nur sein brauner, langer Mantel wehte leicht im Wind. Sein Gesicht war eine gefühllose Maske, und selbst aus dieser Entfernung schienen sich seine stechenden Augen in Ranulfs Geist zu bohren.

Im nächsten Augenblick ließ er die Bogensehne schnellen, und der Pfeil flog geradewegs auf sein Opfer zu.

Ranulf hielt den Atem an. Er hörte das bedrohliche Surren, fühlte den Windhauch. Einen Herzschlag später bohrte sich der Pfeil in einen Baumstamm direkt hinter ihm und blieb dort zitternd stecken.

Ranulfs Augen flogen zum Felsvorsprung zurück, doch Malven war fort.

Er hatte ihm einen kleinen Aufschub gewährt.

»Hab Dank, mein Freund.«

Neunzehntes Kapitel

»Verdammt, dieses Weib hat den Teufel im Leib!«, jaulte der junge Soldat auf und sprang rasch vom Bett zurück, an das er Valandra zu fesseln versuchte. Bisher war es ihm nur mit einer ihrer Hände gelungen. Ungläubig starrte er auf die tiefe Schnittwunde an seinem Unterarm. »Die muss verrückt sein!«

»Hab dich nicht so, pack sie!«, befahl der Hauptmann wütend.

»Versuch es!«, zischte Valandra drohend und fuchtelte wild mit der Tonscherbe in ihrer freien Hand herum.

Sie wirkte in der Tat wie eine Verrückte. Ihr Haar hatte sich im Kampf gelöst und fiel ihr in wilden Strähnen um die Schultern und ins Gesicht. Das Kleid war an mehreren Stellen eingerissen, weil sie sich nach Leibeskräften gegen die Fesseln gewehrt hatte, und ihre Haut war so blass wie die eines Geistes. Trotz ihres jämmerlichen Aussehens sprühten ihre dunkelgrünen Augen zornige Funken.

»Versuch es, und ich werde dir die Kehle aufschlitzen!«, warnte sie angriffslustig, während sie wie wild an ihrer gefangenen Hand zerrte. Der Lederriemen schnitt schmerzhaft in die zarte Haut ihres Handgelenks und steigerte ihre grässliche Angst, die sie so verzweifelt vor den beiden Männern zu verbergen versuchte.

Sie waren viele Stunden durch die Nacht geritten, bis McGregor mitten in einem dunklen Waldstück den Befehl gegeben hatte abzusitzen. Während all der Zeit war Valandra gezwungen gewesen, vor ihm im Sattel zu sitzen und seine grässlichen Hände überall auf ihrem Körper zu erdulden. Offenkundig hatte es ihm ein perverses

Vergnügen verschafft, ihr in anschaulichen Bildern zu erklären, wie er sie vergewaltigen würde.

Als er sie dann zu einer dichten Baumgruppe gezerrt hatte, hätte Valandra vor Entsetzen fast den Verstand verloren. Sie war sich sicher gewesen, dass er seine Drohungen jetzt gleich in die Tat umsetzen würde. Stattdessen hatte er sie in diese alte, verlassene Jagdhütte gesperrt und seinem Hauptmann und einem weiteren Krieger den Auftrag gegeben, sie an das Bett zu fesseln, während er den übrigen Männern Befehle erteilt hatte.

Valandra wusste nicht, was schlimmer war – die bevorstehende Vergewaltigung oder die Zeit, in der sie mit diesem Schicksal vor Augen auf McGregor warten musste.

Sie sah sich verzweifelt nach einer geeigneteren Waffe um, doch da war nichts, was ihr von Nutzen sein konnte. Die Hütte bestand nur aus einem Raum. Darin befand sich ein kleiner Tisch mit zwei notdürftig zusammengezimmerten Stühlen, einige achtlos zurückgelassene Küchengegenstände und das schmale Bett, an das sie mit einer Hand gefesselt war. Sie musste sich also auch weiterhin mit der Tonscherbe als Waffe begnügen.

»Wenn wir sie zumindest mit einigen kräftigen Schlägen gefügig machen könnten«, hob der junge Soldat mürrisch an, »würde sie bestimmt nicht mehr solche Schwierigkeiten machen.«

»Du hast Lord McGregors Befehle gehört. Er will, dass sie bei Bewusstsein ist, wenn er zu ihr kommt. Niemand außer ihm selbst darf Hand an dieses Weibsbild legen.«

Ein hässliches Grinsen verzerrte das Narbengesicht des Hauptmanns zu einer boshaften Fratze. »Ich glaube, unser Lord hat sich etwas ganz Spezielles für diese Dirne ausgedacht. Ich wäre wirklich gern dabei, wenn er sie besteigt.«

Sein Lachen wurde roh, während er Valandra feindselig und mit unverhohlener Schadenfreude anstarrte. »Man sagt, er sei so ungewöhnlich groß bestückt, dass auch bei erfahrenen Huren Blut fließt. Dich wird er ziemlich sicher in Stücke reißen!«

Valandra erschauderte vor Entsetzten. Sie spürte, wie bei diesen Worten bittere Galle ihren Hals hinaufkroch, und fürchtete, sich gleich übergeben zu müssen. »Vielleicht lässt er uns ja zusehen. Schließlich wäre es nicht das erste Mal«, gab der jüngere Soldat hoffnungsvoll zu bedenken.

Diese Männer waren schlimmer als blutgierige Tiere!

»Was, zum Teufel, geht hier vor?«, donnerte McGregor von der Türschwelle her. »War mein Befehl unklar, oder seid ihr einfach nur dämlich? Warum ist das Weib noch nicht mit gespreizten Beinen auf das Bett gefesselt?«

»Vergebung, Mylord!«, baten die beiden plötzlich sehr kleinlaut. Es war nicht zu übersehen, dass sie sich vor ihrem Herrn fürchteten.

»Sie hat sich wie verrückt gewehrt«, erklärte der Hauptmann. »Und da wir sie nicht niederschlagen durften …«

»Habt ihr einfach gar nichts getan«, beendete McGregor den Satz, während seine Augen lüstern über Valandras zerrissene Kleider glitten. »Lass die Scherbe fallen, Schätzchen, für solche Spielchen fehlt mir die Geduld.«

»Niemals!«, keuchte Valandra und beobachtete entsetzt, wie er sein Schwert aus der Scheide zog.

McGregors Augen funkelten vor Grausamkeit. »Ich hasse es, mich zu wiederholen. Lass sie fallen, oder ich schlage sie dir mit dem Schwert aus der Hand. Die kannst du dann natürlich ebenfalls vergessen.«

Valandra verbarg ihre Faust instinktiv auf dem Rücken und starrte McGregor fassungslos an. »Das kann nicht Euer Ernst sein.«

Der zuckte jedoch gleichmütig mit den Schultern. »Für das, was ich mit dir vorhabe, benötigst du keine Finger.«

Es war sein Ernst, erkannte Valandra voller Grauen. Sie hätte am liebsten geschrien und geweint, um ihrer Angst Luft zu verschaffen, doch sie war so eingeschüchtert, dass kein Ton über ihre Lippen drang.

»So ist es recht«, erklärte McGregor zufrieden, als die Tonscherbe mit einem leisen Klirren zu Boden fiel.

Sogleich wurde sie vom Hauptmann gepackt, und er drehte ihr grob den freien Arm auf den Rücken.

»Soll ich sie jetzt aufs Bett binden, Mylord?«

»Nein, noch nicht.« McGregor trat dicht vor Valandra und hielt ihr einen Kelch an die Lippen. »Und nun trink das!«

»Nein!«, schrie Valandra verzweifelt und schüttelte wild den Kopf. Dieses Schwein wollte sie vergiften! Aber was sollte das? Wozu dieses Versteck, wozu die Fesseln, wenn er sie einfach nur töten wollte? Das hätte er doch auf Walkmoor Castle erledigen können. Valandra verstand nichts mehr, und sie wehrte sich aus Leibeskräften. Sie wollte nicht sterben! Nicht so! Tränen der Hoffnungslosigkeit bahnten sich einen Weg über ihre blassen Wangen.

McGregor griff nach ihrem Kinn und hielt es umfangen. Seine großen, schwieligen Finger gruben sich gnadenlos in ihre Wangen und zwangen sie, den Mund zu öffnen.

Ohne ein weiteres Wort flößte er ihr den süsslich herb schmeckenden Trunk ein und verschloss ihre Lippen mit einem brutalen Kuss, bis sie vor der Wahl stand, das Gebräu zu schlucken oder erbärmlich zu ersticken.

Valandra entschied sich für Ersteres und fühlte, wie die Flüssigkeit langsam ihre Kehle hinunterrann.

Es war getan!

Sie ließ den Kopf ermattet sinken, schloss die Augen und wartete auf die sengenden Schmerzen, die nun unweigerlich folgen würden.

»Lieber sterbe ich einen grausamen Gifttod, als von Euch geschändet zu werden«, erklärte sie bitter und wandte den Kopf ab, damit er ihre Tränen nicht sehen konnte. Eine tiefe Trauer erfasste sie, als sie an all die geliebten Menschen dachte, die sie nie wieder sehen würde. Ihr Vater, großer Gott! Wie sehr hatte sie sich auf ein Wiedersehen mit ihm gefreut! Auf sein Lächeln, seine liebevollen Gesten und seine verrückten Einfälle, mit denen er sie immer wieder überrascht hatte. Vorbei! Sie dachte an Owen und seine mürrische Art, an die treuen Seelen der Burg, und sie dachte an Ranulf.

Valandra schloss gequält die Augen, als sie sich an Ranulfs regungslosen Körper erinnerte. Er war vor ihren Augen zusammengebrochen, doch sogar während ihm die Sinne geschwunden waren, hatte er versucht, sie zu beschützen.

Weshalb hatte sie ihm nicht gehorcht? Weshalb hatte sie sich nicht versteckt?

Valandras Herz tat einen schmerzhaften Satz. Sie kannte die Antwort.

Weil sie ihn liebte! Wie hätte sie ihn allein lassen können? Wie hätte sie an ihre eigene Sicherheit denken können, wenn der Mann, den sie liebte, schutzlos und ohne Bewusstsein dem Feind ausgeliefert war? Nein, sie hätte ihn niemals verlassen können.

Ihre Magengrube zog sich schmerzlich zusammen. Bald würden sie im Tod vereint sein.

»Wie heldenhaft«, spottete McGregor belustigt und zog sich einen der Stühle heran. »Du würdest also lieber sterben, als von mir defloriert zu werden? Wie theatralisch! Schade nur, dass der Wein nicht mit Gift, sondern mit einem Aphrodisiakum versetzt war.«

Valandra blinzelte verwirrt. »Was soll das heißen?«

»Ganz einfach, du wirst nicht sterben. Auch wenn du es dir vermutlich bald wünschen wirst!«

»Ich verstehe nicht ...«

McGregor lachte boshaft auf, ein kratzendes Geräusch, das Valandra bis ins Mark frösteln ließ. »Nur Geduld, in wenigen Minuten wirst du es verstehen. Dann, wenn du darum bettelst, von mir bestiegen zu werden.«

»Niemals«, schrie Valandra entsetzt auf. Dieser Bastard musste den Verstand verloren haben! Er war vollkommen verrückt geworden. Niemals würde sie etwas derart Grässliches tun. Einen solchen Trunk gab es gar nicht, oder doch?

»Du wirst es tun«, versicherte McGregor ihr mit einem anzüglichen Grinsen. »Wieder und wieder, bis die Wirkung des Elixiers nachlässt. Glaub mir, noch bevor dieser Morgen vorüber ist, wird von deinem viel gepriesenen Stolz und deiner Würde nichts mehr übrig sein. Du wirst winseln und betteln, damit ich dich von den Schmerzen der Lust befreie.«

»Nein«, flüsterte Valandra ungläubig und zerrte verzweifelt an ihrem gefesselten Handgelenk. »Ihr lügt!«, schrie sie hysterisch. McGregor war bis weit über die schottischen Grenzen für seine Grausamkeit bekannt. Jeder wusste, dass es diesem Mann nicht genügte, sein Opfer zu quälen. Er setzte alles daran, sowohl den Körper als auch den Geist für immer zu brechen.

McGregor lehnte sich gemütlich in seinem Stuhl zurück und wartete.

»Weißt du, eigentlich bin ich deinem Vater dankbar, dass er noch am Leben ist. Eleanora ist zwar ein hübscher Anblick, doch im Bett hätte sie mir nicht viel Freude bereitet. Sie ist zu eifrig, und ich bevorzuge die Herausforderung. Frauen, die sich wehren, sind wesentlich mehr nach meinem Geschmack.« McGregor griff sich lüstern in den Schritt, und Valandra wandte angeekelt den Kopf zur anderen Seite.

»Mit dir werde ich bestimmt meinen Spaß haben. Du wirst dich wehren, nicht wahr, Schätzchen?«

»Mein Vater wird Euch töten für das, was Ihr mir antut. Er wird …« Unvermittelt riss sie die Augen auf, sah sich hektisch um und übergab sich krampfartig in einen alten Eimer, der glücklicherweise neben dem Bett stand.

»Verdammt«, brüllte McGregor wütend. »Hör auf damit, du versaust mir meinen ganzen Plan! Ich habe nichts mehr von diesem Trunk!«

Valandra übergab sich erneut und verspürte gleichzeitig eine gewisse Genugtuung, als sie sich den Mund abwischte und ermattet auf die Bettkante sinken ließ. Endlich hatte ihr schwacher Magen auch mal seine Vorteile.

»Glaubt mir, mein Vater wird Euren Kopf fordern!«

»Unsinn«, lachte McGregor boshaft auf. »Er wird es nie erfahren. Dein elender Stolz war mir schon immer ein Dorn im Auge, doch nun wird er mir zugute kommen. Du wirst deinem alten Herrn kein Wort erzählen.«

»Ihr müsst verrückt sein! Natürlich werde ich es ihm …«

»Glaub mir, in den nächsten Stunden werde ich dich so tief demütigen, dass du keinem anderen Menschen mehr in die Augen sehen kannst. Wenn ich erst mit dir fertig bin, wirst du dich wertloser als die billigste Dorfdirne fühlen. O nein, du wirst deinem Vater kein Sterbenswörtchen davon erzählen. Stattdessen wirst du ihm seinen neuen Schwiegersohn vorstellen.«

»Ihr seid tatsächlich verrückt«, keuchte Valandra atemlos. »Ihr wollt, dass ich Euch heirate?«

»Natürlich! So wie die Dinge liegen, ist Eleanora wertlos für mich. Nur mit dir als meiner Frau wird Walkmoor eines Tages in meinem Besitz sein.«

Er gab seinen Männern ein Zeichen, und bevor Valandra es sich versah, war sie bereits an Armen und Beinen gefesselt aufs Bett gebunden. Ihr Herz raste vor Furcht, als McGregor die beiden Männer mit einem knappen Kopfnicken hinausschickte. Er setzte sich neben Valandra aufs Bett. »Offensichtlich hast du die Wirkung der Droge ruiniert, also sehe ich auch keinen Grund, noch länger zu warten. Ich kann es kaum erwarten, meinen Schaft zwischen deine Schenkel zu rammen.«

Valandra versuchte verzweifelt, von ihm abzurücken, doch die Fesseln erlaubten ihr kaum Bewegungsfreiheit. »Fasst mich nicht an!« Sie wollte sich befreien, bäumte sich in wilder Verzweiflung auf und versuchte, seinen Händen auszuweichen, doch alles, was sie damit erreichte, war ein boshaftes Lachen. »Sehr schön! Wehr dich! Das macht mich heiß!«

McGregors Atem ging nun stoßweise. Er beugte sich über Valandra, packte den Rand ihres Ausschnittes und riss das Oberteil mit einem Ruck entzwei.

Valandra schrie entsetzt auf, was ihm ein zufriedenes Lachen entlockte.

»Ja, schrei für mich!«

Seine Hände griffen grob nach ihren nackten Brüsten und quetschten sie so brutal, dass ihr die Tränen in die Augen traten.

»Wie zart und blass deine Haut ist. Richtig jungfräulich. Kein blauer Fleck, keine Narben von Dolchschnitten. Ich wette, du bist noch nie richtig von einem Mann bestiegen worden!«

Valandra biss sich auf die Lippen, bis sie ihr eigenes Blut schmeckte. Sie wollte nicht schreien, wollte nicht, dass McGregor das fassungslose Entsetzen in ihren Augen erkannte und sich daran weidete. Übelkeit und der bittere Geschmack von Galle verätzten ihr die Kehle.

Nein, sie würde nicht schreien. Sie würde nicht schreien! Doch als McGregors widerliche Hand unter ihren Rock glitt und zum Zentrum ihrer Weiblichkeit vordrang, tat sie es doch. Ihr Schrei glich dem eines verwundeten Tieres. Wut und Verzweiflung gellten durch den Raum, und sie erkannte, dass sie nach Ranulf geschrien hatte.

Kaum einen Herzschlag später erschütterte eine gewaltige Explosion die kleine Hütte. Holz splitterte, und die Tür zerbarst in tausend Stücke.

Ranulf stand mitten im Raum.

Sein Gesicht war eine Maske aus kalter Wut und Rachedurst, und in seiner Hand funkelte die Tod bringende Klinge seines Schwertes ›Zorn‹.

Hinter ihm standen Owen und Kasim.

Zwanzigstes Kapitel

»Ranulf«, flüsterte Valandra ungläubig.

Ranulf benötigte einige Herzschläge, bis er sich von Valandras Anblick erholt hatte. Halb nackt, gefesselt und mit hoch geschobenen Röcken lag sie da, und die nassen Tränenspuren auf ihren Wangen kündeten von ihrer Pein. Blinder Hass und rasende Wut legten sich wie ein roter Schleier über seine Augen.

Er hatte ihre Schreie gehörte, hatte gehört, wie sie verzweifelt nach ihm gerufen hatte, und der wilde Schmerz in ihrer Stimme hatte sich wie eine zweischneidige Klinge in sein Herz gebohrt.

McGregor, dieses elende Schwein, hatte ihr wehgetan. Er hatte sie gequält … und dafür würde er sterben!

»Verdammter Bastard!«, schrie McGregor wütend auf und sprang vom Bett, um an sein Schwert zu gelangen, das auf dem Tisch lag.

Ranulf aber kam ihm zuvor. Er packte McGregor am Kragen und schleuderte ihn quer durch den Raum. »Das wirst du büßen!«

McGregors Selbstsicherheit fiel wie ein Kartenspiel in sich zusammen. Er suchte verzweifelt nach einem Ausweg. Er wollte zu Valandra gelangen, um sie als Geisel zu benutzen, doch Ranulf versperrte ihm den Weg.

»Männer, zu mir!«, schrie McGregor.

»Das wird dir nichts nützen.« Ranulfs kalte Worte ließen dem Lord das Blut in den Adern gefrieren. Die tödliche Ruhe, die dieser Riese in seinem Zorn ausstrahlte, wirkte noch gefährlicher, als wenn er getobt hätte.

Ranulf zog sich die Handschuhe aus. »Jene Männer, die noch nicht zur Hölle gefahren sind, sind nicht in der Lage, dir zu helfen. Du bist allein.«

McGregors Blick glitt unruhig von Ranulf zu Valandra, die soeben von ihrem Hauptmann befreit und in einen Plaid gewickelt wurde. Er wusste, dass nun sein Ende nahte.

So wechselte er die Taktik und hob abwehrend die Hände. »Ihr werdet doch keinen unbewaffneten Mann töten!«

Ranulfs Blick war kalt wie Eis. »In meinen Augen bist du nichts weiter als eine hässliche Kakerlake. Es wird mir ein Vergnügen sein, dich zu zertreten.«

McGregor wich einige Schritte zurück. »Dann werdet Ihr des Königs Zorn zu spüren bekommen! Ich habe einen Boten zum König geschickt und ihn um Lady Valandras Vormundschaft und ihre Hand gebeten.«

»Genug der Reden! »

Ranulf warf sein Schwert wütend zu Boden. Er dachte nicht daran, diesem Bastard einen schnellen Tod zu gewähren. Nein, er sollte langsam sterben. Mit bloßen Händen wollte er ihn zur Hölle schicken!

»Sollte mir etwas zustoßen, wird der König wissen, auf wen er seinen Zorn zu richten hat.«

Weiter kam er nicht mehr, denn Ranulf war mit einem Satz bei ihm und rammte ihm die Faust in die Magengrube. »Ich sagte, genug der Reden!«

McGregor wehrte sich wie wild, doch den gewaltigen Hieben dieses Riesen vermochte er nichts entgegenzusetzen.

Erst als Ranulf seinen größten Zorn abreagiert hatte, packte er McGregor mit einer Hand am Hals und hob ihn vom Boden hoch. Der Lord zappelte hilflos in seinem eisernen Griff und rang röchelnd nach Luft. Er schlug um sich, versuchte, Ranulfs Finger von seinem Hals zu lösen, doch es war aussichtslos.

»Mylord!«, mischte sich Owen widerwillig ein. »So gern ich diesen Bastard tot sähe, er ist den Ärger nicht wert!«

»Das sehe ich anders«, knurrte Ranulf und weidete sich an der unnatürlich blauen Farbe von McGregors Gesicht. Er spürte, wie das Leben langsam aus dessen Körper wich.

»Verdammt noch eins! Der Hundesohn ist ein entfernter Cousin des Königs, und dieser nimmt Familienbande sehr ernst. Wenn Ihr McGregor tötet, werden Lord Lamont und seine Familie bitter dafür büßen!«

Das war ihm egal! Er wollte Blut sehen, wollte, dass McGregor für all die Stunden der Angst und Sorge um Valandra mit seinem Leben bezahlte. Wie leicht es ihm doch fallen würde, diesem Bastard das Genick zu brechen. Er sehnte sich geradezu nach dieser Genugtuung.

Aber Valandra hatte bereits genug gelitten.

Mit einem wüsten Fluch ließ er McGregor wie ein faules Stück Fleisch zu Boden fallen.

»Schafft mir diesen Bastard aus den Augen, bevor ich es mir anders überlege«, stieß er hervor und wandte sich an Owen. »Schick zwei deiner besten Reiter aus. Sie sollen den Boten abfangen. Der König darf McGregors Depesche nie erhalten.«

Owen nickte, zog den wild hustenden McGregor auf die Füße und verließ mit ihm den Raum.

»Was soll mit ihm geschehen?«, erkundigte sich Kasim.

»Er ist mein Gefangener. Sieh zu, dass er es nicht zu bequem hat.«

Kasim nickte und verschwand nach draußen.

Ranulfs Blick glitt zu Valandra, die noch immer in den Plaid gehüllt vor dem Bett stand. Sie hatte die ganze Szene schweigend mit angesehen.

Ranulf legte verwirrt die Stirn in Falten. Sie war unnatürlich ruhig. Wie eine zerbrechliche Statue stand sie da und hielt die Decke wie einen schützenden Schild vor ihre Brust, während sie ihn nicht aus den Augen ließ. Er sah, wie sie um ihre Beherrschung kämpfte. Sah, dass sie versuchte, das Unfassbare zu begreifen.

»Valandra?« Er wagte es nicht, auf sie zuzugehen, weil er fürchtete, sie würde zusammenbrechen.

Ihre Blicke trafen sich.

»Du lebst!«, flüsterte sie bebend. Hoffnung und Furcht kämpften in ihrer Stimme um den Sieg. »Du bist es tatsächlich, nicht wahr? Du bist kein Traum, sondern ehrlich und wahrhaftig hier bei mir?«

Ranulf erkannte die widersprüchlichsten Gefühle in ihrem zarten, zerschundenen Gesicht. Verwirrung und Furcht, Hoffnung und Glück … er sah ihr zögerndes Lächeln, das einem unbeschreiblichen Sonnenaufgang gleich heller und heller wurde.

Urplötzlich schienen alle Zweifel von ihr abzufallen, und ihr ganzes Wesen erstrahlte vor Freude. Mit einem kleinen Aufschrei stürzte sie sich in seine Arme.

»Ranulf! Du bist es tatsächlich! Du lebst«, schluchzte sie selig. Ihre Hände glitten über sein geliebtes Gesicht, über seine Schultern und wieder zurück zu seinen stoppeligen Wangen. Sie weinte und lachte gleichzeitig, und ihr Herz zersprang beinahe vor Glück.

Ranulfs Kehle war plötzlich wie zugeschnürt, als er die tiefe Zärtlichkeit und Sorge in ihren tränenumflorten Augen sah. Ein schmerzlicher Ruck ging durch seine Brust, als er ihre Liebe erkannte, die ihm aus den smaragdgrünen Tiefen ihrer Augen entgegenlächelte. Warm, unverfälscht und unendlich kostbar.

Plötzlich fiel ihm das Atmen schwer. Wie viele Jahre hatte er sich nach eben diesem Ausdruck in den Augen einer Frau gesehnt? Er, der als Waisenkind aufgewachsen war und nie erfahren hatte, was es hieß, geliebt zu werden. Schmerzlich hatte er sich gewünscht, endlich auch auf der Sonnenseite des Lebens stehen zu dürfen.

Doch diese Zeit war längst vorbei. Sie war vor vier Jahren mit all seinen Hoffnungen und Idealen gestorben. Seit jenem Tag, als der Großmeister das Todesurteil ausgesprochen und ihn damit um sein Leben und seine Zukunft betrogen hatte.

Ranulf fühlte, wie die Mauern um sein Herz in sich zusammenfielen und ihn ungeschützt zurückließen. Er verfluchte das Schicksal, das ihn mutwillig verhöhnte. Es bot ihm Valandras Liebe auf einem silbernen Tablett, nur, um ihn den nahen Verlust noch bitterer schmecken zu lassen.

»McGregor hat sich damit gebrüstet, wie er dich tötete … Ich hatte solche Angst, dich nie wieder zu sehen, dich nie wieder berühren zu dürfen … Oh, es war schrecklich! Ich fühlte mich so allein und hilflos.«

Valandra erzählte ihm von den Drogen, von McGregors eingehenden Schilderungen, wie er sie demütigen und später heiraten würde. Jede Geste, jede zärtliche Berührung verriet ihm, wie sehr sie ihn liebte.

»Es ist vorbei, Liebes. Du hast nichts mehr zu befürchten«, versuchte Ranulf sie zu beschwichtigen, während er sie so eng an sich zog, als fürchtete er, man könnte sie ihm erneut entreißen. »Du bist in Sicherheit.«

Er vergrub sein Gesicht in ihrem Haar und sog gierig ihren Duft in seine Lungen.

»Ich bin dir so rasch gefolgt, wie ich konnte«, flüsterte er mit geschlossenen Augen. Während der letzten Stunden hatte er vor Sorge um sie beinahe den Verstand verloren. Auch jetzt noch fiel es ihm schwer zu glauben, dass sie tatsächlich wieder bei ihm war.

Vielleicht gab es tatsächlich einen Gott. Auch wenn er ihn, Ranulf, vor Jahren verlassen hatte, so schien er doch wenigstens Valandra zu lieben.

»Du bist in Sicherheit, Liebes. Es wird alles gut.«

»Ja«, flüsterte Valandra lächelnd und lauschte zufrieden seinem Herzschlag. »Jetzt ist alles gut.« Ihre Finger gruben sich Besitz ergreifend in den Stoff seines warmen Umhangs. Es tat so gut, von ihm gehalten zu werden, seine tiefe, beruhigende Stimme zu hören. Sicherheit, fuhr es ihr durch den Kopf. Sicherheit und ...

»Ich liebe dich, Ranulf«, gestand sie leise und blickte schüchtern zu ihm empor. »Ich fürchtete schon, ich könnte es dir niemals mehr sagen. Du darfst mich nie wieder so erschrecken. Der Gedanke, dich zu verlieren ... Es hat so wehgetan.«

Ihre Augen waren so sanft und furchtsam, dass sie bis tief in Ranulfs Seele vordrangen. Endlich fand er den Mut, sich selbst einzugestehen, dass er ihre Gefühle erwiderte. Er liebte diese kleine, zierliche Frau. Es war unfassbar. Niemals hätte er gedacht, zu solchen Gefühlen fähig zu sein, doch er liebte sie mit jeder Faser seines Herzens. Er liebte sie für ihren Mut und ihre Wärme. Er liebte ihr Lachen, ihren verführerischen Gang und selbst die Art, wie sie trotzig das Kinn vorschob, wann immer sie sich stritten. *Oui,* er liebte Valandra mehr als alles andere auf dieser Welt, und zum ersten Mal in seinem Leben war ihm nach Weinen zumute.

Es war zu spät!

»Du darfst mich nie wieder verlassen«, flehte Valandra leise.

»Ich werde immer bei dir sein, meine Liebe«, schwor Ranulf gequält, senkte den Kopf und küsste sie. O ja, er würde immer bei ihr sein, selbst dann, wenn Malven seinen Auftrag erledigt und sie ihn längst vergessen hatte. Er würde seine Liebe zu ihr wie den kostbarsten Schatz mit in den Tod nehmen.

Es war ein sanfter, trauriger Kuss, mit dem er ihr für ihre liebevolle Sorge um ihn dankte. Ein Kuss, mit dem er ihr all seine Liebe und seinen Schmerz gestehen wollte.

Aber in dem Moment, in dem seine Lippen die ihren berührten, brach etwas in Ranulf auf. Seine Arme schlangen sich Besitz ergreifend um Valandras Körper, und sein Mund bemächtigte sich ihrer Lippen.

Sein Kuss war nicht länger zärtlich und ehrerbietig, sondern wild und ungestüm und drückte sein glühendes Verlangen aus, das Leben zurückzufordern, das er bald verlieren würde.

Valandra erging es ähnlich. Auch sie hatte Angst und Anspannung durchlebt, und nun schlugen diese Gefühle in Leidenschaft um. Sie kannte keine Zurückhaltung, keine Scham, denn alles, was ihr Herz begehrte, alles, was wirklich zählte, war Ranulf. Oh, wie sehr hatte sie sich nach ihm und diesen herrlichen Gefühlen verzehrt!

Ranulf verdrängte jeden Gedanken an ein Morgen und vergaß alles um sich herum. Er fühlte nur Valandras Körper, der sich feurig an seinen schmiegte. Fühlte, wie sie unter seinen Liebkosungen erbebte, und sog jeden ihrer kleinen, genüsslichen Seufzer tief in sich ein. Ihr Mund schmeckte so unendlich süß und verführerisch.

Ranulf hörte das eigene Blut durch seine Adern rauschen, und ein verzehrender Hunger ergriff seinen gepeinigten Körper. Er musste Valandra spüren, musste ihre nackte Haut auf seiner fühlen, oder er würde augenblicklich den Verstand verlieren. Mit einer Gier, die an Verzweiflung grenzte, glitten seine langen, kräftigen Finger über ihren schmalen Rücken zu dem kleinen, festen Gesäß und gruben sich fordernd in ihr Fleisch. Er presste sie an sein hartes Geschlecht, rieb sich an ihr und hob sie hoch, damit sie erkannte, wie sehr er nach ihr verlangte.

»Schling deine Beine um meine Hüften«, bat er rau.

Valandra gehorchte atemlos. Die Wildheit, mit der Ranulf ihren unerfahrenen Körper bestürmte, raubte ihr den Atem. Es flößte ihr Angst ein, und doch überwog ihre eigene Sehnsucht nach diesem Unbekannten. Sie wollte noch näher mit Ranulf zusammen sein, wollte mit ihm verschmelzen, bis sie nur noch ein Körper und eine Seele waren.

Valandra schlang die schlanken Beine um Ranulfs Hüften und keuchte erschrocken auf, als sich der Beweis für seine Lust hart und unnachgiebig an ihre Scham presste. Ihr Herz setzte einen Augenblick lang aus, nur um dann umso heftiger zu pochen. Ihr ganzer Körper schien sich in einen einzigen Pulsschlag zu verwandeln, als ungeahnte Empfindungen wie ein sengender Blitzschlag das Zentrum ihrer Weiblichkeit trafen.

»O ja«, stöhnte Ranulf rau auf, während seine Hände Valandras Pobacken kneteten und sie in rhythmischen Bewegungen an sein pulsierendes Glied pressten. Es reichte nicht! Er brauchte mehr … Viel mehr! Er musste diese hinderlichen Kleider loswerden, die wie eine unüberwindliche Barriere zwischen ihnen waren.

Rückwärts stolpernd setzte er sich auf den Tisch und

zog Valandra rittlings auf seinen Schoß, während sein Mund erneut ihre Lippen forderte. Seine Hände glitten Besitz ergreifend in die Flut ihrer schweren dunkelbraunen Locken und bogen ihren Kopf zurück, damit er ihren Hals mit kleinen, knabbernden Küssen verwöhnen konnte.

Valandras Kehle entwich ein zittriger Laut der Wonne, als sie plötzlich einen kühlen Windhauch auf ihren entblößten Brüsten spürte. Ranulf hatte ihr das zerrissene Oberteil über die Schultern bis zur Hüfte hinuntergestreift. Dann waren seine warmen, schwieligen Hände auf ihren Brüsten, kneteten sie, liebkosten die harten Knospen, bis sie vor Lust wimmerte.

»Du bist so wunderschön, so vollkommen wie eine Göttin«, flüsterte Ranulf, während er sie ein wenig hochhob und sein Gesicht begierig in dem Tal ihrer schweren Brüste vergrub.

Valandra zerrte ungeduldig an Ranulfs Leinenhemd. Sie wollte ihn ebenfalls sehen. Wollte sich an seine glatte, bronzefarbene Haut schmiegen und jeden Muskel liebkosen.

»Hilf mir doch!«, bat sie leicht frustriert und erntete dafür ein leises, kehliges Lachen.

Ranulf kam ihrer Bitte nur zu gern nach. Mit einer einzigen, fließenden Bewegung entledigte er sich seines Hemdes und präsentierte seinen mächtigen Oberkörper Valandras verlangendem Blick.

»Ja«, flüsterte sie entzückt. »So ist es viel besser.« Sie schmiegte sich in seine starken Arme und wand ihre nackten Brüste an seiner heißen Haut. Sein erfreutes Stöhnen sandte heiße Schauder durch ihren Körper. Ihre Hände liebkosten seine breiten Schultern, strichen verlangend über die mächtigen Berge seiner Brustmuskeln. Sie hörte, wie er den Atem anhielt, als ihre Finger weiter abwärts wanderten. Das Wissen, dass auch sie ihn erregen konnte, berauschte Valandra in einem Maße, das sie sich niemals hätte erträumen lassen. Es machte sie kühner, erregte sie und stachelte sie dazu an, ihre Hemmungen über Bord zu werfen und ihn an jenem mysteriösen, heftig pulsierenden Ort zu berühren, der sich verlangend an ihre Scham presste. Doch bevor sie ihr Ziel erreichte, schnellte Ranulfs Hand vor und umklammerte ihre Finger.

»Nein!«, stöhnte er heiser. Seine Augen waren nun beinahe schwarz vor Verlangen, sein Gesicht war gerötet, und die Lippen wirkten sinnlich schwer. »Wenn du mich dort berührst, gibt es kein Zurück, *ma petite*. Ich könnte mich nicht länger beherrschen.«

Seine eindringlichen, warnenden Worte wirkten wie eine Herausforderung auf Valandra und sandten heiße Schauder durch ihren Körper. Sie wollte auch nicht umkehren. Sie wollte, dass er die Beherrschung verlor und ihr endlich zeigte, worin diese verzehrenden Gefühle gipfelten.

Ihre Hand glitt tiefer, löste zögernd die Verschnürung an seinem Hosenbund und befreite Ranulfs mächtiges Glied aus der Enge seiner Beinkleider. O Gott, wie groß er war! Wie ein stolzer Krieger reckte sich ihr seine Männlichkeit aus dem dichten Dickicht seines Schamhaars entgegen. Verwegen, bedrohlich und doch unglaublich verführerisch.

Valandras Finger umschlossen das harte, pulsierende Fleisch.

»Valandra!«, keuchte Ranulf wild auf und warf den Kopf in den Nacken. Sein Atem ging nun unregelmäßig und stoßweise. Kleine Schweißperlen glitzerten auf seiner Stirn, und Valandras Körper antwortete sofort auf seine Reaktion. Eine heiße, feuchte Woge brandete durch ihren Unterleib und ließ auch sie aufstöhnen.

»Ich habe dich gewarnt«, keuchte Ranulf heiser. »Du wolltest es so.«

Er zog Valandra das Kleid über den Kopf und ließ es achtlos zu Boden gleiten. Ein kleiner Ruck, und ihre Leibwäsche folgte dem ersten Kleidungsstück. Nun saß sie nackt in ihrer ganzen Schönheit auf seinem Schoß, und allein ihr Anblick genügte, um sein Blut heftig durch seine Adern pulsieren zu lassen.

»Wie lange habe ich von diesem Augenblick geträumt«, stöhnte Ranulf und sog ihre linke Brust tief in seine heiße Mundhöhle, während seine Hände gierig über ihren Körper glitten. Die warme Samtigkeit ihrer elfenbeinfarbenen Haut brachte ihn beinahe um den Verstand. Er musste sie besitzen! Jetzt! Er musste sich mit ihr vereinen, bevor er nicht mehr Herr seiner Sinne war.

Sanft ließ er eine Hand über ihren Bauch wandern, spürte, wie sich ihre Muskeln anspannten, und genoss die Vorfreude auf das, was gleich kommen würde.

Valandra schrie erschrocken auf, als seine kundigen Finger über das weiche Vlies ihrer Scham glitten und dabei die empfindliche Knospe ihrer Weiblichkeit berührten. Feuer und Glut zuckten wie heiße Blitze durch ihren Schoß, und sie klammerte sich Halt suchend an Ranulfs Schultern.

Seine Liebkosungen wurden fordernder, betörender …

»Ranulf, bitte«, stöhnte sie wild, während ihre Hüften sich instinktiv an seine Finger und sein pulsierendes Geschlecht pressten. Die Gefühle wurden immer intensiver, immer drängender, bis sie glaubte, vor Wonne sterben zu müssen. »Bitte«, flehte sie erneut.

Sie hatte nicht einmal gemerkt, dass Ranulf sich erhoben und sie zum Bett getragen hatte, bis sie plötzlich die Matratze unter sich und seinen mächtigen Körper halb über sich spürte. Wie herrlich es war, sein Gewicht auf sich zu spüren!

»Worum bittest du mich?«, keuchte Ranulf, ebenfalls am Ende seiner Beherrschung angelangt. Seine Lippen liebkosten ihre Brüste, während seine Hand gierig und Besitz ergreifend ihre intimste Knospe streichelte. »Möchtest du das?« Er ließ einen Finger in ihren Leib gleiten und genoss ihren entzückten Lustschrei. Ein zweiter Finger folgte, und er dehnte sie, reizte sie, bis Valandra sich selbstvergessen unter ihm wand und wimmerte.

»Oder verlangst du nach allem, was ich dir geben kann?« Schweißperlen glitzerten auf seiner Stirn, als er sich zwischen ihre Schenkel kniete und seine Männlichkeit in Position brachte. Er musste behutsam vorgehen, rief er sich verzweifelt in Erinnerung, doch Valandras ungezügelte Leidenschaft hatte längst auf ihn übergegriffen. Sie rieb sich an der Spitze seines Speers, drängte und verlockte ihn dazu, in sie einzutauchen. Die feuchte Hitze ihres Schoßes versprach ihm den Himmel auf Erden.

»Langsam, Liebes«, stöhnte Ranulf. Seine Lust peinigte seinen Körper in krampfartigen Wellen, während er behutsam in sie eindrang. »Ich will dir nicht wehtun.«

Seine Worte stießen bei Valandra auf Unverständnis. Wie konnte es ein Halten in diesem Wahnsinn geben? Nein, sie wollte nicht länger warten, wollte nicht riskieren, dass sie die Glückseligkeit, die so greifbar nahe war, am Ende verpasste. Sie bog sich ihm entgegen, versuchte, ihn noch tiefer in ihren Schoß zu ziehen.

Ranulf erschauderte infolge dieser durch und durch weiblichen Reaktion. Er spürte die zarte Barriere ihrer Jungfräulichkeit und zögerte kurz, doch dann durchströmte ihn eine wilde Freude. Egal, was morgen kommen mochte, egal, ob er überhaupt noch einen neuen Tag erleben durfte – jetzt und hier gehörte Valandra ihm ganz allein.

»Du gehörst mir«, flüsterte er inbrünstig, während er die Hände unter ihre Hüften schob und sie leicht anhob. Sein Mund versiegelte ihre Lippen mit einem ungezügelten, wilden Kuss, und dann drang er tief in sie ein und machte sie zu der Seinen.

Valandra schrie erschrocken auf, als der scharfe Schmerz ihre Lust verdrängte.

»Keine Angst, Liebes, der Schmerz lässt gleich nach«, beteuerte Ranulf und verharrte angespannt und pulsierend in ihrem weichen Leib. Er gab ihr Zeit, sich an ihn zu gewöhnen.

»Bist du sicher?«, erkundigte sich Valandra zweifelnd.

»Ganz sicher.«

Er bedeckte Valandras Gesicht mit unzähligen Küssen, jeder für sich eine Entschuldigung für ihr Ungemach, aber auch ein Versprechen jener Erfüllung, die sie noch erwartete.

Ganz vorsichtig bewegte er sich in ihrem Schoß, und Valandra schnappte überwältigt nach Luft. Der Schmerz war tatsächlich verflogen, und nun fühlte sie Ranulf tief in sich. Er füllte sie aus, dehnte sie, und sie hätte weinen können vor Wonne. Niemals hätte sie sich träumen lassen, dass sich zwei Menschen so nahe sein konnten. Oh, und dieses Sehnen ... Es wurde immer stärker, ergriff mit jedem von Ranulfs Stößen mehr Besitz von ihr, bis sie glaubte, es nicht länger ertragen zu können.

»Ranulf!«, schrie sie gepeinigt auf und begegnete seinen Stößen mit ihren eigenen Bewegungen. Plötzlich schien alles seinen ureigenen Rhythmus zu haben. Es war wie der Tanz zweier Naturgewalten, und Valandra gab ihrer Begierde hemmungslos nach. Die Gefühle überfluteten sie und ließen sie immer höher gen Himmel steigen. Sie wand sich unter ihm, krallte ihre Finger in sein blondes Haar und küsste ihn so voller Verlangen, dass es ihm den Atem nahm.

»O Gott«, kam es rau über Ranulfs Lippen.

Valandras ungekünstelte Leidenschaft wirkte wie ein berauschendes Elixier auf ihn. Er stieß einen kehligen Schrei aus und bewegte sich mit animalischer Wildheit. Wieder und wieder drang er in sie ein. Kreiste, zuckte, bis Valandra lustvoll den Kopf hin und her warf. Er umklammerte ihr Gesäß, hob es an, um dann mit seinem ganzen Schaft in sie einzudringen.

Valandra gab sich dem reißenden Strom ihrer Gefühle hin. Sekunden später zuckte sie zusammen. Sie schrie erleichtert auf und erschauderte, als Wogen des höchsten Glücks durch ihren Körper brandeten.

Ranulf spürte das Beben in ihrem Innern, und beinahe im selben Augenblick verspürte er die Erlösung mit solcher Gewalt, dass sie seinen ganzen Körper, sein ganzes Wesen erfasste. Er bäumte sich ein letztes Mal auf, warf wild den Kopf in den Nacken und verfiel in Zuckungen, während sein heiserer Schrei durch die Hütte hallte.

Dann brach er kraftlos und zitternd auf Valandra zusammen.

Valandra schlang beschützend die Arme um Ranulfs bebenden Oberkörper und lauschte seinen heftigen Atemzügen. Sie konnte nicht anders, sie musste lächeln, denn ihr Herz wollte schier überquellen vor Liebe und Glück.

Ihr Körper fühlte sich noch immer warm und herrlich ermattet von ihrem Liebesspiel an. Niemals hätte sie auch nur zu hoffen gewagt, dass die intime Nähe zwischen Mann und Frau so aufregend und schön sein könnte. Natürlich hatte sie oft die Gespräche der Dienstmädchen belauscht, die von Feuersbrünsten und Lustschreien berichteten, doch sie hatte ihnen kein Wort geglaubt.

Nun wusste sie es besser, und zum ersten Mal seit vielen Monaten sah sie ihrer Zukunft mit Freuden entgegen. Ihrer gemeinsamen Zukunft, dachte sie glücklich.

Ranulf hob den Kopf und lächelte sie zärtlich an. »Ich bin zu schwer für dich, Liebes. Lass mich los!« Er hauchte ihr einen kleinen Kuss auf die Nasenspitze.

Valandra schüttelte den Kopf und seufzte wohlig auf. »Nur wenn du mir versprichst, dass wir in Zukunft noch sehr, sehr oft so beieinander liegen werden.«

Sie hatte es scherzhaft gemeint, doch plötzlich spürte sie, wie Ranulf zusammenzuckte. Sein Gesicht verdunkelte sich, und er setzte sich mit einem leisen Fluch auf. »Du weißt, dass das nicht möglich ist.«

Valandra blinzelte verwirrt. Sie war zwar noch unerfahren, doch sie war sich ziemlich sicher, dass Männer diesen Akt beliebig oft wiederholen konnten. Vielleicht benötigten sie zwischendurch eine Ruhephase, aber irgendwann würde es doch bestimmt wieder klappen.

»Ich verstehe nicht ...«

Ranulf sprang aus dem Bett und suchte rasch seine Kleider zusammen. Er war wütend, das konnte sie deutlich erkennen, aber sie konnte sich beim besten Willen nicht erklären, weshalb.

Als sie aufrichtiges Bedauern in Ranulfs Augen las, begann sie zu frösteln. Was ging hier vor? Von plötzlicher Scham erfasst, griff sie nach dem Plaid, der neben dem Bett lag, und bedeckte ihre Nacktheit.

Ranulf fuhr sich mit den Händen durch das wirre Haar. »Muss ich deiner Erinnerung wirklich auf die Sprünge helfen? McGregors Bote ist noch immer auf dem Weg zum König. Wir wissen nicht, ob wir ihn abfangen können.«

Valandras Blut gefror zu Eis. »Willst du damit sagen, du würdest mich diesem Bastard einfach überlassen?«

»Nein, natürlich nicht! Aber du kannst es drehen und wenden, wie du willst, du wirst bald eine verheiratete Frau sein.«

»Das weiß ich«, entgegnete Valandra erleichtert. »Und offen gestanden verstehe ich deinen Ärger nicht. Bist du wütend, weil wir unsere Ehe schon vor der Hochzeit vollzogen haben? Oder machst du dir wegen McGregor Sorgen?«

Ranulf zog schweigend die Beinkleider an und setzte sich neben Valandra. Seine großen Hände legten sich um ihr zart geschnittenes Gesicht und zwangen sie, ihn anzusehen.

»Ich mache mir um dich sorgen, Liebes, denn du scheinst es tatsächlich nicht zu verstehen«, erklärte er ehrlich. »Du wirst heiraten, doch ich werde nicht dein Bräutigam sein.«

»Oh«, hauchte Valandra leise. »Oh!!!«, rief sie im nächsten Augenblick deutlich lauter, als sie die volle Bedeutung seiner Worte erfasste. Sie schüttelte seine Hände ab.

»Soll das heißen, du wirst mich nicht heiraten? Aber ich habe geglaubt ...« Großer Gott, sie hatten gerade miteinander den Himmel berührt, und nun saß er da und besaß die Stirn, sie zurückzuweisen. Valandra fühlte sich bis in ihr Innerstes verletzt und gedemütigt.

»Ich kann dich nicht heiraten«, erklärte Ranulf betroffen.

»Du kannst oder du willst es nicht?«, erkundigte sie sich scharf.

Ranulf schloss die Augen, um den Anblick ihrer Enttäuschung nicht länger ertragen zu müssen. »Ich kann es nicht.«

Valandra sprang aus dem Bett. »Du Schuft, du bist bereits gebunden!«

»Nein! Du verstehst das nicht.«

»Wie sollte ich auch? Wir haben uns gerade geliebt! Ich habe dir mein Herz und meinen Körper geschenkt! Wie sollte ich also verstehen, dass du deine Meinung plötzlich änderst?«, rief sie anklagend.

Ranulf fuhr sich erneut mit den Händen durchs Haar. Er fühlte sich in die Enge getrieben – ein Gefühl, das ihm ganz und gar nicht behagte.

Dennoch verstand er ihre Empörung. Sie hatte die Wahrheit verdient.

»Ich kann dich nicht heiraten, weil ich nicht lange genug leben werde, um dir ein Ehemann zu sein.«

»Unsinn! Willst du mir tatsächlich weismachen, dass du dich vor McGregors Rache fürchtest? Oder ziehst du es vor, eine unheilbare Krankheit vorzuschieben, nur um einer Ehe mit mir zu entgehen?«

»So hör mich doch an! Es geht nicht um McGregor oder eine Krankheit, sondern um meine Vergangenheit. Sie hat mich eingeholt. Ich wurde vor Jahren zum Tode verurteilt, und nun wird dieses Urteil bald vollstreckt werden.« Ranulf erhob sich ebenfalls. »Ich kann dir nicht mehr darüber erzählen, ohne dich damit in Gefahr zu bringen.«

»Wie schade. Dabei wurde die Geschichte gerade erst spannend.« Sie glaubte ihm kein Wort.

»Verdammt, versuch doch, mich zu verstehen ...!«

Valandra hob stolz das Kinn und ignorierte das brennende Gefühl in ihrer Kehle, als ihr Herz in kleine und immer kleinere Teile zersprang. »Oh, ich verstehe dich sehr wohl. Du hast mich benutzt. Du hast mir Gefühle vorgeheuchelt, die du gar nicht empfindest, und nun wirfst du mich wie einen alten gebrauchten Lappen vor McGregors Füße.«

»Sag das nie wieder!« Ranulfs Gesicht rötete sich vor Zorn. Wie konnte sie das, was sie soeben miteinander erlebt hatten, nur so in den Schmutz ziehen! Er machte einen drohenden Schritt auf sie zu.

»Ranulf!« Kasims Stimme erklang von der Tür her. »Es gibt Schwierigkeiten!«

Er trat ein und verharrte mitten in der Bewegung, als er seinen Freund halbnackt und die junge Lady noch spärlicher bekleidet vorfand. Es war eigentlich ein Grund zur Freude, doch die feindseligen Blicke, die sich die beiden zuwarfen, waren alles andere als erbaulich.

Bei Allah, was war hier vorgefallen? Seine Ohren konnten ihn doch nicht so getäuscht haben! Er hatte die Wachposten absichtlich in einiger Entfernung von der Jagdhütte Stellung beziehen lassen, damit Ranulf und die junge Lady ungestört ihre Zweisamkeit genießen konnten. Nur er, Kasim, war für eventuelle Notfälle in der Nähe geblieben, und es war ihm nicht entgangen, dass die beiden sich leidenschaftlich geliebt hatten. Als er seinen Posten vor wenigen Minuten verlassen hatte, war alles noch in bester Ordnung gewesen. Was war hier nur geschehen?

»Sprich endlich! Welche Schwierigkeiten meinst du?«, herrschte Ranulf ihn wütend an.

»McGregor ist geflohen. Offensichtlich hat ihm sein Hauptmann dabei geholfen!«

»Ich dachte, der Kerl war tot.«

»Das dachte ich auch, aber offensichtlich war noch genügend Leben in ihm, um Owen niederzuschlagen und seinen Herrn zu befreien. Wir fanden das Narbengesicht ein Stück außerhalb des Lagers. Jetzt ist er tatsächlich tot.«

»Verdammt«, fluchte Ranulf wütend. Er war mit McGregor noch lange nicht fertig gewesen. »Dann sollten wir sofort aufbrechen. McGregors Burg liegt nicht weit von hier entfernt. Er könnte Verstärkung holen und uns erneut angreifen. Sag den Männern Bescheid!«

Kasim nickte, machte jedoch keine Anstalten, die Hütte zu verlassen. Sein Blick glitt nachdenklich zu Valandra, die noch immer in den Plaid gewickelt und mit stolz erhobenem Kinn neben dem Bett stand. Nur ihre geröteten Wangen zeugten davon, wie ausgesprochen peinlich ihr diese Situation war.

Kasim wünschte sich wirklich, er könnte ihr das Folgende ersparen.

»Ich fürchte, es gibt da noch eine unerfreuliche Entwicklung. Wir haben von den Gefangenen erfahren, dass der Bote, den McGregor zum König gesandt hat, nicht mehr eingeholt werden kann. Er ist bereits letzte Nacht von Walkmoor Castle aus losgeritten.«

Ranulf nickte und fuhr sich müde über das Gesicht. »Das habe ich befürchtet.«

»Was willst du jetzt unternehmen? Reitest du selbst an den Hof und bittest um eine Audienz?«

Ranulf schüttelte den Kopf. »Das hätte wenig Sinn. Da der König nicht selbst dort weilt und sein Verwalter mit McGregor verwandt ist, würde ich wohl kaum etwas erreichen.« Sein Blick glitt über Valandras zierliche Gestalt, und seine Brust zog sich schmerzlich zusammen. »Ich sehe nur einen Ausweg. Valandra muss verheiratet sein, bevor McGregor mit der Heiratsgenehmigung zurückkehrt.«

Kasim nickte erleichtert, und ein strahlendes Lächeln erhellte sein junges Gesicht. »Eine kluge Entscheidung, mein Freund. Meine Glückwünsche sind euch beiden gewiss.«

Himmel noch mal, waren hier denn alle verrückt geworden? »Ich habe nicht von mir gesprochen, du Narr. Ich sagte, Valandra muss heiraten. Zu ihrer eigenen Sicherheit. Mir bleiben ungefähr zwei Wochen, um ihr einen passenden Ehemann zu suchen.«

Einundzwanzigstes Kapitel

Waren nun drei oder vier Tage seit ihrer Heimkehr nach Walkmoor Castle verstrichen? Valandra vermochte es nicht mit Bestimmtheit zu sagen. Auch ihre Erinnerung an den Aufbruch und den Heimritt von der Jagdhütte war sehr verschwommen. Sie wusste nur noch, dass er schweigend vonstatten gegangen war. Schweigend wie ein Trauerzug, und ihr Herzschlag hatte die düstere Musik dazu gespielt.

Irgendwann hatte jemand – sie glaubte, es war Kasim gewesen – ihr eine Decke um die Schultern gelegt. Anscheinend hatte es geregnet, doch auch dessen war sie sich nicht sicher. Das Einzige, woran sie sich mit aller Deutlichkeit erinnerte, war Ranulfs steifer Rücken. Er war vor ihr geritten, ohne sich ein einziges Mal nach ihr umzudrehen. Deutlicher hätte er ihr nicht zu verstehen geben können, dass er nichts mehr mit ihr zu tun haben wollte. Und sie erinnerte sich an den Schmerz, der sich mit jedem Hufschlag tiefer in ihr Herz gebohrt hatte und seither ihr ständiger Begleiter geworden war.

Nun stand Valandra in ihrem Gemach vor der fensterähnlichen Öffnung und schaute mit leerem Blick auf das verlassene Übungsfeld hinunter. Die Abenddämmerung hatte ihr rotes Kleid über Walkmoor gelegt, und Ruhe war eingekehrt.

Ihr Blick wurde von einer hoch gewachsenen, männlichen Gestalt auf der Brustwehr angezogen. Obwohl sie nur seine Konturen erkennen konnte, wusste sie, dass es Ranulf war. Sie würde ihn immer und überall erkennen. Seine stolze Haltung, die breiten Schultern … und die Tatsache, dass er stets die Einsamkeit zu suchen schien. Er beobachtete den Sonnenuntergang. Genau wie sie, doch weiter voneinander entfernt hätten sie gar nicht sein können.

Valandras Augen sogen sich an seinem Antlitz fest, und sie spürte, wie sich der bleierne Druck in ihrer Brust verstärkte. Sie hatte versucht, ihn zu hassen. Weiß Gott, sie hatte es versucht. Er hatte nichts Besseres verdient.

Seit jenem Tag in der Jagdhütte hatte er kaum ein Wort mit ihr gewechselt. Er mied sie wie eine ansteckende Krankheit und konnte sich nicht einmal dazu durchringen, seine Mahlzeiten am selben Tisch mit ihr einzunehmen.

Wie sehr musste er sie für ihre Dummheit und Naivität verachten! Sie hatte ihm voller Glück ihre Liebe gestanden, hatte sich ihm bereitwillig hingegeben und von einer gemeinsamen Zukunft geträumt, während ihm nur an ihrem Körper gelegen war – und selbst dieses Interesse war nur von kurzer Dauer gewesen.

Valandra schloss die Augen und zwang die Tränen zurück. Sie hatte geglaubt, nach seiner herben Zurückweisung, seinem Zorn und seinen Lügen könnte sie nichts mehr verletzen. Er hatte ihr Herz und ihre Liebe mit Füßen getreten. Doch die Tatsache, dass er sie nun nicht schnell genug loswerden konnte, tat ihr bis in die Seele weh.

Detlef hatte ihr empört erzählt, dass Ranulf sich nach seiner Rückkehr, nachdem er Pater Ignatius eigenhändig aus der Burg geworfen hatte, im Arbeitszimmer ihres Vaters eingeschlossen hatte, um bis in die frühen Morgenstunden Depeschen an die Nachbarlords zu schreiben. Valandra machte sich keine Illusionen über den Inhalt dieser Schriftstücke. Vermutlich hatte er sie wie ein Stück Vieh jedem angeboten, der bald genug nach Walkmoor Castle reisen konnte.

Valandra wischte sich eine einsame Träne von der Wange. Wie tief wollte er sie noch demütigen?

O ja, sie hatte versucht, ihn zu hassen. Mit aller Inbrunst ihres verletzten Herzens. Doch sie konnte es nicht. Stattdessen wünschte sie sich zurück in die kleine Jagdhütte, zurück in seine Arme. Sie musste tatsächlich den Verstand verloren haben, aber sie liebte ihn noch immer.

Es klopfte an der Tür.

Sie antwortete nicht.

Dalvina schlüpfte zögernd in den Raum und blieb schüchtern einige Schritte hinter Valandra stehen. Ihre ältere Schwester so still und in sich gekehrt dastehen zu sehen brach ihr beinahe das junge Herz.

Ganz krank vor Schuldgefühlen, hatte sie Valandra vor drei Tagen ihre abscheuliche Rolle bei dieser schrecklichen Intrige gestanden. Unter Tränen hatte sie um eine harte Bestrafung gefleht. Niemals würde sie Valandras Reaktion vergessen, dieses kleine, traurige Lächeln, den zärtlichen Kuss, den sie ihr auf die Stirn gehaucht hatte, und das stumme Verstehen in ihren Augen.

Valandra hatte ihr vergeben! Jedes böse Wort, jede Gemeinheit. Aber Dalvina konnte sich selbst nicht vergeben.

Sie hatte ihre ältere Schwester verraten. Nicht nur dieses eine Mal, sondern all die Jahre, in denen sie die Lügen ihrer Mutter geglaubt und unterstützt hatte. Sie hatte sich von ihr abgewandt und sie mit Bosheiten überschüttet, weil sie es nicht hatte ertragen können, dass ihr gemeinsamer Vater Valandra mehr liebte als sie. Aber bei allem, was ihr heilig war, hatte sie ihr bestimmt nie wirklich schaden wollen.

»Val? Lord Ranulf erwartet dich zum Abendessen. Er ist ein wenig verstimmt, weil du seine Gäste warten lässt.«

Als Valandra nicht antwortete, trat Dalvina neben sie und sog scharf den Atem ein. »Du weinst?«

Grundgütiger, was hatte sie nur angerichtet? Sie hatte ihre Schwester noch nie weinen gesehen. In ihren Augen war Valandra stets eine Art Übermensch gewesen. Eine Kämpfernatur, die nichts und niemand aus der Fassung bringen konnte und die immer alles unter Kontrolle behielt, egal wie hoffnungslos die Lage auch schien. Sie nun weinen zu sehen trieb ihr selbst die Tränen in die Augen.

Valandra wischte sich die feuchten Wangen mit dem Handrücken trocken und lächelte leicht beschämt. »Dumm von mir, nicht wahr?«

Dalvina schüttelte den Kopf. »Nein, Val, Gefühle zu zeigen ist niemals dumm.«

»Würdest du Lord Ranulf bitte ausrichten, dass heute keine Viehauktion stattfindet? Ich denke nicht daran, nach unten zu gehen und bei dieser Farce mitzuwirken.«

Dalvina furchte verwirrt die Stirn. »Möchtest du denn keinen Ehemann?«

»Nein … doch … ich meine …« Valandra hob den Blick gegen die Decke, damit Dalvina ihre neuerlichen Tränen nicht sehen konnte. »Natürlich möchte ich irgendwann heiraten und eine Familie gründen. Aber nicht so und ganz bestimmt keinen dieser habgierigen Lords, die sich in meiner Halle breit machen und nur hier sind, weil sie fette Beute wittern. Soll Ranulf doch selbst einen von denen heiraten, wenn er sie so wundervoll findet.« Sie wandte sich um und schritt in ihrem Zimmer auf und ab. »Woher nimmt dieser Kerl die Arroganz, über mein Leben zu bestimmen? Er hat kein Recht dazu!«

Dalvina zog erstaunt die Augenbrauen hoch, als ihr die Wahrheit über Valandras Niedergeschlagenheit dämmerte. Sie hatte ihre Wahl längst getroffen! Sie liebte Lord Ranulf! War es da ein Wunder, dass sie nichts mit ihren Gästen zu tun haben wollte?

Dalvinas Herz tat einen freudigen Satz! Wie wunderbar! Endlich bekam sie die Möglichkeit, ihre eigenen Schandtaten wieder gutzumachen! Sie war plötzlich ganz aufgeregt. »Wir sollten uns jetzt für das Abendmahl fertig machen.«

»Nein!«, zischte Valandra wütend, weil ihre Schwester anscheinend nicht verstand. »Ich werde mich *nicht* mit diesem arroganten, sturen und hinterhältigen Kerl an einen Tisch setzen. Von mir aus kann er warten, bis er grün im Gesicht wird!«

Dalvinas Lippen hoben sich zu einem kleinen Lächeln. »Vermutlich hofft er genau auf diese Reaktion von dir.«

Valandra blieb abrupt stehen und starrte ihre jüngere Schwester irritiert an. »Wie meinst du das?«

Dalvinas Lächeln wurde noch breiter. »Was glaubst du, weshalb er ausgerechnet mich zu dir geschickt hat, um dich für das Abendessen abzuholen? Er weiß, dass ich keinerlei Einfluss auf dich habe. Wenn ihm also wirklich daran gelegen wäre, dass du unten erscheinst, wäre er selbst die Treppe heraufgestürmt, hätte dich über die Schulter geworfen und wie einen Sack Getreide nach unten geschleift.« Dalvina schüttelte den Kopf. »Nein, Val, Ranulf möchte gar nicht, dass du diesen Heiratskandidaten gegenübertrittst. Ihm wäre es lieber, wenn du dich hier einschließen und ihnen niemals begegnen würdest.«

»Das ergibt doch keinen Sinn.«

»Und ob«, kicherte Dalvina aufgeregt. »Weil er dich liebt!« Sie hob abwehrend die Hände. »Ich weiß, dass es unter den gegebenen Unständen seltsam klingt.«

»Absurd wäre wohl die bessere Bezeichnung.«

»Von mir aus auch das, aber ich bin mir ganz sicher, dass es die Wahrheit ist. Ich sehe doch, wie er dich mit den Augen verschlingt, wenn er sich unbeobachtet fühlt.«

Valandra kämpfte den leisen, verräterischen Hoffnungsschimmer in ihrem Herzen nieder und lachte bitter auf. »Und weshalb sitzt er dann mit seinen erwählten Heiratskandidaten unten am Tisch? Zweifellos erzählt er ihnen von meinen überragenden Vorzügen und versucht ihnen eine Heirat mit mir schmackhaft zu machen.«

»Aber er sieht dabei nicht glücklich aus«, erwiderte Dalvina. »Im Gegenteil. Ich habe zufällig einen dieser Männer dabei beobachtet, wie er sich heimlich bekreuzigte, nachdem Lord Ranulf ihm einen feindseligen Blick zugeworfen hatte.«

Valandra versank in nachdenkliches Schweigen. Sie konnte der seltsamen Logik ihrer Schwester nicht viel abgewinnen. Ranulf war ein geradliniger Mann. Er hielt mit seiner Meinung selten hinter dem Berg und handelte stets entschlossen, manchmal sogar rücksichtslos, wenn es seinen Plänen diente. Sie konnte sich beim besten Willen nicht vorstellen, dass er diese Nachbarlords gegen seine eigene Überzeugung eingeladen hatte. Aber wenn es tatsächlich so war, wenn auch nur die kleinste Hoffnung bestand ... Ihr Herz schien plötzlich zu neuem Leben zu erwachen, und ihre Finger schlossen sich bebend um das Amulett ihrer Mutter.

»Was hast du schon zu verlieren?«, erkundigte sich Dalvina mitfühlend. »Wenn du dich in deinem Gemach verkriechst, erreichst du gar nichts. Dann wirst du nie die Wahrheit über Lord Ranulfs Gefühle erfahren.«

Valandra zögerte noch immer. »Und was ist, wenn du dich irrst?«

Dalvinas Lippen verzogen sich zu einem schelmischen Grinsen. »Dann hättest du zumindest die Genugtuung, Lord Ranulf eins ausgewischt zu haben.«

Zum ersten Mal seit Tagen erhellte ein echtes Lächeln Valandras Gesicht. »Du bist dir also sicher, dass mein Erscheinen bei dieser illustren Tischgesellschaft Ranulf ärgern würde?«

»Ärgern ist gar kein Ausdruck.«

»Na, worauf warten wir dann noch?«, rief Valandra, von neuem Kampfgeist erfasst.

Dalvina ließ ihren geschulten Blick kritisch über Valandras Antlitz gleiten. Wenn sie schon in den Kampf zog, musste sie unbedingt die richtigen Waffen wählen. »Warte einen Augenblick! So kannst du unmöglich hinuntergehen.«

»Weshalb?«, wollte Valandra leicht gekränkt wissen. Sie hatte eines ihrer hübscheren Kleider angezogen und fand ihr Erscheinungsbild eigentlich recht passabel.

»Ich bin gleich zurück. Zieh inzwischen dieses Kleid aus.«

Dalvina flitzte aus dem Zimmer und kehrte nur wenige Herzschläge später mit einem Traum aus smaragdgrünem Samt über dem Arm zurück. In der linken Hand trug sie zwei herrlich bestickte Samtschühchen, eine Perlenkette und die passenden Ohrringe.

Valandra war sprachlos.

»Dieses Kleid ist wie für dich geschneidert. Deine

Brüste werden das Oberteil besser ausfüllen als meine. Komm, zieh es an.«

Wenige Minuten später begegnete Valandra ungläubig staunend ihrem eigenen Spiegelbild. »Großer Gott!« Die Frau im Spiegel wirkte so würdevoll und elegant wie eine Königin.

Dalvina befestigte die letzte Perlennadel in Valandras hoch gesteckter Frisur und trat von ihrem Werk zurück, um es zufrieden zu betrachten. In ihren Augen stand aufrichtige Bewunderung. »Du bist wunderschön, Val. Lord Ranulf müsste verrückt sein, wenn er dich tatsächlich einem anderen Mann überließe.«

Valandra strich ehrfurchtsvoll über den kostbaren Stoff ihres Gewandes, der je nach Lichteinfall in den unterschiedlichsten Grün- und Blautönen schimmerte. Das exquisite Abendkleid schmiegte sich verführerisch eng um ihre schlanke Gestalt. Valandras Augen glitten zu ihrem üppigen Dekolleté, und sie errötete leicht. »Glaubst du nicht, dass es etwas zu gewagt ausgeschnitten ist? Vielleicht sollte ich ein Schultertuch darüber drapieren ...«

»Und dadurch deine betörendsten Waffen entkräften?«, lachte Dalvina gutmütig auf. »Unsinn! Dieser Ausschnitt ist geradezu perfekt für den heutigen Abend.«

Sie hakte sich bei Valandra unter und zog sie hinaus auf den Gang.

»Auf in den Krieg! Lord Ranulf wird sicher keinen Millimeter von deiner Seite weichen.«

Mit klopfendem Herzen ließ sich Valandra von ihrer Schwester die Stufen zur großen Halle hinunterführen.

»Zapple nicht so herum, Val, und lächle. Wir gehen nicht zu deiner Hinrichtung, sondern zu einem Abendessen.«

»Ach, tatsächlich? Weshalb fühle ich mich dann so, als ob mein letztes Stündchen geschlagen hätte?«

»Genieß es einfach und lächle!«

Wenn das bloß so einfach gewesen wäre. Valandras Blick suchte die große Halle, die von warmem Fackelschein und dem Kaminfeuer in goldenes Licht getaucht war, und plötzlich kamen ihr heftige Zweifel an Dalvinas Theorie.

Himmel, Ranulf wollte anscheinend nichts dem Zufall überlassen. Er hatte nicht nur für stimmungsvolle Beleuchtung, sondern auch noch für romantische Klänge gesorgt. War das nicht sein Knappe, der da die Laute spielte?

Sie schaute zu der reich gedeckten Tafel, die eines königlichen Besuches würdig gewesen wäre. Offensichtlich hatte Ranulf die Dienerschaft angewiesen, am heutigen Abend das kostbare Geschirr aufzudecken. Die mit Goldrändern verzierten Glaskelche funkelten mit den sauber polierten Tellern um die Wette.

Valandras anfängliche Unsicherheit wich ihrem Ärger. Ranulf schien herzlich wenig von ihr als Frau zu halten, wenn er meinte, zu solchen Mitteln greifen zu müssen. Glaubte er tatsächlich, er wäre der einzige Mann, der sie begehrenswert finden könnte? Oder wollte er die armen Kerle mit all dem Prunk blenden?

Na, dem würde sie es zeigen!

Ihre Augen schweiften zu Ranulf, der heute ausnahmsweise auf dem Lordstuhl Platz genommen hatte und sich als Oberhaupt des Clans ausgab. Zu seiner Linken saß Kasim, und um den Tisch verteilt warteten vier heiratswillige Junggesellen und schwiegen sich gegenseitig an.

Das konnte ja heiter werden!

Zweiundzwanzigstes Kapitel

Valandras Lippen hoben sich zu einem verführerischen und, wie sie hoffte, selbstbewussten Lächeln, als sie anmutig die Treppe hinunterschwebte.

Ihre Augen suchten Ranulfs Blick.

Er saß entspannt zurückgelehnt auf seinem Stuhl und führte gerade seinen Weinkelch an die Lippen, als er vor Erstaunen die Augen aufriss und mitten in der Bewegung innehielt.

Valandras Herz vollführte einen Freudensprung. Offensichtlich war er von ihrem neuen Erscheinungsbild beeindruckt.

Ranulfs Erstaunen hielt jedoch nicht lange an, denn im nächsten Augenblick verfinsterte sich sein Gesicht wie der Himmel angesichts eines drohenden Orkans.

»Heilige Maria, eine so heftige Reaktion hätte ich von ihm wirklich nicht erwartet«, flüsterte Dalvina mit leiser Furcht in der Stimme.

Als sie sahen, wie er sich erhob und mit weit ausholenden Schritten auf sie zusteuerte, bekam Dalvina es regelrecht mit der Angst zu tun. Sie klammerte sich so fest an Valandras Arm, dass sich diese über ihre Kraft nur wundern konnte.

»Er wird uns doch nichts antun, oder?«

Valandra blickte unsicher zu Kasim und bemerkte sein anerkennendes Lächeln. Sogleich fühlte sie sich wieder sicher.

»Bestimmt nicht! Mach dir keine Sorgen und … lächle.«

»Guten Abend, Mylord«, begrüßte sie Ranulf kühl, als dieser breitbeinig vor ihr stehen blieb und ihr den Weg versperrte.

»Geh sofort wieder in dein Gemach und zieh dir etwas Anständiges an«, herrschte er sie ohne lange Vorrede an.

Dalvina schnappte entsetzt nach Luft.

Valandra hingegen schenkte ihm nur ein nachsichtiges Lächeln. »Mylord, an diesem Kleid ist wahrlich nichts unanständig. Es ist nach der neuesten Mode geschnitten. Nicht wahr, Dalvina?«

Diese nickte zaghaft.

Ranulf konnte den Blick kaum von Valandras herrlich blassen Halbkugeln lösen, die sich verführerisch in dem tiefen Ausschnitt wölbten. »Bei allen Höllenfeuern! Deine Brü ... die fallen ja fast heraus!«

Valandra ignorierte die Hitze, die ihr in die Wangen stieg. Sie freute sich diebisch über seine fassungslosen und begehrlichen Blicke, und sein absurder Zorn reizte sie, ihm noch eins auszuwischen. Sie beugte sich näher an sein Ohr und flüsterte verschwörerisch: »Keine Angst, ich werde dich schon nicht in Verlegenheit bringen. Wenn ich das Atmen einstelle, bleiben meine Brüste dort, wo sie sind.«

Sein entsetzter Gesichtsausdruck entlockte ihr ein helles Lachen. »Wirst du mich nun meinen Heiratskandidaten vorstellen?«

»Den Teufel werde ich tun! Du wirst uns *nicht* mit diesem Kleid Gesellschaft leisten. Das ist mein letztes Wort!«

Dalvina trat unsicher von einem Fuß auf den andern. Ranulf sah aus, als wollte er ihre Schwester am liebsten erdrosseln. »Vielleicht solltest du dich doch seinen Wünschen beugen und ...«

»Unsinn!«, unterbrach Valandra sie sanft, aber bestimmt. Ihre Augen funkelten Ranulf warnend an. »Dieses Kleid ist für den heutigen Abend wie geschaffen. Da du mich den Herren wie ein Stück Vieh zum Kauf feilhältst, ist es nur gerecht, wenn sie auch etwas fürs Auge geboten bekommen. Wer kauft schon gern die Katze im Sack?«

»Ich warne dich! Treibe keine Spielchen mit mir. Wenn du nicht augenblicklich diese Treppe hinauffliehst, werde ich dich persönlich hinaufzerren.«

»Mit welchem Recht?«, zischte sie ihn an. »Du selbst zwingst mich doch zu dieser Farce. Also beklage dich nicht, wenn ich mitspiele, und mach ein freundliches Gesicht. Schließlich hast du gewonnen! Ich bin hier, das wolltest du doch, oder nicht?«

Nein, verdammt, das war ganz und gar nicht das, was er sich wünschte. Er wollte Valandra für sich haben. Sie in ihre Gemächer zerren, ihr dieses sündige Kleid vom Leib reißen und sich für immer in ihr verlieren! Das war es, was er wirklich wollte.

Dalvina warf Kasim einen Hilfe suchenden Blick zu. Die beiden schienen die fragenden Blicke ihrer Gäste und den Aufruhr um sie herum gar nicht zu bemerken.

Kasim eilte auf die Treppe zu und rief erfreut: »Ah, die Damen! Wir haben Euch bereits schmerzlich vermisst.« Er unterdrückte ein breites Grinsen, als er sah, dass Ranulf wie ein Schutzschild vor Valandra stand, um sie vor den neugierigen Blicken ihrer Bewerber zu verbergen.

Kasim bot Dalvina galant den Arm. »Darf ich Euch zu Tisch geleiten?«

Sie nickte huldvoll und hakte sich bei ihm unter.

Nun blieb Ranulf gar keine andere Wahl, als Valandra ebenfalls zu ihren Gästen zu führen. Er tat es ungewöhnlich steif und mit verschlossener Miene.

Als sie den Tisch erreichten, erhoben sich die vier Männer und begrüssten die Damen standesgemäss. Allen voran Lord Greystone. Er war ein stattlicher, hoch gewachsener Mann mittleren Alters. Man konnte ihn durchaus als attraktiv bezeichnen. Mit dem tiefschwarzen Haar, den markanten Gesichtszügen und den grünen Augen wirkte er, als wäre er geradewegs einem Ölgemälde entsprungen. Dennoch fand Valandra seine Überheblichkeit vom ersten Augenblick an abstoßend.

Danach stellte sich Lord McSpermit vor. Er schien kaum älter als Valandra selbst zu sein und wirkte irgendwie kränklich und eingeschüchtert. Lord Stafford erinnerte an einen Gelehrten, der zu viel Zeit mit seinen Büchern und zu wenig Stunden in der freien Natur verbracht hatte: hager, blass und irgendwie weltfremd. Da war Lord Spencer, der Letzte im Bunde, eine wesentlich angenehmere Erscheinung. Er war ein blonder Adonis, Anfang Zwanzig und strotzte nur so vor Kraft und Lebensfreude.

Valandra schenkte jedem von ihnen ein Lächeln und ließ sich von Ranulf den Stuhl zurechtrücken.

»Meine Herren, wir bitten untertänigst für unsere Verspätung um Vergebung«, bat Dalvina charmant. »Unsere liebe Frau Mutter liegt krank darnieder, und wir wollten uns vor dem Abendmahl davon überzeugen, dass es ihr an nichts mangelt.«

Die Männer bekundeten einstimmig ihr Verständnis und lobten ihre Fürsorge in den höchsten Tönen.

»Da wir nun endlich vollzählig sind, können wir wohl essen«, knurrte Ranulf verdrießlich. Auf sein Zeichen hin eilte die Dienerschaft herbei und trug Platte um Platte von den köstlichsten Speisen auf. Es gab knusprig gebratene Rebhühner an Preiselbeersauce, gegarte Kaninchenkeulen, zarte Kalbsfilets im Teig und so viele verschiedene Gemüsebeilagen, dass Valandra am liebsten mit den Zähnen geknirscht hätte. Sie hasste Verschwendung! Insbesondere, wenn es sich dabei um Lebensmittel handelte.

Zumindest schienen ihre Gäste von ihrer großzügigen Gastfreundschaft sehr angetan zu sein, und da sie es sowieso nicht mehr rückgängig machen konnte, beschloss sie, eine gute Miene zum bösen Spiel aufzusetzen.

Die Mahlzeit verlief in erstaunlich angeregter und heiterer Atmosphäre. Nach einiger Zeit gelang es Valandra sogar, sich zu entspannen und den Abend richtig zu genießen. Sie gab einige witzige Episoden aus dem Burgalltag zum Besten und erntete dafür heftiges Gelächter und Anerkennung. Sie fühlte sich geschmeichelt. Noch nie hatte ihr das männliche Geschlecht so viel Aufmerksamkeit gegönnt.

Natürlich war sie sich bewusst, dass diese übereifrigen Junggesellen nicht wirklich an ihr, sondern vielmehr an Walkmoor und ihrer ansehnlichen Mitgift interessiert waren. Dennoch genoss sie die ungewohnte Galanterie, fühlte sie sich nach den qualvollen Tagen und Nächten, die sie nun schon unter Ranulfs kaltherziger Zurückweisung litt, doch wie Balsam an.

Was sie jedoch wirklich ungemein freute, ja, was sie geradezu berauschte, war Ranulfs üble Laune.

Wann immer sie ein Kompliment für ihr Aussehen, ihren Charme oder ihren erfrischenden Humor erhielt, vernahm sie sein missmutiges Knurren neben sich. Sie wagte nicht zu hoffen, dass es Eifersucht war. Nein, sie hatte ihre Lektion bitter gelernt. So dumm war sie nicht mehr. Sie vermutete eher, dass er sich in seiner männlichen Eitelkeit verletzt fühlte. Bestimmt hatte er erwartet, dass sie sich in ihrem Gemach einschließen und sich die Seele aus dem Leib weinen würde. Es hätte ihm bestimmt geschmeichelt, wenn sie vor Sehnsucht nach ihm ganz krank geworden wäre.

Valandra ignorierte die boshafte kleine Stimme in ihrem Ohr. Sie wusste selbst, dass genau dies zutraf. Ihr Herz weinte noch immer um eine Liebe, die es nicht gab, um eine Zukunft und ein Glück, das ihr versagt blieb. Aber dank Dalvinas Hilfe würde Ranulf dies nie erfahren. Diesen Triumph wollte sie ihm nicht gönnen. Sollte er sich doch grün und blau ärgern!

Ranulf lehnte sich missmutig im Lordstuhl zurück und bemühte sich, entspannt zu wirken. Dabei loderten in ihm Flammen des Zorns, die ihn jeden Augenblick zu verschlingen drohten. Er stand kurz davor, einen Mord zu begehen. Das Einzige, was ihn davon abhielt, war die Frage, ob er Valandra oder doch lieber einen dieser eitlen Gecken erwürgen sollte.

Die letzten vier Tage war er vor Schuld- und Verlustgefühlen durch die Hölle gegangen. Er hatte das Schicksal verflucht, das ihn dazu gezwungen hatte, Valandra zu verletzen. Sie hatte ihm das kostbarste Geschenk – ihre Liebe – dargeboten, und es riss seine Seele beinahe entzwei, dass er sie nicht annehmen durfte. Er war zeit seines Lebens allein gewesen, doch er wusste erst jetzt, was Einsamkeit tatsächlich bedeutete: Schmerz, Verlust und eine verzweifelte Sehnsucht nach dem, was man verloren hatte.

An jenem grässlichen Abend, an dem er die Einladungen an die heiratsfähigen Nachbarlords versandt hatte, war etwas in ihm gestorben. Überwältigt von Schmerz, hatte er sich in sein Gemach eingeschlossen und sich bis zur Bewusstlosigkeit betrunken. Er hatte versucht, seine eigene Pein zu betäuben, hatte versucht, die Enttäuschung und das bittere Leid in Valandras wunderschönen Augen zu vergessen – doch es gab keinen Wein, der dies vermocht hätte.

Er vermisste Valandra. Er vermisste ihr Lächeln, ihre Wärme und das unendliche Vertrauen, mit dem sie ihm stets begegnet war – und er vermisste die Liebe, die er in ihren Armen erfahren hatte.

Ranulf leerte seinen Weinkelch in einem Zug und betrachtete mürrisch Valandras Seitenprofil.

Oui, die letzten Tage und Nächte waren die reinste Hölle gewesen. Da er Valandra aus dem Weg gegangen war, hatte Kasim es sich natürlich nicht nehmen lassen, ihn auf dem Laufenden zu halten. Er hatte ihm erzählt, wie sehr Valandra litt, wie beängstigend blass und traurig sie war. Sogar Detlef, diese kleine Ratte, musste ausgerechnet jetzt seinen Mut wieder finden. Seit Tagen schon setzte er Ranulf mit bitteren Vorwürfen und beleidigten Blicken zu. Er machte ihn dafür verantwortlich, dass seine Herrin ihre Speisen kaum mehr berührte.

All diese beunruhigenden Berichte hatten in Ranulf schreckliche Gewissensbisse ausgelöst. Er hatte sich vor dem heutigen Abend gefürchtet und im Stillen sogar gehofft, Valandra würde sich weigern, ihr Gemach zu verlassen. Doch anstelle des traurigen, verhärmten Mädchens, das er erwartet hatte, war sie wie ein stolzer Schwan die Treppe heruntergeschwebt. Teufel und Verdammnis, sie hatte nie schöner ausgesehen!

Natürlich sollte er froh über diesen Wandel sein, denn offensichtlich hatte sie sich mit ihrem Schicksal abgefunden, doch das war er ganz und gar nicht. Wie konnte sie behaupten, ihn zu lieben, und dann so schamlos mit diesen eitlen Gecken scherzen?

Ranulf fühlte sich betrogen, und seine Enttäuschung

wie auch sein Zorn wuchsen mit jeder unseligen Minute, die verstrich.

Er war sich sicher, dass er den Nächsten, der es wagte, Valandras Brüste anzustarren, in Grund und Boden stampfen würde. Angeekelt beobachte er, wie sich die Männer gegenseitig zu übertrumpfen versuchten. Sie geiferten geradezu vor Eifer. Einer dieser eitlen Pfaue prahlte sogar damit, einen Braunbären im Zweikampf erlegt zu haben.

»Ich trage noch heute die Spuren seiner Klauen auf meiner Brust. Wollt Ihr sie vielleicht sehen, Mylady?«

»O ja, ich bitte darum«, säuselte Valandra und hätte beinahe laut aufgelacht. Ranulfs Gesichtsausdruck war wirklich unbezahlbar.

Als sich Lord Spencer, der blonde Adonis, sogleich erfreut daran machte, sein Hemd aufzuschnüren, gebot Ranulf ihm warnend Einhalt.

»Verschont uns mit dem Anblick einer verschrammten Hühnerbrust, Lord Spencer. Schließlich sind hier Damen anwesend, auch wenn es zurzeit schwer zu glauben ist.«

Es erregte seinen Zorn, dass Valandra Interesse an den Narben eines Fremden bekundete. Sein Körper war schließlich übersät davon, und die Situationen, in denen er sie zugefügt bekommen hatte, waren mit Sicherheit tollkühner und wesentlich ehrenwerter gewesen, als einen armen, sterbenden Bären zu Tode zu quälen.

»Lord Ranulf! Ihr beschämt mich vor unseren Gästen. Ich möchte Euch bitten, solche Anspielungen künftig zu unterlassen«, tadelte ihn Valandra verstimmt.

Diese schmächtigen Jünglinge konnten schließlich nichts dafür, dass die Natur mit ihnen nicht so großzügig umgegangen war wie mit ihm. Im Vergleich zu

Ranulfs breiter, muskelgestählter Brust sah jede andere unweigerlich wie ein armseliges Hühnerbrüstchen aus.

Ihr Tadel reizte Ranulf bis aufs Blut, und seine Stimmung näherte sich dem absoluten Tiefpunkt.

Kasim beugte sich näher zu Dalvina hinüber, die ihrerseits die Situation mit wachsendem Unbehagen beobachtete. »Es ist besser, Ihr bringt Lady Valandra aus der Gefahrenzone. Sie hat meinem Freund jetzt hart genug zugesetzt.«

Dalvina zögerte. »Ich weiß, sie übertreibt ein wenig. Aber Lord Ranulf hat sie tief verletzt. Es ist nur gerecht, wenn sie ihre kleine Rache auskostet.«

Kasim nickte zustimmend. »Rache ist der süßeste Wein. Doch sie wird sich nicht lange daran erfreuen können, wenn Ranulfs Zorn die Überhand gewinnt. Er wird unberechenbar, wenn er zu viel trinkt. Deshalb bringt Ihr Eure Schwester nun besser in Sicherheit. Sorgt dafür, dass sie Ranulf heute nicht mehr unter die Augen gerät.«

Dalvina suchte Valandras Blick und gab ihr mit einer leichten Kopfbewegung zu verstehen, dass es Zeit zum Rückzug war.

Valandra atmete sogleich erleichtert auf. Obwohl dieses Theaterspiel anfangs recht amüsant gewesen war, empfand sie es längst nur noch als ermüdend. Sie hasste Falschheit, und auch die Tatsache, dass sie Ranulf eins auswischen wollte, rechtfertigte nicht, dass sie mit den Gefühlen dieser Männer spielte. Auch wenn es Lord Greystone, diesem arroganten Kerl, nur recht geschah.

Valandra legte anmutig die Serviette auf den Tisch. »Meine Herren, ich bedanke mich für diesen überaus anregenden Abend. Wenn Ihr meine Schwester und mich nun entschuldigen wollt?«

Sie wollte sich erheben, doch Lord Greystone hielt sie am Unterarm zurück.

»Was soll das heißen?«, forderte er barsch zu wissen und zog eine Augenbraue in die Höhe. »Ihr habt uns kaum zwei Stunden mit Eurer Anwesenheit beehrt. Nach meiner beschwerlichen Anreise von fast zwei Tagesritten darf ich doch wohl mehr von Eurer kostbaren Zeit verlangen.«

Valandra erkannte die drohende Gefahr in Ranulfs funkelnden Augen. Sie sah, wie er sich angriffslustig vorbeugte, und kam ihm rasch zuvor.

»Ich bitte um Vergebung, Mylord. Ich möchte wirklich nicht undankbar erscheinen, doch wie Ihr wisst, liegt meine Stiefmutter krank darnieder. Wäre es nicht kaltherzig von mir, wenn ich ihr Leiden ob eines so schönen Abends vergäße?«

Lord Greystone gab sich anscheinend mit dieser Erklärung zufrieden und nickte großmütig. »Nun gut, ich nehme Eure Entschuldigung an.«

Valandra hätte ihm gern ins Gesicht geschrien, wohin er sich seine Großzügigkeit stecken konnte. Doch das hätte die richtige Valandra Lamont getan. Heute Abend spielte sie eine elegante, wohlerzogene Dame. So lächelte sie ihn huldvoll an und säuselte: »Ich nehme an, ich darf Lady Eleanora Eure besten Wünsche überbringen?«

Greystone nickte erneut. »Tut dies, meine Liebe, und ich erwarte, dass Ihr morgen mehr Zeit für mich erübrigt.«

Ranulf erhob sich ebenfalls und geleitete Valandra zur Treppe, die in das obere Stockwerk führte.

»Hattest du deinen Spaß?«, knurrte er durch seine zusammengebissenen Zähne. Der mühsam unterdrückte Zorn ließ Valandra schaudern und machte ihr das Atmen schwer.

»Ja, danke der Nachfrage«, antwortete sie zynisch. »Deine Wahl der Kandidaten war angenehmer, als ich dachte.«

Ranulfs Griff um ihren Arm verstärkte sich. »Gut. Ich erwarte dich in einer Stunde im Arbeitszimmer deines Vaters.«

Wozu?, fragte sich Valandra entsetzt und spürte einen Anflug von Panik in sich aufflackern. Wollte er mit ihr die verschiedenen Vorzüge der einzelnen Bewerber durchgehen? Wollte er wissen, ob sie bereits einen Favoriten hatte? Dieser kaltherzige Mistkerl! Nein, sie wollte nicht mit ihm allein sein.

Valandra wartete mit ihrer Antwort, bis Kasim und Dalvina zu ihnen stießen. »Ich fürchte, das muss bis morgen warten. Ich bin schrecklich müde.«

Ranulfs Augen senkten sich in ihre. »Eine Stunde, und sei pünktlich! Sonst werde ich dich holen kommen.«

Mit diesen Worten machte er auf dem Absatz kehrt und ließ sie stehen.

»Möchtest du, dass ich bei dir bleibe?«, erkundigte sich Dalvina, als sie Valandras Gemach erreichten. »Falls Lord Ranulf seine Drohung wahr macht, wäre es vielleicht besser, wenn du nicht allein wärst.«

Valandra hätte dieses Angebot gern angenommen. Sie zweifelte nicht daran, dass Ranulf seine Drohung tatsächlich wahr machen würde. Allein der Gedanke, dass er in ihr Gemach eindringen könnte, bereitete ihr Magenschmerzen. Dennoch schüttelte sie den Kopf. »Du hast mir heute schon genug geholfen, Dalvina, und ich danke dir von Herzen. Doch nun geh zu deiner Mutter, du machst dir bestimmt schon schreckliche Sorgen um sie.« Dalvina nickte traurig. »Die Gefangenschaft bekommt ihr gar nicht gut. Sie vermisst ihren Bruder und fürchtet sich vor Vaters Heimkehr.« Sie zögerte kurz, bevor sie fragte: » Was, glaubst du, wird Vater mit ihr machen?«

Valandra konnte beim besten Willen kein Mitgefühl für Eleanora aufbringen. Sie hatte sich aus purer Selbstsucht in diese unangenehme Situation gebracht.

»Das kann ich dir nicht beantworten. Aber ich bin sicher, Vater wird Gerechtigkeit walten lassen.«

Dalvina nickte bedrückt, wünschte Valandra eine angenehme Bettruhe und stieg die Stufen zum Turm hinauf, in dem ihre Mutter eingesperrt war. Die Wachen öffneten wortlos die Tür, als sie Dalvina erkannten, und sie trat ein. Es war ein bescheidener Raum, ohne viel Zierrat oder Dingen zur Annehmlichkeit. Ein Bett, zwei Kleidertruhen, eine Schüssel, um sich zu waschen und ein Tisch mit zwei Stühlen befanden sich darin.

Eleanora lag blass in ihrem Bett und starrte an die Decke.

»Mama?« Zuerst glaubte Dalvina, keine Antwort mehr zu bekommen, doch dann flüsterte Eleanora: »Wie schön, dass du dich noch an mich erinnerst, mein Kind. Hattest du einen angenehmen Abend?«

»Mama, bitte, du weißt, dass ich Valandra nicht allein mit all den Männern lassen konnte. Das wäre höchst unanständig gewesen.«

»Natürlich. Obwohl ich den Zeitpunkt für eine Brautwerbung mehr als unpassend gewählt finde. Aber was kann man von dieser Verräterin anderes erwarten?«

Dalvina setzte sich neben Eleanora aufs Bett. »Du tust ihr Unrecht, Mutter. Nicht Val ist die Verräterin. Lord McGregor ist der Schuft, der dich hintergangen hat. Sie hat auch nichts mit dieser Brautwerbung zu tun. Lord Ranulf hat alles arrangiert, und das gegen ihren Willen.«

»Das sieht diesem undankbaren Luder wieder ähnlich.«

Dalvina biss die Zähne zusammen. Manchmal war ihre Mutter wirklich unerträglich.

»Soll ich dir etwas vorlesen?«

Eleanora seufzte leise auf. »Wenn es dir nicht zu viele Umstände macht?«

Dreiundzwanzigstes Kapitel

Derweil stand Ranulf auf der Brustwehr und starrte auf den kleinen hellen Punkt in der Ferne. Malven hatte am entfernten Waldrand sein Nachtlager aufgeschlagen.

Wie so oft in den letzten Tagen fragte sich Ranulf, weshalb sein Freund ihm diesen kleinen Aufschub gewährt hatte.

Malven war kein Mann der Gnade. Er verfolgte seine Ziele mit tödlicher Gewissenhaftigkeit. Also, was hatte ihn zögern lassen? War die Zeit einfach noch nicht reif gewesen, oder hatte er vielleicht Ranulfs innere Verzweiflung gespürt?

»Was auch immer es war, ich danke dir, mein Freund.«

Er brachte es trotz der Umstände nicht über sich, Malven als einen Feind zu betrachten. Sie waren Freunde gewesen, vereint, in einer Zeit des Zwiespalts und der Verfolgung. Bitterer Groll stieg in ihm auf. Wie konnte Malven dann glauben, dass er getan hatte, was der Großmeister ihm vorwarf?

»Deine Dummheit bekümmert mich, mein Freund«, erklärte Kasim, der neben ihn getreten war und nun ebenfalls in die Nacht hinausspähte.

»Dann verschwinde!«

Kasim schnaubte ungeduldig. »Auch dein Mangel an Feingefühl lässt mich manchmal nahezu verzweifeln. Wie gut, dass ich ein Meister im Üben von Geduld bin.«

Ranulf schloss die Augen und atmete tief die feuchte Nachtluft ein. »Nicht jetzt, Kasim. Ich habe wirklich andere Sorgen.«

Der junge Syrer lehnte sich lässig an die Mauer. »Ich weiß. Du fragst dich, für welchen dieser Männer sich Lady Valandra entscheiden wird.«

Ranulf schüttelte den Kopf. »*Non,* ich überlege, wo ich einen Mann auftreiben kann, der ihrer würdig ist. Diese schmächtigen Würstchen könnten Valandra nicht einmal vor einer stärkeren Windbö beschützen.«

»Aber du könntest es.«

Ranulf durchbohrte Kasim mit einem glühenden Blick. »Ich könnte ihr auch eigenhändig mein Schwert in die Brust rammen. Du weißt verdammt genau, dass Malven nicht zögern würde, sie zu töten. Wenn du also gekommen bist, um Unsinn zu reden, dann verschwinde gleich wieder. Mir steht der Sinn wirklich nicht nach deinen Spielchen.«

Kasim zuckte ungerührt mit den Schultern. »Ich pflege niemals zu spielen, wenn es um Liebe geht. Aber anscheinend bist du noch immer nicht bereit, deinen Verstand zu gebrauchen. Ich werde warten.«

»Kasim!«

»Schon gut! Was hältst du von diesem hübschen Jüngling, Lord McSpermit? Er scheint sich auf den ersten Blick in Lady Valandra verliebt zu haben.«

Ranulf schüttelte den Kopf: »Der ist doch kein Mann, sondern ein Weichling. Valandra braucht jemanden, der sich sowohl mit ihrem Mut als auch mit ihrem Starrsinn messen kann.«

»Lord Greystone scheint mir sehr von seiner eigenen Stärke überzeugt zu sein. Er sieht auch recht gut aus. Groß gewachsen und stattlich. Ich glaube, eine Frau könnte ihn durchaus anziehend finden.«

»Niemals! Der kommt überhaupt nicht in Frage. Er scheint mir gewalttätig zu sein. Ich werde ihn gleich morgen früh wegschicken.«

Kasim zwang sich, sein Grinsen zu unterdrücken, und fragte aufrichtig interessiert: »Aber du sagtest doch, dass deine Lady einen starken und harten Mann brauche.«

»Aber nicht Greystone! Er würde Valandra früher oder später brechen. Außerdem ist sie nicht *meine* Lady.«

Kasim nickte bedächtig, bevor er Ranulf zu bedenken gab: »Ich fürchte, Lady Valandra wird ihre Entscheidung selbst treffen, mein Freund. Schließlich soll sie einem dieser Männer kräftige Söhne schenken.«

Ranulf zuckte innerlich wie unter einem Peitschenhieb zusammen. Diesen Aspekt der Ehe hatte er bisher immer erfolgreich verdrängt. Er wollte sich nicht vorstellen, wie ein anderer Mann Valandra berührte, wie er die Zartheit ihrer Haut bewunderte oder sich mit ihr im Bett wälzte. Erst recht widerstrebte ihm die Vorstellung, sie könnte gar Gefallen daran finden. Würde sie bei einem anderen Mann mit derselben Leidenschaft reagieren wie bei ihm? Würde sie auch diese süßen kleinen Laute von sich geben und sich eng an den Körper des Mannes schmiegen, um nach mehr Liebkosungen zu verlangen? Allein der Gedanke daran ließ den bitteren Geschmack von Galle in seiner Kehle aufsteigen. Die Vorstellung, sie könnte diesem anderen Mann auch noch Kinder schenken, war beinahe mehr, als er ertragen konnte.

Als er seine Sprache endlich wiederfand, war Kasim bereits verschwunden. Ranulf wusste nur zu gut, dass sein Freund ihn absichtlich auf Valandras zukünftige Mutterrolle hingewiesen hatte. Dieser Teufel verstand es wie kein zweiter, ihn mit bloßen Worten Höllenqualen leiden zu lassen.

Aber er war selbst schuld daran. Vor einigen Monaten hatte er Kasim in einer schwachen Stunde erzählt, wie sehr er sich Kinder wünschte.

Er wusste nur zu gut, dass er bald für immer ausgelöscht wäre. Malven würde seinen Auftrag ausführen, und dann würde nichts mehr darauf hinweisen, dass es jemals einen Ranulf de Bretaux gegeben hatte. Ein Kind könnte dies ändern. Es würde bedeuten, eine Spur zu hinterlassen.

Er atmete hörbar ein. Valandra wäre die ideale Mutter seiner Nachkommen. Sie war wunderschön, intelligent und stark.

Im nächsten Moment verzog er angewidert das Gesicht. Was war er doch für ein selbstsüchtiger Bastard! Er würde nicht einmal lange genug leben, um sein eigenes Kind sehen zu können. Diesen Traum musste er augenblicklich begraben.

Valandra würde einem anderen Mann Kinder schenken.

Ranulfs Blick glitt wieder zu dem kleinen Feuerpunkt. »Beeil dich, mein Freund. Damit ich das nicht erleben muss.«

»Mit wem sprichst du?«

Valandra trat zögernd näher. Sie hatte sich in einen wärmenden Umhang gehüllt, doch sie fror erbärmlich. Ob es an der kühlen Nachtluft oder an Ranulfs ablehnender Haltung ihr gegenüber lag, konnte sie selbst nicht genau beantworten. Jedenfalls bereute sie jetzt schon, dass sie ihm hierher gefolgt war. Sie fühlte sich gehemmt und seltsam verloren.

Allein sein Anblick genügte, um die Wunde in ihrem Herzen wieder bluten zu lassen.

Valandra verbarg die zitternden Finger in den Falten ihres Umhangs.

»Was willst du hier?«, wollte Ranulf barsch wissen, ohne sie anzusehen.

»Du warst nicht in Papas Arbeitsräumen.«

Nein, das war er nicht. Er hatte seine Meinung geändert.

Ranulf ärgerte sich über seinen eigenen Wankelmut. Er hasste Unentschlossenheit. Besonders, wenn sie von ihm selbst ausging. Aber Valandras charmantes Geplauder mit ihren Heiratskandidaten hatte ihm schwer zugesetzt. Er war so wütend gewesen, dass er sich selbst nicht mehr getraut hatte. Deshalb hatte er es für klüger gehalten, ihr für heute aus dem Weg zu gehen.

Als keine Antwort von ihm kam, wurde Valandra noch unruhiger. Sie hätte alles darum gegeben, wenn sie in diesem Augenblick seine Gedanken hätte lesen können. Vielleicht war es dumm von ihr gewesen, doch sie war ihrem Gefühl gefolgt und hatte dem leisen Hoffnungsschimmer nachgegeben, der ihr mit Engelszungen zuflüsterte, dass es für sie beide noch nicht zu spät war.

Valandra senkte beschämt den Blick. Sie liebte ihn noch immer, und sein eisernes Schweigen tat ihr bis in die Seele weh.

Er selbst hatte sie um dieses Gespräch gebeten, und sie hatte so sehr gehofft, er werde ihr seine wahren Gefühle eröffnen. Sie hatte gehofft, er werde Greystone und die anderen Kerle zur Hölle schicken, weil er sie mit keinem dieser Männer teilen wollte. Tief in ihrem Herzen hatte sie sich sogar an die Hoffnung geklammert, er werde doch noch um ihre Hand anhalten, weil ihm bewusst geworden war, wie viel er für sie empfand.

Was war sie doch für eine Närrin! Die kalte Distanziertheit, die er ihr entgegenbrachte, sprach eine gänzlich andere Sprache.

»Du wolltest mit mir reden?«, hob sie tapfer an, um

das zermürbende Schweigen zwischen ihnen zu brechen.

Sie hätte weinen können. Zwischen ihnen war eine schier unüberwindliche Kluft aufgebrochen, und sie spürte, wie Ranulf sich immer weiter von ihr entfernte. Bald würde sie ihn nicht mehr erreichen können. Er hatte mit ihr abgeschlossen, hatte alles, was sie betraf, aus seinen Gedanken verbannt.

Aber sie wollte ihn nicht gehen lassen. Sie wollte nicht, dass zwischen ihnen Mauern aufragten. Sie liebte diesen Mann. Sie vermisste seine Zärtlichkeit, das Gefühl der Sicherheit und Wärme, das er ihr stets vermittelt hatte.

Ihr Blick fiel auf seine Hände. Kräftige, große Hände, und doch besaßen sie die Macht, sie zärtlich zu trösten, ihr die Schmerzen zu nehmen und ihr das Glück auf Erden zu schenken. Jetzt aber umklammerten sie nur den kalten Stein der Brustwehr.

Oh, wie gern hätte sie Ranulf angeschrien, ihn geschüttelt und geschlagen, bis er endlich wieder eine menschliche Reaktion auf sie zeigte. Selbst wenn es nur seine Wut wäre. Wut war immer noch besser als diese vernichtende Gleichgültigkeit.

»Das hätte auch bis morgen warten können.« Endlich wandte er sich ihr zu. »Aber da du schon mal hier bist, können wir es auch gleich erledigen. Wir haben nicht viel Zeit, wie du weißt. McGregor wird alles daransetzen, um die Heiratserlaubnis zu bekommen, und wenn diese erst unterzeichnet ist, gibt es kein Zurück. Deshalb möchte ich kein Risiko eingehen. Deine Hochzeit findet am Sonntag statt.«

In fünf Tagen!

Valandra fühlte, wie der zarte Hoffnungsschimmer

wie eine Kerze im Wind erlosch und eine bittere Finsternis hinterließ.

Er meint es ernst, erkannte Valandra fassungslos. Er wollte sie tatsächlich einem dieser Männer vor die Füße werfen. Sie bedeutete ihm gar nichts. Er hatte sie benutzt, hatte alles genommen, was sie ihm hatte geben können, und nun ließ er sie wie einen faulen Apfel fallen. Ihre Kehle brannte plötzlich von den unvergossenen Tränen, doch über ihre Lippen kam kein Laut. Nein, sie würde nicht weinen. Niemals würde sie ihm zeigen, wie sehr er sie verletzt hatte.

Das brauchte sie auch nicht. Ranulf hatte ihr Gesicht genau beobachtet, und es riss seine Seele beinahe entzwei, als er sah, wie das Feuer in ihren Augen erlosch. Ihre Enttäuschung bohrte sich wie ein Speer in seine Brust und ließ ihn erneut mit dem Schicksal hadern.

Wie gern hätte er Valandra in seine Arme gezogen, um sie zu trösten. Sie wirkte so unnatürlich blass und reglos im fahlen Mondlicht, dass er es beinahe mit der Angst zu tun bekam.

»Valandra.« Er streckte die Hand nach ihr aus, doch sie wich vor ihm zurück.

Langsam schüttelte sie den Kopf und flüsterte atemlos: »Fass mich nicht an, du herzloses Ungeheuer!«

»Verdammt, glaubst du, mir fällt das Ganze hier leicht?«, verlangte er aufgebracht zu wissen.

Valandra warf wütend ihr Haar in den Nacken. »Du Ärmster! Muss ich dich daran erinnern, dass du es warst, der diese Männer eingeladen hat? Du hast dir in den Kopf gesetzt, dass ich heiraten soll, also lass diese fadenscheinigen Ausflüchte! Es ist mir vollkommen egal, ob es dir leicht fällt oder nicht. Hast du jemals einen Gedanken daran verschwendet, wie ich mich dabei fühle? Immerhin bin ich es, die zeit ihres Lebens an einen Mann gefesselt sein wird, den sie nicht liebt! Ich werde alles verlieren, was mir lieb und teuer ist – mein Heim, meinen Vater und auch meine Freiheit. Mein Leben wird ein einziger Albtraum sein! Also erwarte bitte kein Mitgefühl von mir!«

Ranulf packte Valandra grob bei den Oberarmen und schüttelte sie. »Alles, was ich will, ist, dass du vor McGregor und seinesgleichen in Sicherheit bist. Was soll ich denn sonst tun? Ich selbst kann dich nicht heiraten!«

»Lass mich raten«, zischte Valandra und funkelte ihn wütend an. »Jetzt kommt wieder diese alberne Geschichte von deinem nahenden Tod. Fällt dir wirklich nichts Besseres ein? Wie wäre es zum Beispiel mit einem bitterbösen Fluch, der auf den männlichen Mitgliedern deiner Familie lastet und euch in einem bestimmten Alter dahinrafft? Das wäre zumindest fantasievoll.«

Ranulf ließ sie los und trat einen Schritt zurück. Tiefes Bedauern spiegelte sich in seinen Zügen, als er ihr den Rücken zuwandte und den kleinen, funkelnden Punkt von Malvens Lagerfeuer betrachtete. Er konnte ihr die Entrüstung nicht verübeln. Dennoch schmerzten ihn ihre höhnischen Worte tief.

»Ich werde Greystone nach Hause schicken«, erklärte er leise. »Er ist kein Mann für dich.«

Schick sie alle heim, flehte Valandras Herz. Sie schlang die Arme um ihren Oberkörper, als könnte sie sich so vor dem Schmerz schützen. *Ich will keinen von ihnen.*

»Vielleicht gelingt es mir, noch weitere Junggesellen aufzutreiben, die mehr nach deinem Geschmack sind.«

Trotz und Schmerz formten ihre nächsten Worte. »Bemüh dich nicht weiter. Die vier, die bereits hier sind, reichen vollkommen aus. Und Lord Greystone bleibt hier. Wenn du schon verlangst, dass ich mit einem von ihnen das Ehebett teile, dann soll er zumindest gut aussehen.«

Ranulf schloss die Augen, als eine Welle der Eifersucht und des Schmerzes seinen Körper erfasste. Er hatte geglaubt, Kasims Worte wären grausam gewesen, doch Valandras Seitenhieb drang noch wesentlich tiefer. Greystone! Ausgerechnet Greystone! Dieser überhebliche Kerl konnte ihr doch niemals bieten, was sie wirklich brauchte.

Valandra ballte hilflos die Hände zu Fäusten, während sie fassungslos auf Ranulfs Rücken starrte. Sie hatte sich eine Reaktion von ihm erhofft. Eine Gefühlsregung. Irgendetwas, das ihr bewiesen hätte, dass sein Herz nicht aus kaltem Stein war. Doch sie wartete vergebens.

Er stand so ruhig und beherrscht da, dass sie vor Pein am liebsten geschrien hätte. Wie konnte er nur so grausam sein?

Unfähig, ihre Tränen noch länger zurückzuhalten, machte sie auf dem Absatz kehrt und floh. Sie rannte, bis ihre Seiten stachen, und blieb erst wieder stehen, als sie sicher war, dass Ranulf sie nicht mehr hören konnte. Erst jetzt erlaubte sie sich, ihrem Schmerz nachzugeben, und sank hemmungslos schluchzend auf die feuchten Treppenstufen des Turms nieder.

Vierundzwanzigstes Kapitel

Die nächsten drei Tage und Abende war Valandra gezwungen, ihre Zeit mit den vier Heiratskandidaten zu verbringen. Sie lächelte, tanzte und scherzte mit ihnen, und wann immer Ranulf anwesend war, gab sie sich den Anschein, sich köstlich zu amüsieren. Doch nachts, wenn sie endlich allein war, weinte sie sich in den Schlaf.

Detlef erwies sich in dieser Zeit als wahrer Freund. Er hörte sich ihre Sorgen und Ängste an, tröstete sie, wenn sie glaubte, der Kummer werde ihre Seele verschlingen, und war immer für sie da. Auch Dalvina bemühte sich sehr darum, sie aufzuheitern.

Ranulf hingegen hatte es sich zur Gewohnheit gemacht, jeden Abend an ihre Tür zu klopfen, um sich über den neuesten Stand der Dinge zu informieren. Er wartete darauf, dass sie ihm den Namen ihres zukünftigen Ehegatten nannte.

Valandras Finger schlossen sich fester um die Zügel ihrer Stute, und sie verbot sich jeden Gedanken an Ranulf. Er war weit entfernt auf Walkmoor Castle, und sie dankte Gott dafür, dass sie einen Vorwand gefunden hatte, um seiner Gegenwart zu entfliehen.

Der Frühling schien endlich Einzug zu halten. Die ersten Sonnenstrahlen wärmten den aufgetauten Boden, und kaum ein Wölkchen war am strahlend blauen Himmel zu erkennen. Deshalb hatte Valandra beschlossen, das Notwendige mit dem Unumgänglichen zu verbinden, und ihre Heiratskandidaten zur Jagd eingeladen. Die vier Herren sollten ruhig etwas zu ihrem Unterhalt beitragen.

Nun ritt sie flankiert von Lord Spencer und Greystone an der Spitze des kleinen Reitertrupps durch den Wald. Hinter ihr befanden sich Lord Stafford, Lord McSpermit, Owen und sechs Lamont-Krieger zu ihrem Schutz.

»Diese Jagd war eine wundervolle Idee«, lobte Lord Spencer erfreut und genoss den Ausflug sichtlich. Die Sonne spiegelte sich auf seinem blonden Haar und ließ es golden glänzen.

Valandra zwang sich zu einem Lächeln. Sie selbst hasste es, arme Tiere töten zu müssen, doch sie war praktisch genug veranlagt, um die Notwendigkeit dessen zu akzeptieren.

»Ich frage mich nur, was Ihr mit diesem Spielzeug wollt«, erkundigte sich Greystone in seiner gewohnt herablassenden Art und deutete auf den Köcher mit Pfeilen, den Valandra sich um die Schulter gehängt hatte.

»Ich werde natürlich versuchen, Euch tatkräftig zu unterstützen«, erklärte sie bescheiden. »Da mir dies mit einer Sticknadel wohl kaum gelingen würde, habe ich mich eben für Pfeil und Bogen entschieden.«

Greystone schüttelte lediglich den Kopf. Offensichtlich traute er einer Frau nicht allzu viel zu, was seine nächsten Worte unterstrichen. »Seht bloß zu, dass Ihr Euch nicht selbst verletzt.«

Hinter sich hörte Valandra Owen verhalten kichern. Die Treffsicherheit seiner Herrin würde diese Kerle aus allen Wolken fallen lassen.

Als die Sonne den Zenit erreichte, zügelten sie die Pferde und rasteten auf einer kleinen, verträumten Lichtung mitten im Wald. Sie aßen und tranken von dem Proviant, den sie aus der Burg mitgebracht hatten, und begutachteten ihre Beute.

Bisher war es ihnen gelungen, ein Dutzend Kaninchen, einen Rehbock und sogar einen jungen Eber zu erlegen.

Auf Dalvinas Rat hin hatte Valandra heute auf die Jagd verzichtet und keinen einzigen Pfeil abgeschossen. Angeblich war ihre Geschicktheit im Umgang mit Pfeil und Bogen für einen Mann nur schwer zu akzeptieren. Valandra konnte sich zwar beim besten Willen nicht erklären, weshalb, doch in diesen Angelegenheiten vertraute sie auf Dalvinas Erfahrung.

Zwischen Greystone und Lord Spencer brach bald ein erbittertes Streitgespräch aus. Beide wollten den Eber allein erlegt haben, und sie prahlten lauthals mit ihrer Geschicklichkeit beim Töten.

Valandra hielt es nicht mehr in ihrer Gesellschaft aus. Dieses männliche Gehabe war eindeutig mehr, als sie zurzeit ertragen konnte.

Sie wandte sich an Owen und flüsterte ihm zu: »Ich brauche dringend etwas Ruhe. Wenn du erlaubst, werde ich mich in den Wald zurückziehen.«

Owen dachte offensichtlich, sie müsste sich hinter einem Busch erleichtern, und nickte ohne zu zögern. »In Ordnung, Mylady. Ich werde dafür sorgen, dass keiner dieser Kerle Euch folgt. Aber bleibt in der Nähe und nehmt Euren Bogen mit. Man weiß nie, wer oder was sich da draußen herumtreibt.«

Valandra versprach es und schlüpfte von den anderen unbemerkt zwischen die Bäume. Bald hatte sie die wütenden Stimmen hinter sich gelassen und atmete erleichtert auf, als nur noch die Geräusche des Waldes an ihr Ohr drangen. Wie herrlich es hier war! Vereinzelte Sonnenstrahlen brachen durch das dichte Geäst der Tannen und ließen die Tautropfen auf den saftig grünen Farnen wie Diamanten glitzern. Ein Wald im Frühling barg ganz entschieden seinen eigenen Zauber. Das frische Grün, das überall knospete, wirkte wie ein leises Versprechen auf einen Neuanfang.

Valandra schlenderte einen schmalen Wildpfad entlang und horchte dem Gesang der Vögel. Sie hörte das Klopfen eines Spechtes, und weit über ihr hüpfte ein Eichhörnchen von Ast zu Ast.

Urplötzlich durchbrach ein gellender Schmerzensschrei die Idylle und ließ ihr das Blut in den Adern gefrieren.

Großer Gott, war da jemand den Gesetzlosen in die Hände gefallen?

Reglos und mit klopfendem Herzen horchte sie in den Wald hinein. Sie versuchte herauszufinden, aus welcher Richtung der Schrei gekommen war. Da vernahm sie ein tiefes, gefährliches Knurren und zu ihrem Entsetzen weitere Schmerzensschreie eines Menschen.

Um Himmels willen, da wurde ein Mann von einem Bären angegriffen! Sie überlegte blitzschnell, ob sie die Männer holen sollte, doch sie hatte sich inzwischen zu weit von ihnen entfernt.

Es blieb nicht genügend Zeit.

Eilig nahm sie den Bogen zur Hand, legte einen Pfeil auf und rannte horchend durch das Unterholz.

Die Kampfgeräusche wurden lauter. Valandra spähte vorsichtig hinter dem dicken Stamm einer Tanne hervor, und da sah sie es: Keine fünfzig Schritte von ihr entfernt attackierte ein riesiges Ungetüm von einem Braunbären einen blutüberströmten Mann. Ohne zu zögern spannte Valandra den Bogen. Sie visierte das bullige Genick des Bären an, entschied sich dann aber für einen Plattschuss.

Leider stellte sich das schwieriger als erwartet heraus.

Die beiden kämpften um Leben und Tod, und sie befürchtete, versehentlich den Mann zu treffen.

Valandras Glieder zitterten vor Furcht, als sie erkannte, dass es nur eine Rettung für den armen Kerl gab. Sie tastete den Waldboden nach einem großen Stein ab und warf damit nach dem Bären.

»Hierher. Komm, du Biest! Fang mich!«

Mit einem ohrenbetäubenden Gebrüll ließ der Bär von seinem Opfer ab, drehte sich zu ihr um und stellte sich wütend auf die Hinterbeine. Das Tier war in einem regelrechten Blutrausch. Erneut brüllte es auf und entblößte dabei messerscharfe gelbe Zähne.

Valandra reagierte blitzschnell und dankte im Stillen ihrem Vater, dass er ihr beigebracht hatte, auch in gefährlichen Situationen einen kühlen Kopf zu bewahren. Sie spannte den Bogen mit aller Kraft, zielte auf das Bärenherz, schoss …

Daneben.

Verdammt, ihre Finger zitterten so stark, dass sie kaum den Bogen ruhig halten konnte. Sie riss den nächsten Pfeil aus dem Köcher, spannte und zielte erneut. Plötzlich war ihr, als hörte sie die Stimme ihres Vaters, der zu ihr sagte: »Denk immer daran, Sausewind, es gibt nichts Gefährlicheres als einen verwundeten Bären. Wenn du tatsächlich einmal das Pech hast, einem von ihnen so nah zu kommen, dass du das Weiß in seinen Augen siehst, ist genau dies dein Ziel. Es ist die einzige Möglichkeit, da lebend herauszukommen.«

Mit wütendem Brüllen und Knurren stürmte der Bär auf Valandra zu. Kaum mehr als zwanzig Schritte lagen zwischen ihnen.

Valandra wagte kaum mehr zu atmen. Sie zielte auf sein Auge.

sam den Kopf. »Ihr hättet mich meinem Schicksal überlassen sollen. Ich bringe Euch nur Schmerz.«

Valandra fuhr fort, ihn zu verbinden. »Redet keinen Unsinn! Hätte ich etwa zusehen sollen, wie der Bär Euch zerfleischt?«

»Ihr habt den Bären erlegt?«, japste Lord Stafford ungläubig, und sein Gesicht verlor alle Farbe.

»Lasst mich hier sterben, Mädchen, oder ich werde Euer Verderben sein.«

»Habt Ihr ihn tatsächlich erlegt?«, wollte Lord Stafford erneut wissen.

»Ich denke gar nicht daran, Euch jetzt liegen zu lassen. Nicht, nachdem ich solche Angst ausgestanden habe.«

»Habt Ihr nun den verdammten Bären erlegt oder nicht?«, echote Lord Stafford ungehalten, und seine Stimme überschlug sich vor Entsetzen.

»Ja, verdammt«, zischte Valandra entnervt.

»Was, zum Teufel …?«

»… ist denn hier passiert?«, beendete Owen Greystones Satz.

Nun standen alle Männer mit offenem Mund da und betrachteten fassungslos und ungläubig die rosa gefärbten Federn, die noch aus dem Bärenauge ragten. »Sagt bloß, den habt Ihr erlegt, Mylady«, staunte Greystone.

Valandra hatte die ewige Fragerei allmählich satt. »Würde mir endlich jemand helfen? Ich brauche eine Bahre und den Kräuterbeutel vom Sattel meiner Stute.«

Als sich keiner der Männer bewegte, riss ihr endgültig der Geduldsfaden, und sie sprang wütend auf. »Gott verfluche alle Männer mitsamt ihrer dümmlichen Einfalt.«

Sie drückte Lord Stafford einen Stofffetzen in die

Hand und funkelte ihn warnend an. »Presst das auf seine Schulter, und zwar gleich! Owen, du und Lord McSpermit, ihr werdet eine Bahre bauen!«

Owen nickte und zog den verstörten jungen Mann mit sich fort.

Valandra rannte selbst den Weg zu ihrer Stute zurück und befahl einem der zurückgebliebenen Krieger: »Reite nach Walkmoor Castle zurück und hol zwei Wagen. Ich habe einen verletzten Bauern gefunden.«

Sie schnappte sich ihren Beutel und rannte denselben Weg wieder zurück. Großer Gott, ihre Schulter schmerzte so sehr, dass sie bei jedem Schritt mit den Tränen kämpfen musste.

Als sie, heftig nach Atem ringend, wieder bei den Männern ankam, sah sie, wie Greystone gerade mit dem Schwert ausholte, um dem Verletzen den Gnadenstoß zu geben.

»Nein!«, schrie sie empört auf und stieß Greystone mit solcher Kraft beiseite, dass dieser beinahe hingefallen wäre.

Er fing sich jedoch wieder, packte Valandra und schlug ihr mitten ins Gesicht. »Elendes Luder! Wenn du erst meine Frau bist, werde ich dir diese Manieren rasch abgewöhnen!«

Valandra funkelte ihn wütend an. Dieser Mistkerl hatte Glück, dass Owen nicht da war, ansonsten wäre er bereits tot. »Euch würde ich nicht heiraten, und wenn Ihr der letzte Mann auf Erden wäret. Und wenn Ihr noch einmal die Hand gegen mich oder diesen Mann erhebt, könnt Ihr Euch gleich neben den Bären legen. Das ist ein Versprechen!«

Greystone blinzelte ungläubig. Die Sekunden verstrichen, und schließlich warf er den Kopf in den Nacken und lachte schallend auf. »Bei Gott, dieses Weib hat Feuer!«

Valandra zweifelte ernstlich am Verstand sämtlicher Männer und kniete sich wieder neben ihren verwundeten Bauer.

»Jetzt habt Ihr mir zum zweiten Mal das Leben gerettet, Mädchen. Das war nicht klug von Euch.«

»Wenn Ihr weiterhin solchen Schwachsinn redet, fange ich an zu schreien!«, stieß sie wütend hervor und rieb sich die schmerzende Wange. »Ich habe die Nase wirklich gestrichen voll von euch Männern!«

Obwohl ihre Worte scharf klangen, behandelten ihre Finger die Wunden des Alten mit größter Vorsicht. »Ihr habt Euch tapfer gegen den Bären zur Wehr gesetzt. Die Wunden sind nicht so schlimm, wie ich zuerst befürchtete. Mit etwas Ruhe und Fürsorge werdet Ihr bald wieder auf den Beinen sein.«

»Ihr solltet Euch besser um Eure Schulter kümmern, Mädchen.«

Valandra schenkte ihm ein kleines Lächeln. »Alles zu seiner Zeit.«

Fünfundzwanzigstes Kapitel

Ranulf stand wie angewurzelt in der Tür. Sein Gesicht hatte jegliche Farbe verloren. Im Burghof war ihm zugetragen worden, dass Valandra einen Bären erlegt und damit einem Bauern das Leben gerettet habe. Als ob dieser Schock noch nicht ausgereicht hätte, um ihn an den Rand eines Nervenzusammenbruchs zu treiben, hatte Ranulf gleich gespürt, dass mehr dahintersteckte.

Er hatte Malvens Nähe gespürt, und nun sah er ihn mit eigenen Augen.

Sein ehemaliger Ordensbruder sah schrecklich aus. Er war über und über mit blutigen Kratzern bedeckt. Seine Kleidung hing ihm in Fetzen vom Körper, und selbst die frischen Verbände hatten sich bereits wieder mit Blut vollgesogen.

Ranulf trat lautlos näher und zog schweigend einen Stuhl heran. Er war sich nicht sicher, was er fühlte.

Vor ihm lag der Mann, der ihn nun seit mehr als vier Jahren wie ein Tier jagte, und doch war er nicht im Stande, ihn zu hassen. Alles, was er spürte, war das Gefühl eines bitteren Verlustes.

»Wenn du klug bist, tötest du mich.«

Ranulf begegnete Malvens stechendem Blick und lächelte freudlos. »In letzter Zeit werde ich verdammt oft der Dummheit bezichtigt, mein Freund.«

Malven schüttelte verächtlich den Kopf. »Dann hast du deinen Tod selbst besiegelt, denn ich werde nicht zögern.«

»Ich weiß.« Ranulf atmete tief ein und aus. So viele Nächte hatte er wach gelegen und sich überlegt, was er Malven bei einem Zusammentreffen sagen würde. Es gab so vieles, was er ihm vorzuwerfen hatte. So vieles, was er nicht verstand. All die Jahre hatte er sich von seinem Freund verlassen und verraten gefühlt …

Nun hatte er die Möglichkeit, ihm all dies zu sagen, doch plötzlich schien nur noch eine einzige Frage wirklich wichtig zu sein. »Sag mir nur eines. Tötest du mich, weil der Großmeister es befohlen hat, oder weil du seinen Anschuldigungen glaubst?«

»Spielt das eine Rolle?«

»Für mich ja.«

Malven schwieg lange.

Als Ranulf schon glaubte, keine Antwort mehr zu bekommen, erhob er die Stimme. »Du und dein Begriff von Ehre waren mir schon immer ein Rätsel. Ich wusste nie, was in deinem Kopf vorgeht.« Er zögerte, bevor er Ranulfs Frage beantwortete. »Ich weiß nicht, was in jener Nacht vorgefallen ist, aber die Geschichte mit dem Diebstahl habe ich nie geglaubt. Das Einzige, was für mich zählt, ist dein Verrat an unserer Bruderschaft. Deinetwegen sind elf unserer besten Krieger gestorben, und dafür wirst auch du sterben.«

Ranulf wusste, dass Malven keine Erklärung von ihm wollte und dass er auch keine akzeptieren würde. Bei ihm gab es nur Schwarz oder Weiß, doch niemals irgendwelche Grautöne dazwischen.

Die Ordensbrüder waren tot, und Ranulf war in seinen Augen dafür verantwortlich. Mehr wollte Malven gar nicht wissen.

Ranulf nickte schweigend, erhob sich und ging zur Tür, als Malvens Stimme ihn innehalten ließ. »Er hat sie geschlagen.«

Ranulf drehte sich fragend zu ihm um.

»Der, den sie Greystone nennen. Er hat das Mädchen geschlagen.«

Ranulf nickte ruckartig und versuchte seinen Zorn zu verbergen. Das würde ihm dieses Ungeheuer büßen.

»Sie ist dir sehr ähnlich. Das ist mir gleich aufgefallen.«

»Was soll das heißen?«

Malven schüttelte langsam den Kopf. »Keine Sorge, sie ist in Sicherheit. Du hast ihr nichts von mir erzählt.«

Sechsundzwanzigstes Kapitel

»Ist es wahr?« Valandra stand nur in ihr Nachthemd gehüllt und mit nackten Füßen in der Tür zu Ranulfs Kammer. Sie zitterte am ganzen Körper, und in ihren Augen spiegelte sich das reine Entsetzen. Ihr ganzes Wesen schien ihn anzuflehen, er möge ihre Frage verneinen.

»Bitte, du musst es mir sagen!«

Ranulf saß mit nacktem Oberkörper in einem Sessel vor dem Kamin und starrte in die Flammen. Sein Kiefer spannte sich. Musste sie ihre Enttäuschung so offen zeigen? »Ja. Lord Stafford ist Hals über Kopf abgereist. Offensichtlich ist ihm eine Frau nicht geheuer, die den Mut aufbringt, einen Bären zu erledigen.«

Bei Lord Greystone hatte es etwas Überzeugungskraft gekostet, um ihn zur Abreise zu bewegen. Ranulf blickte auf seine aufgescheuerten Fingerknöchel. Aber die hatte er ihm gern angedeihen lassen.

»Nicht das!«, rief Valandra schrill. Was kümmerten sie diese Weichlinge? Alles, was ihr wichtig war, war Ranulf.

Sie durchquerte das Zimmer und blieb vor ihm stehen.

»Der Verletzte ... stellt er eine Gefahr für dich dar? Habe ich wirklich deinen Tod ins Haus gebracht, wie Kasim mich beschuldigt?«

Ranulf schaute erstaunt zu ihr auf. Sie war seinetwegen so außer sich? Er stellte seinen Weinkelch auf das Beistelltischchen. »Kasim hat kein Recht, dir deshalb Vorwürfe zu machen. Du konntest es nicht wissen.«

Valandra gab einen erstickten Laut von sich. »Dann ist es also wahr!«

Ihr war plötzlich schrecklich übel. O nein, was hatte sie bloß angerichtet?

»Aber ich verstehe das nicht! Wer ist dieser Mann, und weshalb will er deinen Tod? Du hast doch bestimmt nichts Unrechtes getan!«

Ihr Glaube an ihn rührte ihn. »Er heißt Malven.«

Valandras Augen weiteten sich bei diesem Namen. »Derselbe Malven, den du in meiner Kammer vermutet hast, als du die Türe eingetreten hast?«

Ranulf nickte.

»Aber du hast gesagt, er wäre ein Freund! Du hast behauptet, dass von ihm keine Gefahr ausgeht.«

Ranulf sah ihre Verwirrung und zwang sich, die Hände auf seinen Schenkeln liegen zu lassen. Wie gern hätte er sie in seine Arme gezogen, um sie zu beruhigen.

»Ich sagte, dass *du* vor ihm in Sicherheit bist.«

Valandra lief aufgebracht vor ihm auf und ab. Sie versuchte verzweifelt zu verstehen, was hier vor sich ging. »Dann hast du die ganze Zeit über gewusst, dass dieser Kerl dort draußen ist. Du wusstest, dass er nur darauf wartet, dich zu töten!«, rief sie anklagend.

Ranulf nickte erneut. »*Oui*, er ist seit vier Jahren hinter mir her.«

Valandra blieb abrupt stehen. Diese Eröffnung überstieg ihr Fassungsvermögen.

»Seit vier Jahren! Seit vier Jahren, und du hast nichts dagegen unternommen?«

Ranulf rieb sich müde die Augen. »Es gibt nichts, was ich dagegen tun könnte.«

Das kalte Grauen erfasste Valandra, und ihre Magengrube krampfte sich schmerzlich zusammen. Er sprach gerade so, als ob er bereits tot wäre! Wie konnte er nur mit einer solchen Ruhe dasitzen und von seinem eigenen

Ende reden? Er wirkte noch nicht einmal angespannt oder in Sorge! Floss denn kein Tröpfchen warmes Blut in seinen Adern?

»Natürlich kannst du das!«, schrie sie aufgebracht. »Großer Gott, Ranulf, du befehligst ein ganzes Heer, und er ist nur ein einzelner Mann! Du kannst ihn …«

»Nein, das kann ich nicht! Hör auf damit«, befahl Ranulf streng. Er war aufgesprungen und hatte ihr Gesicht zwischen seine Hände genommen.

»Lass es gut sein«, bat er inständig, doch Valandra schüttelte wild den Kopf.

Wie sollte sie das? Sie liebte diesen Mann! Wie sollte sie zulassen können, dass er sich selbst aufgab? Es war ihr egal, ob er ihre Gefühle erwiderte oder nicht. Alles, was für sie zählte, war, dass sie ihn nicht verlieren durfte.

»Ich werde ihn ins Verlies werfen!«

»Nein, du wirst nichts dergleichen tun.«

»Dann wirst du ihn töten?«, erkundigte sie sich verständnisvoll und zuckte leicht zusammen, als Ranulf erschrocken vor ihr zurückwich.

»Großer Gott, nein! Ich töte doch keinen unbewaffneten Mann auf dem Krankenbett. Für wie ehrlos hältst du mich eigentlich?«

»Aber was sollen wir dann tun? Wir können doch nicht einfach herumsitzen und warten, bis er zuschlägt«, rief Valandra verzweifelt.

Ihre Angst schockierte und bewegte ihn zutiefst. Er sah die Tränen in ihren Augen, die aufrichtige Sorge und ihre Entschlossenheit, ihm beizustehen.

Und er sah noch etwas. Sie liebte ihn noch immer!

Ranulf fühlte, wie sich seine Brust schmerzlich zusammenzog. Nach all dem Kummer, den er ihr hatte zufügen müssen, liebte sie ihn noch immer.

Diese Erkenntnis erschien ihm wie ein Wunder. Er zwang sie sanft, ihn anzusehen.

»Hör mir zu, Liebes! Malvens Tod würde nichts an meinem Schicksal ändern. Niemand kann dem Zorn des Großmeisters entkommen. Er hat seine Häscher auf dem ganzen Erdball verstreut. Es wäre nur eine Frage der Zeit, bis sie mich finden. Ich ziehe es vor, meinen Mörder zu kennen. Also mach dir keine Gedanken. Malven und ich waren viele Jahre Freunde. Du kannst sicher sein, dass er es schnell und sauber erledigen wird.«

Valandra krümmte sich innerlich vor Schmerz. Sie riss sich von ihm los und schlug ihm wütend mit der flachen Hand vor die Brust.

»Falls du glaubst, dass mich das tröstet, bist du ein Dummkopf. Und wenn du glaubst, dass ich einfach ruhig daneben stehe und darauf warte, dass dich dein *Freund* umbringt, bist du sogar ein ausgemachter Narr!«

Die Tränen liefen ihr nun ungehindert über die Wangen, und sie schlug ihm erneut vor die Brust. »Ich werde es nicht zulassen, verstanden? Niemals werde ich das zulassen. Ich habe dich einmal verloren geglaubt; ein zweites Mal könnte ich es nicht ertragen!«

Ranulf zog Valandra in seine Arme. Er konnte ihre Qual kaum ertragen.

»Nicht weinen, Liebes. Noch ist es ja nicht so weit.«

Valandra klammerte sich an Ranulf und weinte ungehemmt an seiner Brust. »Ich werde einen Weg finden.«

Ranulf antwortete nicht. Es war zwecklos. Valandra weigerte sich, der Wahrheit ins Auge zu sehen.

Er vergrub sein Gesicht in ihrem Haar. Er war sich sicher, dass sie nach einem Ausweg suchen würde. Für die Dauer eines Herzschlags gestattete er sich die Illusion, dass dieses zierliche Geschöpf ihm tatsächlich helfen könnte. Nur einen winzigen Augenblick ließ er die Hoffnung auf eine Zukunft zu. Eine Zukunft, die er mit ihr teilen konnte. So absurd dieser Gedanke auch war, es war ein unendlich kostbares Gefühl. Doch der Augenblick verflog, und Ranulf kehrte in die harte Realität zurück. Er hatte keine Zukunft.

Eng hielt er Valandra umfangen. Dann aber furchte er verwirrt die Stirn.

»Du schwitzt ja«, bemerkte er. Dabei war es in seinem Gemach wirklich nicht sonderlich warm.

Valandra schüttelte den Kopf. »Eigentlich ist mir eher kalt.«

Ranulf schob sie auf Armeslänge von sich fort und betrachtete sie prüfend. Dann befühlte er ihren Nacken.

»Es ist kalter Schweiß«, beschuldigte er sie. »Verdammt, warum sagst du nichts, wenn du Schmerzen hast?«

Valandra sah ihn nur verständnislos an. Als ob sie im Augenblick nicht weit schlimmere Probleme zu bewältigen hätten! Was kümmerte sie ihre Schulter, wenn sein Leben in Gefahr war? Außerdem war sie schrecklich feige, wenn es um körperlichen Schmerz ging. Allein der Gedanke, jemand könnte ihre Schulter berühren, trieb ihr den Schweiß auf die Stirn.

»Es ist bestimmt nur eine kleine Prellung.«

»Das werde ich entscheiden. Wo?«

Valandra stöhnte unwillig auf, als sie die Entschlossenheit in Ranulfs Augen sah. Seine Sturheit war wirklich entnervend. Sie kannte ihn inzwischen gut genug, um zu wissen, dass er nicht aufgeben würde, bis sie ihm ihre dumme Verletzung erklärt hätte.

»Es ist die Schulter. Ich bin heute Nachmittag hingefallen, als ich den Bärenpranken ausweichen musste. Dabei habe ich sie vermutlich geprellt.«

Ranulf zuckte innerlich zusammen. Allein die Vorstellung, wie Valandra diesem Ungetüm von einem Bären gegenüberstand, ließ ihn um Jahre altern. Er mochte sich gar nicht ausmalen, was alles hätte geschehen können. »Man sollte dir für deinen verdammten Mut den Hintern versohlen«, knurrte er finster, bevor er etwas freundlicher hinzufügte: »Mach die Schulter frei!«

»Bist du nicht bei Trost?«, schnappte Valandra empört. Sie dachte gar nicht daran, sich vor ihm auszuziehen.

Ranulf zog erstaunt eine Augenbraue hoch. »Muss ich dich daran erinnern, dass ich schon wesentlich mehr von dir gesehen habe als nur eine nackte Schulter?«

Muss ich dich daran erinnern, dass du mich danach wie ein faules Stück Fleisch hast fallen lassen? Valandra errötete bei diesem Gedanken bis zu den Zehen und hielt den Halsausschnitt ihres Nachthemds schamhaft zusammen.

»Das ist jetzt nicht mehr von Bedeutung.«

Plötzlich wurde ihr die Intimität ihrer Situation unangenehm bewusst. Sie befanden sich in seinem Gemach. Allein. Beide waren sie nur unzulänglich bekleidet, und hinter ihrem Rücken prasselte ein stimmungsvolles Feuer.

»Es ist besser, wenn ich jetzt gehe«, erklärte sie rasch. Es war wirklich verrückt, doch Ranulfs nackter Oberkörper machte sie plötzlich ganz atemlos. Nein, schrie ihr Herz. Sie musste fliehen, bevor er sie ein zweites Mal verletzen konnte. Sie wusste nicht, ob sie diesen Schmerz noch einmal ertragen könnte.

Sie wollte sich von ihm abwenden, doch Ranulf hielt sie zurück. Ihre Worte hatten ihn verletzt. Vielleicht war ihre leidenschaftliche Begegnung in der Jagdhütte für sie nicht mehr von Belang, doch für ihn bedeutete sie die Welt. »Entweder, du zeigst mir jetzt deine verletzte Schulter, oder ich reiß dir das Nachthemd vom Leib. Du kannst wählen. Ich zähle bis drei.«

»Das darfst du nicht«, erklärte Valandra bemüht streng.

»Eins.«

Sie versuchte, an ihm vorbeizuschlüpfen, doch er versperrte ihr erneut den Weg. »Das ist doch Unsinn. Es tut auch gar nicht mehr weh.«

»Zwei.«

»Himmel, gibst du eigentlich niemals nach?«

Ranulf schüttelte den Kopf: »Nicht, wenn es wichtig ist.«

Er trat einen Schritt näher, und Valandra wusste, dass sie verloren hatte. Er würde nicht zögern und seine Drohung wahr machen, wenn sie ihm nicht gehorchte.

»In Ordnung. Ich mach es selbst.« Mit zitternden Fingern löste sie die Verschnürung und schob den Stoff ganz vorsichtig über die blau und grün geschwollene Schulter.

»Teufel und Verdammnis, sie ist ausgerenkt! Du Närrin, weshalb hast du so lange gewartet? Man hätte sie längst wieder richten müssen.«

»Nein, nicht anfassen!«, bat Valandra ängstlich und wich eilig einen Schritt zurück. »Es … es tut schrecklich weh.«

»Das glaube ich dir gern«, gab Ranulf ihr Recht. Er würde ihr jedoch noch wesentlich mehr Schmerzen zufügen müssen.

»Du willst sie wieder einrenken, nicht wahr?«, flüsterte Valandra furchtsam.

Ranulf nickte mitfühlend. »Für jemanden, der vor wenigen Stunden einen blutrünstigen Bären mit einem einzigen Pfeil erledigt hat, benimmst du dich jetzt geradezu feige.«

Valandra schnappte gekränkt nach Luft. »Das tu ich nicht! Außerdem waren es drei Pfeile. Zwei sind daneben gegangen!«

Ranulf wehrte sich innerlich gegen ihre Worte. Er wollte sich nicht an den Anblick des toten Bären auf dem Wagen erinnern, und er wollte sich auch nicht an die grässlichen Gefühle erinnern, die er dabei empfunden hatte. Die bloße Vorstellung, dass Valandra diesem riesigen Ungetüm schutzlos ausgeliefert gewesen war, hatte ihn mit kaltem Entsetzen erfüllt. Er hatte sich schreckliche Vorwürfe gemacht, weil er nicht für sie da gewesen war, weil er sie nicht beschützt hatte. Und er war unendlich wütend auf diese feigen Memmen von Heiratskandidaten gewesen. Sie hatten ihr in keinster Weise beigestanden.

Ranulf ließ die Hände behutsam über Valandras Schulter gleiten und brachte sie in die richtige Position. »Es wird gleich wehtun, Liebes, doch es muss sein. Ich zähle bis drei.«

Valandra nickte mit zusammengepressten Lippen.

»Bist du bereit?«

Sie nickte erneut.

»Eins …«

»Auaaaa!!!«, schrie Valandra im nächsten Moment, und Tränen schossen ihr in die Augen.

Ranulf zog sie tröstend in seine Arme. »Es ist vorbei, Liebes.«

»Du hast nicht bis drei gezählt«, schluchzte Valandra anklagend an seiner Brust. »Ich war nicht vorbereitet.«

Ranulf hauchte ihr einen zärtlichen Kuss auf die Stirn. »Ich bin sehr stolz auf dich, Liebes. Du warst ausgesprochen tapfer.«

Der liebevolle Klang seiner Stimme dämpfte Valandras Schmerz ein wenig, doch es tat auch so noch höllisch weh.

Sie gaben sich beide der schweigenden Harmonie hin, bis Valandra den Kopf hob und fragend in Ranulfs Gesicht blickte. »Ist Malven der Grund, dass du mich nicht heiraten willst?« Über ihre eigene Kühnheit erstaunt, hielt sie den Atem an.

Ranulf nickte zögernd. »Es ist zu gefährlich. Jeder, der mir zu nahe kommt, läuft Gefahr, ebenfalls getötet zu werden.«

»Du weichst meiner Frage aus«, flüsterte Valandra. Sie musste es einfach wissen. Egal, wie schmerzlich die Antwort auch sein mochte. »Wenn die Dinge anders lägen, wenn Malven nicht hinter dir her wäre … Glaubst du, du könntest mich dann lieben?«

Ranulf schlang die Arme so fest um ihren zarten Körper, als ob er sie nie wieder loslassen wollte. Er kämpfte gegen seine Gefühle an, wollte ihre Frage verneinen, um es ihnen beiden nicht unnötig noch schwerer zu machen, doch er vermochte es nicht. Die Wahrheit drängte sich mit aller Macht über seine Lippen. »Mit jeder Faser meines Herzens! Wie könnte ich dich nicht lieben? Du bist alles, was ich mir jemals gewünscht habe.«

Valandras Herz setzte einen Schlag lang aus, nur um dann vor Glück beinahe zu zerspringen. »Du liebst mich?«

Ranulfs Lächeln barg so viel Zärtlichkeit, so unendlich viel Gefühl, dass ihr die Tränen in die Augen stiegen. »*Oui, ma petite,* ich liebe dich. Weshalb, glaubst du, konnte ich mich nie von dir fern halten? Du hast mir von Anfang an den Kopf verdreht.«

Dann kämpfe um unser Glück, flehte Valandras Herz. *Lass nicht zu, dass deine Vergangenheit unsere Zukunft verschlingt.*

Sie legte ihm die schlanken Arme um den Hals, zog sich auf die Zehenspitzen und flüsterte an seinen Lippen: »Wir werden einen Weg finden.« Sie wusste noch nicht, wie, doch gemeinsam würden sie einen Ausweg finden.

»Nicht …«, stöhnte Ranulf, doch gleichzeitig schlossen sich seine Arme fester um ihren zierlichen Körper, und sein Mund forderte ungestüm, was bald einem anderen gehören sollte. Allein der Gedanke daran trieb ihn beinahe in die Verzweiflung.

Siebenundzwanzigstes Kapitel

Kurz vor Sonnenaufgang hielt es Valandra nicht länger im Bett aus. Sie hatte die ganze Nacht kein Auge zugetan. Wie auch, wenn der Mann, den sie liebte, in Lebensgefahr schwebte …

Sie schälte sich ganz vorsichtig aus Ranulfs Armen und hielt den Atem an, als er sich murrend zur anderen Seite drehte.

Er schlief jedoch ruhig weiter, und ein kleines, liebevolles Lächeln erhellte Valandras Gesicht. Selbst im Schlaf musste er das letzte Wort haben.

Ihre Augen sogen sich an seinem nackten Körper fest, und die Erinnerung an die vergangenen Stunden ließ sie erbeben. Sie hatten gemeinsam Zeit und Raum verlassen und sich ihrer Liebe voller Leidenschaft hingegeben. Und doch hatte ein Hauch von Verzweiflung ihre Zweisamkeit überschattet, als ob ein unbekanntes Wissen sie davor warnte, dies könne das letzte Mal sein, dass sie sich in den Armen lagen.

Valandra erschauderte erneut, doch diesmal vor Furcht.

Die Tatsache, dass Ranulf sich mit seinem Tod abgefunden hatte, machte sie ganz krank vor Sorge. Er war doch kein Feigling! Weshalb wehrte er sich nicht? Weshalb stellte er sich nicht der Herausforderung und kämpfte?

Es gab immer eine Möglichkeit, um seinem Schicksal zu entkommen. Nicht einmal dieser rachsüchtige Großmeister konnte seine Augen überall haben. Sie verstand einfach nicht, weshalb Ranulf diesen Malven nicht tötete und sich dann irgendwo in eine verlassene Gegend begab, um dort ein Leben in aller Zurückgezogenheit zu führen. Sie würde ihn überallhin begleiten, wenn sie nur in seiner Nähe sein konnte.

Ranulfs Handeln war einfach unfassbar. Er hatte seinen Freund sogar in eines der freien Gemächer im zweiten Stock verlegen lassen. Sie hatte zuerst geglaubt, er fände die alte Halle nicht gut genug für seinen ehemaligen Freund, doch dann hatte sie die beiden Wachen vor Malvens Tür entdeckt und den wahren Grund erkannt.

Es war unglaublich, doch die beiden Krieger standen nicht als Gefängniswärter auf dem Posten, sondern zu Malvens Schutz. Ranulf wollte mit allen Mitteln verhindern, dass seinem Freund etwas zustieß. War das nicht eine Ironie des Schicksals? Das Opfer ließ seinen Mörder beschützen.

Plötzlich hielt es Valandra keine Sekunde länger in Ranulfs Gemach aus. Sie musste irgendetwas unternehmen, bevor sie an ihrer Sorge erstickte.

Sie sammelte rasch ihre Kleider auf, zog sich an und öffnete leise die Tür. Wie sie erwartet hatte, schlief Detlef zusammengerollt wie ein Kätzchen vor der Schwelle. Er ließ sie nur ungern allein.

Seltsamerweise schämte sie sich nicht einmal dafür, dass er zweifellos wusste, dass Ranulf und sie sich geliebt hatten.

Valandra stieg vorsichtig über ihn hinweg und strebte zu Malvens Kammer. Sie wusste nicht, was sie dort tun sollte, wusste nicht, was ihre Gegenwart bewirken konnte, aber es zog sie unaufhaltsam dorthin. Vielleicht benötigte sie auch nur die Bestätigung, dass Malven tatsächlich in seinem Bett lag und nicht mit Mordgedanken durch die Burg geisterte.

Als sie an seiner Tür ankam, versperrten ihr die Wachen den Weg.

»Vergebung, Mylady, doch wir müssen Euch nach Waffen durchsuchen. Anordnung von Lord de Bretaux.«

Valandra spürte, wie der Ärger in ihr aufstieg. Ranulf ging tatsächlich keinerlei Risiko ein. Dieser Dummkopf!

Sie ließ die Durchsuchung schweigend über sich ergehen und wartete, bis man ihr die Tür öffnete.

Der Raum war von einer Kerze und einem wärmenden Kaminfeuer erhellt. Malven saß auf der Bettkante und wechselte seinen Verband. Sein Gesicht war aschfahl von der Anstrengung, doch seine Augen blickten ihr mit wacher Intelligenz entgegen.

»Was wollt Ihr hier?«

Valandra trat näher. »Ich weiß es nicht«, antwortete sie ehrlich. Sie betrachtete den Mann, der ihr Leben zerstören wollte, und fühlte bitteren Groll und Trauer in ihrem Herzen anschwellen.

Trotz seiner angeschlagenen Gesundheit wirkte er noch immer äußerst gefährlich. Ob dies an seinem verschlossenen Gesicht lag, das nichts von seinen Gedanken verriet, oder eher der Tatsache entsprang, dass er trotz seines fortgeschrittenen Alters ungewöhnlich kräftig und durchtrainiert wirkte, wusste sie selbst nicht zu sagen. Jedenfalls zeugte jeder Zoll seines sehnigen Körpers davon, dass er ein geübter Kämpfer war. *Er wird es schnell und sauber erledigen*, fielen ihr Ranulfs Worte wieder ein, und sie glaubte, sich jeden Moment übergeben zu müssen.

»Seid Ihr hier, um mich zu töten? Jetzt, da Ihr zweifellos wisst, wer ich bin?« Seine Lippen verzogen sich zu einem kalten Lächeln. »Seid Ihr in der Hoffnung hierher gekommen, Ihr könntet mich im Schlaf erstechen?«

Valandra schüttelte resigniert den Kopf. »Nein, aber vielleicht habe ich gehofft, hier den nötigen Mut dazu zu finden.«

Malven blinzelte erstaunt über ihre Ehrlichkeit. »Und, habt Ihr ihn gefunden?«

Sie zuckte vage mit den Schultern. »Das ist unwichtig. Falls ich Euch tatsächlich töten wollte, müsste ich mich mit einer Stoffbinde begnügen, um Euch damit zu erschlagen. Eine andere Waffe würde Ranulf niemals zulassen.« Sie deutete mit dem Kopf zur Tür. »Falls Ihr es noch nicht bemerkt habt: er lässt Euch von zwei stämmigen Kriegern bewachen.«

»Die Männer dienen wohl eher seinem eigenen Schutz.«

»Wenn Ihr tatsächlich einmal Freunde wart, müsstet Ihr ihn besser kennen«, gab Valandra ihm bitter zu verstehen. »Glaubt mir, in dieser Burg gibt es genügend Menschen, die Euch liebend gern die Kehle durchschneiden würden.«

Malvens Augen verengten sich zu schmalen Schlitzen. »Wenn Ihr gekommen seid, um an mein mitfühlendes Herz zu appellieren, habt Ihr den Weg vergeblich auf Euch genommen. Ich werde meinen Auftrag erfüllen.«

Der leise Schmerz in seiner Stimme ließ Valandra aufhorchen. »Dann sagt mir zumindest, weshalb Ranulf sterben soll. Was wird ihm vorgeworfen? Was hat er sich zu Schulden kommen lassen, um ein solches Schicksal zu verdienen?«

»Wenn ich das täte, müsste ich auch Eurem Leben ein Ende setzen.«

Das tat er bereits. Er raubte ihr die einzige Zukunft, die für sie erstrebenswert war. Nur seinetwegen weigerte sich Ranulf, sie zu ehelichen, um sie vor McGregor zu retten. Seinetwegen zwang er sie, eine dieser anderen Witzfiguren zu heiraten.

Welchen Wert sollte ihr Leben noch haben, wenn sie das Einzige verlor, was ihr wirklich lieb und teuer war? Wie sollte sie auch nur einen Tag ohne Ranulf überstehen?

»Eure Geheimniskrämerei könnt Ihr Euch an den Hut stecken«, zischte sie ihn wütend an. »Ich will endlich wissen, was hier vorgeht. Denn eines schwöre ich Euch: Solltet Ihr Ranulf auch nur ein Haar krümmen, werde ich Euch bis an mein Lebensende jagen.«

Malvens Lippen verzogen sich zu einem kleinen Lächeln. »Ihr glaubt, mir drohen zu können, Mädchen?«

Valandra stemmte energisch die Hände in die Hüften und nickte. »Ich habe auch dem Bären gedroht. Er wollte nicht hören, und nun hängt sein Fell in meiner Gerberei.«

Malven nickte anerkennend. »In der Tat, man sollte Euch wohl besser nicht unterschätzen.«

Er sah sie lange schweigend an, bevor er das Wort erneut ergriff.

»Nun gut. Wenn Ihr es unbedingt wissen wollt: Er wurde wegen Hochverrat und Diebstahl zum Tode verurteilt.«

Malven hatte mit allem gerechnet, doch niemals mit ihrem Lachen. Es klang beinahe hysterisch, und für einen winzigen Augenblick war er versucht zu glauben, sie hätte den Verstand verloren. Doch dann sah er die Fassungslosigkeit und den Schmerz in ihrem jungen Gesicht. Ihre tief grünen Augen spiegelten Wut und Unglauben wider, und er fühlte sich gedrängt weiterzuerzählen. »Er hat unserem Orden eine ganze Wagenladung Gold gestohlen, das für neue Rüstungen gedacht war.«

»Welch ein himmelschreiender Unsinn!«, rief Valandra empört. »Ranulf – ein Dieb? Das ist einfach lächerlich. Wie könnt Ihr diese Lügen auch nur eine Sekunde lang glauben?«

Das tat er nicht, doch das stand hier nicht zur Debatte. Für ihn zählte nur Ranulfs Verrat. »Seinetwegen sind elf unserer Brüder gestorben. Er hat sie in jener Nacht verraten und jämmerlich im Stich gelassen.«

Valandra schüttelte den Kopf. »Wie könnt Ihr es wagen, Euch Ranulfs Freund zu nennen?«

»Unsere Freundschaft hat mit seinem Todesurteil geendet.«

»Lügner! Ihr könnt niemals befreundet gewesen sein, denn dann wüsstet Ihr mit derselben Sicherheit wie ich, dass Ranulf unschuldig ist. Ich kenne ihn kaum zwei Monate, doch eines weiß ich ganz genau: Ranulf besitzt mehr Ehrgefühl und Stolz als jeder andere Mensch, dem ich je begegnet bin. Er hält an seinem verdammten Ehrenkodex so eisern fest, dass man ihn manchmal damit erschlagen möchte. Ihr selbst seid doch der beste Beweis! Was glaubt Ihr, weshalb Ihr noch atmet? Ihr habt ihn vier Jahre lang wie einen Hund gejagt, und dennoch hält er an Eurer Freundschaft fest. Jeder andere in Ranulfs Haut hätte Euch längst einen Dolch ins Herz gerammt. Aber er würde niemals die Loyalität Euch gegenüber aufgeben, und wenn Ihr das nicht einseht, so wagt nie wieder zu behaupten, Ihr würdet ihn kennen!«

Malvens stechend schwarze Augen schienen sie zu durchbohren, und ein grausamer Zug legte sich um seine Lippen. Eine Schrecksekunde lang glaubte Valandra gar, er werde von seinem Bett hochspringen und sie mit bloßen Händen erwürgen.

»Ich habe die Beweise für seinen Verrat gesehen«, würgte er wütend hervor.

Valandra hob tapfer ihr Kinn und bezwang den plötzlichen Drang, die Kammer fluchtartig zu verlassen. Der unbändige Zorn dieses Mannes jagte ihr Angst ein. »Habt Ihr Ranulf jemals die Gelegenheit gegeben zu erzählen, was in jener Nacht tatsächlich geschah?«

Malven schüttelte wütend den Kopf. »Das war nicht nötig. Ich war da, Mädchen. Ich habe meine dahingeschlachteten Brüder mit eigenen Augen gesehen.«

Valandra hielt seinem eindringlichen Blick stand, und plötzlich kam ihr eine verwegene Erkenntnis. »Aber Ihr hegt dennoch Zweifel an Ranulfs Schuld.«

»Nein.«

»Doch. Ihr hattet bestimmt schon unzählige Gelegenheiten, ihn zu töten. Aber Ihr habt all die Jahre gezögert, weil Ihr nicht wirklich an seine Schuld glaubt.«

Achtundzwanzigstes Kapitel

Die Mittagsstunde war längst verstrichen, und heller Sonnenschein flutete durch die fensterähnliche Öffnung in Ranulfs Gemach. Es war ein herrlicher Tag.

Ranulf wischte sich den Seifenschaum vom Gesicht und grinste dümmlich in den Spiegel. Er hatte sich beim Rasieren geschnitten.

Seit Jahren war ihm das nicht mehr passiert. Ihm, der jede Waffe mit tödlicher Präzision zu führen vermochte und dessen Hand selbst in den gefährlichsten Situationen niemals zitterte. Er hatte sich geschnitten.

Ranulfs Grinsen wurde noch breiter, als er auf seine Finger niederblickte. Heute zitterten sie vor Aufregung und Vorfreude. Er war in der Tat so glücklich wie nie zuvor in seinem Leben. Er hätte Bäume ausreißen und die ganze Welt umarmen können, denn letzte Nacht war ihm eines klar geworden: Er würde Valandra heiraten.

Ganz egal, ob er nur noch einen Tag, eine Woche oder ein ganzes Jahr zu leben hätte, er wollte keine einzige Minute davon ohne diese zauberhafte Frau verbringen. Er liebte Valandra, und endlich hatte er auch den Mut, sich dies einzugestehen!

Wie dumm er doch die ganze Zeit über gewesen war. Hatte er tatsächlich geglaubt, er könnte die Frau, die er so innig liebte, mit einem anderen Mann verheiraten? Niemals!, schrie sein Herz empört.

Zugegeben, seine Beweggründe waren edel gewesen. Er hatte Valandra nicht in Gefahr bringen wollen. Auch den frühen Witwenstand hatte er ihr ersparen wollen, doch wenn er heute über diese Gründe nachdachte, erschienen sie ihm einfach nur noch dumm.

Valandra war vor Malven in Sicherheit, wie dieser ihm

selbst bestätigt hatte. Was sollte ihn jetzt noch davon abhalten, sie bis an sein Lebensende auf Händen zu tragen?

Ranulf befühlte stolz das Amulett, das um seinen Hals hing, und seine Brust schwoll vor Freude an. Valandra hatte es ihm letzte Nacht geschenkt. Er wusste, was diese Geste zu bedeuten hatte, und fühlte sich tief geehrt. Sie sah in ihm den einen, der wert war, es zu tragen – ganz so, wie die Legende es besagte. Es sollte ihm Glück bringen und ihn vor Schaden bewahren.

Ranulf sog tief den Atem ein.

Alles erschien ihm plötzlich so einfach, und er konnte es kaum erwarten, sie um ihre Hand zu bitten.

Wenn nur Kasim endlich mit den Papieren zurückkehren würde! Wo blieb der Kerl so lange?

Ranulf lachte laut auf, als er daran dachte, wie sehr er seinen Freund heute Morgen schockiert hatte.

Kasim hatte friedlich in seinem Bett geschlummert und zweifellos vom schönen Geschlecht geträumt, als er in sein Gemach gestürmt und ihn mitsamt der Matratze aus dem Bett geworfen hatte. Kasim hatte wie ein Käfer auf dem Rücken am Boden gelegen und mit allen vieren gestrampelt, um sich von den Decken zu befreien. Dann war er mit wildem Blick aufgesprungen, um sich gegen den vermeintlichen Feind zu wehren. Dieser Anblick und Kasims tödlich beleidigter Gesichtsausdruck, als er Ranulf erkannt hatte, waren einfach zuviel gewesen. Ranulf war in ein herzhaftes Gelächter ausgebrochen. Er hatte gelacht, bis ihm die Tränen gekommen waren.

Oui, dieser Tag hatte großartig begonnen, und er würde noch viel besser enden.

Vorerst musste er sein Geheimnis jedoch noch wahren. Er wollte Nägel mit Köpfen machen, und deshalb würde er Valandra erst bitten, seine Frau zu werden, wenn Kasim mit den unterzeichneten Papieren vom Kloster zurückkehrte.

Ranulf verspürte plötzlich das dringende Bedürfnis, Valandra zu sehen. Er vermisste ihr Lächeln, ihre sanfte Stimme. Er musste sie augenblicklich suchen gehen.

Eine lange Suche blieb ihm glücklicherweise erspart. Gerade, als er in den Flur hinaustrat, kam sie auf ihn zugeeilt. Ihr besorgter Gesichtsausdruck ließ jedoch nichts Gutes erahnen.

»Großer Gott, gut, dass ich dich endlich finde«, keuchte Valandra außer Atem. »Er ist weg, Ranulf.« Furcht und Entsetzen spiegelten sich in ihren wunderschönen Augen. »Malven ist verschwunden. Er hat die Wachposten niedergeschlagen und ist einfach aus der Burg spaziert!«

»Ich weiß«, erklärte Ranulf schlicht, packte sie um ihre Mitte und wirbelte sie herum. »Guten Morgen, Liebes.«

Valandra kreischte erschrocken auf. »Gütige Jungfrau, bist du verrückt geworden?«

Ja, das war er, und zwar verrückt nach ihr.

»Stell mich sofort wieder auf die Füße. Du scheinst den Ernst der Lage nicht zu begreifen!«, schalt sie ihn. Sie wusste beim besten Willen nicht, was so amüsant an ihrer verzwickten Lage war. Schließlich schwebte er in größter Gefahr, und sie machte sich schreckliche Sorgen.

Plötzlich bildete sich eine steile Falte auf ihrer Stirn. »Was soll das heißen, du weißt es?«

Ranulf hauchte ihr einen flüchtigen Kuss auf die Lippen und ließ sie wieder auf eigenen Beinen stehen. Diese Frau machte es einem wirklich nicht leicht, die eigene gute Laune auszukosten. Er seufzte leise auf und sagte: »Ich wollte vor einer Stunde mit Malven sprechen. Da war er bereits fort.«

»Und du hast es nicht für nötig erachtet, mich darüber in Kenntnis zu setzen?«, erkundigte sie sich vorwurfsvoll. Wie umwerfend sie aussah, wenn sie wütend war, schoss es Ranulf durch den Sinn. Dennoch zwang er sich, das dümmliche Grinsen von seinem Gesicht zu wischen. Valandra konnte sehr empfindlich sein, wenn sie glaubte, nicht ernst genommen zu werden. »Ich sah keinen Grund dazu.«

»Ach, tatsächlich?« Valandra stemmte die Hände in die Seiten und funkelte ihn entrüstet an. »Ist dir nicht in den Sinn gekommen, dass ich mir Sorgen machen könnte?«

Ihr stockte der Atem, als Ranulf sie sanft, aber bestimmt in seine Arme zog. Sein Lächeln war entwaffnend und erregend zugleich, denn in seinen Augen glomm ein Feuer, das sie nur zu gut kannte. Er begehrte sie, was sein verführerischer Kuss nur bestätigte.

»Du bist unmöglich«, flüsterte Valandra atemlos an seinen Lippen. »Wie kannst du in einem solchen Augenblick der Gefahr nur an so etwas denken?«

Ranulf lachte leise auf und genoss das Gefühl, wie sie in seinen Armen erbebte. »Ich denke seit Stunden an nichts anderes, *ma petite*.«

Valandras Finger glitten sehnsüchtig durch Ranulfs goldenes Haar, und sie erwiderte seinen Kuss mit all der Leidenschaft und Liebe, die sie für ihn empfand. Weder ihrem Körper noch ihrem Herzen war es möglich, die herrlichen Stunden der vergangenen Nacht zu verdrängen.

Urplötzlich drang ein markerschütternder Schrei aus der Halle herauf und ließ die beiden alarmiert zusammenzucken. Geschirr fiel laut scheppernd zu Boden. Dann war alles mucksmäuschenstill.

Valandra und Ranulf liefen beide gleichzeitig los, stürmten den Flur entlang und eilten die Treppe in die Halle hinunter.

Bereits von weitem sah Valandra Sophia, die Magd. Sie stand mitten in den Scherben, schien es jedoch gar nicht zu bemerken. Ihre Aufmerksamkeit war voll und ganz auf das Hauptportal gerichtet. In ihren Zügen spiegelten sich Unglauben und Fassungslosigkeit.

Valandra folgte Sophias Blick, und ihr Herz begann hoffnungsvoll zu hämmern.

»Moray!«, rief Sophia überglücklich und flog ihrem innig vermissten Ehegatten in die Arme.

»Was, um alles in der Welt …«, hob Ranulf an, ließ den Satz jedoch unvollendet, als er Valandras freudestrahlendes Lächeln sah.

»Sie kehren heim«, flüsterte sie ergriffen. »Papa kehrt heim!« Ohne sich um die Umstehenden zu kümmern, schlag sie ihm die Arme um den Hals und lachte glücklich auf. »Verstehst du denn nicht? Moray ist einer von Papas Kriegern. Sie haben gemeinsam an diesem Kreuzzug teilgenommen, und nun sind sie heimgekehrt. Jetzt wird alles gut.«

Valandra drückte Ranulf einen Kuss auf die Lippen, nahm seine Hand und zog ihn zum Hauptportal. Es wiederstrebte ihr zwar, das traute Willkommensglück zu stören, doch sie konnte nicht länger an sich halten.

»Moray, willkommen zu Hause!«

Der junge Mann hielt die vor Glück weinende Sophia fest in den Armen und begrüßte seine Herrin. »Lady Valandra, Euer Vater hat mich vorausgeschickt, um seine Ankunft zu melden.«

Valandra schloss vor Erleichterung die Augen und hob die Hände vor den Mund, um ein lautes Schluchzen zu unterdrücken. Wie viele Monate hatte sie auf eben diese Worte gewartet?!

»Wo ist er? Wann wird er auf Walkmoor Castle eintreffen?«

»Wir sind letzte Nacht im Hafen von Oban eingelaufen. Ich bin die ganze Nacht und den Morgen durchgeritten, um Euch die frohe Kunde zu überbringen. Euer Vater wird wohl noch einen oder zwei weitere Tage für diese Strecke benötigen. Sie führen viele Wagen mit sich.«

»Zwei Tage«, flüsterte Valandra glücklich. »Komm, Moray, setz dich und lass dir einen Kelch Wein und ein kräftiges Mahl bringen. Du bist bestimmt fast am Verhungern.«

Das Abendmahl entwickelte sich zu einem rauschenden Freudenfest. Dutzende Fackeln brannten in den Wandhalterungen und ließen die prunkvolle Halle in festlichem Glanz erstrahlen. Die langen Tafeln bogen sich unter der Last der üppigen Speisen, und die ganze Burg war erfüllt von fröhlichem Gelächter. Sowohl Valandra als auch die übrigen Burgbewohner fieberten in freudiger Erwartung den Heimkehrenden entgegen. Sie alle vermissten ihre Väter, Brüder, Ehemänner und Söhne, die mit ihrem Herrn zu diesem Kreuzzug aufgebrochen waren. Nun würden sie sie bald wieder in die Arme schließen können. Das bange Warten hatte endlich ein Ende.

Valandra saß neben Ranulf an der Familientafel und versuchte, der angeregten Unterhaltung der Tischgesellschaft zu folgen. Leider war ihr Bestreben von keinem allzu großen Erfolg gekrönt. Denn obwohl sie sich sehr auf die Heimkehr ihres Vaters freute, war ihr Glück von quälenden Sorgen überschattet.

Wie würde es jetzt weitergehen? Würde Ranulf sie verlassen? Würde er auf seinen Hengst steigen und ebenso spurlos aus ihrem Leben verschwinden, wie er erschienen war?

Sie beobachtete ihn verstohlen aus den Augenwinkeln, und ihr wurde ganz schwer ums Herz. Wie unglaublich anziehend er aussah. Für den heutigen Anlass hatte er eine dunkelblaue Samttunika mit goldenen Borten gewählt, die sowohl die Farbe seiner Augen unterstrich als auch das Blond seiner Haare deutlich hervorhob. Dazu trug er schwarze Wildlederbeinkleider und kniehohe, ebenfalls schwarze Stiefel. Sie war nie zuvor einem faszinierenderen Mann begegnet.

Wie sollte sie es ertragen, wenn er plötzlich wieder aus ihrem Leben verschwände? Sie hatten nie Gelegenheit gehabt, um über ihre Zukunft zu sprechen, und sie fragte sich mit bangem Herzen, ob sie überhaupt eine besaßen.

»Gönn den armen Kerlen doch etwas Ruhe«, flüsterte Ranulf ihr amüsiert ins Ohr. Er deutete auf die vier Krieger, die sich unauffällig in seiner Nähe herumdrückten und mit wachsamen Augen die Halle beobachteten.

Valandra schürzte leicht beleidigt die Lippen. »Dir entgeht wohl nie etwas? Ich möchte nur sichergehen, dass Malven nicht plötzlich hinter uns steht. Mir ist nicht wohl bei dem Gedanken, dass er sich immer noch in diesen Mauern herumtreiben könnte.«

»Entspann dich, Liebes, und freu dich an diesem Fest. Malven ist längst in den Wald zurückgekehrt, um seine Wunden zu versorgen. Er war seit jeher ein Einzelgänger, und solchen Menschenmengen wie hier geht er gern aus dem Weg.«

Seine Worte besänftigten Valandras wunde Nervenenden, dennoch mahnte sie sich zur Vorsicht. Sie hatte Malvens Schmerz gesehen, hatte seinen verinnerlichten Zorn gespürt. Nein, diesem Mann durfte man keinesfalls den Rücken kehren.

Ranulfs Gedanken kreisten in wesentlich angenehmeren Gefilden. Er konnte es kaum erwarten, bis dieser Abend endlich ein Ende fand.

Seine Hand glitt verstohlen in seine Brusttasche, wo sich die unterzeichnete Heiratsgenehmigung befand. Kasim war vor einer Stunde vom Kloster zurückgekehrt, und nun schien sich das Schriftstück geradezu in Ranulfs Haut zu brennen. Die Stunden zogen sich endlos dahin. War es möglich, dass die Sonne eben erst untergegangen war? Er wollte endlich mit Valandra allein sein.

Ranulf lächelte in seinen Weinkelch. Er hätte niemals gedacht, dass sich in ihm ein Romantiker verbarg. Doch es war tatsächlich so. Er bekam regelrecht Herzklopfen bei dem Gedanken, Valandra in sein Gemach zu führen.

Leider waren zu dieser frühen Jahreszeit noch keine frischen Rosenblätter aufzutreiben, doch nach etlichen Anstrengungen hatte er zumindest getrocknete ausfindig machen können. Diese lagen nun liebevoll verstreut auf seinem Bett. Sie verströmten ihren herrlichen Duft und warteten nur darauf, dass er Valandra, die Königin seines Herzens, auf ihnen bettete.

Ranulf begegnete Kasims Blick, und seine Lippen hoben sich zu einem neuerlichen Lächeln. Sein Freund wirkte mit sich und der ganzen Welt äußerst zufrieden. Natürlich war Kasim davon überzeugt, dass er alleine Ranulf zur Einsicht gebracht hatte. Nur seiner unendlichen Geduld und seinem Zuspruch war es zu verdanken, dass Ranulf doch noch den richtigen Weg einschlug. Sie prosteten sich freundschaftlich zu.

Plötzlich erklangen aufgeregte Rufe aus dem Burghof. Das Donnern von Pferdehufen ließ den Boden dumpf erbeben, und Sekunden später sprang das Hauptportal geräuschvoll auf.

McGregor stand breitbeinig in der Tür.

Sein Gesicht war eine Maske des Triumphs, und seine silbernen Augen funkelten wie kalter Stahl.

»Hier wird ein Fest gefeiert? Da hat wohl jemand vergessen, mich einzuladen«, verkündete er lautstark und schritt selbstsicher in die Mitte der Halle. An die zwanzig seiner Männer folgten ihm. Was jedoch wirklich bedrohlich wirkte, waren die livrierten Krieger, die die Farben des Königs trugen.

Valandra wollte aufspringen, um ihrer Empörung für dieses unanständige Eindringen in ihr Heim Luft zu verschaffen, doch Ranulf hielt sie eisern zurück.

»Verhalte dich ruhig!«, flüsterte er ihr zu. Sein Instinkt riet ihm, jetzt keine unbedachte Bewegung zu machen.

Verdammt, weshalb hatte er sich von seinen überschäumenden Gefühlen nur so sehr ablenken lassen, dass er die Gefahr falsch eingeschätzt hatte?

Ranulfs Gesicht wirkte vollkommen gefühllos, doch innerlich kochte er vor Wut. Dies war das zweite Mal, dass McGregor ihn überrumpelte. Es gab keinen Zweifel, weshalb dieser Hurensohn hier war. Er wollte Valandra.

Ranulfs Kiefer spannte sich. Nur über seine Leiche!

»Du musst hier verschwinden, Liebes«, raunte er Valandra zu. »Ich werde die Kerle ablenken. Bring dich in

Sicherheit und halte dich im Verborgenen, bis dein Vater heimkehrt.«

Er sah den Schrecken und die Furcht in ihren Augen und zwang sich zu einem kleinen Lächeln. »Keine Sorge, ich werde dich finden.«

Valandra fühlte sich vollkommen überrumpelt. Sie verstand nicht, was hier vorging. Weshalb reagierte Ranulf so seltsam? Sie waren doch in Sicherheit. Ihr Vater würde in wenigen Tagen heimkehren und McGregor damit jede Macht über sie nehmen. Er konnte sie nicht länger zu einer ungewollten Heirat mit ihm zwingen.

Ranulf erhob sich, und die ganze Halle schien den Atem anzuhalten. Er stieg die Stufen des Podests hinunter und trat McGregor und dem Hofmarschall des Königs gegenüber.

»Was hat dieser Aufruhr zu bedeuten?«

Das bösartige Funkeln in McGregors Augen hätte ihn warnen sollen, doch da war es bereits zu spät.

»Das ist der Kerl«, brüllte McGregor unverhofft. »Ergreift ihn! Er ist ein Betrüger, der sich Walkmoor Castle unter den Nagel gerissen hat.«

Innerhalb weniger Sekunden wurde Ranulf von zwei stämmigen Kriegern gepackt und von vier weiteren mit gezückten Schwertern umzingelt.

Zum Erstaunen aller wehrte er sich jedoch nicht, sondern gab seinen Kriegern zu verstehen, dass sie sich nicht einmischen sollten.

Seine stoische Ruhe verunsicherte die Männer, die ihn in Schach halten sollten. Der kühne Riese stand einfach nur da, als ob ihn die ganze Situation nicht berührte, und vermittelte ihnen das Gefühl, dass er sie jederzeit wie lästige Insekten abschütteln konnte, wenn er nur wollte.

Insgeheim wusste Ranulf es jedoch besser. Er hatte verdammt schlechte Karten. Sie waren diesen Eindringlingen zwar kräftemäßig weit überlegen, doch jeder, der sich mit den livrierten Kriegern des Königs anlegte, beging Hochverrat, und dieses Vergehen wurde mit der Enteignung und dem Tod sämtlicher Familienmitglieder bestraft. Alles, was Ranulf tun konnte, war, Valandra Zeit für ihre Flucht zu verschaffen.

»Worauf begründet Ihr Eure Anschuldigung?«, forderte er deshalb ruhig zu wissen.

»Ich brauche keine Begründung«, höhnte McGregor und trat näher an ihn heran. »Glaub mir, deine Arroganz wird dir schon noch vergehen, Bastard.«

Ranulf zog lediglich eine Augenbraue hoch. »Schon möglich, doch diesen Tag wirst du nicht mehr erleben.«

McGregor blinzelte irritiert. Eine solche Drohung war das Letzte, was er von einem Gefangenen erwartet hätte.

Er wandte sich an den Hofmarschall.

»Waltet Eures Amtes!«

Dieser zog eine Pergamentrolle hervor, rollte sie auf und las mit lauter, würdevoller Stimme: »Im Namen unseres geliebten Königs verkünde ich folgende Bekanntmachung. Laut eines früheren Abkommens zwischen Lord Lamont und Lord McGregor übernimmt Letzterer ab sofort die Herrschaft über Walkmoor Castle, bis der rechtmäßige Besitzer heimkehrt.«

»Nein!«, schrie Valandra aufgebracht und sprang von ihrem Stuhl hoch. »Eine solche Abmachung hat es nie gegeben!«

Ranulfs Kopf zuckte zu ihr herum. Verdammt, weshalb war sie immer noch hier? Verschwinde endlich, warnte er sie mit seinen Augen. Doch ihr trotzig vorgeschobenes Kinn verdeutlichte ihm, dass sie gar nicht daran dachte, ihn allein zu lassen. Teufel und Verdammnis, weshalb konnte sie nicht dieses eine Mal auf ihn hören? Verstand dieses dumme Ding denn nicht, in welcher Gefahr sie schwebte?

Ranulf sah, dass sich Kasim unauffällig an ihre Seite geschlichen hatte, und hoffte inständig, dass es noch nicht zu spät für eine Flucht war.

Der Hofmarschall fuhr unbeeindruckt mit Lesen fort. »Des Weiteren erklärt sich Lord McGregor großzügigerweise bereit, die Vormundschaft von Lady Valandra und ihrer Schwester Lady Dalvina zu übernehmen.«

Entsetztes Keuchen wurde in der Halle laut, und Ranulf stöhnte ungehalten auf, als er sah, wie Valandra sich aus Kasims Griff befreite und die Stufen vom Podest herunterstürmte.

»Nein! Das kann ich nicht akzeptieren«, tat sie wütend kund. »Mein Vater hat Lord de Bretaux die Vormundschaft für mich anvertraut. Hier in diesem Schreiben steht es schwarz auf weiß.« Sie hielt dem Hofmarschall das Pergament unter die Nase. »Ganz egal, was Lord McGregor Euch erzählt hat, es ist alles gelogen. Es gibt weder ein Abkommen zwischen ihm und meinem Vater, noch ist Lord de Bretaux ein Betrüger. Er wurde von meinem Vater hierher gesandt, um uns vor McGregor zu schützen. Mein Vater wusste um die Falschheit und Habgier dieses Kerls.«

Der Hofmarschall las schweigend das Beweisstück durch und schürzte nachdenklich die Lippen.

Wie gut, dass sie diese Schriftstücke immer bei sich trug, dachte Valandra und begegnete McGregors Blick mit Verachtung. Die nächsten Worte des Hofmarschalls ließen ihr jedoch das Blut in den Adern gefrieren.

»Was hältst du von diesen Anschuldigungen, liebster Cousin?«

McGregors Grinsen, mit dem er ihre Fassungslosigkeit quittierte, konnte bestenfalls als teuflisch bezeichnet werden.

Valandra fühlte sich, als ob sie gerade von einem Pferd getreten worden wäre. Sie hatte gewusst, dass McGregor Beziehungen zum Hofe genoss, aber sie hatte ja keine Ahnung, zu welch hohem Amt!

Ihre Dummheit würde sie teuer zu stehen kommen.

McGregor ließ seine Antwort genüsslich auf der Zunge zergehen. »Nichts als Lügen. Dieses Schriftstück ist eine billige Fälschung.«

Die Lippen des Hofmarschalls verzogen sich ebenfalls zu einem höhnischen Grinsen, und nun sah man den beiden an, dass dasselbe bösartige Blut durch ihre Adern floss.

»Das sehe ich auch so.« Der Hofmarschall zerriss Valandras Pergament in kleine Stücke und ließ sie achtlos zu Boden fallen.

»Der Beschluss des Königs ist rechtsgültig.« Er hob seine Stimme, damit jeder im Raum ihn klar und deutlich verstehen konnte. »Ab sofort ist Lord McGregor euer neuer Lehnsherr und ihr seid ihm Gehorsam schuldig. Jeder, der sich dieser Anordnung wiedersetzt, wird umgehend verhaftet und seiner gerechten Strafe zugeführt.«

Valandra war sprachlos. Ihre Gedanken überstürzten sich, und sie fühlte sich wie gelähmt vor Furcht. Sie suchte Ranulfs Blick und schrie im selben Augenblick entsetzt auf.

Ein Knüppel sauste erbarmungslos auf seinen Kopf nieder, und Ranulf verlor das Bewusstsein.

»Ihr hinterhältigen Schweine«, schrie Valandra von

Grauen erfüllt. Sie wollte zu Ranulf, doch ein Krieger packte sie von hinten und hielt sie fest.

»Loslassen!«, schrie sie erneut. O Gott, Ranulf lag reglos am Boden. Sie konnte nicht einmal erkennen, ob er überhaupt noch atmete. Sie musste zu ihm.

Valandra wehrte sich aus Leibeskräften, trat um sich, wand und wehrte sich, doch es war sinnlos. Machtlos musste sie mit ansehen, wie Ranulf von den königlichen Kriegern aus der Halle in Richtung Verlies geschleift wurde.

Valandra sah die Hilflosigkeit in den Gesichtern ihrer Untertanen und wusste, dass sie keine Hilfe von ihnen erwarten durfte. Ein königlicher Beschluss war unumstößlich. Nur der Papst persönlich konnte an einem solchen Urteil etwas ändern.

»Das werdet Ihr mir büssen, McGregor!«

Dieser schüttelte jedoch nur lachend den Kopf und trat dicht vor sie hin. »Aber, aber, meine Liebe. Spricht so eine treu sorgende kleine Braut mit ihrem zukünftigen Ehemann?«

Er beugte sich vor und presste ihr einen brutalen Kuss auf die Lippen.

Valandras fühlte sich, als ob er sie geschlagen hätte. Heftige Übelkeit drohte ihr den Magen umzudrehen, und sie spuckte angewidert aus.

»Niemals! Niemals werde ich Euch heiraten!«

»Glaubst du wirklich, du hättest eine Wahl?«

McGregors Grinsen wurde noch breiter, als er die Stimme erhob und triumphierend verkündete: »Es ist mir eine ausgesprochene Freude, Euch alle zu meiner morgigen Hochzeit mit Lady Valandra einzuladen. Seid meine Gäste und Zeugen dieser rechtmäßigen Verbindung.«

»Neiiin!«, schrie Valandra wie ein verwundetes Tier auf. Doch ihr Elend ging in Lord McSpermits und Lord Spencers Empörung unter.

»Aber wir sind hier, um Lady Valandra zu freien.«

McGregor tat den Einwand mit einem Schulterzucken ab. »Da hat sich meine Braut wohl einen kleinen Scherz mit Euch erlaubt. Wir sind uns schon lange versprochen.«

Dem Krieger, der Valandra noch immer fest hielt, erteilte er den Befehl: »Bring meine Braut in ihre Gemächer, und sorge dafür, dass sie dort bleibt.«

Neunundzwanzigstes Kapitel

Die Mitternachtsstunde war gerade erst verstrichen, doch Valandra fand keine Ruhe. Wie auch? Morgen früh sollte sie McGregor heiraten. Es waren noch etliche Stunden bis dahin, doch wer konnte ihr versichern, dass er nicht diese Nacht schon zu ihr kam? Seine Andeutungen diesbezüglich waren eindeutig gewesen. Ihr graute mit jeder Minute, die verstrich, mehr vor seinem Erscheinen. Das geringste Geräusch ließ sie vor Schreck zusammenfahren.

Damals in der Jagdhütte hatte sie einen bitteren Vorgeschmack dessen erlebt, was eine Zukunft mit McGregor bedeutete. Demütigung, Furcht und Schmerz.

Die Grausamkeit dieses Mannes kannte keine Grenzen.

Valandra schritt mit bangem Herzen in ihrem Gemach auf und ab und zermarterte sich den Kopf, wie sie aus dieser grässlichen Lage herauskommen könnte.

Was sollte sie nur tun? Und wie ging es Ranulf? War er wieder bei Bewusstsein? Wie schwer hatte dieser Hieb ihn verletzt? Oh, sie würde ein Königreich dafür hergeben, wenn sie jetzt bei ihm sein könnte.

Valandra zwang sich, ihre Sorgen zu verdrängen, und konzentrierte sich ganz auf ihre Flucht. Eines war klar: Hier konnte sie niemandem helfen. Weder Ranulf noch sich selbst. Sie musste unbedingt Zeit gewinnen.

Ihr Vater und somit ihrer aller Rettung war nah. Nur ein, zwei Tage, und sie würde McGregors Gewalt entrinnen. Aber wie sollte sie das anstellen? Wie sollte sie fliehen, wenn zwei grimmige Krieger vor ihrer Tür Wache hielten?

Valandra eilte zu der fensterähnlichen Öffnung und

blickte hoffnungsvoll in den Hof hinunter. Der diffuse Mondschein ließ schemenhafte Gestalten erahnen. Nein, von hier aus war an Flucht nicht zu denken. Sie befand sich im zweiten Stockwerk. Auch wenn ihr das Glück gewogen wäre und sie sich beim Abstieg nicht den Hals brechen würde, so würde man sie bestimmt entdecken und wieder gefangen nehmen.

Das plötzliche Stimmengewirr vor ihrer Kammer ließ Valandra alarmiert herumwirbeln. Ihr Pulsschlag begann zu rasen. Großer Gott, war McGregor gekommen, um sie zu vergewaltigen? Ihr Blick fiel auf die leeren Haken an der Wand, wo sonst ihr Schwert hing. Sie musste das Pech tatsächlich gepachtet haben. Weshalb hatte sie ihre Waffe ausgerechnet heute Owen zum Schleifen gebracht? Sie schnappte sich eine silberne Brosche und verbog die Nadel so, dass sie ihr als Stichwaffe dienen konnte.

Die Tür ging auf, und Valandra beobachtete verwirrt, wie zwei Diener ihre Wanne hereinschleppten. Ihnen folgten Detlef und eine Magd, die sie noch nie zuvor gesehen hatte, mit Eimern voll dampfend heißem Wasser.

»Euer Bad, Mylady. Ihr wollt Euch für Euer Hochzeitsfest bestimmt frisch machen«, krächzte die dickleibige Magd, ohne Valandra dabei anzusehen, und entleerte ihre Eimer in die Wanne.

Valandra verschränkte wütend die Arme vor der Brust. »Nein, das will ich ganz bestimmt nicht. Ich denke gar nicht daran, jetzt ein Bad zu nehmen. Lieber stinke ich wie ein alter Ziegenbock.«

Detlefs unterdrücktes Kichern ließ das bittere Gefühl von Verrat und Enttäuschung in ihr aufwallen. Wenigstens von ihm hätte sie etwas mehr Feingefühl erwartet. Er sah sie nicht einmal an.

Die Magd scheuchte die beiden Diener und Detlef wie lästige Hühner aus dem Raum.

»Ich werde Euch bei Eurem Bad behilflich sein, Mylady«, erklärte sie lautstark und schloss die Tür.

»Dann vergeudest du deine Zeit. Ich sagte bereits …«

»Ich weiß, was du gesagt hast, doch glaub mir, Val, dieses Bad wird ganz nach deinem Geschmack sein.«

Valandra blinzelte verwirrt. Sie kannte diese Stimme, aber sie gehörte nicht dieser seltsamen Frau!

»Dalvina?«

Dalvina spuckte zwei Stoffröllchen aus, die sie sich in die Backentaschen gestopft hatte, um molliger zu wirken, und streifte das Kopftuch von ihrem Haar. Darunter kamen goldene Locken zum Vorschein.

»Großer Gott, du bist es tatsächlich«, keuchte Valandra ungläubig und fiel ihrer Schwester erleichtert um den Hals. »Aber was machst du hier, und was hat diese seltsame Verkleidung zu bedeuten?« Dalvina erwiderte die Umarmung herzlich. »Ich bin hier, um dir zur Flucht zu verhelfen. Schnell, wir haben nicht viel Zeit.«

Valandras Verstand war noch viel zu sehr damit beschäftigt, ihre jüngere Schwester in dieser Magd wiederzuerkennen, um die Worte zu verstehen.

Dalvina schlüpfte eilig aus ihrem braunen Gewand. Darunter kamen etliche Kissen zum Vorschein, die mit Seilen an ihren schlanken Körper gebunden waren und den Eindruck einer stattlichen Leibesfülle erweckten. »Ich wollte kein Risiko eingehen«, erklärte Dalvina, während sie mit fliegenden Fingern die Knoten löste. »McGregors Krieger versuchen mit jeder halbwegs attraktiven Magd anzubandeln. Deshalb habe ich mich für das Aussehen einer hässlichen alten Vettel entschieden. So wird dich bestimmt niemand behelligen.«

»Ich verstehe kein Wort«, gestand Valandra ehrlich verwirrt.

Dalvina schüttelte die Kissen ab.

»Es ist ganz einfach. Du ziehst diese Verkleidung an und spazierst selenruhig aus deinem Gemach. Die Wachen werden dir keinerlei Beachtung schenken, und du kannst dich in Sicherheit bringen. Noch bevor McGregor dein Fehlen bemerkt, bist du längst über alle Berge.«

Das war in der Tat eine glänzende Idee. Sie war so einfach, dass sie beinahe schon wieder genial anmutete. Leider gab es einen Haken. »Aber was geschieht dann mit dir? Du wärst gezwungen, hier auszuharren. Ich darf gar nicht daran denken, was McGregor mit dir anstellen würde, wenn er herausfände, dass du mir zur Flucht verholfen hast.«

»Das lass mal meine Sorge sein«, erklärte Dalvina schlicht und band Valandra die Kissen um den Körper. »Ich werde behaupten, dass seine Männer uns in die jeweils falschen Gemächer gesperrt hätten. Da vor meiner Tür keine Wachen standen, war es dir natürlich ein Leichtes, die Burg zu verlassen.«

»Das wird er dir niemals glauben.«

Dalvina senkte beschämt den Kopf. »Er hat keinen Grund, mir zu misstrauen. Schließlich habe ich ihm beim letzten Mal maßgeblich dabei geholfen, dich zu entführen. Er ist bestimmt immer noch davon überzeugt, dass ich auf seiner Seite bin.« Sie bemerkte Valandras Zögern. »Bitte, lass mich dir helfen. Ich habe sehr viel wieder gutzumachen.«

Valandra umarmte Dalvina erneut. »Das ist nicht wahr. Du hast schon so vieles für mich getan.«

Dalvina streifte ihrer älteren Schwester das braune

Leinengewand über den Kopf. »Dreh dein Haar zusammen, damit ich dir die Haube aufsetzen kann.«

Valandra fühlte sich hin und her gerissen. Einerseits war dies die einzige Möglichkeit, McGregor zu entrinnen, andererseits tat es ihr in der Seele weh, Dalvina und all die, die sie liebte, hier im Stich zu lassen. Was würde mit ihnen geschehen, wenn McGregor ihre Flucht bemerkte? Er war ein überaus grausamer Mensch. Was, wenn er sich an denen rächen würde, die ihr am meisten bedeuteten?

»Wie geht es Ranulf? Hast du etwas von ihm gehört? Ist er wohlauf? Ich mache mir schreckliche Sorgen um ihn.«

Dalvina zögerte. Sie wollte ihre Schwester nicht mit den neuesten Geschehnissen belasten. McGregor führte sich wie ein Tyrann auf und ließ jeden festnehmen, der es auch nur wagte, ihn schief anzusehen. Owen zählte ebenfalls zu diesen Unglücklichen. McGregor und der Hofmarschall hatten ihn auf den bloßen Verdacht hin, er könne Valandra helfen, des Hochverrats bezichtigt und in Gewahrsam genommen. Doch im Gegensatz zu den anderen Gefangenen, die im Verlies ausharrten, war Owen als lebendes Mahnmal im Hof an einen Pfosten gekettet und übel misshandelt worden. McGregor hatte damit gedroht, ihm beim leisesten Anzeichen eines Aufstandes der Lamont-Krieger die Kehle durchzuschneiden. Aber das durfte sie Valandra keinesfalls erzählen. Ihre Schwester liebte den Hauptmann so sehr, dass sie um seiner Sicherheit willen auf ihre Flucht verzichten würde.

»Leider weiß ich auch nichts Genaueres über Lord Ranulf. Seit man ihn aus der Halle geschleift hat, habe ich nichts mehr von seinem Zustand erfahren. Aber sorge dich nicht um ihn. Kasim wird sich bestimmt um seine Befreiung kümmern.« Das hoffte sie zumindest. Sie hatte den jungen Syrer seit Stunden nicht mehr gesehen.

»Und nun bring dich in Sicherheit! Du bist die Einzige, die wirklich in Gefahr schwebt.«

Endlich nickte Valandra entschlossen. Dalvina hatte Recht. Nur wenn sie dieser grässlichen Heirat mit McGregor entfliehen konnte, war sie in der Lage, auch allen anderen zu helfen. »In Ordnung. Ich reite nach Oban, um mich Papa anzuschließen. Er wird wissen, was zu tun ist.« Sie umarmte Dalvina ein letztes Mal. »Ich danke dir von ganzem Herzen. So Gott will, werden wir uns bald wieder sehen.«

Valandra stopfte sich frische Stoffröllchen in die Backentaschen, vergewisserte sich mit einem Blick in den Spiegel, dass sie tatsächlich nicht zu erkennen war, und eilte zur Tür.

»Dann werde ich Euch jetzt verlassen, Mylady. Genießt Euer Bad!«, krächzte Dalvina mit der Stimme der alten Magd.

Valandra atmete tief durch, nahm allen Mut zusammen und öffnete die Tür. Hinter sich hörte sie Wasser aufspritzen. Ihre Schwester dachte wirklich an alles.

Mit klopfendem Herzen passierte Valandra die Wachposten. Wie Dalvina prophezeit hatte, schenkten sie ihr kaum Beachtung. Himmel, alles in ihr drängte danach, die Beine unter die Arme zu nehmen und den schwach beleuchteten Flur entlangzustürmen. Sie wollte nur noch fort von hier. Doch sie zwang sich zu einer langsamen Gangart, die ihrer ungewohnten Körperfülle entsprach und keinen Verdacht erregte. Als sie endlich den Dienstbotenaufgang neben der großen Treppe erreichte, hätte sie vor Erleichterung weinen können. Ihr Puls raste, und ihr war grässlich übel vor Angst.

Mit flinken Schritten eilte sie die eng gewundene Treppe hinunter. Vorbei, an den Schlaf- und Arbeitsräumen der Dienstboten und durch eine schmale Türe hinaus ins Freie. Die kalte Nachtluft wirkte wie Balsam auf ihren erhitzten Wangen.

Valandra dankte dem Herrn, dass der Mond gerade hinter einigen Wolken verschwand und das riesige Feld des Übungsplatzes in tiefe Schwärze tauchte.

Sie schlich sich an der Burgmauer entlang und biss sich unschlüssig auf die Unterlippe. Wenn sie nach Oban gelangen wollte, benötigte sie dringend ein Pferd. Aber wie sollte sie das unbemerkt bewerkstelligen?

Der Zufall kam ihr zu Hilfe. Gerade als sie bei den Ställen ankam, öffnete sich das Hauptportal der Burg, und Lord Spencer kam mit seinem Gefolge ins Freie. Er wirkte ausgesprochen wütend. »Keinen Augenblick verweile ich länger in dieser Burg!«, brüllte er zornig. »Zuerst diese hinterhältige Täuschung durch Lady Valandra und nun diese Beleidigung. Was muss man sich noch alles bieten lassen?«

Valandra wartete atemlos, bis Lord Spencer in den Stallungen verschwunden war, und eilte ihm nach. Wenn er mit seinem Gefolge losritt, konnte sie sich ihm vielleicht unbemerkt anschließen. Ein Reiter mehr oder weniger würde bestimmt nicht auffallen.

Es roch nach Moder und fauligem Stroh, aber zumindest war nun endlich Ruhe in den Verliesen eingekehrt. Die wütenden Protestrufe der Gefangenen waren verstummt. Nur das Trippeln der Ratten und ihr gelegentliches Piepsen drangen durch die feuchte Schwärze der Dunkelheit, die hier unten herrschte.

Ranulfs Schädel dröhnte noch immer von dem Knüppelhieb, und er schritt mit der Unruhe eines gefangenen Tieres in seiner Zelle auf und ab. Er spürte weder die Kälte, die bis in seine Knochen drang, noch die schmerzhaften Prellungen, die er McGregor zu verdanken hatte. Alles, was er fühlte, war die verzehrende Sorge um Valandra. Es brachte ihn beinahe um den Verstand, dass er ihr nicht zu Hilfe eilen konnte. Er hätte seinen rechten Arm dafür hergegeben, wenn er nur gewusst hätte, wie es ihr ging. Allein der Gedanke, dass McGregor vielleicht gerade in diesem Augenblick bei ihr war und ihr Gewalt antat, riss seine Seele beinahe entzwei.

Ranulfs Finger glitten in seine Tasche und befühlten die Heiratserlaubnis. Trauer und das bittere Gefühl des Verlustes machten ihm das Atmen schwer.

Dieser Abend hatte etwas ganz Besonderes werden sollen. Oh, er hatte es sich so herrlich vorgestellt, wie er Valandra in ihrer nackten Schönheit auf den Rosenblättern bettete und ihr seine Liebe gestand. Er wäre vor ihr auf die Knie gesunken und hätte sie um ihre Hand gebeten.

Ranulf schluckte hart, als er sich daran erinnerte, wie glücklich er heute gewesen war. Das Leben war ihm zum ersten Mal wirklich lebenswert erschienen. Vorbei. Er hatte zu lange gewartet.

Das Schicksal hatte wieder einmal höhnisch grinsend seinen Lauf genommen.

»Da kommt jemand«, flüsterte Kasim und presste sich dicht an die Verliestür, damit er durch das schmale Gitter einen Blick nach draußen erhaschen konnte.

»Bringt ihn zu dem Riesen und dem Gottlosen«, ertönte eine harte Männerstimme.

Sie hörten ein dumpfes Stöhnen, Schritte und das Geräusch, als ob ein Körper über den Boden geschleift wurde.

»Halte dich bereit«, flüsterte Ranulf zurück und fühlte, wie das Blut vor Aufregung durch seine Adern pulsierte. Endlich bot sich eine Gelegenheit zur Flucht.

Ranulf legte sich wieder auf das Stroh und stellte sich schlafend.

Eine Fackel näherte sich dem Gitter. »Der Kerl ist glücklicherweise noch immer bewusstlos«, liess sich eine der Wachen vernehmen.

»Vielleicht ist er auch tot. Glaubst du, wir sollten mal nachsehen?«, erkundigte sich der zweite Wächter.

»Bist du verrückt? Dem würde ich mich nicht einmal mit dem Schwert im Anschlag nähern. Lass uns bloß schnell machen, bevor er doch noch erwacht.«

Der Schlüssel drehte sich geräuschvoll im Schloss herum, und die Tür ging auf.

»Zurück an die Wand!«, befahl der Wachmann Kasim und richtete einen langen Speer auf ihn.

Kasim gehorchte widerstandslos.

»Bring den Hauptmann herein.«

Unter lautem Ächzen zog der andere den bewusstlosen Owen in die Zelle.

Dann ging alles rasend schnell. Ranulf sprang auf, packte den Wachmann und brach ihm das Genick, noch bevor dieser einen Laut von sich geben konnte.

Gleichzeitig fasste Kasim nach dem Speer des anderen, schleuderte den Mann mit voller Wucht gegen die Wand und rammte ihm die Waffe tief in die Brust. Auch er war auf der Stelle tot.

Ranulf eilte zur Tür und spähte in den Vorraum hinaus, um nach weiteren Feinden Ausschau zu halten.

Da waren keine mehr.

Seltsam, fuhr es Ranulf durch den Kopf. In den Stunden seiner Gefangenschaft hatte er mindestens sechs verschiedene Stimmen gezählt. Aber wo waren sie jetzt? Hatten sie sich unerlaubt von ihren Posten entfernt, oder fühlte sich McGregor gar so sicher, dass er sie selbst abgezogen hatte?

»Der Hauptmann sieht übel aus«, verkündete Kasim in seinem Rücken betrübt. Ranulf kniete sich neben Owen und fühlte dessen Pulsschlag. Er lebte, auch wenn er sich vermutlich das Gegenteil wünschen würde, wenn er wieder zu Bewusstsein kam. Sein Gesicht glich einer blutigen Fleischmasse, und auch sein stämmiger Körper hatte einiges an Schlägen abbekommen.

Owen kämpfte gegen seine Benommenheit an und öffnete die Augen. »Sie … ist geflohen.«

Ranulfs Herz tat einen hoffnungsvollen Satz. »Wer?«

»Lady Valandra, sie … ist geflohen.« Er wollte noch etwas sagen, doch da verlor er bereits wieder das Bewusstsein.

»Allah sei gedankt«, flüsterte Kasim.

Auch Ranulf schloss erleichtert die Augen. Valandra war McGregor, diesem Bastard, entwischt. Vielleicht gab es doch noch eine Gerechtigkeit. Nun war jedoch Eile angebracht. Ihr war zwar die Flucht geglückt, doch sie befand sich noch immer in äußerster Gefahr.

Er erhob sich entschlossen. »Komm, wir dürfen keine Zeit verlieren.«

»Was geschieht mit dem Hauptmann?«

Ranulf zögerte kurz, bevor er entschied: »Um die Burgbewohner kümmern wir uns später. Jetzt müssen wir zuerst Valandra finden.«

Dreißigstes Kapitel

Die Nacht war so dunkel, dass sie kaum die Hand vor Augen sehen konnten. Der Mond war hinter schwarzen Wolkenbänken verschwunden, und kein Stern vermochte ihnen den Weg durch den Wald zu erhellen.

Ab und zu leuchteten zwischen den Bäumen kleine neugierige Tieraugen auf, doch es war schwer, irgendetwas Genaueres in dieser Finsternis zu erkennen.

Ranulf bemühte sich, seine Ungeduld zu zügeln. Die Minuten verstrichen so schleichend wie Stunden, und sie hatten immer noch keine Spur von Valandra entdeckt. Seine Sorge um sie wuchs mit jedem unsicheren Stolpern seines Hengstes. Verdammt, es war so finster, dass sie den Weg nur erahnen konnten. Ein falscher Tritt, und sie würden sich das Genick brechen.

Er hoffte inständig, dass Valandra tatsächlich eine so geübte Reiterin war, wie Kasim ihm versichert hatte. Dennoch waren all seine Sinne aufs Höchste gespannt. Jeden Augenblick rechnete er damit, sie in einem Graben zu finden. Er erschauderte und drängte seinen Hengst zu einem schnelleren Gang. Die Landschaft war nicht das einzig Tückische. Er durfte gar nicht daran denken, was geschehen würde, wenn Valandra einem wilden Tier begegnete oder Gesetzlosen in die Hände fiele.

»Bist du sicher, dass sie diesen Weg eingeschlagen hat?«, erkundigte sich Kasim. »Vielleicht hält sie sich auch in irgendeinem Versteck auf und wartet dort, bis Lord Lamont nach Walkmoor Castle heimkehrt.«

»Nein, Valandra besitzt zu viel Mut und Verstand, um sich zu verkriechen. Sie reitet nach Oban zu ihrem Vater. Das ist der einzig sichere Ort für sie.«

Kasim zügelte seinen Hengst und horchte in die Nacht hinaus. »Warte!«, flüsterte er. »Ich glaube, ich höre etwas.«

»O nein, bitte tu mir das nicht an. Steh auf!«, flehte Valandra und zerrte verzweifelt an den Zügeln ihres Pferdes. »Wir können hier nicht bleiben. Wir müssen weiter.«

Sie versuchte, das arme Tier anzuschieben, ihm irgendwie auf die Beine zu helfen, doch es blieb jämmerlich wiehernd liegen. »Bitte, lass mich jetzt nicht im Stich«, flehte sie den Tränen nahe.

Sie waren gestürzt. Vermutlich war das Pferd mit dem Huf in einen Fuchsbau getreten und hatte sich den Vorderlauf gebrochen. Valandra war im hohen Bogen über den Kopf des Tieres geflogen. Glücklicherweise war sie jedoch unverletzt geblieben. Die vielen Kissen um ihren Leib hatten den Aufprall größtenteils abgefangen.

Valandra versuchte erneut, das Pferd zum Aufstehen zu bewegen, doch es war aussichtslos. Sie blickte sich ängstlich um. Der Mond hatte sich hinter den Wolken hervorgeschoben und erhellte den nahen Hügel und die Lichtung, auf der sie sich befand.

Hier bleiben konnte sie auf keinen Fall. Sie würde sich zu Fuß durchschlagen müssen. Sanft streichelte sie dem Pferd über die samtweichen Nüstern.

»Bitte verzeih mir.« Es tat ihr in der Seele weh, das arme Tier verwundet zurücklassen zu müssen. Sie besaß nicht einmal ein Schwert, um es von seinem Leiden zu erlösen.

Valandra entledigte sich ihrer ungewohnten Leibesfülle und machte sich schweren Herzens zu Fuß auf den Weg.

Sie hatte die Bäume noch nicht erreicht, als sie plötzlich einen Reiter hinter sich hörte. Er preschte direkt auf sie zu! Großer Gott, das konnte nur ein Gesetzloser sein! McGregor würde niemals allein ihre Verfolgung aufnehmen.

Valandras Brust zog sich vor Grauen zusammen. Nein, bitte nicht! Sie war eben erst McGregor entwischt, jetzt konnte sie doch nicht gleich einem anderen Teufel in die Arme fallen. So viel Pech konnte sie doch unmöglich haben.

Valandra raffte ihre Röcke und begann zu laufen. Sie musste es unbedingt bis zu den Bäumen schaffen. Im Wald konnte sie sich verstecken. Die dichten Büsche würden ihr bestimmt Schutz bieten.

Valandra rannte so schnell sie nur konnte. Sie stolperte über Unebenheiten im Boden, fiel über eine Wurzel, doch sie raffte sich blitzschnell wieder auf und lief weiter. Sie durfte diesem Gesetzlosen keinesfalls in die Hände fallen.

Valandra hörte voller Panik, dass die Hufschläge immer näher kamen. Der Reiter rief, sie solle stehen bleiben, doch ihre Atemstöße waren so laut, dass sie ihn kaum verstehen konnte. Ihre Beine wurden immer schwerer. Nur noch wenige Schritte, bis sie die Bäume erreicht hätte …

Valandra warf einen Blick über die Schulter und sah den Reiter dicht hinter ihr. Sie schrie auf.

Urplötzlich prallte sie gegen etwas Hartes, das ihr den Atem aus den Lungen presste. Sie musste gegen einen Baum gerannt sein. Doch seit wann besaßen Bäume Hände? O Gott, sie war einem zweiten Kerl direkt in die Arme gelaufen. Die Furcht lähmte ihren Verstand, doch sie setzte sich mit aller Kraft zur Wehr. Sie schrie, trat um sich und rammte die Fingernägel in das Fleisch ihres Angreifers. Aber der ließ sie nicht los. Im Gegenteil, er presste sie nur noch enger an seinen harten Körper.

»Verdammt noch mal, hörst du denn nicht? Ich bin es!«

Es dauerte einige Sekunden, bis die vertraute Stimme zu ihr durchdrang.

Valandra gab ihre Gegenwehr auf und starrte fassungslos in das Gesicht ihres Peinigers.

»Ranulf?« Es war zu dunkel, um seine Züge zu erkennen, doch ihr Herz wusste, dass er es war.

»Ranulf!«, rief sie unendlich erleichtert und umarmte ihn stürmisch. »Dem Himmel sei dank, du lebst! Ich habe mir ja solche Sorgen um dich gemacht!«

Ranulf zog Valandra dicht an seinen Körper. »Glaub mir, dieses Gefühl ist mir nur allzu vertraut.« Er schloss sie fest in seine Arme und bedeckte ihre Lippen mit einem leidenschaftlichen Kuss, der ihr all die Sorgen und Qualen verdeutlichte, die er in den letzten Stunden um sie ausgestanden hatte.

Ranulf konnte es immer noch nicht fassen, dass er Valandra wohlbehalten in den Armen hielt.

Kasim zügelte seinen Hengst dicht neben ihnen und schwang sich aus dem Sattel. »Bei Allah, Ihr seid flinker als eine Wüstenmaus, Lady Valandra.«

»Kasim!« Sie umarmte auch ihn herzlich und schlug ihn gleich darauf empört vor die Brust. »Wie konntest du mich so in Angst und Schrecken versetzten? Ich bin fast gestorben vor Furcht.« Sie umarmte ihn erneut. »Aber ich bin froh, dass es dir gut geht.«

»Wir sollten aufbrechen«, erklärte Ranulf unbehaglich. Sein Instinkt warnte ihn davor, hier noch länger zu verweilen. Ihm war, als ob der Wald sich bewegte.

»Mein Pferd hat sich ein Bein gebrochen.«

»Ich weiß. Wir haben es von seinem Schmerz erlöst. Du reitest mit mir.«

Er nahm sie bei der Hand und führte sie zu den Bäumen, wo er zuvor seinen Hengst angebunden hatte.

Das Pferd war verschwunden.

»Zurück«, knurrte Ranulf, zog sein Schwert aus der Scheide und drängte Valandra auf die Lichtung zurück. Sein Blick durchforstete den Waldrand.

»Kasim, schnapp dir Valandra und verschwinde mit ihr von hier!«

In diesem Moment trat McGregor hämisch grinsend aus dem Wald. »Das würde ich bleiben lassen.«

Ihm folgten zwanzig seiner Männer, und innerhalb von Sekunden waren Valandra, Ranulf und Kasim umstellt. Feuer flackerte auf, und die Krieger entzündeten Fackeln.

Kasim und Ranulf stellten sich mit dem Rücken zu Valandra, damit sie sie in alle Richtungen verteidigen konnten.

»Ich muss mich bei euch bedanken«, lachte McGregor höhnisch, als er in den Feuerkreis aus Fackeln tragenden Kriegern trat. »Ihr habt meine Braut gefunden. Ich wusste doch, dass das kleine Flittchen mich belogen hat.« Er richtete den Blick auf Valandras blasses Gesicht. »Deine Schwester wollte mir glauben machen, du wärst in ein Kloster geflohen. Aber ich wusste es besser. Ich habe mir gleich gedacht, dass dein Liebhaber dich am ehesten findet. Deshalb habe ich ihm die Flucht erleichtert.«

Valandras Herz raste vor Angst. »Was habt Ihr Dalvina angetan?«

»Bisher noch nichts. Aber ich werde mir beizeiten etwas einfallen lassen.« Er wandte sich an Ranulf und Kasim. »Lasst die Waffen fallen. Ihr habt keine Chance.«

Ranulf dachte gar nicht daran. Niemals würde er Valandra kampflos aufgeben.

»Lasst es uns in einem fairen Zweikampf austragen«, schlug Ranulf vor. »Nur Ihr gegen mich. Der Gewinner bekommt die Braut.«

Valandra sog scharf den Atem ein.

McGregor schüttelte jedoch grinsend den Kopf. Er wusste, dass er gegen diesen Riesen keine Chance hatte. »Der Sieger steht bereits fest. Er steht vor euch.«

»Ergreift sie«, befahl er seinen Kriegern.

Diese stürmten sogleich in geschlossenem Kreis auf Ranulf und Kasim los. Metall schlug gegen Metall, und bald war ein grässlicher Kampf entbrannt. Ranulf und Kasim kämpften wie die Teufel und streckten einen Feind nach dem anderen nieder. Schmerzensschreie durchbrachen die Nacht, und Blut tränkte den Boden.

Valandra befand sich mitten in diesem Grauen, und Tränen des Entsetzens strömten über ihre Wangen. Sie würden sie töten. Sie würden Ranulf und Kasim vor ihren Augen dahinschlachten, nur weil die beiden zu ihr hielten und sie beschützen wollten. Dieser Übermacht konnten sie niemals standhalten. Aber sie wollte nicht, dass sie starben. Nicht ihretwegen. Das durfte sie nicht zulassen.

Tränenblind duckte sich Valandra nach dem Schwert eines toten Feindes.

»Was tust du da?«, brüllte Ranulf und wehrte sich gegen drei Angreifer gleichzeitig.

»Ich bereite dem hier ein Ende.« Sie würde McGregor zwingen, Ranulf und Kasim ziehen zu lassen. Sie wusste, dass er sie lebend brauchte, um seine Pläne in Bezug auf Walkmoor Castle zu erfüllen. Aber das würde ihm nur gelingen, wenn er sich ihrem Wunsch beugte. Sollten Ranulf und Kasim sterben, würde sie ihnen folgen. Der Tod konnte sie nicht mehr ängstigen als die Aussicht auf eine Ehe mit McGregor.

Ihre Blicke trafen sich, und Ranulf brüllte plötzlich wie von Sinnen auf. Er sah, dass Valandra die Schwertspitze an ihre Brust setzte. Sah das Unfassbare und schrie in wildem Schmerz erneut auf. Mit einem einzigen Hieb trennte er die Köpfe zweier Angreifer von ihren Schultern, wirbelte zu Valandra herum und packte mit bloßen Händen die Klinge ihres Schwertes, damit sie es sich nicht ins Herz stoßen konnte. »Das kann ich nicht zulassen, Liebes«, keuchte er verzweifelt. Tränen standen in seinen Augen, als er ihr die Waffe entriss und sie heftig in seine Arme zerrte. »Verzeih mir, aber das kann ich einfach nicht.«

Valandra klammerte sich ebenfalls an Ranulf und weinte an seiner Brust. Doch ihnen waren nur wenige Sekunden vergönnt.

Wie die Geier stürzten sich die Krieger auf sie und zerrten sie auseinander.

Ranulf wurde brutal zu Boden geschlagen und von vier Kriegern festgehalten, damit sie ihn fesseln konnten. Auch Kasim war inzwischen überwältigt worden und lag ebenfalls gefesselt am Boden.

»Das war rührend«, gestand McGregor boshaft und wischte sich eine imaginäre Träne aus dem Auge. »Hättest du dir tatsächlich das Leben genommen?«

Valandra versuchte sich aus dem Griff des Kriegers zu befreien, der sie festhielt. »Der Tod wäre jedenfalls besser als ein Leben mit Euch.«

McGregor schritt gemächlich über die Leichen am

Boden hinweg und schüttelte betrübt den Kopf. »Dann bin ich froh, dass es dir nicht geglückt ist. Schließlich sollst du für deinen Ungehorsam nicht auch noch belohnt werden.« Er machte eine fahrige Bewegung mit der Hand. »Nun aber genug geplaudert. Der Morgen bricht bereits an, und heute ist mein Hochzeitstag.«

»Niemals«, schrie Valandra.

»Gewiss doch. Es wird dich bestimmt freuen, dass ich den Priester gleich mitgebracht habe. Somit verschwenden wir keine kostbare Zeit mehr.«

Auf sein Zeichen hin betrat Pater Ignatius den Fackelring und lachte Valandra hinterhältig an. »Sagte ich nicht, ich würde dabei sein, wenn du die gerechte Strafe für deinen Hochmut erhältst? Wie du siehst, liebe Nichte, stehe ich zu meinem Wort.«

»Fahrt zur Hölle!«

McGregor verpasste Ranulf einen herben Tritt in den Bauch. »Du solltest dir genau überlegen, was du sagst oder tust«, warnte er Valandra. »Ansonsten wird dein Liebhaber sehr leiden müssen.«

Valandra hielt entsetzt den Atem an.

»Er wird uns sowieso töten«, stöhnte Ranulf und quälte sich auf die Knie. Kasim tat es ihm gleich.

»Das stimmt«, bestätigte McGregor seine Worte siegessicher. »Aber es liegt in ihrer Hand, wie schmerzhaft euer Tod sein wird.«

»Lasst uns mit der Zeremonie beginnen«, ließ Pater Ignatius verlauten.

»Aber gewiss.« McGregor zog Valandra an seine Seite und erklärte so laut, dass alle es hören konnten: »Nach unserer Vermählung werden alle Anwesenden Zeugen sein, dass die Ehe rechtmäßig und unwiderruflich vollzogen wird.«

Valandra fühlte bittere Übelkeit und Furcht in sich hochsteigen. McGregor würde sie vor aller Augen vergewaltigen. Es war kein grausamer Scherz, sondern eine Drohung, die sich nur allzu bald bewahrheiten würde.

Valandra sah den Schmerz und die Qual in Ranulfs Augen, und ihr Herz drohte zu zerbersten. Großer Gott, er würde dabei zusehen müssen. Er würde sehen, wie McGregor … Sie wagte es nicht, diesen Gedanken zu Ende zu führen, und wandte entsetzt den Blick von ihm ab.

Pater Ignatius begann sichtlich erfreut mit der Hochzeitszeremonie. Er hatte es noch nicht einmal für nötig befunden, dafür das Schlachtfeld zu verlassen. Aber was zählte das schon?, fragte sich Valandra bitter. Der Schauplatz war wie geschaffen für dieses makabere Ereignis. Inmitten von Leichen und Blut war sie gezwungen, den Teufel zu heiraten.

Ranulf verlagerte sein Gewicht. Schweiß stand auf seiner Stirn, als er unbemerkt seine Fesseln an einem herumliegenden Schwert zerschnitt. Es fehlte nur noch ein bisschen, dann war es geschafft. Nur noch wenige Sekunden, und er würde diesen Bastard zur Hölle schicken. Diesmal würde er keine Gnade kennen.

Einunddreißigstes Kapitel

»Wollt Ihr, James McGregor, dieses Euch zugedachte Weib ehelichen …?«

»Den Teufel wird er tun!«, knurrte Ranulf wütend. Mit der Geschmeidigkeit eines Raubtiers sprang er auf die Füße, zerriss die Fesseln und schnappte sich den Dolch eines Toten. Noch bevor irgendjemand reagieren konnte, schleuderte er die Waffe durch die Luft.

Für den Bruchteil von Sekunden herrschte absolute Stille, dann fasste sich McGregor ungläubig an die Brust. Der Dolch steckte bis zum Heft in seinem Leib. Er stolperte, versuchte sich an Pater Ignatius festzuhalten und fiel auf die Knie. In seinem Gesicht stand noch immer Unglauben, als er den Dolch aus seiner Brust zog. Er hustete Blut und fing an zu röcheln, während sein Blick beinahe vorwurfsvoll auf Ranulf gerichtet war. »Bastard … verflucht sollst du …« Der Tod raffte ihn dahin, bevor er zu Ende gesprochen hatte.

Ranulf verlor keine Zeit. Er schnappte sich ein Schwert, befreite Kasim von den Fesseln und stellte sich schützend vor Valandra. »Wer will als Nächstes sterben?«

Er maß die herrenlosen Krieger mit einem herausfordernden Blick. »Nur zu, versucht es!«

Da erklang von fern ein Donnern, das rasch näher kam. Der Boden bebte unter ihren Füßen. Die Nacht war zu schwarz, um etwas Genaueres erkennen zu können, doch plötzlich bewegte sich ein riesiger dunkler Schatten auf sie zu. Der Schatten nahm allmählich Gestalt an. Helme und Brustpanzer blitzten im schwachen Mondlicht auf, und dann preschten an die hundert bewaffnete Krieger heran.

Ihnen voran ritt Detlef und zu seiner Rechten Lord Lamont.

»Papa!«, schrie Valandra ungläubig auf.

Lord Lamont lenkte seinen Hengst mitten in das Geschehen hinein, während seine Männer McGregors Krieger umzingelten.

»Was geht hier vor? Weshalb muss ich bei meiner Rückkehr von einem Diener erfahren, dass meine Tochter aus ihrem eigenen Heim geflohen ist?«

Sein Gesicht zeigte unverhohlenen Zorn, als er die Lage erfasste. Er sah seine geliebte Tochter, die sich blass und verängstigt an Ranulf klammerte. Sah die Leichen, die von einem erbitterten Kampf zeugten, und auch McGregors tote Gestalt.

»Gepriesen sei der Herr, Ihr seid zurückgekehrt, Schwager!«, rief Pater Ignatius schrill und drängte zu Lord Lamont vor. »Ihr wisst ja gar nicht, welche Qualen wir erleiden mussten.«

Während der Pater Lord Lamont mit den wildesten Lügen überhäufte, wischte Ranulf Valandra die Tränen von den Wangen.

»Es ist vorbei, Liebes«, erklärte er zärtlich und küsste sie liebevoll auf die Lippen. »Jetzt bist du endgültig in Sicherheit. McGregor kann dir nie wieder Schaden zufügen.« Er hielt sie fest an sich gedrückt und genoss das Gefühl ihrer Wärme.

Valandra nickte, und Tränen des Glücks erstickten ihre Stimme, als sie in sein geliebtes Gesicht blickte. »Ich liebe dich, Ranulf. O Gott, wie sehr ich dich liebe. Ich hatte solche Angst um dich.« Sie zögerte, bevor sie furchtsam gestand: »Ich wage es noch immer nicht zu hoffen, dass dieser Alptraum endlich ein Ende hat.«

»Glaub es ruhig. McGregor ist tot. Er kann nur noch

dem Teufel Gesellschaft leisten.« Seine Brust fühlte sich plötzlich zu eng an, und sein Herz tat einen aufgeregten Satz. Diesmal würde er nicht zögern. Nein, diesmal nicht. Er nahm Valandras Gesicht liebevoll in die Hände, und seine Augen suchten die ihren.

»Heirate mich, Liebes. Werde meine Frau und mach mich zum glücklichsten Mann auf Erden.«

Valandra schaute sprachlos zu ihm auf.

»Ich weiß nicht, wie viel Zeit mir noch bleibt, aber davon möchte ich keine einzige Sekunde ohne dich verbringen.« Er sah das namenlose Glück in ihren Augen und gestand: »Ich liebe dich, *ma petite.*«

Valandra schrie vor Freude leise auf und schlang die Arme um seinen Hals. »Ja«, flüsterte sie innig. »Oh, ja! Es gibt nichts, was ich mir mehr wünsche, als deine Frau zu werden.« Sie küssten sich leidenschaftlich und wussten, dass sie in ihren Herzen bereits vereint waren.

Darauf beobachtete Ranulf mit einem zärtlichen Lächeln, wie Valandra ihren Vater stürmisch begrüßte. Wie wunderschön sie war! Sie strahlte so viel Lebendigkeit und Liebe aus, dass ihm bei ihrem bloßen Anblick ganz warm ums Herz wurde.

Plötzlich erschauderte er, und seine Eingeweide zogen sich schmerzlich zusammen, als er das vertraute Prickeln in seinem Nacken fühlte. Nein, schrie seine Seele gepeinigt auf. Nicht jetzt! Großer Gott, bitte nicht jetzt.

Sein Blick glitt zum Hügel hinauf, und er schloss gequält die Augen.

Dort oben stand Malven. Er war nur ein Schatten in der Nacht, und doch wusste Ranulf, dass er auf ihn wartete.

Seine Zeit war abgelaufen. In hilfloser Wut ballte er die Hände zu Fäusten. Es gab so vieles, was er Valandra noch sagen, so vieles, wofür er ihr noch danken wollte. Er hatte ihr nie erzählt, wie sehr ihr Lächeln ihn betörte oder wie lebendig er sich bei ihren Schimpftiraden fühlte. Er hatte ihr nie für ihre Liebe und ihren unerschütterlichen Glauben an ihn gedankt.

Oh, er verfluchte den Großmeister und seine Hinterhältigkeit.

Ranulfs Augen glitten voll tiefstem Bedauern zu Valandra. Sie wirkte so unendlich glücklich. Es tat ihm in der Seele weh, dass er sie niemals zum Altar führen würde. Er hatte sich so sehr eine Zukunft mit ihr gewünscht.

»Ich liebe dich«, flüsterte er leise. »Vergiss das niemals.«

»Ich bin ja so froh, dich zu sehen, Papa«, rief Valandra überglücklich und schmiegte sich an Lord Lamonts breite Brust. »Oh, wie habe ich dich vermisst! Aber sag, weshalb bist du hier? Wir vermuteten dich noch immer in Oban.«

Lord Lamont lachte laut auf und presste ihr einen schmatzenden Kuss auf den Scheitel. »Denkst du wirklich, nach all den Monaten in der Fremde würde ich auch nur eine einzige Nacht länger im Freien schlafen, wenn mein Heim so nah ist? Wir haben die Wagen entladen und alle Güter auf Packpferde gebunden, damit wir schneller vorankommen. Nicht weit von hier hatten wir für eine kurze Rast angehalten, als plötzlich dein Detlef angeritten kam und uns mit seinem hysterischen Geschrei schier in den Wahnsinn getrieben hat. Wir mussten ihn in den Fluss werfen, damit er sich endlich beruhigte und wir klare Antworten aus ihm herausbekamen. Als wir erfuhren, was mit dir geschehen war, brachen wir sofort auf.«

»Du bist genau zum richtigen Zeitpunkt erschienen«, flüsterte Valandra überglücklich. Sie konnte es noch immer nicht fassen, dass all die Angst, all die Sorge und die Furcht vor der Zukunft nun endgültig der Vergangenheit angehörten. Ihr Vater war hier. Ranulf liebte sie und wollte, dass sie seine Frau wurde. Konnte das Leben überhaupt noch schöner sein?

»Wo ist er?«, erkundigt sich Lord Lamont. »Ich bin ihm zu großem Dank verpflichtet.«

Valandra wandte sich lächelnd nach Ranulf um, doch sie konnte ihn nicht finden. Seltsam. Sie blickte sich suchend um.

»Vor einer Minute war er noch hier«, erklärte sie leise. Plötzlich erfasste sie ein grässliches Gefühl der Vertrautheit. Es war, als ob sie diese Situation schon einmal durchlebt hätte.

Sie sah sich hektisch um. Der Wald bei Nacht, die Krieger mit den Fackeln, und da war die Anhöhe! Genau wie in ihrem Traum!

Valandras Herz stolperte vor Schreck. Nein, das konnte nicht sein, es durfte nicht sein!

Und doch glitten ihre Augen suchend die Anhöhe hinauf. Ihr Verstand weigerte sich zu glauben, dass ein so übler Traum Wirklichkeit werden konnte. Aber er konnte es.

Valandra schrie entsetzt auf, als sie Ranulf die Anhöhe hinaufsteigen sah. Oben, unter einer mächtigen Tanne, wurde er von Malven erwartet.

»Neiin!«, schrie sie gellend auf, raffte die Röcke und rannte los.

Zweiunddreißigstes Kapitel

Die ersten Vögel waren bereits erwacht und hießen den dämmernden Tag willkommen, als Ranulf schweren Herzens den steilen Hang erklomm. Es war seltsam. So viele Jahre hatte er ohne ein Gefühl der Reue dem Tod entgegengeblickt; es hatte Zeiten gegeben, in denen ihm der Tod wie eine Erlösung erschienen war. Er hatte sich danach gesehnt, endlich Frieden zu finden. Doch nun war alles anders. Eine zierliche, mutige Frau hatte ihm die Freuden des Lebens gezeigt, und mit einem Mal fiel es ihm unglaublich schwer, diesen kostbaren Schatz wieder aufzugeben. Ranulfs Finger schlossen sich zärtlich um Valandras Amulett. Er wünschte sich zu leben, und sei es nur, um ihre Stimme und ihr Lachen noch einmal zu hören. Er wünschte sich die Gelegenheit, sie zu heiraten, zu sehen, wie sich ihr Leib mit seinen Kindern wölbte. Er wollte dabei sein, wenn die Jahre ihre jugendliche Frische in die reife Schönheit des Alters verwandelten.

Aber dazu würde es niemals kommen.

Ranulf blickte auf und sah Malven, der ihn zwischen den Bäumen auf der Anhöhe erwartete.

»Die Zeit ist gekommen«, erklärte dieser schlicht, als er ihn erreichte.

Ranulf nickte. »Habe ich dein Wort, dass du niemandem von ihnen etwas antun wirst?«

»Du hast es. Sie sind vor mir in Sicherheit. Gib mir den Ring der Brüderschaft. Der Großmeister wird ihn sehen wollen.«

Ranulf reichte ihm das Schmuckstück, das so lange Bestandteil seines Lebens gewesen war.

Malven steckte ihn in die Tasche und trat einige

Schritte zurück. Sein Gesicht zeigte keinerlei Gefühlsregung. Er stand völlig ruhig da, den Pfeil im Anschlag, den Bogen gespannt.

Plötzlich senkte er die Waffe jedoch wieder. Er schien mit sich selbst zu kämpfen, bevor er rau forderte: »Die Wahrheit, Ranulf! Was ist in jener Nacht wirklich geschehen?«

»Meine Wahrheit oder die des Großmeisters?«, erkundigte sich Ranulf bitter.

»Es gibt nur eine. Hast du diese verdammten Goldtruhen gestohlen?«, forderte Malven kühl zu wissen.

»Nein, das habe ich nicht. Es existierte niemals ein Wagen mit Gold, den man mir anvertraut hätte. Erinnerst du dich noch an das Dorf Jedha, das angeblich eine solche Gefahr für die Christenheit darstellte, dass wir es vernichten sollten?«

Malven nickte langsam, und Ranulf fuhr fort: »Glaubst du wirklich, dass in diesem armseligen Dorf Gold zu holen gewesen wäre? Denk nach, verdammt! Die Leute dort waren halb verhungert. Alles, was man ihnen hätte nehmen können, waren die Lumpen, die sie am Leib trugen.«

Malvens Miene blieb reglos. »Weshalb sollte der Großmeister lügen?«

»Aus Rache an mir, mein Freund. Aus Rache, weil ich mich seinem Befehl widersetzt habe.«

Malvens Augen verengten sich. »Was meinst du damit?«

»Der Großmeister hat von mir und meinen Männern verlangt, dass wir das Dorf Jedha niedermachen. Wir sollten die Bewohner nicht einfach töten, sondern sie in ihren Häusern einsperren und bei lebendigem Leib darin verbrennen lassen. Sozusagen als Mahnmal für die anderen Dörfer, die noch folgen würden. Verdammt noch mal, du hast die Leute dort selbst gesehen. Es waren alte Menschen, Frauen und Kinder. Die wenigen jungen Männer, die es dort gab, waren so verängstigt, dass sie bei unserem bloßen Anblick die Waffen wegwarfen. Wie, um alles in der Welt, hätten wir diese armen Kreaturen töten können? Sie waren keine Gefahr für den christlichen Glauben.«

»Aber das erklärt nicht den Tod unserer Ordensbrüder.«

»Doch, das tut es. Wir verweigerten uns dem Befehl und schlugen uns auf die Seite der Dorfbewohner. Als der Großmeister davon erfuhr, kam er mit seinen drei stummen Kriegern zu uns. Er ließ uns im Glauben, dass er unser Verhalten akzeptierte und sogar gut hieß. Bei allem, was mir heilig ist, du hättest seine salbungsvollen Worte hören müssen! Er bedankte sich sogar bei uns, weil wir ihn vor einem üblen Fehler bewahrt hätten. Wir brachen gemeinsam das Brot und tranken Wein.

Wenige Minuten später wälzten sich meine Männer vor Schmerz am Boden und starben den grässlichen Gifttod. Dieser Bastard hat mich nur verschont, weil er wollte, dass ich ihre Qualen mit ansehen musste. Das war seine Strafe für meinen Ungehorsam.«

Ranulf fuhr sich mit der Hand übers Gesicht, als wollte er die grässlichen Bilder in seiner Erinnerung wegwischen. »Ich konnte nichts für sie tun. Nicht einmal, als die Stummen das schreckliche Werk vollendeten und unsere Brüder mit ihren Schwertern erschlugen.«

Lange Sekunden verstrichen, ohne dass sich einer von ihnen bewegte.

Malven wollte ihm nicht glauben, das konnte Ranulf deutlich erkennen. Seine Augen glitten den Hang hinunter, und sein Herz krampfte sich schmerzlich zusammen. Er sah, wie Valandra sich zu ihnen heraufkämpfte, sah, wie sie immer wieder hinfiel und schließlich auf allen vieren den Hang erklomm, und er hörte ihr Flehen und Weinen.

»Mach schnell, mein Freund. Sie soll es nicht mit ansehen müssen. Sie hat fürwahr genug gelitten«, bat er Malven eindringlich.

»Nein!«, schrie Valandra wieder und wieder. Sie versuchte schneller zu laufen, doch der weiche Boden unter ihren Füßen ließ sie immer wieder einsinken. Sie kam kaum voran. Tränen der Verzweiflung und der Hoffnungslosigkeit liefen über ihre schmutzigen Wangen. Sie durfte Ranulf nicht verlieren. Nicht nach allem, was sie gemeinsam durchgestanden hatten. Gott konnte doch unmöglich so grausam sein und sie jetzt noch trennen. Nicht jetzt, da sie endlich eine Zukunft vor Augen hatten. Sie hatten sich ihr Glück wahrlich hart genug erkämpfen müssen. Valandra schluchzte hemmungslos und kroch weiter den Hang hinauf.

Ranulfs große Gestalt zeichnete sich nun deutlich vom dunkelrot gefärbten Morgenhimmel ab.

Ungläubig und hilflos sah sie mit an, wie er die Arme ausbreitete und sich Malven als lebende Zielscheibe darbot. Sie sah, wie dieser den Bogen spannte, gewillt, Ranulfs Leben und damit all ihren Träumen ein Ende zu bereiten. Gequält schrie sie auf.

Nur noch wenige Schritte trennten sie von den beiden.

Doch gerade, als sie heftig nach Atem ringend die Anhöhe erreichte, musste sie das Unfassbare mit ansehen: Malvens Pfeil löste sich vom Bogen und bohrte sich mitten in Ranulfs Brust.

meinsames Leben beginnen. Ein Leben in Liebe und tiefer Verbundenheit.

Ranulf küsste Valandra zärtlich auf die Lippen und führte sie zu ihrem Vater. »Ich möchte Euch um die Hand Eurer Tochter bitten, Mylord.«

James Lamont sah die Liebe in ihren Augen, und sein altes Herz bebte vor Glück und Zufriedenheit. Bevor er sich jedoch die Blöße gab und eine sentimentale Träne vergoss, schlug er Ranulf freundlich auf die Schulter.

»Eigentlich, mein Junge, habe ich bei meiner Rückkehr mit der Nachricht von einem Enkelkind gerechnet. Ich war mir sicher, ihr wärt längst verheiratet.«

Auf Ranulfs verwirrten Gesichtsausdruck hin lachte Lord Lamont schalkhaft auf. »Himmel, aus welchem Grund hätte ich dich sonst hierher schicken sollen? Ich habe dich in Ägypten gesehen und gleich gewusst, dass du Valandras Herz im Sturm erobern würdest.«

»Du hast es gewusst«, lachte Valandra erstaunt.

Lord Lamont grinste die beiden breit an. »Natürlich, ich kenne doch meine Tochter.«

Ranulf zog Valandra fest in seine Arme und verschloss ihre Lippen mit einem glühenden Kuss. Die Zärtlichkeit in seinen Augen brachte ihre Seele zum Singen, als er fragte: »Habe ich dir jemals gesagt, wie sehr ich dich liebe?«

Valandra schüttelte überglücklich den Kopf. »Nein, nicht oft genug. Ich möchte es immer wieder hören. Jeden Tag unseres Lebens.«